Is It Love?

CARTER CORP.

Jake

Image de couverture : © Shutterstock / LightField Studios
Conception graphique : Emmanuel Pinchon
Collection « Hugo Poche » dirigée par Arthur de Saint Vincent
Ouvrage dirigé par Luce Valli

Département de Hugo Publishing
34-36, rue La Pérouse
75116 Paris
www.hugopublishing.fr

ISBN : 9782755664584
Dépôt légal : juin 2023
Imprimé en Espagne par CPI Black Print

SUR UNE IDÉE ORIGINALE DE

CLAIRE
ZAMORA

Is It Love?

CARTER CORP.

Jake

LIV STONE

Hugo Poche

NEW ROMANCE®

Attention, si vous n'avez jamais joué à *Is It Love? Jake*, certaines informations cruciales à l'intrigue sont dévoilées au début de ce roman.

CHAPITRE 1

SKYE

Bon. Restons calme. Mon bureau a disparu sous les dossiers, un classeur appuie sur plusieurs touches de mon clavier, nappant mon traitement de texte de lettres et de symboles hasardeux, un fond de café dans mon mug Harvard doit se promener quelque part. Ça ne me ressemble absolument pas. Tout est toujours aligné avec la plus grande rigueur sur mon espace de travail. Mais les chiffres incorrects que j'ai découverts dans les comptes en début d'après-midi me rendent folle !

Je m'affaisse dans mon fauteuil et repousse les longues boucles noires de ma chevelure qui tombent en cascade autour de mon visage. Je ferais mieux de reprendre à zéro. Ranger tout mon bazar et sortir les bons dossiers, un par un. Je ne sais même pas comment j'en suis arrivée à un tel désordre.

– Bonne soirée, madame Elliott.

Je me redresse pour saluer la stagiaire qui passe une tête par la porte de mon bureau.

– Bonne soirée, Shira.

Elle tique en apercevant les montagnes de documents. Je sens que ça va faire le tour des open spaces. D'habitude, c'est moi qui me retiens de remettre de l'ordre sur les bureaux de mes équipes. Je suis sûre qu'elles le savent et que ça les amuse. Ça ne les empêche pas de me témoigner du respect. Au point que les jeunes et les nouveaux me servent du « madame Elliott ». Du haut de mes vingt-sept ans, ça me perturbe toujours autant.

– Bonne soirée, Skye !

– Bonne soirée, Akiko. Rentre bien !

– Merci, à demain !

Les employés qui ont un peu plus de bouteille osent l'emploi du prénom. On prend des cafés ensemble le matin, on se recommande des petits restos pour le déjeuner, on échange des nouvelles, le tout avec une déférence due à mon statut : directrice administrative et financière de Carter Corp. Il m'arrive encore de me pincer le matin tant j'ai du mal à y croire !

Carter Corp. Multinationale implantée dans les plus grandes capitales économiques du monde. Fondée par un *self-made man* qui m'a fait confiance, Ryan Carter. Et me voilà une des plus jeunes directrices de l'entreprise. Je ne vais pas le décevoir. J'ai déniché un problème dans le livre de comptes, ma mission est d'en découvrir l'origine à présent.

Je bondis sur mes pieds et m'immobilise devant les grandes baies vitrées du gratte-ciel. C'est le plein automne et la nuit est déjà tombée, l'étage s'est vidé, et je ne suis pas rentrée ! Je lance un café en enfonçant la dosette réutilisable dans la machine, patiente tout en jetant des coups d'œil à mes étagères parfaitement ordonnées et retourne à mon bureau avec une nouvelle tasse, me promettant de retrouver mon mug Harvard dans mon capharnaüm.

Déterminée, je retire la veste de mon tailleur, attache non sans peine ma volumineuse chevelure et me lance dans un rangement en bonne et due forme. Gorgée après gorgée, je trie les dossiers, réorganise des piles, délivre mon clavier, déterre mon mug et, même parmi des piles raisonnées, fais encore face au problème de départ : impossible de mettre la main sur l'explication de ces chiffres incorrects.

– Toujours à la recherche des millions perdus ?

La voix à l'entrée du bureau me ramène à la réalité.

– Ashton ! Ça fait longtemps que tu es là ?

– Je viens d'arriver.

La présence de mon compagnon, tellement élégant dans son costume bleu roi, si sexy avec ses cheveux blonds et ses yeux noisette, sa carrure de sportif entretenue depuis l'université – on a étudié ensemble, je ne loupais jamais ses matchs, *jamais* – me réconforte tout à coup. Je retrouve le sourire. Ashton est mon meilleur ami, mon amant, mon partenaire. Lui aussi, il travaille ici.

On a toujours partagé la même ambition : briller grâce à nos compétences et monter les échelons de Carter Corp. Ashton est avocat au service juridique. Je ne doute pas que lui aussi accédera à un poste de direction très vite.

– Tu n'as pas abandonné à ce que je vois, dit-il en remarquant les dossiers ouverts.

– Non, des millions manquent à l'appel, ce n'est pas normal.

– Et tu es sûre que tu n'as pas fait d'erreur ?

Je pousse un soupir et secoue la tête. J'éprouve toujours un mélange de tendresse et d'impatience quand Ashton présume que j'ai commis une erreur. Je ne commets *pas* d'erreur lorsqu'il s'agit de chiffres, ils sont mon langage, ma logique.

– Je suis sûre, oui. Quelque chose m'échappe mais je ne sais pas encore quoi. Tu sais que les chiffres ne mentent pas, ajouté-je avec un sourire.

Ashton me le rend, mais avec une nervosité qui me saute soudain au visage.

– Mmh. Tu me l'as répété des tas de fois, oui.

C'est dit sur un ton grognon qui m'alarme. Je remarque soudain mon état d'agacement et de fatigue. Je devrais mettre de côté ce problème de compta qui monopolise toute ma tête. Demain matin, il n'aura pas bougé. Bon, je peux emporter mon ordinateur, histoire de. Pour avancer si jamais je n'arrive pas à dormir.

– Tu veux qu'on se fasse un resto sur le chemin ? demandé-je en enfilant ma veste.

Ashton ne me répond pas immédiatement. Il fait le tour du bureau, les épaules un peu rentrées. Son attitude refroidie me laisse perplexe. Qu'est-ce qui ne va pas ? Ashton a toujours été le plus assuré de nous deux. Sept ans que nous sommes un couple. Un couple spécial, je veux bien le reconnaître. On se croise plus souvent au bureau qu'à l'appartement. Nos horaires ne sont pas si décalés, mais nous sommes des bourreaux de travail, lui et moi.

C'est d'ailleurs cette habitude chamboulée ce soir qui m'intrigue le plus, alors que je glisse mon ordinateur dans mon sac. D'habitude, Ashton passe juste une tête pour me souhaiter une bonne soirée, quand il y pense, mais il ne s'attarde pas.

– Je mangerai du poulet tandoori, finit-il par répondre.

Je suis déçue, je déteste le tandoori et il le sait, il en mange donc quand il est seul. Alors pourquoi se pointer ici et faire les cent pas ? Il aurait pu rentrer à la maison depuis longtemps, au mieux on aurait bafouillé deux ou trois mots au fond du lit avant de s'endormir lourdement.

Je suis trop épuisée pour m'engager dans une discussion tendue. Mon esprit est embrumé par les chiffres qui tournent comme une roulette sans fin. Y ajouter une dispute avec Ashton va m'achever.

– OK, je vais prendre une pizza en bas.

Ça me déprime trop d'en rester là.

– On mangera nos plats tous les deux ? ajouté-je avec un sourire. Et interdiction de piquer dans mon assiette !

Ashton a tout de même un demi-sourire, mais décidément, il n'est pas d'humeur romantique. Il n'est jamais d'humeur romantique. Est-ce que je l'ai déjà été, moi ? Pourquoi je pense à ça ? J'ai l'estomac noué, j'appréhende alors que mon compagnon se dresse devant moi, l'air embêté. Il se torture lui-même sans que je parvienne à saisir pourquoi.

– On ne dînera pas tous les deux, dit-il en baissant les yeux.

Par la Grande Trésorerie ! Est-ce qu'il s'est passé quelque chose ? Il tourne autour du pot, il veut me ménager, c'est donc qu'il a reçu une mauvaise nouvelle. Je prends sa main.

– Dis-moi, qu'est-ce qu'il y a ?

– Je veux rompre.

Je ris avec nervosité, comme si j'avais entendu autre chose. Ça tombe tellement de nulle part ! Et pourtant, tous mes muscles contractés et ma gorge serrée le savaient déjà, eux. Si ça se trouve, Ashton va se mettre à rire avec moi et me répéter son fameux « Tu marches toujours, tête de linotte ! », mais non. Il demeure grave. Depuis toutes ces années, de notre rencontre sur le campus de Harvard à notre routine ici, à Carter Corp., en passant par notre emménagement dans le même appartement, notre complicité et…

– Q… quoi ? balbutié-je.

« Notre complicité. » Quand l’a-t-on perdue de vue ?

J’ai l’impression d’ouvrir les yeux sur notre couple pour la première fois depuis bien longtemps.

– Je veux rompre, Skye, répète Ashton avec plus de fermeté. On tourne en rond, tous les deux.

Mes joues s’enflamment de colère et de crainte.

– OK, soit, on est dans une mauvaise passe, concédé-je, le cœur battant. On pourrait en profiter pour dîner ensemble et en discuter, non ? Tu ne vas pas décider tout seul, sans moi ?

Ashton passe une main sur son visage.

– Je vis déjà sans toi, et toi sans moi, réplique-t-il.

Son ton est d’une telle froideur que je sens mes pieds s’enfoncer dans le sol, comme si je plongeais dans la glace. Il n’y a rien de plus vrai et de plus révoltant que cette réponse !

– Ne pense pas à ma place, préviens-je en haussant le ton.

– Ne me dis pas que tu ne t’en rends pas compte.

Il me défie d’un regard provocateur. Je déglutis, j’ai peur de répondre. Est-ce que je me fourvoie ou est-ce que je refuse de voir ?

– Je veux monter moi aussi, poursuit-il, plus calme.

J’ai toujours craint qu’il m’en veuille d’être devenue directrice d’un département avant lui. Il m’a assuré que non, jamais. Mais cet argument de rupture envoie paître toutes ses garanties.

– Notre histoire me retient. Je ne suis plus « Ashton Darrow, avocat et potentiel postulant à la direction du département juridique », je suis « Ashton, le copain de Skye Elliott, directrice administrative et financière ».

Je serre les poings, blessée à mort. Il ne pouvait pas mieux s'y prendre pour rabaisser toute ma réussite et la réduire à un caillou dans sa chaussure. Dire que je me suis si souvent réjouie d'être sienne. « Je suis la moitié d'Ashton, avocat talentueux, altruiste, juste et déterminé ! » Alors que lui… lui, il déteste être lié à moi de cette façon.

Mais peut-être que j'aurais pu m'inquiéter davantage de son ressenti ? Est-ce que j'ai été insensible à sa situation ?

– Je vais dormir à l'hôtel ce soir, dit-il, le regard fuyant.

J'acquiesce, les yeux embués. Je me répète que c'est une première phase. On va en reparler au calme, il faut juste que cette pilule passe, que nous ayons à nouveau la tête froide, et nous pourrons échanger avec plus de sérénité. J'attrape mes affaires et me dirige vers la porte.

– D'accord, rentre bien et bonne soirée, balancé-je avant de voir flou.

Je sors de là, des vertiges plein la tête. *J'ai vraiment dit ça ?*

***

JAKE

Carter corp. a deux visages. Celui de jour, lorsque la tour est animée comme une ruche, les employés allant et venant à un rythme endiablé, et la nuit, si déserte et calme, propice aux chuchotements, aux rencontres impromptues et aux indiscrétions. C'est pour ce second visage que je reste tard le soir. Je laisse mes oreilles traîner dans les étages, furète d'un œil attentif et observe tout ce qui est notable. Rien de plus normal quand on est garde du corps du P.-D.G. C'est même devenu une habitude, de tout décortiquer dans le but d'anticiper.

Lorsque les portes de l'ascenseur s'ouvrent, un hall tout en marbre et en baies vitrées, sur lesquelles des lettres en laiton indiquent le nom du département administratif et financier, m'accueille. Il n'y a qu'une lumière de veille d'allumée – Ryan Carter s'assure que ses infrastructures fassent des économies d'énergie et suivent une éthique écologique. Discours fiable ou hypocrisie dans l'air du temps, je m'en fous complètement. Tout ce qui m'intéresse en bossant ici, c'est de sauver les fesses du grand patron et la pénombre n'aide jamais.

Je pousse le double battant et parcours les grands open spaces vides. Je scrute les écrans des ordinateurs en passant. Ils sont tous noirs. La politique de sécurité des données est très suivie ici. On ne quitte jamais son poste en laissant son outil de travail ouvert. Même quand on se lève pour aller déjeuner, on enclenche la mise en veille qui demande un mot de passe pour réactiver l'ordinateur. Je n'ai pas encore repéré d'exception ici. C'est à croire que les employés de Carter Corp. sont des robots. Ça fait un an et demi que je travaille en indépendant, au service personnel de Ryan Carter, et rien ne dépasse jamais dans la tour.

Tout au bout du département, j'entends des voix. Les paroles sont inaudibles, mais je perçois deux interlocuteurs. J'abandonne aussitôt ma ronde et rebrousse chemin. Je retourne dans le hall et me cale dans un coin pour guetter les retardataires. Il est près de 22 heures, je veux bien qu'on fasse du zèle, mais il ne faut pas exagérer. Ils mettront le temps qu'il faut, je ne vais pas louper ces oiseaux de nuit. Sinon, j'irai vérifier les caméras de surveillance.

Je n'ai pas besoin d'attendre bien longtemps, des talons martèlent le sol avec fureur. Le battant s'ouvre et une silhouette à la chevelure noire et volumineuse, nouée en un chignon lâche, sort du département. Je la reconnais, je l'ai déjà croisée.

Skye Elliott. La DAF de Carter Corp. Le manteau de travers, le pas déviant et un sac glissant lentement mais sûrement de son épaule. Elle frappe le marbre de ses pieds et atteint les ascenseurs, l'air furibond. Je ne me souviens pas l'avoir vue aussi… déstabilisée. D'habitude, elle est la résolution incarnée, avec ses grands yeux noirs et brillants comme l'obsidienne, sa bouche aussi pulpeuse qu'une prune et cet air si ingénieux. Cela dit, au-delà de ce physique remarquable, je l'ai toujours trouvée étrange. Un peu délurée. Et la voir faire demi-tour, marcher, s'arrêter, grogner, retourner sur ses pas, hésiter, parler toute seule et tourner en rond me confirme qu'elle est… *spéciale*.

La première fois que je l'ai aperçue, elle courait dans le hall d'entrée de la tour en tailleur et en baskets. C'est un détail qui ne pouvait pas m'échapper, personne avant elle n'avait osé. Tout est policé à l'extrême à Carter Corp.

– Pourquoi moi, hein ? s'exclame-t-elle. J'ai… j'ai réussi ! Un point c'est tout !

OK. Je devrais peut-être me diriger discrètement vers l'escalier de secours et la laisser seule. Mais autant m'assurer qu'elle va bien. Ou du moins, qu'elle parvient à prendre l'ascenseur. Ce dernier ouvre ses portes, mais elle ne le repère pas tout de suite, plantée au milieu du hall. Ce n'est que lorsqu'il repart qu'elle se précipite vers lui en râlant.

– Non ! Non, non, non !

Je passe mes deux mains dans mes cheveux châtain foncé, embarrassé. Je ne devrais vraiment pas être là, témoin de sa détresse. Parce qu'il s'agit bien de cela. Ses yeux s'embuent, ses épaules sont basses et l'anse de son sac échoue finalement dans sa main, son contenu tapant le sol d'un « bong » sourd.

Eh merde. Je ne peux pas la laisser comme ça. Je sors de mon recoin sombre et m'avance. La nervosité m'envahit. Je ne suis pas à l'aise avec ce genre de situation. Donnez-moi un flingue et des obstacles, je gère. Mais une femme en détresse émotionnelle… je ne sais plus quoi faire. Je ne sais même pas pourquoi je me décide à lui venir en aide au lieu de juste fuir. Je m'arrête à un ou deux pas d'elle, m'éclaircis la voix et tends la main pour toucher son épaule.

– Hé, ça va ?

Skye pivote d'un coup, bloque mon poignet entre les siens et tente une clé de bras avec la volonté flagrante de me faire basculer par-dessus elle. Adorable. Je ne bouge évidemment pas d'un pouce – je fais une tête de plus qu'elle et j'entretiens mon corps plusieurs heures par jour. Pour combler le tout, elle se fait mal, grimace et me relâche.

Oui. Bonne idée, Skye Elliott.

– Ce n'est que moi, dis-je pour la rassurer. Pas de mal ?

– Bien sûr que si !

Elle se masse la jonction de la main et du bras, la bouche de travers. L'odeur de pain d'épices parfumant sa chevelure flotte autour de moi, ses boucles ayant frôlé mon nez dans le feu de l'action.

– Il est tard pour errer dans les étages, non ? questionné-je.

Elle me regarde, ébahie, comme si je venais de dire la chose la plus stupide jamais entendue. Je ne sais si je dois me sentir offensé ou amusé.

– Je fais encore ce que je veux, déclare-t-elle avant de pouffer.

Des larmes roulent sur ses joues, et pourtant elle se met à rire. Alors là, le mystère est entier. Elle est dingo en fait. Elle marmonne des « je fais ce que je veux » d'un ton blasé et moqueur. Qu'est-ce qui a bien pu se passer pour qu'elle soit si bouleversée ?

– OK, dis-je, perplexe. Je…

– Je n'ai pas à me justifier, me coupe-t-elle, soudain plus sérieuse. Ce serait plutôt à moi, directrice du département, de vous demander ce que vous, Jake Stewart, garde du corps, pouvez bien faire là, aussi tard.

Ah, la DAF a un petit côté tigresse, très bien. J'imagine que c'est pour contrer son moment de faiblesse, mais moi, ça me convient. En plus, elle sait qui je suis. On se croise de temps en temps, de loin, parce que Ryan Carter est notre dénominateur commun. Mais on ne se parle pas vraiment, à part un « bonjour » en passant.

– Je fais un tour, je m'assure que tout va bien.

– Je croyais que votre travail consistait à protéger M. Carter, et non pas mes bureaux. Vides, qui plus est.

Ah oui, elle me sert du « M. Carter » quand même.

Skye serre les dents, en proie à un nouveau hoquet. Elle pourrait s'effondrer d'un instant à l'autre.

– Vous allez bien ? Vous êtes sûre ? Ou je dois appeler quelqu'un ?

Je ne me rends pas compte de mon propre ton impatient sur le coup. Je ne l'entends qu'ensuite, alors que ses paupières vibrent et qu'elle recule d'un pas.

– Appeler qui ?

– Un proche.

Elle sourit au milieu du tourbillon d'émotions qui l'agitent. Elle n'a pas l'air d'y croire alors qu'il me semblait que c'était justement le genre de conneries à dire dans ces cas-là.

Les portes de l'ascenseur se rouvrent entre nous. Skye se faufile à l'intérieur avec un reniflement qui me torture. Bordel, je me suis approché d'elle pour m'assurer qu'elle allait bien et je n'ai rien fait. Elle a l'air toujours aussi chamboulée. Je jette un coup d'œil sur les portes du département. Je pourrais reprendre ma ronde même si son interlocuteur n'est pas encore réapparu. Mais le visage tremblotant de la jeune femme me fait de la peine et je me sens coupable de ne pas être parvenu à lui remonter le moral.

Alors que les portes se referment, je les retiens en les repoussant d'une main. Skye lève des yeux pressés vers moi.

– Je descends moi aussi.

***

Eh ben parfait ! Je viens de me faire larguer par Ashton et le garde du corps de service me colle jusque dans l'ascenseur. Moi qui contrôle mon image pour la garder forte et inébranlable aux yeux de tous, je suis à deux doigts de sangloter comme une gamine devant M. Muscles. Je reste dans un coin de la cage, les yeux rivés sur les étages qui défilent bien trop lentement. Sept années de relation remises en question en quelques secondes. Je n'arrive pas à y croire. Même si on reprend les choses tous les deux, cette pause qu'il aura commandée se cristallisera entre nous pour toujours.

Jake Stewart reste adossé dans l'angle opposé, les bras croisés. À chaque fois que j'ai croisé sa route, il était dans l'ombre de Ryan Carter. C'est étrange de le voir tout seul. Il ne se sent pas désœuvré ? Hagard ? Orphelin ? Il n'en a pas l'air, il se contente de me fixer de ses yeux aussi dorés que l'ambre, une cicatrice tranchant verticalement sa joue gauche, plongée dans l'ombre d'une barbe de trois jours. Il ne doit pas savoir sourire. Quand on le voit, comme ça, avec son expression fermée et impassible, on ne peut que se sentir mal à l'aise.

Ça m'occupe de le décortiquer, ça m'empêche de penser. Il doit avoir un dressing entier avec le même vêtement en plusieurs exemplaires : costume et cravate fine noirs, chemise blanche près du corps, et pour finir, oreillette discrète. Ses cheveux ondulés sont ramenés en arrière mais quelques mèches frôlent son front. Il est évidemment grand et carré, je ne vois pas quelles autres qualifications il faut pour ce job, de toute façon.

Je baisse les yeux et déglutis.

Ne pas penser à Ashton, ne pas penser aux chiffres.

Mais les paroles d'Ashton tournent et retournent dans ma tête.

« On ne dînera pas tous les deux », « Je veux rompre », « On tourne en rond ».

Et ces foutus chiffres qui ne collent pas et qui m'ont accaparé l'esprit tout l'après-midi, au point de me donner un début de migraine… Je suis fatiguée. J'aimerais me téléporter dans mon lit et fermer les yeux. Avec un peu de chance, au réveil, tout sera redevenu comme avant.

Ne pleure pas, pas devant M. Muscles !

Pour ne pas craquer, je me lance dans un échange avec le garde du corps. Il me fixe en silence, il peut bien devenir mon *punching-ball* du moment.

– Pourquoi vous me regardez comme ça ?

– Je m'assure que vous allez bien.

J'avais déjà oublié le son rocailleux de sa voix grave. Je crois qu'il pourrait réciter le Bottin ou faire de l'ASMR sans aucun problème ! Ça devrait d'ailleurs me tranquilliser, mais pas du tout.

– Ce n'est pas votre travail, grommelé-je.

Et puis, tout m'échappe.

– Jake Stewart ne peut pas régler mes problèmes parce qu'il ne connaît rien aux dossiers financiers problématiques ni aux opérations suspectes !

Il hausse les sourcils, je m'en veux aussitôt. En parler à Ashton, mon compagnon… enfin mon ex, avocat de surcroît, c'est m'assurer son silence, mais le *bodyguard* ? Je déraille ! Il ouvre la bouche, il va m'en demander plus ou me dire que rien n'est grave, quoi qu'il en soit, il va m'agacer !

– Et je viens de me faire larguer si vous voulez tout savoir ! lancé-je en espérant qu'il ne relève pas ma première déclaration.

Super plan, Skye.

Jake referme la bouche sans rien dire.

– Je ne savais pas que le poulet tandoori était un argument, vous voyez ?

Il fronce ses sourcils avec perplexité.

– Je ne suis pas sûr de vous suivre.

– « Je mangerai du poulet tandoori », c'est comme ça qu'on annonce à quelqu'un qu'on va rompre ? Je déteste le tandoori. Ça vous dirait, vous, si votre copine vous balançait : « Je vais enfariner Ryan Carter aujourd'hui » ? Super préambule de rupture, non ?

Je pousse un lourd soupir et croise les bras. L'idiot a un mince sourire. Ce monolithe inébranlable se fout de ma gueule ! J'avance d'un ou deux pas, son odeur boisée et discrète trouve son chemin jusqu'à moi. Il porte le genre de parfum que j'ai toujours essayé de vendre à Ashton sans aucun succès. Il est pourtant doux et subtil dans un premier temps, puis il déchaîne les frissons tout au long de l'échine.

Je m'égare !

– Donc non, on ne mangera pas ensemble, c'est certain. Je suis plutôt sushis ou pizza, pour info. Mais la vraie pizza new-yorkaise : pâte fine, sauce tomate, fromage et huile pimentée. La base. Tout ce que lui déteste. Je n'ai jamais compris. Vous, vous seriez bien thon et ananas, je me trompe ?

Il exagère une grimace, je plisse les yeux pour tenter de l'analyser. Il a vraiment un visage harmonieux avec ses traits fins, même s'il est marqué par cette longue et inquiétante balafre. C'est probablement à cause d'elle que ses sourires sont si peu expressifs, tout en retenue.

C'est un homme à *calzone*. Il garde tous ses ingrédients à l'abri des regards.

Et je m'égare à nouveau.

– Apparemment, lui et moi, on tourne en rond, poursuis-je.

Ne pas penser à son regard glacial.

Ne surtout pas se demander : et s'il avait raison ?

Ne pas pleurer, pas devant Jake, bon sang !

Je me mets à marcher en dessinant un cercle.

– Là, oui, je tourne en rond ! Et… et comment pourrait-on vivre l'un sans l'autre ? Alors qu'on vit et qu'on travaille au même endroit ! m'emporté-je. Comment c'est possible ? Ça a toujours été notre but, à tous les deux, et soudain ! Je le retiens !

Ma réussite le ralentit ! J'ai toujours été fière de ce qu'il faisait, m… moi !

Ne pleure pas !

J'écrase mes yeux de ma manche et ravale tout le flot de larmes qui voudrait s'échapper. Heureusement pour moi, un « ding » doucereux retentit et les portes s'ouvrent sur le hall d'entrée de la tour. Je pourrais m'élancer hors de la cabine, mais je n'arrive pas à bouger. J'ai le souffle court, la gorge toujours aussi nouée et pourtant, j'ai un poids en moins sur les épaules. J'ai vidé un premier sac nerveux et plein de colère.

Le *bodyguard* reste silencieux dans son coin tout en appuyant sur le bouton qui empêche l'ascenseur de repartir. Je me suis bien foutu la honte quand même. Jamais plus je ne pourrai le regarder dans les yeux. Ce n'est pas plus mal, j'ai toujours trouvé leur couleur surnaturelle. Des iris dorés, ça met KO n'importe qui.

Je m'éclaircis la gorge, embarrassée.

– Hum. Euh, merci pour l'oreille attentive.

C'est la moindre des choses à ce stade. Jake émet un son grave, une sorte de « mmh » guttural et profond. Il plonge sa main dans sa veste et me tend une carte avec son nom et son numéro de téléphone. Je reste hébétée.

– Si jamais vous avez besoin d'un « proche » pour parler, vous pouvez m'appeler.

Ça me trouble avec tant de violence que je contourne son geste pour me sortir de là.

– Je n’ai pas besoin de vous.

Et je détale, exaspérée. Au bout de dix mètres, je stoppe.

Un « proche ». Ça m’agace qu’il prétende être un proche et en même temps… Je me mords la lèvre et jette un regard par-dessus mon épaule. Il me fixe, immobile, l’air de dire « j’attends ». Je grogne, fais demi-tour, attrape la carte comme s’il s’agissait d’un objet brûlant et m’éloigne le plus vite possible, sans me retourner.

***

L’air dehors est frais. Je respire à pleins poumons. L’esplanade de Carter Corp. est vide, la bouche de métro qui dessert le quartier est toujours ouverte et les gratte-ciel aux alentours ont encore des fenêtres qui scintillent ici et là. New York ne dort jamais, mais elle s’apaise la nuit. Son bruit est plus étouffé, il y a moins de voitures, moins de klaxons. J’aimerais profiter de ce calme en demi-teinte pour marcher un moment mais cette rencontre incongrue me perturbe. Mes doigts jouent avec la carte d’une sobriété déconcertante : son nom et son numéro en blanc sur fond noir. Je ne suis pas sûre qu’elle donne envie d’appeler. Et puis si l’interlocuteur est aussi bavard qu’en chair et en os, je doute que la conversation téléphonique soit passionnante ! Il m’a sorti soixante-treize mots, c’est un record je crois. Lui qui est plus habitué aux laconiques « bonjour » quand nos chemins se croisent, voire à un simple hochement de tête grave.

J'inspire et j'expire plus calmement. Tout ce que j'ai à faire maintenant, c'est me concentrer sur mon dossier en cours. Le travail a toujours été ma planche de salut. Quand je vais mal, je vérifie des comptes. Et là, j'ai un sacré casse-tête qui m'attend et qui devrait m'accaparer assez l'esprit pour qu'Ashton soit relégué dans un angle mort de mon cœur…

Un sanglot me secoue les entrailles.

On s'est vraiment perdus dans notre job et nos ambitions, tous les deux.

Le travail ne suffira pas à combler le vide qui s'agrandit devant moi. Je remonte mon sac avec mon ordinateur sur mon épaule, attrape mon portable et envoie un message à Lisa, ma meilleure amie, hôtesse d'accueil de la tour, le premier visage que l'on croise en posant les pieds à Carter Corp. Et quel visage ! Lisa a la douceur, l'assurance et la malice nécessaires pour ce genre de poste.

T'es rentrée chez toi ?
On peut discuter un moment ?

J'attends quelques secondes. Lisa répond toujours. Elle vit le portable à la main. Elle est l'amie fidèle envers et contre tout.

Au Starlite ! Quitte le bureau
et ramène tes fesses !

Elle parvient à me faire sourire au milieu de la tempête. Elle devine que je suis encore à Carter Corp., elle me connaît trop bien ! Et même si je n'ai pas très envie de me retrouver au milieu d'un lieu plein de fêtes, de musique et d'alcool, je hèle un taxi qui m'embarque jusqu'au club. C'est un peu notre QG, l'endroit où on se retrouve entre collègues et amis pour se détendre, se changer les idées et, pour Lisa, « trouver le bon coup d'un soir ». Le videur finit par me laisser entrer, mais j'avoue que ma tête peu emballée et mes affaires de bureau sont un frein pour le Starlite.

La piste de danse est noire de monde et ce n'est que le début. Il est encore tôt pour les fêtards. Je me fraie un passage au milieu des danseurs, essaie de ne pas faire tomber les plateaux pleins de verres des serveurs et touche tant bien que mal au but : le bar. C'est là que je trouve Lisa, appuyée au comptoir, en tête à tête avec le barman, ravissante dans sa mini-robe à sequins dorés. Sa longue chevelure blonde est remontée en un chignon lâche qui dégage la délicatesse de sa nuque. Elle est tout en jambes, Lisa.

Je m'installe à ses côtés, elle ne me repère pas tout de suite, trop absorbée par les sourires appuyés du brun aux dents blanches de l'autre côté du comptoir. C'est d'ailleurs lui qui finit par m'apercevoir, surpris que je sois si proche de la pulpeuse cliente aux yeux saphir.

– Skye ! se réjouit-elle en me reconnaissant et en me serrant dans ses bras.

Elle me relâche vite et tique aussitôt.

– Tu as une mine affreuse. Et pourquoi tu as embarqué ton ordinateur ? Qu'est-ce qui t'arrive ?

Toute l'attention qu'elle accordait au barman s'évanouit, Lisa se consacre à mon cas. Alors, enfin, je me laisse aller, éclate en sanglots et bredouille des débuts de mots sans parvenir à les prononcer jusqu'au bout. Pour la major de promotion que j'étais, c'est dur et honteux. Mais impossible de me contrôler.

– A… Ashton… Il veut qu'on… qu'on rompe…

Lisa ouvre de grands yeux.

– Quoi ?

Je lui fais le récit de la scène qui s'est jouée un peu plus tôt tout en reniflant. Lisa reste pendue à mes lèvres, incrédule. On était vraiment un couple phare, Ashton et moi. Inébranlable ! Enfin, pour moi, en tout cas. J'attrape les mouchoirs tendus par Lisa et les utilise un par un, à la chaîne, avant de les planter près d'un verre à moitié vide et abandonné dans son coin. Le barman grimace et ramasse le tout avant de passer un coup d'éponge. J'aimerais pouvoir lui assurer que d'autres ne suivront pas, mais c'est vain ! Alors, tout en compatissant face à mes hoquets et à mes paroles, il pose une vodka framboise sous mon nez et récolte un sourire ultra-charmé de Lisa en récompense.

– Je ne sais plus quoi penser, dis-je en bouclant mon récit, calmée par le cocktail qui ne quitte pas ma main. On est en pause ? On a vraiment rompu ? Tu crois qu'il veut réfléchir ?

Lisa boit une gorgée de son verre avec froideur, sapant ma bouffée d'espoir en bout de course.

– Ma p'tite licorne préférée, débute-t-elle de son ton maternel, celui qu'elle réserve pour faire la leçon. Rappelle-moi à quelle fréquence vous couchiez ensemble ?

Je m'empourpre. J'adore Lisa et elle me connaît mieux que personne, elle sait donc que c'est le sujet de gêne ultime pour moi. Je plonge dans mon verre pour échapper à son regard de lynx en pleine enquête. Elle pose sa main sur mon genou pour garder un contact avec moi.

– Hé, tu peux me faire confiance, ça restera entre nous.

Je sais tout ça, mais… mais ma vie sexuelle est pathétique à côté de la sienne.

– Oui, bon, on le faisait deux ou trois fois.

– Par semaine ? souffle-t-elle, choquée. C'est tout ?

– Par mois, grommelé-je.

Ses épaules s'affaissent. Je crois que c'est à son tour d'être gênée.

– Oh.

Ses jolies lèvres pleines de gloss se twistent. Je pose mon front contre le zinc, morte de honte. L'alcool me libère pourtant la parole.

– C’était même pas bien ces derniers temps. On le notait dans le calendrier pour ne pas oublier.

– Oh non, chérie, non, compatit Lisa en frottant mon épaule.

– C’est devenu si mécanique, alors qu’on était si passionnés avant.

C’est en le disant que je m’en rends véritablement compte. On n’a même plus d’alchimie sexuelle. Je ne suis pas quelqu’un de très emballée par le sexe à la base. Je passe un bon moment, il y a un rush de cœur et de respiration, un pic, et hop, je m’endors avec un sourire. Je crois que les dernières fois avec Ashton, je n’avais même plus ce rictus satisfait au bout.

– Tu ne crois pas que tout ça a du sens finalement ? me demande Lisa.

Je lève la tête, confuse.

– Tu veux dire que je devrais acheter de la lingerie affriolante et sortir de ma zone de confort ?

Lisa cligne des yeux.

– Non, non. Même si on doit définitivement reparler de ta zone de confort. Je supposais plutôt que cette sexualité décevante est un signe. Peut-être qu’une rupture est la meilleure chose pour tous les deux.

J’ai bien pleuré déjà, et elle parvient à m’arracher à nouveau des larmes.

– Pardon, s’excuse Lisa en me prenant dans ses bras. Je ne voulais pas te blesser.

– Ce n'est pas le cas, c'est juste que tu as soulevé un vrai point.

– Oh ! P'tite licorne ! Allez, finis cette vodka framboise, que tu en boives trois autres et qu'on s'amuse !

Je hoche la tête en abandonnant un énième mouchoir sur le comptoir. Lisa appelle le barman qui revient à elle tel un papillon vers une fleur lumineuse. Elle commande en gloussant et il la dévore des yeux. Le charisme de cette fille est incroyable. On se retrouve donc avec six verres devant nous, dont la moitié est offerte par le barman. On trinque et on boit à nous, je finis par mettre Ashton dans un dossier et par le refermer pour la soirée.

– Oh attends, attends ! Dis-moi qui je suis, s'amuse Lisa, aussi pompette que moi.

Elle s'éclaircit la voix et entame notre jeu favori : les imitations des collègues de Carter Corp. Elle baisse les yeux et affiche un air assombri.

– Bonsoir, corbeau de mes nuits, rejoins mon antre et laisse-moi te brancher à mon serveur. Je serai ton connecteur USB mâle et tu seras ma prise.

J'éclate de rire, elle est trop douée !

– Colin !

On boit pour nous récompenser.

– Un autre, annonce-t-elle avant de poser sa main sur sa hanche et de lever le front. Chérie, mon adorée, prunelle de mes yeux, tu es la guimauve de mon chocolat et le sucre de ma vie.

Elle pose un bras sur mon épaule et, avec une grandiloquence exagérée, se met à clamer :

– Pour toi, j'irai conquérir le soleil, et je t'offrirai les nuits les plus torrides des Enfers !

Je pouffe en secouant la tête.

– Gabriel n'est pas aussi *cheesy*.

Lisa pousse une exclamation outrée.

– Tu as peut-être étudié à Harvard en même temps que lui, mais moi, je l'ai entendu dire à une fille qui donne des cours de yoga aux RH que son père était un astronaute, parce qu'il l'avait décrochée du ciel et qu'elle brillait de mille feux. Plus nul, tu meurs !

J'acquiesce en connaissant déjà la suite.

– Et il l'a emballée ?

Lisa se renfrogne.

– Ben ouais, elle s'est foutue de sa gueule mais ils ont tellement ri qu'elle est partie avec lui, des putains d'étoiles plein les yeux.

– Toutes ses techniques sont bonnes, affirmé-je.

– Il est notre maître à toutes et à tous !

– Tu peux refaire Ryan ?

Lisa me lance un regard perçant et fin.

– Vous ne savez rien de moi et je sais tout de vous, mademoiselle Skye Elliott. Tout ! Même la couleur de votre petite culotte ! Et elle est blanche !

Je me redresse, confuse. Autant elle imite bien les jours de colère du P.-D.G., autant elle a un peu trop raison, là.

– Et comment tu sais ça, au juste ?

Lisa penche la tête sur le côté.

– Oh chérie, s'il te plaît. Garde ton idée de lingerie affriolante en tête, je t'initierai.

Le visage rougi, je balaie l'air de la main.

– À mon tour ! À mon tour ! insisté-je.

Je n'ai que l'image impassible de Jake collée sur la rétine, le bras tendu avec sa carte et son regard d'ambre indéchiffrable. Je tente de calquer son air si sérieux et mystérieux avant de dire de ma voix la plus basse :

– Hé, je suis un monolithe émotionnel, ténébreux et muet.

Si je suis satisfaite de la crédibilité de mon imitation, Lisa, elle, s'accoude au bar avec le sourire du potin de l'année.

– Je crois savoir de qui tu paaarles, fanfaronne-t-elle.

– J'espère bien, j'ai excellé ! me vanté-je.

– Hin hiiin.

Elle tend lentement son bras vers moi et se met à tapoter le bout de mon nez avec son index.

– C'est Jaaake ! Et il fait mouiller ta culoootte !

Cette fois, je blêmis.

– Jake excite qui ?

La voix de l'intrus nous fait pivoter sur nos tabourets. Matt vient de débarquer tout en se tassant, jetant des coups d'œil paniqués partout autour de lui. Fidèle à lui-même, il porte un tee-shirt blanc moulant et un blouson en cuir noir aux manches retroussées pour exhiber un bracelet de force en cuir. Avec ses cheveux noirs en bataille et ses yeux sombres, il tombe n'importe quelle fille, pour peu qu'elle soit sensible au *bad boy* à moto ! Un poil plus jeune que moi,je l'ai toujours vu comme un adorable petit frère trop turbulent. Du coup, je préférerais qu'il oublie vite ce qu'il vient d'entendre.

Je fonds sur un verre pour me l'enfiler nerveusement.

– Matt, qu'est-ce que tu fais là ? interroge Lisa, intriguée par son comportement.

– Je vis le pire *date* de toute ma vie. Elle a ramené ses trois cousines, sa mère et sa tante ! Qui fait ça ?!

Lisa retrouve son sourire moqueur et hausse les épaules.

– La première fille que tu croises dans la rue ?

– Ah, ah, aaah, force Matt avant de m'accorder un regard. Pourquoi tu es toujours fourrée avec elle ? Tu ne vois pas la mauvaise influence qu'elle a sur les gens ?

Rien de sérieux ici, Matt et Lisa sont les deux personnes les plus complices que j'aie rencontrées. Et ils adorent s'asticoter. Il n'a pas relevé le point Jake, je vais poursuivre aussi loin possible de cette histoire.

– Tu veux boire un coup avec nous ? lui proposé-je en me servant parmi les verres de Lisa.

Matt accepte aussitôt, aux dépens de Lisa qui s'insurge. On reprend nos échanges tous les trois, dans une bonne humeur qui allège mon cœur.

***

JAKE

La DAF a un grain. Très mignonne, mais elle a un grain. J'erre dans les étages, exécutant ronde sur ronde, le nez encore empli de cette odeur sucrée de pain d'épices. Sa bouche pulpeuse et brillante dit tellement de choses… « Dossiers financiers problématiques » et « opérations suspectes » rebondissent dans ma tête. Il y aurait donc une affaire étrange au département des finances de Carter Corp. ?

Les portes de l'ascenseur s'ouvrent au dernier étage, clôturant mon tour. J'en sors, fébrile. Cette rencontre était hasardeuse, mais impossible de ne pas penser que Skye Elliott vient de m'offrir la seule chose que j'attendais désespérément dans cette boîte : une piste. Je vais devoir creuser son cas.

Je dépasse le bureau vide de la secrétaire. Tout est élancé, blanc et métallique ici. Pas de bois, pas de couleurs chaudes. Deux plantes gigantesques de part et d'autre de l'entrée du bureau, au fond, apportent les seules touches organiques de l'étage. C'est censé en mettre plein la vue aux visiteurs, potentiels clients de Carter Corp., sans rien révéler de la personnalité du patron qui régit tout. On pourrait mettre n'importe qui derrière le double battant en acier mat tant c'est impersonnel. Du moins, c'est ce que je pensais en arrivant ici.

À force de côtoyer Ryan Carter, je me rends compte que cette froideur des lignes et des matières est bel et bien pensée et travaillée avec un but réel : refléter le requin des affaires, la férocité du P.-D.G. qui a tout créé de A à Z et l'armure qu'il a érigée.

Je frappe trois coups et pousse l'un des battants avant d'entrer dans le bureau. Ryan est assis derrière son immense table en verre. Sur le côté, une large baie vitrée baigne de lumière un salon composé de banquettes en cuir blanc de céruse. Au-dessus de l'espace de travail de Ryan Carter, des Soulages étalent leurs nuances de noir pour plusieurs millions de dollars.

– Monsieur Carter ? Tout va bien ?

Il tapote quelques secondes son clavier en gardant le silence. Puis il lève les yeux de son écran géant et acquiesce.

– Jake, oui, j'ai presque terminé.

Tout est parfait chez lui : ses cheveux bruns à la coupe impeccable, son costume anthracite italien, son visage toujours rasé de près, son regard bleu impénétrable. Assurer la sécurité d'une personne aussi indéchiffrable et secrète demande une grande dévotion. Si je ne suis pas capable de lire une crainte ou d'anticiper une action inattendue, je ne suis pas certain de pouvoir protéger mon client à cent pour cent. Ryan Carter fait partie de ces rares individus qui requièrent une attention constante. Et qui peuvent me demander des choses que je n'accepterais pas venant d'autres, comme m'éloigner de son bureau pour lui laisser l'opportunité de travailler seul, sans la supervision muette d'un garde du corps. Certaines affaires personnelles, selon lui, ne méritent pas mon attention. J'ai fait installer des caméras de surveillance et des alarmes sur tout son étage en échange. Et j'ai deux holsters sur les flancs pour gérer les urgences. Il n'est pas né, celui qui s'en prendra à Ryan Carter, pas sous ma garde !

– C'est bon, nous pouvons y aller. Vous n'avez rien vu de suspect ? m'interroge-t-il en attrapant son manteau.

Je pourrais évoquer la curieuse Skye Elliott, mais sa rupture n'est pas un sujet à propager. Ça n'appartient qu'à elle. Je n'étais là, dans ses pattes, que par accident. Quant à son interlocuteur, je suis remonté jeter un coup d'œil. Sans surprise, il s'agissait de l'homme qu'elle fréquentait et qui venait de la quitter : Ashton Darrow, avocat.

– Non, rien.

Ryan plonge dans son portable et me suit aveuglément. Je le guide jusqu'à l'ascenseur, enfonce une clé tirée de ma poche pour déverrouiller l'accès au garage privé, au sous-sol, et patiente le temps de notre descente.

Comment elle a pu croire que j'étais plutôt pizza « thon et ananas » ? Bordel, c'est vraiment *ça* que je lui inspire ? C'est le pire goût possible. Quand je pense que je l'ai regardée tourner en rond, pour de vrai, là, dans cet ascenseur… Elle était drôle quelque part. Désespérée, mais drôle.

– Jake ? Vous souriez ?

Je lève des yeux étonnés sur mon patron. Ryan me scrute, une lueur moqueuse au fond de ses iris. Je l'ai habitué à l'austérité, je ne souris pas aisément. Mais je dois avouer que Skye Elliott, avec son caractère et sa maladresse, parvient à m'inspirer de l'amusement.

– Je ne souris jamais, monsieur, dis-je avec un haussement d'épaules.

Ryan secoue la tête et retourne à son portable.

– Il faudra me raconter ça, un jour.

Je me mords la langue.

On arrive au sous-sol et à l'une des voitures rutilantes du milliardaire. Je ralentis et tends le bras pour inviter mon patron à rester en arrière. Je fais toujours un tour rapide du parking, même s'il est privé. Une fois devant le véhicule, je l'inspecte avec plus de soin : portières, moteur, coffre, soubassement. Enfin, je permets à mon patron de monter à l'arrière en fermant derrière lui. Je prends place au volant et branche mon téléphone. Ma montre connectée se synchronise aussitôt. Aucun message.

Je démarre.

– Je vous dépose chez vous ?

– Oui, s'il vous plaît, répond Ryan d'un ton vague, toujours accaparé par son écran.

On roule en silence dans un New York somnolant.

Skye Elliott, directrice administrative et financière. « Dossiers problématiques ». « Opérations suspectes ».

Je jette un regard dans le rétroviseur, Ryan a enfin levé le nez. Il fixe la fenêtre sans sourciller.

– En vérité, j'ai observé quelque chose ce soir, dis-je avec l'espoir de confirmer mon instinct. J'ai croisé Skye Elliott un peu plus tôt. Elle travaille bien tard, non ?

Le visage de Ryan se détend à l'énonciation du prénom de sa directrice financière. Moi, ça me noue l'estomac sans prévenir.

– Skye est une personne dévouée à son travail. Ça ne m'étonne pas.

Merde, il y a de la tendresse dans sa voix.

Je croise son regard dans le miroir. Mon échine se raidit. Là, il y a aussi de la mise en garde, et ça non plus, je ne l'ai pas prévu.

– Skye est le meilleur élément de cette tour, je tiens beaucoup à elle.

J'incline la tête. On roule dans un silence à la fois tendu et habituel. L'arrêt à un feu me donne l'opportunité d'envoyer un message sur mon portable.

J'ai peut-être une piste,
on en reparle quand tu peux.

Je le repose dès que le feu passe au vert. C'est sur ma montre que je lis la réponse de Carrie que je reçois quelques secondes après.

Yes ! Demain matin, BG.

***

SKYE

Je titube en sortant du Starlite, bras dessus bras dessous avec Lisa et Matt. On a décidé d'appeler cette soirée « la fête de la presque peut-être quasi-rupture ». À force d'en avoir parlé avec mes deux amis, j'ai pris une résolution : rien n'est perdu. Tout peut encore changer. Matt nous abandonne en nous souhaitant une bonne nuit. Lisa décide de dormir chez moi. J'ai tant redouté, au cours de la soirée, l'idée de rentrer à l'appartement et de me retrouver seule. Je le suis souvent, tant nos horaires à Ashton et moi sont décalés, mais je savais qu'il allait rentrer, quoi qu'il en soit.

– Je passe vite par chez moi et je te rejoins, me promet Lisa en entrant dans un taxi.

Je lui fais un signe de la main reconnaissant et monte dans le mien. Le chemin est court, j'ai des vertiges plein la tête et un sourire apaisé aux lèvres. Mais dès que j'arrive devant ma porte, je suis prise d'une peur irrationnelle : celle de retomber dans un état de tristesse infinie. J'inspire et ferme les yeux.

Lisa ne va pas tarder, ça va aller.

Je pousse le battant et referme derrière moi. J'allume la lumière et pose sac et ordinateur sur le canapé. J'adore cet endroit. Il est niché dans un ancien bâtiment industriel, il a de grandes baies vitrées, des murs en briques rouges et une mezzanine en fonte qui suit le pourtour de la pièce principale, accessible par un petit escalier en colimaçon. C'est chaleureux, plein de livres et…

– Qu'est-ce que…

Je tourne sur moi-même. La moitié des étagères sont vides, il manque son plaid en laine dans lequel je me pelotonnais et ses trophées de marathon qui ont laissé une marque sur le buffet. C'est la même histoire dans la chambre : ses tiroirs sont même encore à moitié ouverts. Ashton est passé dans la journée, a ressemblé ses affaires et il est parti.

Je dessoûle d'un coup. Plus de sourire ni de doux vertiges. J'ai la nausée. Je suis maniaque, et cette asymétrie nouvelle me fait l'effet de gifles à répétition. Je suis complètement nouée. Toute mon organisation est amputée.

Je traîne les pieds jusqu'à mon dressing, me déshabille et enfile ma combinaison licorne en pilou. Aux grands maux les grands remèdes ! Je retourne au salon et me laisse tomber sur le canapé, grimaçant en sentant mon ordinateur contre mon bras et mon sac dans mon dos. En bougeant le moins possible, je les extrais et les pose sur la table basse. Je sors la carte de Jake d'une poche de mon sac. Mes doigts jouent avec elle.

Ça fait presque psy amateur, de donner sa carte en une telle occasion, alors que j'étais en plein craquage. Il attend quoi, du coup ? Que je l'appelle ? Vraiment ?

– Docteur Jake Stewart…

Je pose mes mains sur mon ventre.

– Pour tout vous dire, docteur, c'est moi qui ai trouvé cet appartement. J'ai eu le coup de foudre. Ashton voulait un endroit plus moderne. Alors que les murs en briques, c'est canon, non ? Là où vous êtes assis, le fauteuil, c'était aussi mon choix, mais Ashton l'a adopté. Il s'asseyait là… Maintenant que je le vois, je me dis que c'est étrange, non ? Pourquoi on ne partageait pas le canapé tous les deux ? C'est moi qui avais la garde du plaid, mais il l'a pris parce que c'est lui qui l'avait acheté. C'est pas mesquin, ça ? … Est-ce qu'on vivait réellement tous les deux ? On n'a jamais cuisiné ensemble, ce n'est pas un grand classique de la vie à deux, ça ?… Vous n'êtes pas bavard, docteur Stewart, mais je vous vois sourire ! D'ailleurs. Pour en arriver au sexe, puisque c'est une grosse part de votre travail, hein. On n'a jamais pris de douche ensemble. Jamais. Rien de coquin dans la salle de bains. Et toujours un missionnaire au fond du lit. C'est bien aussi, mais maintenant qu'il m'a balancé à la figure qu'on ne vivait pas ensemble, je me dis que… que je deviens folle au point de parler seule à une projection imaginaire du *bodyguard*.

Je ferais mieux de travailler. Je range la carte, prends mon ordinateur et m'installe à la table. J'ai des dossiers numérisés à fouiller. Je m'enfonce dans les archives et n'accorde plus aucune importance à l'espace à moitié vide de l'appartement.

Ce sont les trois coups à la porte qui me sortent de ma transe. J'ai parcouru tant de colonnes de chiffres que je mets de longues secondes à me reconnecter à la réalité. Je me rue sur la porte, désespérée de songer, dans un minuscule coin de ma tête, que c'est Ashton qui revient. Mais non. C'est Lisa, en combi pilou lapin rose. Elle ne tilte même pas sur le fait qu'on a eu la même idée, elle entre tout en brandissant son portable.

– Après notre conversation, j'ai eu l'idée parfaite pour te remonter le moral et récupérer ta confiance !

Elle jette son sac sur le fauteuil d'Ashton et passe par-dessus le dossier du canapé pour s'avachir dedans. Je la rejoins vite, encore désorientée.

– De quoi tu parles ?

– D'une appli de rencontre !

– Quoi ? grimacé-je.

– Et je t'ai déjà sélectionné des profils !

Je me jette sur son téléphone mais elle le lève si haut qu'il m'est impossible de le lui piquer.

– Regarde, avant de critiquer, m'encourage-t-elle.

– Je suis en pause, la rupture n'a pas été admise par les deux partis !

– En rupture ou en pause, ça revient au même : tu as le droit d'aller mettre ton nez et ta langue ailleurs. Et Brant est parfait pour un goûter et plus si affinités, non ? Il aime pâtisser et il recueille des chatons !

Je me plaque contre elle. Mignon, OK. Mais il ne dégage absolument rien malgré son sourire impeccable. Je *swipe* sa photo. Lisa enchaîne.

– Chuck, moniteur de saut en parachute et il adore les dauphiiins !

– Mais qu'est-ce que je pourrais bien faire avec un moniteur de saut en parachute ? grommelé-je.

– T'envoyer en l'air, réplique Lisa en battant des paupières.

Swipe !

– Harry, manager d'une équipe de basket et parrain de plusieurs chevaux sauvés de la maltraitance.

– C'est quoi cette appli ? Job et animal de compagnie ?

– Ça donne les grands centres d'intérêt.

Je soupire et *swipe*.

– Je vois, ma cliente est difficile, s'amuse Lisa.

– Désolée, mais aucun d'eux n'est Ashton.

– Chérie, personne ne sera jamais Ashton.

– Mais je connais Ashton mieux que personne, c'est ce qui est rassurant…

Et il m'a quittée.

Plus rien n'a de sens. Je me renfrogne. Lisa abandonne l'appli. Elle se lève et va chercher de la glace dans le freezer. Elle connaît très bien la réserve. Elle revient avec un pot de double chocolat avec pâte à cookies et deux cuillères. En passant, elle repère mon ordinateur allumé mais n'aborde pas le sujet. On plonge dans la glace qui nous offre un réconfort gourmand.

– Et Jake ?

J'ouvre de gros yeux.

– Quoi, « Jake » ?

– Tu sais que le comparer à un monolithe, c'est très phallique comme image ?

– Bon sang, oublie que j'ai parlé de lui, la supplié-je, au comble de l'embarras.

– Ma p'tite licorne, depuis qu'on se connaît, tu n'avais jamais montré d'intérêt pour aucun autre qu'Ashton.

– Mais c'est parce qu'objectivement, Jake est sexy. Voilà, c'est tout, il n'y a rien d'autre derrière !

Ses yeux d'ambre, sa cicatrice, son demi-sourire. Sa chemise près du corps, sa barbe de trois jours, ses cheveux en bataille rangée. Ma foutue mémoire m'envoie tous ces détails qui ont accroché mon regard. C'est vrai que je n'avais jamais regardé un autre homme comme j'ai pu regarder Ashton. On n'admire pas le dessin d'un visage, on ne spécule pas sur la douceur des lèvres et on ne s'étonne pas du parfum d'écorces de n'importe qui.

Je secoue la tête. S'il pouvait sortir de là, ce serait parfait !

– Je l'ai croisé dans l'ascenseur, juste après… Ashton. C'est pour ça que j'ai pensé à lui, mais je n'étais pas dans mon assiette, de toute évidence.

Lisa acquiesce avec un tendre sourire.

– En plus… je venais de découvrir une irrégularité dans les comptes, ajouté-je.

Ce problème hante toutes mes pensées, comme si la parenthèse « délire de Lisa » venait de se refermer et que les tableurs de mon ordinateur réapparaissaient ici et là.

– Une irrégularité ? s'enquiert mon amie, inquiète.

Sans préambule, je lâche tout.

– Un potentiel détournement de millions de dollars au sein de la succursale de Moscou.

Lisa blêmit. Elle regarde mon ordinateur.

– C'est pour ça que tu travaillais ? J'allais t'engueuler, je savais que tu allais replonger dans le boulot, c'est ta coquille. Mais je ne m'attendais pas à ça.

C'est décidément la journée des grandes premières ! Je viens de clouer le bec de ma très chère Lisa. Moi, mon cœur s'est envolé. Prononcer ces mots à haute voix, alors que tout est confus dans ma tête, ça rend les choses plus réelles et ça me met une pression de malade !

– Il faut que tu en parles à Ryan, dès que tu peux, s'alarme-t-elle.

Je hoche la tête avec maladresse.

– Tu n'en parles à personne d'autre, hein ? ajoute-t-elle. C'est bien trop sérieux, cette histoire.

Je ne sais déjà plus ce que j'ai dit au *bodyguard* à ce sujet. Le chagrin m'embrumait ! Je n'ose pas en parler à Lisa.

– Même moi, je ne devrais pas être au courant.

– Oh bon sang, tout ça me dépasse, paniqué-je. Je ne suis pas à ma place.

– Non, non, non. Ne dis pas ça, insiste Lisa. Tu as découvert quelque chose d'énorme et tu ne peux qu'être fière de toi.

– Tu crois ?

– Tu devrais avoir plus confiance en toi, tu es douée dans ce que tu fais, Skye !

Elle prend ma main avec insistance et me rebooste le moral. À part fouiller des comptes et lire des chiffres, je ne savais plus quoi faire d'autre. Ai-je les épaules pour aller plus loin ? Je suis directrice de département, mais Ashton a fini par me faire douter de ma propre situation. Et je ne devrais pas. Je vais assumer ce problème et le porter à la connaissance du P.-D.G.

– Tu as raison, dis-je avec fermeté.

– Mais bien sûr que j'ai raison !

– Je vais prendre les choses en main.

– Oui ! Fonce ma poule !

– Je vais en parler à Ryan demain matin, première heure…

– Oui, oui ! Tu gères !

– … et partir à Moscou pour enquêter.

– Oui tu… Hein ?

– Merci, Lisa.

– Attends, là. Ce n'est pas tout à fait ce que je voulais dire…

– Qu'est-ce que je ferais sans toi !

Je bondis du canapé, attrape mon ordinateur, reprends place sur le canapé, une cuillère pleine de glace dans la bouche, et entame des recherches sur la succursale de la Carter Corp. installée dans la capitale russe.

Je suis *super* déterminée.

CHAPITRE 2

JAKE

Le soleil se lève à peine derrière l'immense silhouette de la tour Carter Corp., il doit être 7 h 30. Je termine mon café, jette le gobelet et allume une cigarette. L'esplanade est foulée par les plus matinaux. Ryan, lui, arrive à 7 heures, s'enferme dans son bureau pour des appels privés pendant une heure et me permet de le rejoindre seulement après. Comme les employés entament leur invasion des étages, j'en profite surtout pour prendre l'air. Et ce matin, j'ai une tâche bien précise à remplir.

Je cherche le contact de Carrie dans mon répertoire et appelle.

– Hé ! BG ! Quoi de neuf ? Dis-moi tout de ta fameuse piste !

La voix enjouée de ma partenaire me perce l'oreille. Je suis d'une nature calme et posée, réfléchie, si on veut. Carrie est tout le contraire. Je grimace en éloignant mon portable de ma tête.

– Tu as bu trop de café encore une fois, constaté-je.

– Je n'ai pas encore dormi, j'ai tous les droits sur le café.

– Mmh. On n'en avait pas déjà parlé, de ce rythme incroyablement malsain que tu mènes ?

Je dis ça sans y croire – j'ai parfois l'impression qu'on a une dynamique de vieux couple marié – quand j'entends quelque chose croustiller dans sa bouche.

– Il est 7 h 30 du matin et tu en es encore aux chips ?

Je commence à me dire que je repousse exprès la discussion qu'on doit avoir.

– Techniquement, je ne me suis pas couchée, donc j'en suis encore au dîner. Abrège. Ta piste, exige-t-elle.

Et avec raison : comment évoquer cette curiosité croisée hier soir ? Je pensais que la nuit allait dissiper toute cette première impression étrange, mais non. A-t-elle les épaules assez solides pour ce que j'ai en tête ?

– Hier soir, j'ai vu une employée du département administratif et financier.

Autant rester vague pour le moment.

– Elle a soulevé un lièvre dans la compta et a parlé d'opérations suspectes. Je n'en sais pas plus mais c'est la première fois que j'entends ce son de cloche dans cet univers parfaitement lisse qu'est la Carter Corp.

– Pas mal.

Elle a arrêté de grignoter et je reconnais bien la curiosité piquée dans son ton.

– Parle-moi d'elle. C'est quoi son profil ? ajoute-t-elle.

Je veux tenter de construire un portrait réaliste et convaincant de Skye Elliott quand son apparition dans mon champ de vision me coupe l'herbe sous le pied.

Skye marche à vive allure, tailleur gris assez discret, comme toujours, talons en cuir noir vernis et gobelet de café XXL dans la main. Sa volumineuse chevelure rebondit sur ses épaules et elle remet en place plusieurs fois la lanière de son sac qui s'évade tous les dix pas. Bordel, on a l'impression qu'elle va tuer un dragon ! L'incarnation de la détermination. Je la suis de loin, fasciné par sa démarche. Elle entre dans le hall comme un boulet de canon.

– BG ? Allô ? s'étonne Carrie.

– Euh, oui. Désolé.

– Tout va bien ?

– Oui. Son profil donc.

Est-ce que *moi*, j'ai les idées claires ? Je n'ai pas manqué le mouvement chaloupé de ses hanches, ni ses lèvres à la moue trop sérieuse. Objectivement, en toute honnêteté, elle est sexy. Mais ce n'est pas tellement ce que Carrie veut entendre.

– Elle a l'air sérieuse et dévouée à son travail…

Je la regarde traverser le hall comme une reine à travers les parois vitrées. On ne voit qu'elle alors qu'elle ne semble pas se rendre compte qu'elle attire le regard rien qu'avec son maintien et ses pas résolus.

– Mais fidèle à la firme, à tous les coups. Tu penses qu'elle est fiable ? interroge Carrie.

Skye accorde un signe à Lisa Parker, l'hôtesse d'accueil qui arrive à l'ouverture du bâtiment, et elle percute Mark Leviels de plein fouet, renversant son café sur son chemisier blanc. Elle s'immobilise, interdite, alors que Mark recule, éberlué. Le directeur de la filiale de New York lui ressemble : toujours guindé dans son costume de travail, discret et bosseur. Skye baisse les yeux sur sa poitrine. Cette fois-ci, elle se rend compte qu'elle focalise l'attention et son visage est figé par la stupéfaction.

– Hum.

Comment formuler ça ? J'hésite entre rire nerveusement et revenir en arrière. Est-ce que je peux vraiment entraîner Skye Elliott dans cette histoire ? Un an et demi que je scrute Carter Corp. dans l'attente d'une révélation de ce genre. Et que Carrie trépigne. Je ferme les paupières quelques secondes pour réchapper à la DAF gaffeuse.

– C'est une vraie petite bombe prête à exploser, formulé-je, résigné.

Je le regretterai forcément, un jour ou l'autre.

– Une « petite bombe », je note, s'amuse Carrie.

Je me raidis en saisissant sa moquerie.

Putain, non Carrie, non !

– Ce n’est pas ce que je voulais dire, rétorqué-je vite.

– Mouais.

– Laisse-moi la surveiller encore, avant de décider.

J’entends Carrie pouffer et je me masse les sinus, agacé d’avance par ses sous-entendus. Je reprends mon observation, Skye s’éloigne déjà sans avoir perdu sa verve. OK. Pourquoi pas. Elle n’a pas sa langue dans sa poche et elle a de l’humour. Ça peut bien se passer aussi.

– Tu me tiendras au courant ? requiert Carrie.

– Compte sur moi.

Je me mordille la lèvre et relance :

– Hé, Carrie, ce serait quoi, ta phrase parfaite en préambule d’une rupture ?

– « Tu vois la porte ? »

Je souris en secouant la tête, ça lui va bien !

– Pourquoi tu me demandes ça ?

– Pour rien, réponds-je en calculant les chances que Carrie croise la route de Skye dans le futur.

Je raccroche, écrase mon mégot dans le cendrier à l’extérieur et monte les étages. Une fois devant les portes en acier du bureau de Ryan, je constate qu’il s’est absenté. Sans me prévenir. Encore. Et s’il y a bien une chose qui me fout en rogne, c’est la désobéissance des personnes que je dois protéger. Je recule jusqu’au comptoir de la secrétaire et grogne :

– Où est M. Carter ?

– En déplacement dans la tour, avec ses assistants.

Putain, il va falloir que je lui refasse un briefing sur sa propre sécurité : ne PAS s'éloigner sans me prévenir. Je m'enferme dans son bureau et m'appuie contre un mur, dans un coin, bras croisés. Je vérifie ma montre connectée, 7 h 53. Si à 8 heures tapantes il n'est pas revenu, j'irai le chercher moi-même. P.-D.G. ou non.

Et alors que je jure sur les Furies que je lui ferais moi-même la peau pour son inconséquence si je le pouvais, le double battant s'ouvre et une silhouette marque un arrêt.

– Ryan ! Je dois vous parler !

Skye Elliott, bien sûr.

Elle s'interrompt en comprenant que le fauteuil derrière le bureau est vide. Elle avait pourtant réussi son entrée fracassante. Le chemisier taché a disparu, elle porte un tee-shirt Harvard moulant, mettant sa silhouette bien en valeur.

Lève les yeux, Jake.

Ses épaules s'affaissent, elle marmonne un « mince, raté », et se retourne lorsque la voix de la secrétaire lui lance de loin que Ryan ne devrait plus tarder.

– Je vais l'attendre à l'intérieur ! indique-t-elle en entrant, un dossier sous le bras.

À peine fait-elle trois pas sur la moquette moelleuse de la pièce qu'elle sursaute en m'apercevant.

– Par la Grande Trésorerie !

Elle plaque une main sur son cœur, je retiens un rire en réaction à son juron.

– Remise d'hier ? lancé-je tout de go.

Encore une fois, ce n'est qu'après avoir parlé que j'entends la brusquerie dans ma voix. Skye a même un mouvement de recul.

– Qu'est-ce que vous fichez ici ?

– C'est mon lieu de travail, dis-je avec un haussement d'épaules.

Elle ouvre de grands yeux critiques et fait mine d'inspecter le bureau.

– Euh, oui, très bien. Il ne manque rien, à votre avis ?

Je refrène mon sourire. Cette fille est un spectacle à elle toute seule !

– M. Carter ne va plus tarder, réponds-je en répétant mot pour mot la réplique de la secrétaire.

Ça suffit pour la faire grogner. Elle semble furieuse ! Seulement à cause de ma présence surprise ? Je dois reconnaître que j'ai pris un malin plaisir à ne pas me signaler, juste parce que sa façon d'être, un peu barrée et dans son monde, me fascine.

– Et vous protégez quoi là, maintenant ? Son sac à main ?

Je me contente d'élargir mon sourire en l'appuyant d'un regard provocateur. Elle n'a de toute façon pas tort, je reproche moi aussi son absence à Ryan. Mon silence suffit à la déstabiliser davantage. Ses traits se froncent et elle serre les mâchoires. Elle avance jusqu'à la table de travail du patron, s'assied sur l'un des fauteuils réservés aux visiteurs et dépose avec précaution son dossier près d'elle. Elle soupire et fixe un point devant elle avant de me scruter du coin de l'œil. Elle est nerveuse à souhait. L'appréhension de son entrevue avec Ryan Carter, peut-être bien.

– Vous ressemblez à un portable abandonné en train d'être rechargé, dit-elle avec un regard noir.

Je hausse les sourcils, surpris de trouver un charme fou à son attitude piquante. Elle, elle ressemble à une batterie pleine d'énergie. Mais je ne vais pas lui dire ça.

– Vous n'avez pas répondu à ma question.

Elle détourne les yeux, m'offrant à nouveau son profil délicat. Sa joue se met à rosir alors qu'elle entrouvre ses lèvres, à la recherche de la meilleure réponse possible.

– Oui. Mon psy et moi, on a eu une discussion très utile hier soir, finit-elle par dire avec un sourire dont elle seule peut apprécier le sens.

On garde le silence mais il n'est définitivement pas paisible. Sa jambe s'agite avec nervosité et je sens monter en moi un besoin impérieux de parler pour masquer des battements de cœur bien trop bruyants. Heureusement pour nous – pour moi, dans tous les cas –, Ryan surgit. S'il n'est pas étonné de croiser mon regard, il l'est plus en apercevant Skye qui bondit sur ses pieds.

– Skye, comment allez-vous ? dit-il en se dirigeant jusqu'à son bureau, sans rien dévoiler de plus.

La jeune femme s'est empourprée. J'avais deviné son admiration pour le P.-D.G., mais y a-t-il plus ? Ce serait vraiment un mauvais plan si c'était le cas.

– Je dois vous parler, c'est très important, répond-elle en se rasseyant.

– Je vous écoute.

Il s'accoude sur son bureau et croise les mains, se consacrant entièrement à son employée. Celle-ci jette un coup d'œil vers moi et se racle la gorge.

– En privé.

– Jake a toute ma confiance, vous pouvez parler devant lui.

Et Skye Elliott, visiblement contrainte, se lance dans un exposé construit au sujet de sa trouvaille de la veille. Ma chance est inouïe ! Elle explique tout, montre des photocopies et des impressions de comptes. De nouvelles informations m'atteignent : « il y a des dépenses excessives au siège de la filiale en Russie », « on parle de millions », « les anomalies et les incohérences sont trop nombreuses dans les comptes pour que ce soient de simples erreurs ». Je me concentre sur les paroles de Skye mais aussi sur les expressions de Ryan. Il est impassible. Seul un froncement de sourcils se manifeste lorsqu'il entend Skye dire qu'ils ont affaire à « des détournements d'argent importants ». Il est très inquiet, ou alors il feinte. Les deux sont possibles. Ryan calcule tout.

Je me sens fébrile. La DAF a découvert quelque chose d'énorme ! Je n'ose pas intervenir alors que j'aurais tant de questions à lui poser !

– Pour terminer, il faut partir enquêter à Moscou et je suis prête à poursuivre mon travail là-bas.

Elle reprend son souffle et fixe le P.-D.G. avec intensité. Même moi, je suis pendu à ses lèvres. Ryan s'affaisse dans son fauteuil et affiche un sourire admiratif.

– Je savais que je pouvais vous faire confiance, Skye. Je ne suis pas déçu.

Le compliment la fait rougir jusqu'aux oreilles mais ne semble pas la contenter non plus.

– Cependant, je dois prendre cette affaire en main à partir de maintenant.

Merde !

Ça ne m'arrange pas du tout, et je ne suis pas le seul.

***

SKYE

Hein ?!

– Mais, Ryan, c'est mon travail ! insisté-je, soufflée par sa décision arbitraire. C'est à moi de partir !

– Écoutez, Skye, je respecte énormément votre dévotion, vous m'êtes très précieuse. Mais cette affaire dépasse vos compétences.

J'ai l'impression de me transformer en statue tant mes muscles se raidissent. Il remet vraiment en question mes compétences ? Il ne pouvait pas mieux s'y prendre pour me blesser. Mais je ne vais pas abandonner. Je pose mes poings sur son bureau et plonge mon regard le plus opiniâtre dans celui, glacial, de Ryan. J'en ai la chair de poule ! Pour moi, la hiérarchie, c'est important. Et j'admire tellement cet homme ! Mais il ne m'a pas embauchée pour que je reste sagement assise derrière mon bureau.

– Vous *devez* me laisser partir en Russie.

– Les demandes de visa peuvent être très longues et vous m'êtes plus utile ici, à New York, réplique-t-il d'un ton égal.

– Mais je…

– Ne discutez pas, coupe-t-il d'un ton sec. Ma décision est prise.

Cette fois, je recule. Très bien. S'il ne veut pas céder, je le contournerai. J'en ai assez d'obéir à la voix des hommes qui savent mieux que moi ce que je vaux. Je reprends mon dossier, la rage au ventre. En pivotant, je croise les yeux d'ambre de Jake, muet et mystérieux dans son coin, et n'y lis qu'un mélange d'intrigue et de préoccupation. Il est à nouveau le témoin inattendu de mon échec.

– Bonne journée, Skye, me lance Ryan alors que je m'éloigne.

– Bonne journée, monsieur Carter, rétorqué-je en utilisant sciemment son nom.

Puisqu'il tient à me rappeler qu'il est le chef tout-puissant, autant lui réserver une dernière marque de mon désaccord. On s'appelle par nos prénoms depuis un moment déjà, et je le prenais pour une marque de confiance, mais là, il est allé trop loin.

Je retourne à mon bureau, retire ma veste et m'assieds derrière mon ordinateur avant de m'assouplir les doigts.

– Demande de visa pour la Russie, proclamé-je en ouvrant le navigateur web et en entamant des recherches.

Mettre Ryan devant le fait accompli, ça peut marcher !

Je m'enferme à nouveau dans ma bulle pendant plusieurs heures, trouve divers sites et comprends que ce n'est en effet pas simple de demander un visa pour ce pays. Les démarches sont obligatoirement en russe, d'où le nombre de boîtes ou d'associations qui proposent de faire les demandes eux-mêmes moyennant finance. Il y a plusieurs sortes de visas : le touristique, le visa de travail et le visa pour raisons professionnelles. Le dernier concerne notamment les journalistes, mais aussi une personne comme moi, qui se rend dans une succursale de son entreprise, succursale installée sur le sol russe. Le contrôle des déplacements semble bien établi.

J'ai sélectionné une association qui se chargera de ma demande et qui verse une partie de ses bénéfices à Amnesty International. J'hésite encore entre un visa touristique et un visa de déplacement professionnel. J'ai peur que ce dernier soit plus difficile à acquérir, mais choisir le touristique serait une fraude. Arf ! Allez, je choisis la vérité, il ne faudrait pas que l'association ait des problèmes par ma faute. Je remplis un formulaire de présélection, la réponse est assez rapide, ce sont les démarches suivantes qui risquent de prendre plus de temps. Je n'ai plus qu'à l'envoyer, mais j'hésite encore.

Je vais vraiment faire ça ?

– Toc ! Toc ! chantonne une voix sucrée à l'entrée de mon bureau.

Je lève les yeux, surprise de voir que la lumière extérieure a changé. Il est midi !

– Je te dérange ?

Gabriel Simons pousse la porte.

– Non, non, entre, dis-je, perturbée.

Le manager au service communication et *serial lover* attitré de la Carter Corp. s'avance vers moi, emballé dans son assurance naturelle qui attire comme du miel au beau milieu d'un champ. Ses cheveux ont d'ailleurs la couleur de l'or et ses yeux bleus en ont fait tomber plus d'une. On s'est connus à l'université, Ashton, lui et moi. On n'était d'ailleurs pas les meilleurs amis du monde au départ, tous les deux. Je le trouvais trop extraverti, au point d'écraser les autres partout où il passait. Et puis il était doué, trop doué. Ça m'a toujours beaucoup énervée jusqu'à ce que je comprenne que je ne ressentais qu'une basse jalousie. Notre rivalité s'est transformée en volonté de se surpasser et j'ai fini par voir, au-delà de sa personnalité très démonstrative, un jeune homme serviable et bienveillant, cachant une enfance douloureuse derrière un sourire dévastateur.

De le voir s'approcher de moi, avec sa bonne humeur et son éternel complet-veston, ça me remue les entrailles. Je ne pense qu'à Ashton. On était les trois mousquetaires du campus de Harvard, toujours fourrés ensemble !

– Eh bien, qu'attends-tu ?

Je cligne des yeux.

– Comment ça ? Pour quoi ?

– Pour prendre ton manteau et me suivre sans discuter ! répond-il, mains dans les poches, avec un haussement d'épaules. Je t'emmène déjeuner et tu n'as pas le droit de dire non.

Pour refuser quelque chose à Gabriel, il faut s'y prendre tôt. Très tôt. Et là, il est tard. Trop tard. J'esquisse pourtant une grimace, l'air de dire « Je sais paaas si je peuuux », mais je reçois mon manteau dans la figure en guise d'avertissement.

– C'est moi qui régale ! me motive-t-il.

Je me mords la lèvre tout en m'exécutant. Ce n'est pas une mauvaise idée après tout. En me levant, les yeux fixés sur le formulaire rempli, j'appuie sur « envoyer » et mets mon ordinateur en veille. Une montée d'adrénaline me foudroie. Je l'ai fait !

Je suis Gabriel dans les couloirs jusque dans la rue, le cœur battant à vive allure. Il me raconte les potins de son service – dont Matt fait régulièrement partie – et je ne l'écoute que d'une oreille, tant je suis troublée par ce que je viens de faire ! On se retrouve assis près de grandes baies vitrées, au Fratelli, un restaurant italien très chic du quartier. Je n'ai pas eu le temps de protester. En général, le service est parfait mais un peu lent. Il n'est pas question de se presser quand on vient ici, on savoure. Le serveur nous souhaite la bienvenue, dépose les cartes et prend la commande d'eau et de vin. Une fois que nous sommes seuls, Gabriel croise les mains devant lui et se lance :

– J'ai pris un café avec Ashton ce matin.

J'ai l'impression de me tasser sur ma chaise. J'essaie de le mettre le plus possible de côté pour pouvoir avancer, mais Ashton revient dans ma tête comme un boomerang.

– Il m'a raconté, ajoute Gabriel d'un ton plus intime.

– Et qu'est-ce qu'il t'a dit, au juste ? ne puis-je m'empêcher d'interroger.

À vrai dire, je me mets à craindre son récit. Est-ce qu'il m'a enfoncée ? Est-ce qu'il s'est moqué de moi ? Est-ce qu'il m'a juste balayée d'un revers de la main ?

– Que vous aviez rompu, répond seulement Gabriel.

Je suis atterrée. Je pourrais disparaître sous la table si je m'affaisse un peu plus.

– Il avait l'air confus et bouleversé.

Là, en revanche, je me redresse.

– Mais c'est lui qui a rompu ! Moi je n'ai pas accepté, ni même répondu !

– Peut-être qu'il fait encore le *process* de sa décision, suppose Gabriel en attrapant le verre d'eau glacée face à lui.

La présence du serveur nous coupe dans la discussion. Il prend la commande que je marmonne avec une mauvaise volonté que je ne peux cacher. Vraiment, Ashton ne manque pas d'air ! Venir pleurer auprès de Gabriel, alors que c'est lui, l'instigateur de tout ça ! Dès que le serveur s'éloigne, Gabriel reprend.

– C'était plus simple lorsque nous étions étudiants, dit-il avec un sourire.

Il tente de m'apaiser, mais il m'en faudra plus.

– Tu te souviens de l'affaire Hammond ?

OK. Un sourire. Mais rien qu'un.

Hammond était un professeur de grande renommée à Harvard. Et puis, au cours de notre troisième année, j'ai été témoin de ses agissements auprès d'une étudiante un peu plus jeune que nous. Je lui ai parlé et de fil en aiguille, j'ai découvert qu'Hammond était coupable de plusieurs agressions sexuelles sur ses collègues et sur des étudiantes. Le doyen étouffait l'affaire pour ne pas perdre son poulain si rentable. Après que j'eus partagé tout ça avec Ashton et Gabriel qui se sont montrés révoltés, on s'est unis pour le faire tomber. On a rassemblé plusieurs témoignages anonymes, on s'est infiltrés dans les bureaux du journal en ligne du campus en pleine nuit – Gabriel a soutiré les mots de passe d'une étudiante en journalisme après une opération séduction rondement menée ! – et on a publié nos textes en page d'accueil. Le scandale a éclaté le lendemain, tout le monde a découvert la vérité sur Hammond et sur le doyen. Le premier a été poursuivi, le second, limogé.

Je crois que c'est durant cette nuit-là, alors qu'on était en pleine action, que Gabriel faisait le guet et qu'Ashton et moi, on s'occupait des ordinateurs, que j'ai compris que j'étais amoureuse de ce garçon.

– Vous n'étiez vraiment pas discrets, s'amuse Gabriel.

– Tu nous faisais sursauter pour un oui ou pour un non.

– J'étais en première ligne, rappelle-t-il d'un ton grave mais sans réprimer son sourire.

– Oui mais on n'a jamais été pris.

– Parce qu'on était ultra-chanceux !

Je ris enfin, détendue. Le serveur revient avec les assiettes et nous souhaite un bon appétit. J'ai le cœur noué en songeant à ces souvenirs heureux.

– On était les rois, appuie Gabriel, lui aussi nostalgique.

– C'est vrai, oui.

Je pique trois pâtes au bout de ma fourchette et me rends compte juste à cet instant combien j'ai faim.

– Et toi, comment vas-tu, dis-moi, enchaîne Gabriel. Tu penses que cette décision est irrévocable ?

Je voudrais lui répondre que je l'ignore, mais j'ai peur de me l'entendre dire. Et puis, alors qu'il attend ma réponse, deux silhouettes apparaissent dans mon champ de vision, derrière lui : Ryan et Jake. Je les suis des yeux alors qu'on les escorte jusqu'au bar pour les faire patienter. Gabriel finit par se retourner et comprendre ce qui accapare mon attention.

– Je ne pensais pas que Ryan fréquentait ce restaurant, dis-je.

– Certains menus peuvent atteindre trois chiffres, répond Gabriel.

La présence de Jake, toujours collé à notre P.-D.G., me tourmente encore. Il est bizarre ce type, énigmatique, intrusif au possible et pourtant en retrait.

– Et Jake, tu penses quoi de lui ? questionné-je sans quitter des yeux le monolithe au charme ténébreux.

– Jake ? s'étonne Gabriel. J'ai discuté une ou deux fois avec lui, il est sympathique.

Mon regard se braque sur mon ami, un sourire incrédule aux lèvres.

– « Sympathique » ?

OK. On peut qualifier Jake Stewart de nombreux, très nombreux adjectifs. Mais « sympathique » ?!

Gabriel, lui, s'accoude à la table et m'observe, l'air moqueur.

– Oui, sympathique, affirme-t-il. Pourquoi, tu as quoi d'autre en tête ?

Je me mets à cafouiller tant j'ai de réponses qui se bousculent dans ma tête. Malheureusement, la plupart concernent son physique, imperturbable et attirant par-dessus tout. Rien de très pertinent donc.

– Rien ! répliqué-je, le rouge aux joues, tout en me plongeant dans mon assiette.

– Ne mens pas, petite effrontée. Tu sais à qui tu parles ? Je repère la luxure au fond des yeux de n'importe qui.

– Ce pesto est merveilleux, lancé-je, la bouche pleine. Comment sont tes gnocchis ?

– N'essaie pas de noyer le poisson.

– La prochaine fois, le poisson.

– Mouais.

Et il abandonne. J'ai eu chaud. Lancer le roi de la séduction sur la piste de Jake, c'était me tirer une balle dans le pied. Je le laisse terminer son plat et cherche d'une main la carte noire glissée dans mon sac. Ça me démange d'entrer le numéro de Jake dans mon téléphone alors que ça n'a aucune utilité.

***

JAKE

Je reste debout, près de Ryan qui sirote une eau gazeuse citronnée en attendant son rendez-vous. Je réprime une protestation qui me porterait trop préjudice. Mais comment a-t-il pu décharger Skye Elliott de cette histoire qui devait lui revenir ? La silhouette tout en courbes de la jeune femme est installée à l'autre bout de la salle, avec le pire des voisins de table : Gabriel Simons, le *serial* baiseur de la boîte. Ils ont l'air proches, mais je n'ai pas encore observé de geste d'attaque. Pas que ça m'intéresse, mais elle vient de rompre et elle se retrouve déjà dans un resto italien de grande renommée, avec un type comme lui ?

– Je sais à quoi vous pensez, semble affirmer Ryan qui me sort de mon observation.

J'en doute beaucoup.

– Vraiment, monsieur ?

Il désigne Skye d'un mouvement de menton. Merde, j'espère qu'il n'a pas conclu à n'importe quelle absurdité la concernant.

– Elle pourrait parfaitement faire le job, elle est très sérieuse. Mais aussi beaucoup trop têtue. Ce qui n'est pas sans me rappeler votre caractère.

C'est si incongru, venant de lui ! Comme si l'entêtement était une qualité – ou un défaut – si rare qu'elle devenait remarquable chez Skye et moi.

– C'est-à-dire ? relancé-je.

– Jake, si vous laissez à Skye la moindre minuscule ouverture, elle foncera dedans sans hésiter. Il vaut mieux être ferme avec elle, ne pas lui laisser d'interstice pour agir.

OK. C'est la reine des fouineuses, débrouillarde et déterminée, et le P.-D.G. la craint pour ça. Est-ce qu'elle pourrait avoir de meilleures qualifications ? À part un charme inconscient et ravageur j'entends.

– Monsieur Carter ?

Le maître d'hôtel est revenu vers nous pour s'adresser à Ryan avec déférence.

– Votre rendez-vous est arrivé et votre table est prête.

Il se lève en remerciant l'employé du Fratelli. Je le suis tout en inspectant d'avance la table à l'écart des autres, un peu en hauteur, séparée de la salle par une rambarde. On est à la fois isolés et à la vue de tous. Et étant donné les immenses baies vitrées donnant sur la rue, je dirais qu'il n'y a pas meilleur présentoir à cible que cet endroit. Je m'appuie contre un mur, près de Ryan, sans pour autant le coller. Il serre la main de l'invité en costard déjà présent et ils prennent place avec des sourires typiques d'hommes d'affaires : d'une politesse et d'un paraître qui me dépassent.

Je reste alerte, à observer tous les mouvements autour de nous, les gens qui se lèvent un peu trop vite, les motos qui passent à vive allure sur la chaussée, une voix qui l'emporte sur les autres… Quand je parviens enfin à me calmer, je me reporte discrètement sur Skye.

Elle fonce tête baissée.

Mon instinct me dicte de saisir mon portable pour écrire un message à Carrie.

Tu peux guetter les demandes de visas pour la Russie au nom de Skye Elliott ?

Je n'ai pas à attendre bien longtemps pour avoir une réponse.

C'est le nom de Petite Bombe ?

Mes épaules se tendent. Putain, ça va rester !

Oui.

Ne surtout pas l'encourager sur ce chemin-là. Et comme je ne veux pas que Carrie se fasse une idée tordue de Skye, j'ajoute :

Elle est DAF à la Carter Corp.

Ah oui ! Respect ! :)

Mieux.

Est-ce que ça veut dire
que tu vas la garder à l'œil ?

C'est à cet instant que je vais sceller son destin sans qu'elle le sache et en ignorant tout de la véritable portée de son action. C'est comme si j'étais le lapin blanc, prêt à entraîner Alice dans un terrier effrayant et dangereux. Rien qu'à cette pensée, j'ai le pouls qui s'emballe alors qu'il le fait rarement pour l'écriture d'un message. Et alors que je commence une réponse construite et pleine d'hésitation à Carrie, mon portable vibre.

Un message d'un numéro inconnu. Je l'ouvre.

Vous les regardez vraiment manger ?
Vous faites partie du décor ?

Pas besoin de signature. Je lève les yeux et croise ceux de Skye qui se détourne au dernier moment, un mince sourire sur ses lèvres prune.

Bordel, il n'y a pas de retour possible. Elle a mordu à l'hameçon de ma carte, je ne vais pas la lâcher. J'enregistre son numéro et reprends mon message à Carrie, plus succinct qu'il ne devait l'être au départ.

Oui.

***

SKYE

L'après-midi prend fin, les couleurs qui se reflètent dans les gratte-ciel deviennent aussi chaudes que l'automne. Je m'étire devant ma machine à café. Je n'en peux plus de rafraîchir ma boîte e-mail.

Dès qu'elle est prête, je respire l'odeur brûlante de ma boisson. Mon portable vibre dans ma poche et me sort de ma pause bien méritée.

Un message de Jake. Quatre heures après le mien.

C'est mon travail.

Ah la vache ! Ses conversations sont aussi monolithiques que lui ! Et rien de plus ? Pourquoi j'ai fait ça, moi, aussi ? Je n'ai pas pu m'empêcher de lui envoyer une pique par SMS au déjeuner. Après tout, quitte à enchaîner les batailles verbales avec Jake en vrai, autant jouer les prolongations en virtuel.

– Votre vie est passionnante, Jake, marmonné-je tout en reprenant place derrière mon ordinateur.

Je réfléchis à quelle suite donner quand j'aperçois la notification d'un e-mail reçu. Je déglutis en m'apercevant que ça vient de l'association chargée des visas. Bon sang, j'ai peur de l'ouvrir… Si c'est négatif, je vais vraiment passer pour une super nulle, pleine de prétentions, une incapable.

– Skye ! s'exclame Lisa en débarquant en trombe dans mon bureau, me faisant sursauter par la même occasion.

Mon amie referme la porte derrière elle et reprend son souffle, une main sur la taille, penchée en avant. Elle est légèrement décoiffée, elle a dû piquer un sprint dans le département.

– Mais qu'est-ce qui t'arrive ? m'enquiers-je, stupéfaite.

– Il faut que je… je te dise… j'étais au dernier… étage… et… Oh bordel, il faut que je reprenne le sport…

Je lui sers un verre d'eau et elle s'avachit dans l'un de mes sièges pour invités. Elle attrape une chemise posée sur mon bureau et s'évente avec, me provoquant un nœud contrarié dans l'estomac. La dernière fois qu'elle a fait ça, la chemise a relâché tout son contenu au sol. Je n'aime pas qu'on touche à mon organisation.

– Et donc ? insisté-je.

– J'étais au dernier étage et j'attendais Sally, tu sais l'une des secrétaires de Ryan ? Elle devait me filer une…

– C'est pour ça que tu viens ici en courant ? l'interromps-je, étonnée.

– Non, c'est parce que ma pause finit dans une minute.

Je la scrute sans comprendre un traître mot ! Lisa s'en aperçoit et agite sa main pour passer toutes ces interrogations bien inutiles.

– Bref ! En attendant Sally, j'ai surpris Ryan au téléphone dans son bureau. Il parlait de toi et d'une demande de visa pour Moscou à intercepter.

Un frisson glacial me parcourt l'échine. Je retourne à mon poste et ouvre l'e-mail : l'association décline ma demande. Je serre les poings.

– Je pourrais demander à toutes les autres structures qui proposent ce service mais Ryan va toutes les contacter ! m'exclamé-je, enragée.

Lisa a une moue compatissante. Elle n'était pas très motivée hier, à me voir partir sur cette route-là, mais elle me soutient, *elle*.

– J'ai peut-être une idée, mais je doute.

– Oh pitié, dis-moi, je suis coincée, toute solution est la bienvenue !

Elle grimace et dit, d'une voix haut perchée :

– Ashton ?

Je mets bien une poignée de secondes à comprendre pourquoi le prénom de mon ex surgit au milieu de tout ça, alors que je prends soin de l'ignorer. Mais oui. Oui, Lisa a raison. Ashton est au département juridique et je sais qu'il a un impressionnant réseau de contacts. Il l'a débuté dès l'université.

– Skye ?

Je soupire.

– C'est une idée.

Je ne parviens pas à ajouter le « bonne » tant je redoute de lui faire face. C'est l'avantage dans une tour aussi vaste que la Carter Corp., on ne croise pas souvent les autres par hasard.

– Je dois y aller, se décide Lisa en se levant. Mais tu me tiens au courant, hein ?

– Promis, et merci.

Elle me prend dans ses bras et son geste me remonte le moral.

– T'es la meilleure !

Et elle disparaît derrière ma porte.

Très bien. Je peux le faire. Je peux me rendre au bureau d'Ashton et lui demander un service. Après tout, il me doit bien ça. Après avoir quitté notre appartement sans même m'avoir prévenue ! J'attrape mon portable, mets en veille mon ordinateur et sors. Au passage, je réponds aux questions de mes collaborateurs, demande des nouvelles sur des dossiers en cours, souris aux stagiaires qui écoutent attentivement Akiko et je me retrouve devant les ascenseurs du hall.

Il est où, mon *punching-ball* émotionnel ? Ah, le voilà. Écrire un message à Jake.

Votre travail craint.

– À dans quatre heures, Jake Stewa…

Mon portable vibre alors que les portes de la cage s'ouvrent.

Vous changerez d'avis.

Quelle arrogance ! Je secoue la tête et monte dans l'ascenseur sans pouvoir retenir un sourire satisfait. Il a répondu tout de suite, cette fois. Et c'est à mon tour de le faire mariner. Je glisse mon portable dans ma poche et me focalise sur mon face-à-face avec Ashton.

***

Il est concentré sur son travail. C'est un truc qui m'a toujours attirée chez lui. Le froncement léger de ses sourcils me retourne le cœur. Je n'ose pas lui dire que je suis là. Je l'examine en silence, tentant par tous les moyens de lire quelque chose dans son attitude : est-ce que je lui manque ? Est-ce qu'il regrette ?… Est-ce qu'on doit en parler ? Bon sang, je ne sais pas ce que je vais lui dire ! Ma vie vole en éclats, je suis effondrée à l'appartement alors que je m'y étais toujours sentie bien, je bous de rage et de chagrin, et lui… lui, il semble *normal*. Rien n'a changé en apparence. Toujours le même air appliqué.

– Skye ?

Ashton a fini par lever le nez de son écran. Il se redresse, embarrassé mais poli, et m'invite à entrer.

Je m'approche et il arrive quelque chose d'étrange : il me fait la bise. On faisait ça à l'université, à force d'être entourés d'étudiants du monde entier. Quand on se tournait autour, c'était un moyen comme un autre de se sentir, de se toucher, de se rapprocher un peu plus, tous les deux. Mais là, le lendemain de sa demande de rupture, ça rime à quoi ?

– Tu veux un café ou un verre d'eau ?

– Non, merci.

Ma voix est si enrouée que je m'éclaircis la gorge, mal à l'aise.

– J'imagine que tu es là pour parler de nous.

Tout sonne faux dans sa phrase ! Et je me prends une brutale vague de panique dans la figure. « Nous » ? Pour confirmer une rupture ou pour recoller les morceaux ? Je crois que je n'ai pas la force mentale d'encaisser cette réponse.

– Je pense qu'on devrait…

– Non, l'interromps-je. Ça n'a rien à voir avec ça. J'ai juste besoin de tes contacts pour avoir un visa de déplacement professionnel en Russie. Il faut que j'aille vérifier les comptes là-bas, dans la succursale de Moscou.

Je reprends mon souffle en bout de phrase. Ashton reste immobile quelques longues secondes avant de sourire tout en secouant la tête.

– OK. Je dois t'avouer que je ne m'attendais pas à ça.

Il retourne derrière son ordinateur et se met à pianoter.

– Assieds-toi, même si tu n'auras pas à attendre bien longtemps.

Il est sérieux, là ? Je prends place, perplexe. Et il le remarque tout de suite.

– Gabriel et toi, vous étiez peut-être au club d'échecs de l'université, mais moi, j'étais dans celui des politiques internationales, tu te souviens ?

Je hoche la tête, en attente de la suite.

– Et dans mon club, il y avait Sergueï Ivanenko.

Il prend bien trop de plaisir à donner ses infos au compte-gouttes.

– Et ?

– Et Sergueï Ivanenko travaille au ministère des Affaires étrangères en Russie aujourd'hui. Il m'en doit plusieurs. C'est bien Portland, ta ville de naissance ? Dans l'Oregon ?

C'est une vraie question ? Il se fout de moi ? Il ne sait pas ça ? Moi, je me souviens très bien qu'il est né à New Haven dans le Connecticut.

– Oui, c'est bien ça.

– Je te fais marcher, tu sais.

Non, je ne l'avais pas vu venir. Bon sang, je suis sur les nerfs. J'ai brandi mon bouclier et je suis cachée derrière ! J'esquisse un rire amusé, mais je ne le suis pas du tout. C'est vrai qu'on n'est plus complices.

– Ça ne te rappelle pas l'affaire Hammond ? me lance-t-il avec un sourire affable.

Si c'est bien une idée de Gabriel, de lui suggérer ce genre de souvenir pour raviver la flamme, je le tuerai demain matin, première heure. Autant c'était marrant avec Gabriel, autant avec Ashton, c'est un crève-cœur.

– Non.

Je me rends compte qu'on ne s'est pas dit « je t'aime » depuis des années.

Je me sens vidée de tout.

Ashton ne commente pas plus. Je l'écoute taper son clavier quelques minutes de plus, puis il se lève et attrape une feuille de l'imprimante avant de me la tendre.

– Ta demande de visa validée par l'ambassade, on te l'enverra par coursier ici.

Sonnée, je la prends sans savoir quoi dire. Je me sens reconnaissante, malgré les épreuves que nous traversons.

Ashton s'appuie contre son bureau et croise les bras.

– Au risque de me répéter, tu es sûre de toi ? Tu as vérifié les chiffres, refait les calculs ? Tu sais que tu peux faire appel à un comptable indépendant pour faire un *check-up* ? C'est toujours bien d'avoir un avis extérieur en cas de doute.

Alors là, il me cloue sur place. Ce n'est pas la première fois qu'il m'explique mon propre travail – quand nous étions ensemble, il le faisait sans arrêt et je m'en amusais, je l'excusais, pensais qu'il ne voulait que mon bien. Mais après m'avoir dit hier que je l'empêchais de gravir les échelons, son *mansplaining* me gifle si fort que j'en prends douloureusement conscience !

– Merci pour ton aide, bredouillé-je en ravalant un flot de rage.

– Fais attention, tu devrais être plus prudente, ajoute-t-il sur un ton qui se veut protecteur, mais c'est raté.

Il est paternaliste en plus du reste ! Je rêve !

– Je vais voir Ryan.

La confusion m'accable tellement que je sors de là sans protester de vive voix.

Moi ? Incertaine avec les chiffres ? Douter ? Je retiens les codes d'accès de mon accréditation par cœur alors qu'ils changent chaque semaine ! Quel abruti !

***

JAKE

La porte s'ouvre si brutalement que je saute sur l'intrus sans réfléchir. Personne n'a été annoncé, Ryan est au téléphone, juste devant moi, ce n'est pas une visite anodine. J'agrippe la personne par-derrière dès qu'elle franchit l'entrée, lui tords le bras dans son dos et enroule l'un des miens autour de son cou. Ce n'est que lorsque j'ai le nez dans la voluptueuse chevelure noire à la douce odeur de pain d'épices que je comprends à qui j'ai affaire.

– Ce n'est que moi, parvient-elle à dire.

Je desserre mon emprise, sans pour autant lâcher Skye Elliott.

– Pourquoi vous n'avez pas prévenu que vous passiez ?

– Peut-être parce que ce n'était pas prévu, grogne-t-elle.

– Ou que vous êtes très en colère et donc d'humeur agressive.

– Je vous demande pardon ?

Ce n'est que là que je m'aperçois de deux choses : elle ne se débat pas, et je la tiens encore contre moi. Tout son corps pulpeux et chaud est contre moi.

Je la libère vite, comme si elle me brûlait. Skye pivote, son regard d'obsidienne se plante dans le mien avec la dureté d'un rapace.

– C'est comme ça que vous pensez me faire changer d'avis sur votre travail ?

– La sécurité de M. Carter est renforcée, le risque est élevé, prétexté-je.

Je suis plutôt fier de ne pas avoir cherché mes mots sur ce coup. Parce que sa présence à cet instant – la peau douce de son poignet ancré dans ma paume – me trouble bien trop.

Un toussotement à quelques mètres de nous nous rappelle à l'ordre. Ryan nous fixe depuis son bureau, l'air impatient.

– Je peux savoir ce qui se passe ?

Skye quitte mon périmètre pour attaquer celui du P.-D.G. Elle brandit une feuille froissée et se tient droite, en face de lui.

– J'ai un visa pour la Russie, je pars à Moscou.

OK ! Ryan me jette un regard entendu et je dois bien reconnaître qu'il avait raison : plus têtue que Skye Elliott, ça ne doit pas exister. Il lui avait formellement interdit de poursuivre sur cette voie, il a même saboté ses chances d'obtenir un visa auprès d'une association – Carrie m'a aussitôt tenu au courant – et pourtant, elle est là, avec un visa. Pour Ryan, c'est une bêtise, mais pour moi, c'est inespéré. Et je compte bien l'appuyer.

– Nous en avons déjà parlé, débute Ryan.

– Ne remettez plus en question mes compétences. J'étais major de promotion à Harvard, soutient-elle. Vous ne m'avez pas embauchée pour rien !

– Je sais tout ça, seulement je ne veux pas que vous vous retrouviez en danger, Skye.

Ils vont débattre un moment comme ça, sans jamais céder. Mais j'ai une idée. Je commence à bien connaître Ryan. Si je joue au plus malin avec lui, il prendra la mouche et ça peut m'être bénéfique. Je m'avance au milieu de leur duel et lance, avec mon ton le plus nonchalant :

– Si la sécurité de Skye vous inquiète, il suffit de lui attribuer une personne de confiance pour veiller sur elle.

Je ne me prends pas les foudres d'un seul adversaire, mais bien des deux.

– Je connais une collègue qui pourrait s'en charger si vous n'avez personne en vue.

Rajouter qu'il est incapable de fournir le personnel adéquat va piquer sa fierté si fort qu'il va tomber dans mon piège à la seconde.

Ryan se redresse tout en serrant les poings. Voilà, il est furieux ! Il me foudroie même de son regard impénétrable. Puis, dans un second temps, alors que Skye marmonne des « mais je n'ai pas besoin d'un pot de colle », Ryan se met à sourire. Ça se passe bien, je dirais.

– D'accord, concède-t-il.

Le tour est joué.

– C'est vrai ?! n'en revient pas Skye.

Il lève son index pour signifier qu'il n'en a pas terminé.

– D'accord, Jake. Skye peut partir en Russie, à la condition que vous la suiviez comme son ombre.

Il prend appui sur son bureau et me scrute avec une sévérité de roi.

– Vous ne la perdrez pas de vue, pas une seconde.

– Non, attendez… veut contester Skye.

– Je n'ai pas terminé, coupe-t-il avec son calme olympien. Jake, vous serez dévoué corps et âme à Skye, je vous la confie. Mais tâchez de revenir en un seul morceau. Vous m'êtes très précieux, l'un comme l'autre.

Skye et moi, on échange un regard. Elle semble atterrée et je prétends être embêté. Mais en vérité, je savoure. J'acquiesce.

Skye est ma nouvelle mission, elle n'est pas près d'échapper à ma garde.

CHAPITRE 3

SKYE

J'observe le contenu de ma valise : pulls, bottines, tailleurs et jupes, collants épais… Le début du mois de novembre peut être glacial en Russie. Mais, comme c'est un déplacement professionnel et que je vais faire connaissance avec mes homologues moscovites, j'ai prévu une robe de soirée, au cas où. Mon pyjama, du chocolat pour le soir, ma trousse de toilette… Dans mon sac à main, je glisse mon ordinateur, que je vais garder avec moi tout le temps et mon stylo fétiche. Je crois que je n'oublie rien. Tout est bien droit, bien ordonné.

J'inspire et expire, satisfaite. Je suis si fière de moi, j'ai convaincu Ryan, j'ai mon visa, ma mission et… mon boulet. Jake Stewart, l'homme qui compte ses mots, aussi aimable qu'une porte de prison. L'en-fer ! Mais je vais le gérer, je n'en doute pas. Le principal, c'est que je parte. Et je déglutis en y songeant. Le principal, c'est que je quitte cet appartement, au moins pour quelques jours. Je suis soulagée de ne plus avoir ces étagères à moitié vides sous les yeux. Trois jours ont passé depuis que Ryan m'a autorisé le voyage, et je n'en peux plus de cet endroit trop chargé de souvenirs.

La sonnerie de mon téléphone retentit depuis le salon et me sort de ma contemplation de cette valise si bien faite. Je me rue dessus et décroche sans douter que c'est Lisa qui m'appelle, elle me l'a promis.

– Comme dirait Marie Kondo : tout le rangement de ma valise me fait pétiller ! lancé-je aussitôt.

Silence. Puis, d'une voix posée et aussi grave qu'une contrebasse, mon interlocuteur répond :

– Vous m'en voyez ravi.

Jake. *Bien sûr.*

Rhô bon sang, je ne vais pas m'en sortir, en fait ! Le *bodyguard* va vite se rendre compte que je suis toquée. Autant ne pas préciser que j'attendais quelqu'un d'autre au bout du fil. J'ai saisi ma pelle, je vais creuser ma tombe, jusqu'au bout !

– Et vous, qu'est-ce qui vous fait pétiller ?

Ah bah bravo, Skye, bien joué. Bonjour l'embarras !

– La ponctualité, réplique-t-il sans réfléchir. Je passe vous prendre à 13 heures.

– Je suis au courant, merci, dis-je, irritée.

– Bien, à tout à l'heure.

– Ouais, c'est ça, grommelé-je en raccrochant.

Je ne vais pas me laisser abattre !

La sonnerie de mon téléphone ne m'en laisse de toute façon pas le temps. Et cette fois, il s'agit bien de Lisa.

– Hé !

– Tu es prête ma licorne ? me demande mon amie, d'un ton joyeux.

– Je suis née prête, m'amusé-je.

– Parfait, tu as la bonne mentalité ! Et sur une échelle d'un à dix, où tu te places concernant ton appréhension de l'avion ?

C'est le point noir de mon voyage.

J'ai toujours eu envie de partir loin, mais l'avion est une phobie monumentale pour moi. Et j'ignore pourquoi. C'est pourtant le moyen de déplacement le plus sûr qui existe. Cependant, l'idée d'être enfermée dans une boîte à plusieurs kilomètres au-dessus du sol me terrorise.

Le trajet va durer neuf heures et dix-huit minutes. NEUF HEURES. J'ai le temps de mourir plusieurs fois d'affilée. On part à 15 heures et on arrive à 8 heures du matin.

Neuf heures et dix-huit minutes durant lesquelles tout peut arriver. Tout !

– Hum… Douze ? dis-je en me sentant soudain fébrile.

– On en parle maintenant pour user un peu ta nervosité. Et puis, si j'ai bien compris, tu ne seras pas seule.

Ouh le ton des blagues coquines est en approche !

– Tu pourras te blottir dans les bras de Jake Stewart si tu as peur.

– Ça, ça m'étonnerait, répliqué-je avec rudesse.

– Comment il a tourné ça, déjà, Ryan ? Qu'il devait se dévouer « corps et âme » ?

– Oui bah, ça veut juste dire que Jake prendra les balles imaginaires à ma place, ne va pas chercher plus loin.

– Je t'ai déjà raconté la fois où je me suis envoyée en l'air avec un steward justement, dans un avion ?

Une fois lancée, rien ne peut arrêter Lisa.

– C'est un bon moyen de relâcher la pression si tu es nerveuse ! Et pendant les turbulences, c'est encore meilleur.

J'alterne les rougissements et les frissons. « Turbulences », ce mot résonne plusieurs fois dans ma tête. Je n'y vois rien de sexy personnellement ! Mais je sais ce que Lisa tente de faire : dédramatiser, me faire parler, balancer ce genre de mot pour que mon corps réagisse maintenant. Avec un peu de chance, je ne serai pas au fond du trou une fois dans l'avion.

– C'est comme le faire sur une machine à laver, mais en mille fois plus puissant.

– OK, d'accord, j'ai compris, balbutié-je en chassant les yeux d'ambre qui s'incrustent dans ma tête à ce moment-là.

– Ce que je veux dire, c'est que tu pars pour le travail, d'accord, mais prends le temps de te détendre. Va boire des vodkas, marche sur la place Rouge, emballe un collègue…

Je ne suis pas du tout prête à emballer un collègue. Je rumine tellement les critiques d'Ashton sur mon travail et ses recommandations déplacées que je n'ai pas du tout la tête à « emballer un collègue ».

– Skye, je ne plaisante pas, insiste Lisa.

– On verra, je ne te promets rien mais je vais tenter de souffler.

– Bon. N'oublie pas : tout ce qui se passe à Moscou reste à Moscou.

Je secoue la tête en souriant.

On frappe à la porte, je vérifie l'heure. Jake est en avance. Je croyais que la ponctualité était son dada !

– Je vais te laisser, Lisa. Je te donne des nouvelles.

– T'as intérêt ! Et courage pour le voyage, je penserai à toi.

Son soutien me va droit au cœur.

– Merci, à très vite.

Je raccroche, enfile mon manteau et vais ouvrir.

Ce n'est pas Jake, c'est un visiteur que je n'attendais pas du tout : Ashton.

– Salut, me dit-il avec un sourire passe-partout.

Je vais prendre l'avion avec un monolithe émotionnel, ce n'était pas suffisant pour une journée ? Il faut que mon ex débarque aussi ?

– Qu'est-ce que tu fais là ? répliqué-je en zappant les salutations.

Il regarde à droite et à gauche, gêné.

– Je peux entrer ?

Je m'écarte, le laisse passer et referme, le cœur me cognant les côtes. Il fait un tour dans le salon sans rien commenter. Je n'ai rien touché depuis son départ, l'appartement est toujours aussi bancal à mes yeux, mais je ne sais pas encore comment y remédier.

– Je sais que tu t'apprêtes à partir, je ne vais pas rester. Mais je tenais à faire cette démarche maintenant.

Il sort une liasse de papiers de sa poche intérieure et me la tend.

– Je me retire du bail de l'appartement, j'en ai acheté un dans Greenwich Village. Je sais que tu aimes cet endroit, c'est normal que tu restes et que je parte.

Ma bouche s'assèche. C'est la suite logique d'une rupture, et il la mène d'une main de maître. Je n'ai pas pris le temps de parler avec lui, je fuis chaque opportunité. Et voilà qu'il débarque avec cette annonce.

– Skye ?

– Hum, oui. D'accord, merci.

Je ne sais vraiment pas quoi dire d'autre ! Je mets quelques secondes à attraper les papiers et à esquisser un sourire le moins chagriné possible. Peut-être qu'il a encore un soupçon de tendresse pour moi, pour me laisser l'appartement sans discuter. Mais…

– Depuis quand tu cherches un logement ?

Je connais New York. On n'achète pas un appart en claquant des doigts. Surtout à Greenwich Village.

Il y pensait déjà depuis un moment. Ashton fuit mon regard, embarrassé. Et il peut l'être !

– J'y pense depuis un certain temps.

Quelle réponse de lâche, la plus vague possible ! Mes yeux s'embuent mais je ne veux surtout pas pleurer devant lui.

– Et est-ce que tu as déjà tout pris ici ? Ou il te manque quelque chose ? Tu veux en profiter pour faire un dernier tour ? lancé-je avec agacement.

Alors que moi, je vivais une histoire sans problème, lui cherchait un appartement. Le salopard ! Ça fait des semaines au minimum qu'il agit dans mon dos.

– Non, répond-il seulement en se dirigeant lui-même vers la porte.

Je le talonne avec la furieuse envie d'éclater de colère, mais je n'y arrive pas. Si je m'y autorise, je ne vais faire que pleurer sans réussir à dire tout ce que j'aimerais. Il sort dans le couloir et alors que je trépigne à l'idée de le voir disparaître, Ashton passe une main sur son visage, penaud.

– Skye… Je suis désolé.

Et c'est dit avec une telle sincérité que ça éteint soudain toute ma colère : seule la douleur subsiste. Il se penche vers moi, dépose un baiser sur ma joue et s'éloigne tout en murmurant :

– J'espère que tu trouveras ce que tu cherches en Russie.

Je referme la porte, vidée, des larmes plein les yeux.

***

JAKE

Je raccroche, plus vraiment étonné des coups de folie de ma protégée. Alors comme ça, une valise fait pétiller la vie de Skye Elliott ? Bordel, elle a vraiment besoin de s'amuser ! Et moi d'arrêter de sourire bêtement à chaque fois que je l'entends partir dans un délire. Je bois une gorgée de mon café, assis en extérieur, près de son appartement. J'y serai en deux minutes chrono, le temps que Carrie m'apporte tout ce dont j'ai besoin pour le voyage.

Et en parlant du loup, la voilà.

– Salut BG !

Elle s'assied à côté de moi avec un grand sourire. Carrie Dartieu est ma partenaire depuis trois ans maintenant. Au départ, j'étais tellement réticent à l'idée de travailler en équipe, bien trop renfermé, qu'elle m'a pris entre quatre yeux et m'a provoqué en duel. Un *vrai* duel d'art martial. Si je perdais, je devais l'accepter sans plus jamais refuser sa collaboration. Et autant dire que le score était serré. Mais Carrie a une force de persuasion bien puissante. Et elle m'a battu. C'est bien la seule, d'ailleurs.

Elle ramène ses mèches derrière ses oreilles tout en me détaillant de son regard inquisiteur. Carrie est dans une phase rose. Sa chevelure mi-longue a donc une teinte à la fois douce et acidulée qui lui va à la perfection.

– Ça va, tu ne fais pas trop « agent planqué en mission », m'accorde-t-elle alors.

– Je prends ça pour un compliment.

Je pars avec des costumes, certes. Mais pour le voyage, j'ai opté pour un jean sombre et un pull marin bleu nuit.

– Je te fais toujours des compliments, soutient-elle en papillonnant.

Elle sort un dossier cartonné de son sac à dos et se met à lire une liste.

– On résume ? Ryan Carter t'a fourni un visa, une carte de crédit avec des roubles et un permis international de port d'armes pour les deux flingues de l'entreprise. Tu me confirmes que c'est tout ce que tu emmènes ?

– Oui, j'espère que ce sera même trop.

Mes revolvers sont dans mon sac sécurisé, à mes pieds, mais ne pas les avoir sur moi à cet instant me semble bien étrange.

– Le FBI te confie un deuxième passeport, une autre carte de crédit et un passe pour l'ambassade au cas où, dit-elle en me donnant les papiers. On a aussi fait en sorte que tu puisses passer des appels sécurisés avec ton portable, donc ne le perds pas.

– Ça m'est déjà arrivé de perdre mon portable ? protesté-je en haussant les sourcils.

– Euh, ta mémoire te joue des tours, non ? Belgrade, Serbie, il y a quatre ans ?

– Oh, grimacé-je.
– Ouais. Un sacré bordel.
– Si tu le dis.
– C'était sale.
– Ma mission a peut-être un peu débordé.

Je joue au plus malin avec Carrie qui secoue la tête avec un rire.

– Fais gaffe, ne t'emballe pas à Moscou. Cogne pas gratuitement. Le FBI pourra t'aider en cas de coups durs mais tu n'es pas autorisé à agir en son nom. C'est au-delà de notre juridiction.

J'acquiesce, habitué à ses recommandations qui sont toujours données avec la plus grande sagesse. Il faut dire qu'elle me connaît. Mes missions peuvent parfois… m'échapper un peu, je veux bien l'admettre. D'autant plus que là, je ne pars pas seul. Je dois protéger Skye, et la laisser mener son enquête.

– J'ai aussi un kit de surveillance pour Petite Bombe, ajoute Carrie en glissant une boîte contenant plusieurs micros à cacher sur les vêtements ou dans une chambre.

– Non, pas cette fois, refusé-je avec fermeté. Elle est maligne, elle s'en rendra compte, et elle pétera un câble si elle s'en aperçoit.

Avec surprise, Carrie reprend son kit et me fixe d'un air moqueur.

– Ça veut dire que tu vas devoir la surveiller de très, *très* près.

Ouais. Je me prépare mentalement à cette proximité depuis un moment déjà.

– Oh je ne remets pas en question tes capacités de protection, hein, s'amuse Carrie. Mais Jake, quand il s'agit de relations sociales, tu es un ours.

– Un ours ? douté-je.

– Tu as presque trente ans, toujours seul… Elle remonte à quand, ta dernière relation ?

À jamais ? Je ne suis pas ce genre d'homme. Je pensais qu'elle était au courant, depuis le temps. Moi, les interactions sociales, je les simule. Bien sûr, je me déniche une partenaire, de temps en temps, pour du sexe, mais ça ne dure jamais. Je n'ai rien à offrir et elles le savent toutes, à chaque fois.

– Skye Elliott est une opportunité, rappelé-je alors. Rien de plus.

– Oui, cède-t-elle. Je suis d'accord. Mais aucune femme n'a envie qu'un homme sauvage lui colle aux basques. Et si tu veux qu'elle te raconte ce qu'elle apprend là-bas, t'as intérêt à te montrer agréable.

– Ça me peine que tu doutes autant de moi, affirmé-je en me levant, mon sac sur l'épaule.

– Tu sais que c'est faux.

Je me penche sur son épaule.

– Bien sûr que je le sais.

Elle me fait un clin d'œil et me souhaite un bon voyage. Je m'éloigne et grimpe les étages de l'immeuble de Skye. La nervosité me gagne. J'espère que je ne vais pas merder. Elle est bien trop importante pour nous, mais elle est aussi très imprévisible.

À peine arrivé devant sa porte, j'entends un cri de l'autre côté. Il me faut un quart de seconde pour sortir une arme de mon sac et enfoncer le battant d'un coup de pied. Le verrou saute et je déboule à l'intérieur. Skye est debout, au milieu de son salon, abasourdie. En quelques coups d'œil je vérifie la pièce avant de baisser mon arme, laissant enfin place au stress que je verrouillais le temps de l'intervention.

Il n'y a personne d'autre qu'elle.

– Mais ça va pas non ?! rugit-elle, les larmes aux yeux.

– Vous avez crié.

– Parce que je me suis cogné le petit orteil dans la table basse !

– Ah.

Carrie va me tuer alors qu'on n'est même pas partis. Je range mon arme et repousse au moins le battant qui a un renfoncement là où mon pied a frappé. Le verrou, lui, a roulé près du canapé. Je laisse Skye me maudire sur dix générations et envoie un message à ma partenaire.

Tu peux envoyer quelqu'un chez Skye
pour sa porte stp ?

Tu bats tous les records.

Désolé ?

T'as d'la chance que j't'aime.

– Ça va mieux ? demandé-je comme si de rien n'était.

La jeune femme me scrute, incrédule.

– Oui, mieux que ma porte !

– J'ai appelé quelqu'un de confiance pour réparer, on peut partir les yeux fermés.

Elle ne semble pas convaincue mais ne discute pas plus.

– Je suis presque prête, le temps de me chausser et je suis à vous.

Ses joues se parent d'un adorable rose lorsqu'elle termine sa phrase. Elle marque une hésitation, puis disparaît dans une pièce voisine. Le pull en grosses mailles moutarde et le jean slim lui vont bien, ça change du tailleur.

« Je suis à vous », je trouve que ça sonne bien pour ma part.

Je prends le temps d'inspecter son appartement. Il lui ressemble : une pièce principale spacieuse et chaleureuse, remplie de livres. Les étagères à moitié vides finissent par me sauter aux yeux. C'est vrai qu'elle vient de vivre une rupture. Mais c'était il y a cinq jours. Je sous-estime peut-être la violence de l'événement. Je m'approche d'une bibliothèque, intrigué par ses goûts et par la personne qu'elle est derrière le visage de la DAF dévouée.

– Il a déjà déménagé, oui, avant même de rompre, dit-elle avec amertume, derrière moi.

Je me retourne, elle a enfilé son manteau et tire une énorme valise rouge, un sac cabine sur l'épaule.

OK. Je dois me montrer sociable, c'est une perche lancée, je l'attrape.

– C'est mieux, non ?

Elle fronce son nez, incertaine.

– Comment ça ?

– Vous ne l'avez plus dans les pattes, lui et le poulet tandoori que vous détestez tant.

Elle hausse les sourcils.

– Est-ce que je dois plaindre votre petite amie ? finit-elle par dire.

Elles se sont toutes donné le mot ou quoi ?

– Je n'ai pas de petite amie.

Elle hoche la tête d'un air entendu. C'est bien plus difficile de se montrer moins ours malgré soi. Et aborder ce sujet avec elle, ce n'est vraiment pas la chose la plus facile ni la plus confortable.

– La solitude est un choix, ajouté-je. Je n'ai pas de concessions à faire. Je suis libre d'aller et venir, quand je le veux et où je le veux. Vous comprendrez très vite cet intérêt-là.

Skye s'est un peu tassée sur elle-même. Je dois dire que la voir aussi attristée me serre le cœur. Je me sens soudain mal à l'aise.

– Vous êtes prête ?

Elle opine tout en traînant son énorme bagage.

– Vous voulez que je m'en charge ? lui proposé-je en tendant la main.

– Je suis une grande fille, Jake Stewart, réplique-t-elle en me dépassant.

Elle grogne à nouveau sur sa porte malmenée en la franchissant. Je la rabats avec soin avant d'entraîner Skye au bas de l'immeuble, jusqu'à la voiture. Ce n'est que là qu'elle retrouve le sourire.

– C'est une hybride ? demande-t-elle avec admiration.

– C'est exact, réponds-je en ouvrant le coffre.

Je tente un nouveau coup de main pour hisser sa valise à l'intérieur, mais elle s'évertue à vouloir se débrouiller seule et je n'ai pas l'intention de la contrarier. Elle a besoin de se prouver quelque chose, et ce depuis que je l'ai rencontrée près de l'ascenseur, dans son département. Elle se mord donc la langue en soulevant son bagage et en le poussant dans le coffre, satisfaite. Puis, elle inspecte le véhicule anthracite, l'air plutôt emballée, et est capable de me réciter les infos et les options du modèle Ford qu'elle a sous les yeux.

Ça, je ne l'avais pas vu venir. Quelle femme surprenante.

– On y va ?

J'acquiesce. J'aime bien la voir sourire.

***

SKYE

Je suis rarement trouillarde en voiture – parce que souvent, c'est moi qui conduis – mais là, avec la brute au volant à mes côtés, je m'accroche. Jake ne commet aucune erreur, tout est parfait, il double et se range au millimètre près, mais c'est nerveux et rapide. Je ne sais pas comment ryan fait pour accepter ça. Je vérifie même plusieurs fois que ma ceinture est bien attachée. Pourtant, et j'ignore bien comment et pourquoi, je me sens en sécurité. Effrayée, mais en sécurité. Jake a un air si sérieux et si calme. Alors pourquoi il accélère pour choper le feu vert avant qu'il ne passe au rouge ?!

– Je sais ce que je fais, vous n'avez rien à craindre, dit-il de lui-même.

– Je suis la seule à pouvoir en juger, lui rétorqué-je.

Le démon s'en amuse en affichant un demi-sourire arrogant comme il faut.

Dès que la sonnerie de son portable retentit, il répond en kit mains libres et la voix de Ryan retentit dans l'habitacle.

– Jake, tout va bien ?

– Oui, monsieur, nous approchons de l'aéroport.

Les panneaux indiquant les terminaux commencent à apparaître. Ma tension, elle, grimpe encore. Pourvu qu'on ne voie pas d'avion nous survoler, avec les moteurs qui ébranlent tout sur leur passage.

– Vous serez patient et compréhensif avec Skye, n'est-ce pas ?

J'ouvre de gros yeux.

– Vous savez comment elle peut être…

Où tu vas comme ça, Ryan Carter ?

– Je dois vous informer que vous êtes en haut-parleur, coupe Jake.

Je m'éclaircis la voix.

– Bonjour Ryan.

– Bonjour Skye. Vous ne m'en voulez pas, n'est-ce pas ?

Il a retrouvé sa voix enjôleuse de boss bienveillant.

– Ça dépend de ce que vous alliez dire, osé-je tout de même.

Jake sourit, le regard posé sur la route. Je n'ai pas tellement envie de me taper l'affiche une nouvelle fois devant lui. Si Ryan pouvait m'épargner, ce serait chouette.

– J'allais dire « forte tête », vous n'allez pas me contredire ?

Je me rembrunis.

– Non.

– Bon. Soyez prudents tous les deux, et tenez-moi au courant.

Jake raccroche et se rabat sur la route qui mène aux parkings de notre terminal. OK. Je peux le faire. Je peux sortir de la voiture, me tenir droite, ne pas trembler rien qu'en voyant la signalétique des panneaux avec des petits avions dessinés dessus. Je peux sortir moi-même ma valise, lentement mais sûrement.

– Vous êtes sûre que vous ne voulez pas d'aide ?

– Non.

Je l'extrais en suant, mais je finis par la tenir par son anse rétractable avec une fierté monumentale.

Je prends la peine de me planter juste sous le nez du *bodyguard* qui n'a qu'un risible sac de voyage et un plus petit riquiqui pour la cabine. Je ne peux pas me laisser décontenancer par ses yeux d'ambre, si éclatants et dorés soient-ils, ni par son odeur suave de sève des bois.

– Écoutez-moi bien, Jake. On va mettre les choses au point maintenant. À la base, je n'ai pas besoin de vous. Vous n'êtes là que parce que Ryan s'est senti l'âme d'un protecteur un peu désuet.

Jake me toise sans me laisser la possibilité de deviner ce à quoi il pense. Puis, il penche la tête sur le côté, l'air aimable.

– Compris.

C'est tout ? C'était bien trop facile.

– Bien, dis-je en me mettant en route.

– Madame la directrice ?

S'il croit que je vais mordre à cette attaque-là, il se met le doigt dans l'œil.

– C'est par là !

Rhô bon sang !

Je fais demi-tour sans rien dire et le suis, tête haute.

« Je peux le faire. Je n'ai pas peur. » Ce sont les premiers mots d'un guide de gestion des phobies que m'a passé Lisa. Je vais me les répéter en boucle alors qu'on entre dans le grand hall. Apparemment, Jake sait où aller. Il n'hésite pas une seconde. Ce n'est pas plus mal, j'ai déjà l'impression de voir trouble. Pourtant, quand je remarque qu'on dépasse le *check-in* pour Moscou, je ralentis.

– Euh, Jake, c'est par là, non ?

Il revient sur ses pas.

– Non, on ne prend pas un vol commercial. Suivez-moi.

On y va comment alors ? À la rame ? Il pourrait préciser au lieu de jouer la carte du mystère ! On avance encore quelques minutes avant d'arriver dans un secteur plus calme estampillé d'un « Vols privés ». Je commence à comprendre. Ryan nous affrète un avion de la société. Ce qui signifie qu'on va partager un espace réduit à deux pendant neuf heures et dix-huit minutes. Ma tension atteint des sommets !

On enregistre nos bagages, on passe le contrôle et on débarque dans la zone des quelques portes mises à disposition des jets, envahie de boutiques de luxe. Je prends le temps de ralentir pour regarder des sacs à main que je ne pourrai jamais m'offrir, juste parce que ça repousse le moment de l'embarquement. Jake ralentit et reste à trois ou quatre pas de moi.

Au bout d'un moment, à force d'être immobile devant une vitrine, c'est moi que je finis par regarder en face. Et je suis effrayée ! Si effrayée ! Je sais que je peux encore opérer un demi-tour, mais je perdrais tout : ma force, ma détermination, ma bataille contre Ashton ! Pourtant, mes jambes flageolent, j'ai la gorge nouée si fort que ça en devient douloureux. Que va penser Jake de moi si je fléchis maintenant ? J'accumule les situations grotesques, il va finir par croire que je suis la pire quiche de la boîte, une grossière imposture !

– Skye ?

Je frémis de surprise et d'appréhension. Jake s'est rapproché et m'observe avec inquiétude cette fois. Je suis beaucoup trop émue et apeurée pour afficher de l'assurance.

– Tout va bien ?

Au point où j'en suis, il faut peut-être que je vide ce sac-là, histoire qu'il ne se pose pas de question quand je serai en PLS sur la moquette du jet.

– Il faut que je vous avoue quelque chose, bredouillé-je.

– Je vous écoute.

Je croise les bras, au comble de l'embarras.

– J'ai la phobie de l'avion, murmuré-je en regardant ailleurs. Vous risquez de me voir dans un état bien lamentable tout à l'heure. Si jamais je parviens à embarquer.

– Mmh. Je vois. Déjà, si ça peut vous rassurer, il n'y aura que moi comme témoin.

C'est dit avec humour, mais le problème, c'est que je ne m'en moque pas. Ce type imbuvable, il m'impressionne. Et je lui ai déjà offert plein d'aperçus bien nuls de moi-même. J'aimerais bien qu'il voie autre chose que la fille en pleine rupture qui le compare à une pizza thon et ananas, ou encore la demoiselle en détresse qui se cogne l'orteil dans sa table basse.

– Je sais que rien de ce que je pourrais dire ne vous aidera réellement, ajoute-t-il avec raison. Il va juste falloir que vous me fassiez confiance : il ne vous arrivera rien. Vous êtes en sécurité à mes côtés.

Je déglutis, touchée. Le pire, c'est que je le crois. Jake ressemble bien à un monolithe : droit et solide, rassurant. Ça ne m'aidera pas à dépasser une peur irrationnelle, mais ça la temporise. Je me frotte les bras en soufflant pour me donner du courage.

– Je note, merci, balbutié-je. Euh, ça ne veut pas dire que j'ai besoin de vous, hein ?

– Bien entendu, me cède-t-il.

Foutu charme !

Mon estomac se réchauffe et je regarde ailleurs.

– Je vais acheter des gâteaux pour le voyage, décidé-je en le contournant, les pommettes brûlantes.

Et de préférence avec un max de chocolat. Je fais un petit tour, ne trouve qu'une minuscule boîte de pâte d'amande à cinquante dollars et reviens donc bredouille près de la porte. Jake m'attend avec une hôtesse. Je ne remarque qu'une fois devant elle qu'elle porte un écusson doré avec le nom « Carter Corp. » en lettres noires.

– Madame la directrice, si vous voulez bien me suivre, m'invite-t-elle.

Wow, là c'est impressionnant ! On s'engage sur une passerelle jusqu'au jet et j'entre à l'intérieur, une peur sourde au ventre, mais une nouvelle hardiesse coulant dans mes veines. C'est peut-être le « madame la directrice », ou encore la sécurité que me procure la présence de Jake. Quoi qu'il en soit, je me sens plutôt bien malgré les circonstances.

– Prenez place, je vous en prie.

Je marque un arrêt. Quel luxe ! Deux gros sièges blanc crème se font face d'un côté. De l'autre, une banquette qui semble tout aussi confortable longe les hublots. Au fond, un petit bar en amarante doit renfermer des alcools médaillés près d'une porte qui doit mener à un espace toilettes. La moquette moelleuse au sol donne envie de retirer ses chaussures et de se rouler dessus.

– Où je veux ?

– Où vous le souhaitez, me confirme l'hôtesse, amusée.

– Si je puis me permettre, madame la directrice, choisissez le siège dans le sens du vol, me glisse à l'oreille Jake, avec un petit sarcasme qui m'agace et me divertit tout à la fois.

Je suis son conseil, persuadée que c'est la meilleure chose à faire, quoi qu'il en soit. Je m'enfonce dans le fauteuil douillet, dépose mon sac à mes pieds et attache ma ceinture.

Bien. La première étape est validée. Mon cœur bat vite et durement, comme s'il allait sauter hors de ma poitrine. Pourtant, je me sens calme et maîtresse de moi-même. Jake prend place sur la banquette, sur ma droite. Il n'est pas dans mon champ de vision. Je ne sais pas si ça me rassure ou pas. À tous les coups, il me laisse la liberté de craquer sans imposer sa présence. Je sais qu'il est là, c'est le principal.

J'écoute l'hôtesse rappeler le protocole de sécurité. J'imprime tout. Les sorties de secours, le masque à oxygène, la position à adopter en cas d'urgence, le toboggan à déployer… Dès qu'elle finit, la jeune femme tire des rideaux qui nous séparent de son espace à l'avant, près de la cabine du pilote.

OK, ça veut dire qu'on ne va pas tarder à décoller. Je retire mes chaussures pour me sentir plus à l'aise et me laisse aller contre le dossier.

– Bonsoir, je suis Carlton, votre commandant de bord. Au nom de mon équipage et de la Carter Corp., je vous souhaite la bienvenue à bord. Nous avons eu l'autorisation de la tour de contrôle, nous allons donc nous diriger vers la piste de décollage.

J'entends la porte qui se ferme, mes doigts se resserrent sur l'accoudoir. Je me suis si bien débrouillée jusque-là, ce n'est pas le moment de me laisser submerger !

– Notre arrivée est prévue à 8 heures du matin, heure de Moscou. Nous allons survoler l'océan Atlantique et l'Europe durant la nuit. La température au sol est de 15 °C, la température prévue à notre arrivée est de 3 °C.

Les moteurs vrombissent et l'appareil se déplace.

– Je vous prie de bien vouloir garder votre ceinture attachée jusqu'à ce que le signal lumineux soit éteint. Il ne me reste plus qu'à vous souhaiter un excellent vol.

On s'arrête, l'avion tourne et les moteurs s'échauffent. Subitement, l'appareil part tout droit, à toute vitesse. Je serre les dents pour m'éviter de hurler et ferme les yeux. Il se soulève et on quitte le sol.

Je ne veux pas mourir, s'il vous plaît, s'il vous plaaaît !

***

JAKE

Ça s'est bien passé. J'ai gardé un œil discret sur elle, elle en a bavé mais elle a surmonté le décollage. On vole depuis une petite heure, l'avion a enfin atteint une hauteur et une vitesse régulières, on peut se détacher et se déplacer en toute sécurité. L'hôtesse nous propose alors du café en attendant le dîner. Skye a ouvert son ordinateur et semble plongée dans le travail, je peux donc m'occuper du mien. Je sors un livre écorné de mon sac et m'installe confortablement dans la banquette. Je me replonge dans Pouchkine pour passer le temps.

Deux autres heures passent, durant lesquelles on dîne chacun dans notre coin. Skye ne plaisante pas avec le boulot et je suis sûr que ça la coupe de tout, elle ne doit plus penser à l'avion, focalisée sur ses chiffres et ses rapports. J'ai fouillé son dossier personnel, c'est un génie. Et ce n'est pas étonnant qu'elle soit arrivée là où elle est à vingt-sept ans. Ses compétences ne sont pas seulement innées, c'est aussi une sacrée bosseuse. Je trouve cette qualité admirable.

Je me lève pour rejoindre le minibar et me servir un whisky. Je me permets une entorse, on a encore quelques heures de vol et il ne peut rien nous arriver dans l'avion, il n'y a que nous. Ce n'est qu'à cet instant-là que la frimousse de Skye Elliott réapparaît près de moi. Elle tient un guide sur Moscou dans la main et me fixe avec un air interrogatif.

– Oui ? m'étonné-je alors que j'allais porter mon verre à mes lèvres.

– Vous connaissez la Russie, Jake ?

Mmh. Je vais définitivement avoir besoin d'un verre pour gérer cette conversation.

– Un peu. Vous voulez boire quelque chose ?

Elle jette un coup d'œil sur les carafes sans savoir sur laquelle jeter son dévolu.

– La même chose que vous. Vous parlez russe aussi ?

Je lui verse un verre et le lui tends.

– Je me débrouille.

– Bien ! Vous allez pouvoir m'aider, j'aimerais apprendre quelques mots et phrases utiles.

Ah, elle va vite se rendre compte que j'ai zéro patience. Mais je ne peux pas lui refuser ça. C'est une bonne idée.

– Très bien.

Son sourire adorable redouble et on prend place sur la banquette, tous les deux.

– Par quoi on commence ? Vous allez voir, j'apprends vite.

– Le plus simple alors, pour dire « bonjour » : *Zdravstvouïté.*

Elle ouvre la bouche mais aucun son n'en sort.

– Vous pouvez répéter ?

– *Zdravstvouïté.* L'accent est sur le *a*.

Skye se met à répéter le mot plusieurs fois, d'abord très mal, un peu mieux au bout d'un moment, mais jamais très bien. Et ce n'est que le premier.

– « Au revoir », je sais ! J'ai vu le film ! *Dasvitania* !

Je me mords la lèvre pour ne pas rire. Elle ouvre de grands yeux, sans perdre sa bonne humeur. Ça devient bizarre, cet échange.

– Vous vous moquez de moi ?

– On dit *do svidania*, avec l'accent sur le deuxième *a*.

On enchaîne avec plusieurs formules de politesse qu'elle espère utiliser à la tour moscovite de la Carter Corp. Si elle est un indéniable génie des chiffres, c'est moins vrai pour les langues. Je dirais même qu'elle se joue de mon impatience depuis qu'elle l'a remarquée il y a quelques minutes, quand j'ai soupiré malgré moi, pour me faire répéter plusieurs fois certains mots et faire exprès de mal les prononcer. Son regard revanchard ne trompe personne, elle flamboie, me fascine et me tape sur les nerfs en même temps. Une véritable torture !

– Essayez cette formule : *ostavté ménia v pokoïé*, lui proposé-je au bout d'un moment.

– Ça veut dire quoi ? exige-t-elle avant de se lancer.

– « Laissez-moi tranquille », réponds-je en clignant des paupières.

Elle se redresse, outrée.

– *Net.*

Ça, le « non », elle l'a bien retenu.

– *Pajalouïsta*[1].

Elle se creuse la tête pour se souvenir de ce mot qu'elle a vu un peu plus tôt. Elle semble abandonner en soupirant et en s'affaissant dans la banquette, son verre vide.

– *Dourak*[2].

Ah, celui-là, en revanche, je ne le lui ai pas appris. Je l'ai déjà remarqué que son insolence me plaisait ?

– Chers passagers, nous allons entrer dans une zone de turbulences, annonce le commandant de bord. Merci d'attacher votre ceinture jusqu'à ce que le signal lumineux soit éteint.

Ni une ni deux, Skye s'attache sur la banquette sans reprendre sa place. Elle s'est redressée en un quart de seconde, alors qu'elle était détendue jusque-là. Me torturer, c'est sûr, c'est relaxant. Je m'attache à mon tour et garde un œil sur elle.

L'avion se met à nous bousculer, d'abord doucement, juste quelques secousses, puis avec plus de brutalité. Même moi, je ne m'y attendais pas.

– On va tous y rester, affirme-t-elle avec une froideur qui m'inquiète.

---

1. « S'il vous plaît. »

2. « Idiot. »

– Non, on ne fait que traverser des courants d'air, c'est naturel.

– On peut mourir de manière tout à fait naturelle ! rétorque-t-elle en tremblant.

L'appareil opère une descente un poil agressive qui plaque Skye en arrière. Elle pousse un cri et se met à haleter.

Ne fais pas l'ours, aide-la !

Je me détache pour m'approcher d'elle, elle agite ses bras avec une telle nervosité que je n'arrive pas à savoir si elle veut se raccrocher à moi ou me repousser. Tant pis, je ne vais pas ergoter sur la question, je me presse contre elle et attrape son visage entre mes mains pour la forcer à me regarder.

La douceur de sa peau…

Elle agrippe mes poignets, les paupières closes.

– Regardez-moi, Skye !

Ses joues chaudes et tremblantes parviennent à me bouleverser. Putain je déteste la voir comme ça !

– Skye !

Elle ouvre des yeux aussi vastes que la nuit.

– Rappelez-vous, vous êtes en sécurité auprès de moi !

Elle hoche la tête. Bien. Elle est encore terrorisée, mais j'ai son attention.

– P… parlez-moi, demande-t-elle, un trémolo dans la voix.

Me voilà démuni. Je n'ai jamais été très bavard.

– Racontez-moi quelque chose que vous n'avez jamais dit à personne.

Ah bordel, tout mais pas ça. Je ne sais pas si elle sent mon hésitation mais elle enchaîne :

– OK, je vais commencer.

C'est surtout elle qui a besoin de parler, en fait.

– Quand j'étais petite, je voulais devenir championne de patinage artistique.

Vraiment pas l'anecdote que j'attendais ! Et je ne peux pas m'empêcher de hausser les sourcils de surprise.

– Ah oui ? Avec les costumes à paillettes ridicu…

– C'était surtout *pour* les costumes à paillettes, me coupe-t-elle avec sérieux. J'en ai fait pendant dix ans.

Oh bordel de bordel, j'ai envie de l'embrasser.

Je recule un peu, me rendant compte que plus ça va, et plus je me rapproche.

– À… à votre tour.

Qu'est-ce que je pourrais bien lui raconter de ma vie ? J'essaie moi-même de ne jamais penser à mon passé, à mon enfance stricte, à mon père déçu, à ma famille brisée… ça fait des années qu'il n'y a plus rien de vrai dans mon existence.

Sauf ces yeux-là.

– La marinara.

– Quoi ? s'étonne-t-elle.

– C'est mon genre de pizza.

– Ah ! s'amuse-t-elle.

Rha là là, le plus beau sourire du monde.

Ne l'embrasse pas, crétin !

Je recule à nouveau. Elle est magnétique, ce n'est pas possible.

Ding !

On lève les yeux, le signal lumineux s'est éteint. L'avion ne secoue plus. Il faut que je la relâche, Skye a arrêté de trembler. Je me retire et me sens tout aussi embarrassé qu'elle à première vue. Son regard est fuyant lorsqu'elle se rassied correctement sur la banquette.

– Vous devriez prendre un cachet pour dormir, lui recommandé-je en appelant l'hôtesse. Vous ne verrez pas le temps passer.

Elle acquiesce.

– Oui, c'est une bonne idée.

L'hôtesse se charge de lui apporter un verre d'eau et un cachet. J'espère que Skye va reprendre sa place, mais non. Elle reste sur la banquette. Elle finit même par s'affaisser sur mon épaule alors qu'on a baissé la lumière. Ses boucles noires frôlent ma peau. Elle va peut-être se reprendre ? Non. Elle sombre dans le sommeil. J'ai peur de la réveiller si je la rebascule de l'autre côté.

Ou peut-être que j'aime bien l'avoir près de moi.

Non. Non, non, non ! Hors de question de déconner avec elle !

Elle est beaucoup trop importante pour mon enquête. Je m'extrais avec délicatesse tout en reposant sa tête sur un coussin. Je l'allonge sur la banquette, sors une couverture du coffre en dessous pour la border et prends place sur le siège le plus éloigné d'elle. Voilà. Mieux.

La mission avant tout.

CHAPITRE 4

SKYE

Je colle mon visage sur la vitre de la voiture, émerveillée. C'est le matin à Moscou, je suis fatiguée malgré mes quelques heures de sommeil, mais je suis surtout très excitée depuis qu'on a franchi les portes de l'aéroport. Je l'ai fait ! On est à plus de sept mille cinq cents kilomètres ! Tout est nouveau pour moi. L'architecture n'est pas la même. La capitale russe abrite à la fois des édifices bicentenaires de l'ancienne Russie et des bâtiments en béton soviétique plus récents. Même l'alphabet est différent, je m'amuse à reconnaître les noms des restaurants américains traduits, tique devant des curiosités comme ce café ambulant à l'arrière d'une camionnette, et admire les câbles du vieux tramway qui circule encore sur certaines artères. Même le ciel est différent : d'un gris neige enchanteur, et qui déverse un froid glacial sur la ville.

Jake gare la voiture qui nous attendait à l'aéroport, sous le porche d'un palace en plein centre. Un groom descend les marches du perron pour m'ouvrir la porte.

– On loge vraiment ici ? demandé-je, sans y croire.

– M. Carter s'est chargé de tout, répond Jake.

Le jet privé, c'était déjà pas mal. J'ai même apprécié le trajet malgré ma phobie. Les mains de Jake sur mes joues et ses yeux d'ambre y étaient pour beaucoup si je suis honnête.

Qu'est-ce que j'aime l'embêter ! J'arrive pas à m'en empêcher. Les leçons de russe, c'était le pompon !

Le personnel du palace prend en charge nos bagages et un majordome nous guide dans l'immense hall recouvert de tapis. Un lustre en cristal monumental éclaire un plafond peint. Comme je ralentis pour l'admirer, le majordome m'explique en anglais que le propriétaire de l'hôtel a fait restaurer l'édifice après qu'il a servi de ministère pendant des dizaines d'années. Ils ont redécouvert les toiles marouflées peintes au XIXe siècle. Je le remercie chaleureusement et rattrape Jake qui attend déjà près de la réception.

Le majordome saisit des cartes en guise de clés et tient à nous emmener lui-même jusqu'à nos chambres. L'ascenseur est une merveille d'art nouveau, avec ses vitraux aux fleurs entrelacées et ses plaques en laiton. On arrive à notre étage et le majordome ouvre une première porte.

– Votre chambre, madame, m'invite-t-il à entrer.

Je fais quelques pas à l'intérieur et me contiens le plus possible. Entre le lustre au plafond, le lit surmonté d'une polonaise de soie bouffante et rouge, les fauteuils XVIIIe siècle tapissés de satin rouge épais, les dorures sur les boiseries blanches aux murs, le poêle en céramique incroyable, la grande psyché Empire près d'une coiffeuse en bois précieux… je ne sais plus où donner de la tête. C'est une chambre de princesse.

J'A-DORE.

J'ai juste envie de sauter sur le lit !

– La salle de bains est juste ici, m'indique le majordome.

La baignoire dorée sur pattes ! Incroyable !

Je dois avoir des étoiles plein les yeux parce que, même sans rien dire, l'employé de l'hôtel sourit avec confiance juste en me regardant.

– La chambre de monsieur est juste à côté, vous avez une porte communicante, comme demandé.

Je n'avais pas remarqué la porte dans un coin. Le majordome entraîne Jake à côté, moi, j'en profite pour me jeter sur le lit et m'enfoncer dans les couches moelleuses des couvertures avec délice. C'est comme dormir sur une grosse guimauve. Ou un tas de chantilly.

Je pourrais m'abandonner au sommeil mais le visage de Jake fait une apparition inopinée au-dessus de moi.

– Il est 10 heures passées, je vous propose qu'on se repose un peu et qu'on se retrouve pour le déjeuner avant de se rendre à la tour Carter Corp.

– Parfait.

Il disparaît, je retire mes chaussures et me roule en boule sur le lit.

Je suis si loin de New York et si loin d'Ashton. Quel soulagement.

***

Lorsque l'on descend le perron de l'hôtel, le voiturier nous a apporté la voiture et tend les clés à Jake qui prend le volant. Après une toilette, je me suis habillée pour aller travailler comme si j'étais à New York. À la différence que mes collants sont en laine et que j'ai des bottines chaudes aux pieds. Il fait à peine 2 °C dehors et un vent glacial souffle. Jake aussi a repris ses habitudes avec son costume sombre. Ça lui allait bien, le pull marin, pourtant. Comme il est costaud, bien musclé, tout ce qui s'ajuste à lui le rend affreusement séduisant.

On a vite mangé un morceau au restaurant et nous voilà partis pour la tour. Je m'attache et Jake démarre.

– Comment pensez-vous enquêter sur votre affaire ? me demande-t-il au bout d'une poignée de secondes.

Je voudrais lui expliquer ce que je compte faire mais j'avoue que je suis intriguée. Pourquoi cette question ? En quoi ça concerne le garde du corps ? Je ne veux pas diminuer son travail – même si je vois mal ce qu'il va bien pouvoir faire d'utile pour moi – mais ça ne le regarde pas du tout. Sauf si…

– Est-ce que Ryan vous a demandé de me surveiller jusque sur ce terrain-là ?

Il semble heurté sur le coup mais il conserve son calme pénétrant.

– Non, c'est vous la patronne.

Je préfère.

– Cela dit…

Il suspend sa phrase. Est-ce qu'il ignore comment la finir ?

– Quoi ? grondé-je.

– Si vous faites quelque chose d'imprévu ou d'idiot si vous préférez, et qui peut vous mettre dans une situation compliquée, voire périlleuse, je ferais mieux de le savoir.

Quel toupet !

– Je vais essayer, m'agacé-je.

– Bien. Je suis là pour assurer votre sécurité, mais il vaut mieux que personne n'en déduise que vous en avez besoin. Ne me présentez pas comme votre garde du corps, une fois là-bas, conseille-t-il. Et surtout, ne me faussez pas compagnie sans me prévenir. J'insiste là-dessus.

– J'aurai le droit d'aller aux toilettes où vous me suivrez comme mon ombre jusque-là ?

– Prévenez-moi, c'est tout, réplique-t-il avec un calme olympien.

La poisse ! Je veux râler bien plus fort mais alors qu'il tourne dans une rue, twistant son corps pour regarder sur sa droite, sa veste s'entrouvre et laisse apercevoir un holster sur son flanc. Ça me calme aussitôt et je n'ose plus discuter.

On n'est qu'à dix minutes en voiture et à une vingtaine à pied de la tour. Dès qu'on arrive, je suis ébahie par la grosse enseigne trônant au-dessus de l'entrée, la même qu'à New York à l'exception du nom de la ville : « Carter Corporation – Moscou ». Quand on entre dans le hall, je m'attends presque à trouver Lisa à la réception, mais non, c'est un jeune homme qui parle plusieurs langues qui nous accueille. Je tente avec un succès mitigé les salutations en russe que j'ai apprises et lui dis que je suis attendue par mon homologue. Il me confirme qu'en effet, on va venir me chercher.

J'en profite pour observer les allées et venues des employés, tout en sentant la présence muette mais rassurante de Jake derrière moi.

– Madame Elliott ! s'exclame une voix près des ascenseurs.

Un homme s'approche de nous, un grand sourire aux lèvres, les bras tendus devant lui. Sa tenue est plutôt décontractée avec sa chemise blanche et sa cravate rouge, une paire de bretelles retenant un chino gris. Il a une barbe châtain bien entretenue et des cheveux en bataille avec deux zébrures grises au-dessus des oreilles. Ses yeux bruns et rieurs pétillent derrière une paire de lunettes en écaille de tortue.

Je tends la main dès qu'il arrive, en espérant qu'il s'en contente. Il la serre de ses deux mains avec enthousiasme avant de me taper la bise. Ce n'est vraiment pas le genre de salutations que j'apprécie avec les inconnus, mais il m'est sympathique.

– Je suis Aleksei Votiakov, directeur administratif et financier, enchanté de vous rencontrer chère consœur.

– Je suis ravie, moi aussi. Vous pouvez m'appeler Skye, l'autorisé-je en reprenant ma main.

Il est bien trop tactile pour moi.

– Seulement si vous m'appelez Aleksei.

Ce n'est qu'à cet instant que je perçois l'onde ténébreuse et colérique derrière moi. Aleksei a un mouvement de recul en jetant un coup d'œil sur le *bodyguard* qui le verrouille de son regard le plus noir.

– Hum. Je vous présente Jake. Mon assistant, balancé-je un peu au hasard.

– Bonjour, se contente de dire Aleksei avec un geste de la main poli.

Mon homologue préfère reporter toute son attention sur moi. Je ne peux que le comprendre, Jake a la chaleur d'un glacier quand il veut.

– Venez, je vais vous faire visiter notre département.

Et on se retrouve à faire le tour des bureaux et des open spaces où tout le monde nous accorde au moins quelques secondes de son temps pour nous saluer. Je ne peux pas m'empêcher de faire des liens : « Tiens, elle, c'est l'Akiko de la succursale russe », « Et elle, c'est la Shira stagiaire de leur service ». Quand j'aperçois un grand type blond penché sur une machine à café et entouré d'une cour de femmes et d'hommes à sa botte, je vois le Gabriel de Carter Corp. Moscou en action.

– On vous a libéré cette salle de réunion pour que vous puissiez travailler dans le calme, finit par me dire Aleksei en s'arrêtant devant une porte.

Les parois sont vitrées mais les stores ont été abaissés à l'intérieur. Aleksei déverrouille le battant. Ça m'interroge sur le coup : ils ferment les salles et les bureaux à clé ici ? Le protocole ne doit pas être le même qu'à New York. Je comprends pourquoi en entrant dans la pièce : une longue table trône au centre, entourée de chaises et supportant plusieurs piles de dossiers. Les fameux bilans comptables de la succursale de Moscou. Hypnotisée par toutes ces données à étudier, je refourgue mon sac à Jake pour en sortir mon ordinateur.

– Vous voulez bien ouvrir les stores, Jake ? Que nous profitions de la lumière du jour. Et puis vous nous préparerez du café.

Je n'ai pas le temps de profiter de l'air confus et grognon du *bodyguard* qu'Aleksei refuse catégoriquement.

– Non, non, non. Laissez-moi faire le café. Si vous avez besoin de quoi que ce soit, utilisez le poste de téléphone ici et composez le 1239, je viendrai.

– Merci pour votre prévenance, Aleksei.

– Je vous en prie, Skye.

Il me serre à nouveau la main, pelotant mon bras jusqu'au coude, et il nous laisse en refermant la porte. On le voit s'éloigner dans le couloir grâce aux baies vitrées que Jake a dégagées. D'ailleurs, ce dernier me scrute d'un drôle d'air.

– Quoi ? Ce n'est pas la meilleure couverture qui soit ?

– Si, gronde-t-il seulement.

J'en frissonne. Il se contente de croiser les bras et de se caler dans un coin, comme je l'ai si souvent vu faire avec Ryan. Le rabat-joie ! Aleksei revient l'instant d'après avec une cafetière pleine, une boîte de gâteaux secs en cas de petit creux et une seule tasse, zappant complètement Jake.

Je me plonge dans les dossiers en commençant par les répertorier, puis par les étudier en détail. Je retrouve mon élément. Les chiffres, les données, tout ce qui a un sens pour moi. Je perds même la notion du temps et tressaille lorsque la lumière s'allume dans la salle. Jake vient de se déplacer jusqu'à l'interrupteur. La nuit est tombée dehors. Le soleil se couche avant 17 heures ici en novembre.

– Tout va bien ?

Aleksei passe la tête. Il est vraiment très serviable.

– Oui, merci.

Il sourit en retour.

– Je vais rentrer chez moi, mais vous pouvez rester plus longtemps si vous le souhaitez, il suffira de fermer à clé et de la remettre à la réception.

– Je le note ! J'ai une dernière demande, si ça ne vous dérange pas.

– Bien sûr, dites-moi.

– Il manque le troisième trimestre de l'année dernière, vous pourriez me le donner ?

Cette fois-ci, Aleksei se redresse, l'air confus.

– Oh. Je suis désolé. Le comptable chargé des archives est rentré chez lui. Il ne pourra vous le fournir que demain.

– Ce n'est pas grave, merci et passez une bonne soirée.

– Merci. Bonne soirée à vous aussi.

Et il disparaît à nouveau. C'est vrai que moi, techniquement, je n'ai fait qu'une demi-journée de travail, alors que mes collègues russes ont effectué leurs heures. Je ne suis pas fatiguée et j'estime que Jake non plus. Alors je poursuis mon travail.

***

JAKE

Je l'observe se dévouer à la tâche depuis un bon moment. C'était une bonne idée de me faire passer pour son assistant. J'ai un côté maso, je le reconnais. Ça ne me dérange pas que cette femme en particulier me malmène, ça signifie que je captive son attention. Mais le comportement d'Aleksei Votiakov me fout sur les nerfs. Il se montre bien disponible, peut-être trop. Et puis, la toucher comme ça, pour un oui ou pour un non, se conduire de manière si mielleuse avec elle… ça ne passe pas. Je vais garder un œil sur ce type et s'il s'avise de déraper, il ne comprendra pas pourquoi il se retrouve gisant au fond de la Moskova.

Le gargouillis qui retentit dans la salle fait rougir Skye qui quitte enfin son écran des yeux.

– Désolée, souffle-t-elle.

– J'ai vu un camion qui vend des *pelméni* en bas, je peux descendre en acheter si vous voulez ?

– Je n'ai aucune idée de ce que c'est mais je suis partante, accepte-t-elle avant de se frotter le visage.

– Des sortes de raviolis à la viande.

– J'en ai l'eau à la bouche, assure-t-elle en hochant la tête.

– Profitez-en pour souffler deux minutes.

Elle se lève et s'étire.

– Je vais faire quelques pas dans la pièce.

Je descends les étages désertés et envoie des messages à Carrie sur ce que j'ai pu observer jusque-là. Lorsque les portes de la cage s'ouvrent sur le rez-de-chaussée, je ralentis, le temps de lire les réponses de ma collègue.

Le haussement de ton, à la réception, alors qu'un gardien a pris la place du jeune homme pour la nuit, attire mon oreille. Sans m'arrêter, je jette un coup d'œil sur la silhouette masculine qui grommelle, les mains à plat sur le comptoir. Le gardien, lui, semble nerveux. Ils échangent en russe. L'homme est vêtu de noir, les cheveux ras. Il insiste pour voir Aleksei. Le nom m'immobilise. L'homme ne m'a pas remarqué. Il est concentré sur sa menace et le gardien tient bon :

– M. Votiakov est rentré chez lui, revenez demain.

Il protège admirablement le DAF de la filiale, car tout prête à croire que l'inconnu n'est pas là pour prendre le thé avec Aleksei. Je fouille dans mes poches et sors lentement mon paquet de cigarettes. L'homme frappe le comptoir et laisse tomber. Du coin de l'œil, je le vois faire demi-tour et reprends donc ma route pour sortir. Je m'arrête devant les portes pour allumer ma cigarette et prends le temps de récupérer un maximum d'infos sur l'inconnu au moment où il passe devant moi.

Son air est bourru, il a les épaules larges, des chaussures vernies, un mouchoir rouge dans la poche de sa veste, une grosse montre en or, mais surtout, des tatouages sur ses phalanges : des croix orthodoxes et des lettres en cyrillique. Ce sont les marques codées qui donnent l'identité d'un criminel. Et le pauvre gardien de nuit vient d'avoir affaire à un voleur qui a fait quatre ans de prison. Ce langage n'appartient qu'à un seul groupe : la Bratva, la mafia russe. L'homme se dirige vers une voiture, entre à l'intérieur et détale. Je note la plaque d'immatriculation et l'envoie aussitôt à Carrie.

Envoie-moi tout ce que tu sais sur le ou les propriétaires de cette voiture. Un homme tatoué a demandé à voir Aleksei Votiakov, l'homologue de Skye, dans l'entrée. Bratva-*like*.

Oh merde ! Bien reçu, je fais vite !

Putain ça veut dire quoi, ce que je viens de voir ? Je me presse de traverser la rue et d'atteindre le camion pour commander à manger. Que vient foutre la Bratva dans la tour Carter Corp. ? Est-ce qu'ils sont infiltrés parmi les employés ? Ryan est pourtant ultra-précautionneux dans ses recrutements, mais après tout, il m'a bien embauché, moi, sans rien savoir de ma véritable histoire. Ou alors Ryan est en contact avec eux ? Ce serait pour ça qu'il craindrait autant que Skye débarque ici ?

Ça pue. J'attrape les sacs de nourriture, paie et pars en courant pour rejoindre Skye. Hors de question de la laisser seule à partir de maintenant. Je n'aurais jamais dû la quitter des yeux, l'homme tatoué n'était peut-être pas seul. Ils ont pu chercher Aleksei à l'étage du département des finances et ne trouver que Skye. Seule.

– Putain allez ! enragé-je devant l'ascenseur qui tarde à s'ouvrir.

Je m'imagine les pires scénarios alors que mon cœur s'emballe. Skye seule face à dix hommes armés, Skye en sang par terre, Skye battue par un connard… Je vois rouge. J'ignore encore tout, mais j'ai très envie de frapper quelque chose. Je ne connais que trop bien cette putain d'impuissance !

Les portes s'ouvrent et je m'élance dans le département. Si je vois mourir la lueur pétillante au fond de ses grands yeux noirs, je ne m'en remettrai jamais ! J'arrive en courant face à la porte entrouverte.

Skye sursaute en me voyant débouler.

– Oh bon sang ! Vous m'avez fait peur !

Elle pose une main sur son cœur.

Plus *jamais* je ne la laisse seule. Je ravale ma panique et cherche une bonne excuse.

– J'avais besoin de me défouler.

Je dépose les sacs à l'opposé d'elle, sur un coin libre de la table, en sueur. Elle me rejoint, presque inquiète.

– Et vous vous êtes dit que vous alliez sprinter dans les couloirs ?

– Oui, pourquoi ?

Elle a une moue perplexe.

– Il faudra qu'on parle de vos divertissements, un de ces quatre.

Elle me rejoint et se frotte les mains par anticipation, le temps que je dépose sous son nez deux boîtes : l'une contenant des *pelméni*, et l'autre du *bortch*, une soupe de betteraves rouges et de viande bien chaude. Elle se régale alors que moi, si j'avais faim au départ, j'ai encore l'estomac noué d'avoir autant angoissé sur un temps si bref. Elle se retrouve même avec un morceau de betterave sur le coin de la bouche sans s'en rendre compte.

Miss Catastrophe, le retour.

– Vous avez quelque chose… sur le visage, la préviens-je avec maladresse.

Bien sûr, elle ne vise pas le bon côté. J'aimerais approcher ma main, mais toucher une femme aussi intimement sans lui demander son avis : pas question.

– Non, là, précisé-je en indiquant l'emplacement sur moi.

– Oh. Décidément, grogne-t-elle en se débarbouillant avec une serviette en papier. C'est bon, là ?

Elle pointe ses lèvres vers moi, tout mon estomac se retourne de nervosité.

– Oui, vous êtes parfaite.

Elle se fige, je m'inflige une claque mentale.

« Vous êtes parfaite », mais sérieux… Elle n'a juste plus de betterave sur le visage !

– Ahem, merci. Vous ne voulez plus de vos… raviolis ?

Je pousse vers elle ma boîte à peine entamée.

– Servez-vous.

J'ai l'impression qu'elle tente par tous les moyens de se réfréner, mais qu'elle abandonne toute retenue une fois sa fourchette plongée dedans. Je la regarde avec une légère inclinaison de tête, comme si je tentais encore de la comprendre.

– Quoi ? relève-t-elle, la bouche à moitié pleine. Dépenser sa matière grise, ça demande de l'énergie en retour.

Elle part où comme ça ?

– D'ailleurs, le *bortch* vous suffit ? Je veux dire, pour entretenir tous vos… hum muscles. Enfin, je suppose que vous en avez hein, pour être garde du corps. Je n'ai pas passé mon temps à vous détailler pour le déduire…

Plus ça va et plus elle disparaît dans la boîte en marmonnant.

– Vous devriez faire une pause, dis-je alors pour changer de sujet. C'est mieux de tenter de dormir tôt pour rattraper le décalage horaire.

– Quand j'aurai fini mon tas de documents en cours, sinon ça va m'obséder toute la nuit.

– Vous êtes toujours motivée, vous ne vous démontez jamais.

Ça sort tout seul et j'en suis le premier étonné. Mais c'est vrai. Skye semble même touchée.

– Merci, Jake, dit-elle.

Bon sang, comment on fait pour ne pas perdre de vue la ligne entre la protégée et le protecteur dans un cas pareil ? Tout devient flou pour moi ce soir. Si je ne garde pas la tête froide avec elle, je ne vais jamais y arriver.

– Vous voulez un coup de main ? lui proposé-je en me levant pour jeter les boîtes. Je ne peux pas lire les documents comme vous, mais je peux peut-être participer d'une manière ou d'une autre ?

Skye fait mine de réfléchir avant de se lever à son tour.

– Pourquoi pas. Pour chaque dossier, je commence par faire deux piles : une avec les documents en russe et une autre avec les documents en anglais. Je ne vais pas vous demander de les traduire pour moi, mais vous pourriez vous charger de cette étape ?

J'accepte et m'y mets sans discuter.

On doit travailler deux heures de plus. Lorsque je regarde ma montre, il est vraiment tard. Il faut qu'elle se repose, et moi aussi. De plus, la perspective de la tour plongée dans le silence, vidée de tout employé, commence à m'angoisser. On sera plus en sécurité à l'hôtel, parmi les clients et le personnel.

– Rentrons, il est tard, dis-je en repoussant le travail sur la table.

Skye écrit quelques lignes sur son clavier en silence avant de soupirer et d'acquiescer.

– Oui, rentrons.

Elle jubile, littéralement. Elle éteint son ordinateur et le glisse dans son sac. Elle est sans aucun doute épuisée, mais satisfaite. C'est ce qui s'appelle s'accomplir dans son travail. J'éteins les lumières et Skye prend le temps de fermer et de laisser la clé au gardien. Mais moi, je me demande si c'est bien prudent de laisser la clé ici, après ce que j'ai vu plus tôt. Comme il n'est pas question d'inquiéter Skye avec tout ça pour le moment, je ne dis rien et espère qu'il ne se passera rien dans la nuit.

À peine pose-t-on les pieds dehors que Skye me prend le bras.

– J'aimerais inviter mon assistant à boire un verre à l'hôtel pour le remercier, vous voulez bien ?

Comment refuser ça ? Ce serait pourtant mieux de décliner.

– Avec plaisir.

Lâche.

***

SKYE

J'ai fini par remarquer le minibar réfrigéré dans la chambre et on va piocher dedans. Je pourrais inviter Jake au bar de l'hôtel, mais lui comme moi, on est trop fatigués pour s'installer en bas. Dans ma chambre, on trinquera en toute décontraction et hop ! Au lit !

… Oui, d'accord, je suis une idiote finie ! J'ai invité le *bodyguard* dans ma chambre pour boire un verre. Mais c'est juste pour le remercier de m'avoir aidée et de ne pas être un obstacle dans ma mission.

– Vous voulez quoi ? Une vodka ou une vodka ?

– Une vodka suffira.

On échange un rire poli, un peu gêné. C'est vraiment une drôle d'idée que j'ai eue. En plus, il l'a acceptée sans discuter. Je sers deux verres et lui en tends un, puis je m'assieds près de lui, sur l'un des fauteuils tapissés.

Bon, bon. Je vais boire pour me détendre maintenant, avant de m'écrouler de sommeil. Je sens la fatigue cavaler derrière moi, je ne vais pas tenir des heures, c'est certain.

– Comment êtes-vous entrée à la Carter Corp. ? m'interroge Jake en trempant ses lèvres dans l'alcool. Pourquoi avoir postulé dans cette entreprise ?

Il attend une réponse, appuyé contre le dossier du fauteuil avec langueur, tout en desserrant le nœud de sa cravate d'une main.

– Gabriel, dis-je alors. Il venait d'être embauché au service communication, après un stage de plusieurs mois. Je sortais de l'université, j'envoyais des CV un peu partout et il m'a parlé de Carter Corp. J'ai posté ma candidature et il m'a recommandée auprès de Ryan.

– Et Ryan vous a appelée lui-même, devine-t-il.

– Comment vous le savez ?

– À la façon dont il parle de vous.

Oh là là ! Mais il ne peut pas juste balancer ça sans détailler !

– M. Carter ne cache pas le respect qu'il a pour vous, malgré son caractère dominant, ajoute-t-il.

Une bouffée de chaleur et de fierté me saisit le visage. Pourtant, je remarque que Jake attendrait presque que je le contredise. J'ignore pourquoi. Son ton reste en suspens et il me décortique de son regard indéchiffrable, d'une façon bien trop intense.

Il est au courant de ce que ses yeux dorés dégagent, hein ? Comment leur échapper ?

J'avale mon fond de vodka, le cœur tambourinant sur un rythme sourd.

– À vrai dire, je l'admire beaucoup. Ryan. Il est l'image de la réussite, vous ne croyez pas ?

Rien ne franchit ses lèvres ni ne fait frémir ses cils. Il aimerait corriger, j'en suis certaine, mais il finit par acquiescer.

– C'est vrai, vous avez raison.

Son regard se baisse. Me voilà gênée. Pas à l'idée de renvoyer une image de groupie, j'assume cette admiration pour mon patron, elle est plutôt objective à mes yeux, mais plus à l'idée de lui déplaire. De déplaire à Jake.

Je veux lui plaire.

– Et vous ? Pourquoi êtes-vous devenu garde du corps ?

Il se penche en avant et s'appuie sur ses jambes. Étrange, ce changement de posture. Comme s'il cherchait à se cacher. Ou à me fuir.

– Je me suis engagé dans l'armée à la sortie du lycée.

C'est le genre de choix de carrière qui laisse peu de place à l'imagination. N'avait-il pas d'autre possibilité ? Était-ce vraiment le meilleur chemin qui s'offrait à lui ?

– Pourquoi l'armée ?

– Mon père est un haut gradé, je n'ai fait que suivre son exemple.

Il a levé les yeux en disant cela et je tressaille en me rendant compte qu'il ment. Je n'arrive pas à mettre le doigt sur ce qui fait que ce sourire est faux, mais je sais qu'il ment.

– Et vous avez fait combien d'années de service ?

– Ça vous dérange si je fume ? demande-t-il en sortant son paquet de cigarettes.

– Oui, désolée.

Il partait vraiment avec l'intention de s'en griller une.

– Ce n'est pas grave, dit-il en les remettant à leur place.

– Vous n'avez pas répondu à ma question, l'encouragé-je d'un sourire.

– Deux années, c'était suffisant.

Quelle froideur tout d'un coup ! Je m'en veux avec mes questions, je suis bien trop curieuse. Je souhaite en apprendre plus et mieux le comprendre, mais visiblement il n'a pas très envie de s'épancher sur lui-même.

« Deux années. » Quand on a dix-huit ans, ça semble insurmontable ! Tout ça pour plaire à son père ? Est-ce que ces deux années expliquent sa cicatrice ? Son dévouement à la protection des autres ? Il paraît si inébranlable, mais qu'est-ce qui a fait de lui cet être si droit et si sûr ? Qu'est-ce qui fait qu'à cet instant, j'ai l'impression d'avoir réveillé quelque chose d'enfoui et de douloureux chez lui ? Il a dû vivre des choses terribles à un très jeune âge.

– Je suis désolée, bredouillé-je en posant ma main sur son avant-bras. Je ne devrais pas vous embêter avec tout ça.

Il fait la chose la plus inattendue qui soit : il pose sa main sur la mienne et referme ses doigts sur les miens. Il souffle le chaud et le froid d'une manière formidable ! Sans m'accorder un regard, il me tient juste la main. Sa peau est brûlante et ferme, une main de guerrier qui a l'habitude de se battre, ça se voit. C'est une main qui rassure, qui s'est posée sur mon visage dans l'avion. Mais tout semblait alors différent. C'était bruyant et rapide.

Là, le silence de ma chambre est confondant. Il tient ma main. Mon souffle se coupe et j'ai les tempes battues par le sang. J'en avais envie. J'espérais qu'il me touche aujourd'hui, sans en avoir conscience. Son pouce caresse mes doigts et il ne me voit toujours pas, mais ses mâchoires sont serrées. Il est impénétrable, ailleurs, perdu quelque part dans ses pensées alors que je voudrais qu'il me regarde. Je veux me rapprocher de lui.

Un désir fou m'étreint la poitrine et le ventre. J'aimerais me lever et m'asseoir sur ses genoux, me nicher dans son cou, sentir son odeur, frotter ma joue sur sa barbe, me serrer contre lui et me satisfaire de cette sécurité qu'il m'inspire. Alors que c'est mon garde du corps pour quelques jours… Le type qui fixe les gens de loin, en silence !

– Ce qui m'importe, c'est le présent, finit-il par dire en détachant ma main de lui et en me la rendant.

Le contact rompu est comme une douche glaciale.

– Je n'aime pas parler du passé, Skye Elliott, dit-il en se levant.

Je bondis sur mes pieds, bouleversée. Bon sang ! Tout était dans ma tête, il n'a rien ressenti du tout, lui !

– Je comprends, oui, soufflé-je en espérant qu'il ne voie pas combien je suis affolée.

Il s'éloigne et ouvre la porte communicante.

– Bonne nuit, souhaite-t-il d'un ton égal avant de passer dans l'autre chambre.

– Bonne…

Vlan !

Il a refermé derrière lui.

– … nuit.

Choquée, je recule en vacillant jusqu'au lit pour me laisser choir dessus.

Que vient-il de se passer ? J'étais prête à me jeter à son cou, j'avais envie de lui, de le toucher… Les délires de Lisa m'ont bien trop tourné la tête ! C'est évident qu'il n'est pas dans le même *mood*, il n'est là que pour me protéger contre une menace imaginée par Ryan.

Pendant sept ans, j'ai été persuadée d'avoir quelqu'un à mes côtés. Et voilà que pendant une longue minute, j'ai cru avoir un contact privilégié avec un autre.

Finalement, je suis bel et bien seule.

***

Je referme la porte, ébranlé. Je ne pouvais pas rester plus longtemps, elle risquait de découvrir tout ce que je cache depuis toujours. Mon cœur bat si vite que j'en ai la nausée. Je me sens essoufflé et désorienté. Les meubles de la chambre bougent, je ne mesure pas la distance à laquelle se trouve le dossier du fauteuil. Je le manque par deux fois. La migraine qui s'abat sur mon crâne est déchirante !

Je les entends, les cris, les balles qui sifflent. Me cacher. Je dois me cacher. Me mettre à l'abri.

Je titube jusqu'au lit et me laisse glisser sur le sol, contre le meuble.

Ça va passer. Ce sont ses yeux les coupables. Si grands, si noirs, si pleins de lumière… elle vient de me troubler si violemment que la fièvre me prend.

Putain mais cachez-vous, ne restez pas sur la route !

Parler de l'armée et me noyer dans les yeux de Skye. Le cocktail parfait pour une crise de SPT[3]. Pourtant j'ai vécu tant de choses sans angoisse ! Qu'est-ce qui a bien pu provoquer ça ce soir ?

Je me baisse rapidement. Ils ont des putains de M16 en face ! Ils tirent à vue alors que le véhicule vient d'exploser.

3. Stress post-traumatique.

Ce souvenir dévastateur. Moi, dix-neuf ans, planqué derrière un véhicule blindé, des balles fusant de toutes parts. Lui, allongé, le regard vide, à un mètre de moi, mort. Le silence. Et ces pas qui se rapprochent. Ces putains de pas qui se rapprochent. La peur qui grimpe toujours plus haut. Tout est irrationnel !

J'ai mon arme et j'ai un couteau à portée de main.

Eux ou moi.

Non. Non, je dois me reprendre. Je sais que je peux couper ma mémoire déferlante à cet endroit-là. Je suis en sueur, je tremble, je ne vois plus rien de la chambre, juste des ombres mouvantes. Mais je suis à l'abri, je suis ailleurs. En sécurité. Skye est à côté.

Il faut que je respire calmement. Je passe mes mains sur mon visage, chasse les gouttes qui perlent sur mon front. « Je suis ailleurs, en sécurité. »

– Skye est à côté, murmuré-je.

Elle a vraiment éveillé une tension folle et je commence à comprendre le lien entre ce que je viens de partager avec elle et le déclencheur de la crise : je me suis senti vulnérable. Et je ne peux pas être vulnérable.

Je reprends mon souffle. J'ai identifié le facteur provocateur, je contrôle ma respiration, mon cœur s'apaise, je distingue à nouveau le contour des fenêtres. Je vais pouvoir me lever et allumer la lumière, constater que je suis bien dans la chambre d'un palace à Moscou. Ma main tremble encore lorsque je prends appui dessus pour me lever, mais j'y parviens. Le lustre réveille le présent.

Pas de véhicule en feu, pas de cadavre, pas de menace.

Je ne peux pas me permettre de laisser Skye s'insinuer en moi comme ça. Elle ouvre des brèches que je ne peux pas gérer. Ça n'aidera personne dans cette affaire.

Je retire ma veste et ma cravate, le corps parcouru de frissons. Une douche me fera le plus grand bien. Je défais le holster et pose mon arme sur mon lit.

Ma montre vibre, j'ai un message.

De Skye.

Je suis désolée, Jake. Ça va ?

CHAPITRE 5

SKYE

Il est presque 7 heures du matin. J'ai les yeux grands ouverts depuis un moment. Cette discussion avec Jake, si détendue et soudain si intense, son changement d'humeur, le claquement de la porte… ça me retourne le cerveau ! Je n'ai pas besoin de toutes ces émotions maintenant, pas après tout ce que j'ai enduré avec Ashton. Mais impossible de repousser l'angoisse qui me tord les boyaux.

Je vérifie mon portable : rien. Aucune réponse de Jake à mon message.

Il est 23 heures à New York. Lisa doit être au Starlite, avec Matt peut-être. Et le barman qu'elle a envoûté la dernière fois. J'aimerais me téléporter là-bas et oublier ma stupidité ! Pourquoi est-ce que j'ai invité le *bodyguard* à boire un verre dans ma chambre ? Pourquoi lui avoir posé ces questions sur sa vie ? On n'a rien en commun à la base. On collabore quelques jours et on va reprendre chacun notre place dans la tour Carter Corp., en échangeant des salutations de loin lorsque l'on se croisera.

Eh bon sang, pourquoi j'ai posé ma main sur lui ?! Je suis directrice de département et lui, il est garde du corps, c'est tellement inapproprié ! Dans l'organigramme, je suis bien au-dessus de lui… Quelle horreur ! Est-ce que c'est pour ça qu'il a mis tout ce temps à retirer ma main et à s'éloigner sans y faire allusion ? Est-ce qu'il s'est senti harcelé ? Sans savoir comment réagir sur le coup ? Et s'il racontait tout à Ryan ?

« Skye Elliott a eu un comportement déplacé, elle m'a invité à boire un verre dans sa chambre et m'a touché. Une mise à pied serait la bienvenue. »

Je me roule en position fœtale pour gémir sous la couette.

– Je ne m'en remettrais jamais…

Le réveil de mon portable sonne. Je ne peux pas rester la journée entière dans ma chambre. Je peux tenter de parler à Jake, lui présenter des excuses, lui assurer que ça ne se reproduira pas. Jamais. Que mon geste n'était là que pour le réconforter. Que ses mains sur mes joues, dans l'avion, alors que je paniquais, ont tenu ce rôle avec efficacité et que j'en frissonne encore d'avoir plongé dans ses yeux dorés…

– Espèce d'obsédée ! Reprends-toi !

J'écarte la couette avec une fougue nouvelle et bondis sur mes pieds. Après tout, on est à égalité. On s'est réconfortés l'un l'autre, point. Il n'y a rien à dire de plus. Même si j'appréhende le face-à-face de ce matin. Comment va-t-il, *lui* ? Si ça se trouve, il ne se pose pas autant de questions que moi.

Je prends une douche rapide, m'habille et me pousse à répéter où j'en suis de l'étude des dossiers russes. Les trois coups secs à la porte me font tressaillir. J'enfile mon manteau et attrape mon sac, le cœur tambourinant. Le plus dur sera l'échange des premières paroles.

J'ouvre le battant, Jake se tient à au moins deux mètres du pas. Le visage fermé, il me fixe, comme si de rien n'était. Une sueur froide glisse le long de mon échine. Je referme la porte, un « bonjour » coincé au fond de la gorge.

– Vous allez bien ? finis-je par dire en rangeant la carte qui me sert de clé dans mon sac.

Ma voix ne tremble pas, c'est déjà ça.

– Oui, et vous ?

Ton monocorde. Soit il se moque de ce qui s'est passé hier, soit il a décidé de prendre un recul de malade histoire que la DAF ne lui mette pas le grappin dessus.

– Très bien, répliqué-je en regardant ailleurs.

C'est la discussion la plus vide de sens que j'aie jamais eue.

On grimpe dans l'ascenseur sans un mot de plus. Pourtant, ça me travaille, son manque de réponse à mon message. Il a toujours répondu, même après plusieurs heures. Je jette un coup d'œil sur lui : Jake a les bras croisés, le regard braqué sur les étages qui défilent. Le retour du monolithe inébranlable.

– Je vous ai envoyé un message hier, tenté-je, le souffle court.

Il pousse un soupir qui se veut discret mais tout à fait perceptible.

– Oui. Et je suis votre garde du corps, pas votre ami.

Ça, c'est ce qu'on appelle un revers brûlant. Mes lèvres se scellent. Je suis déjà en pleine remise en question des sept années de vie en couple avec Ashton : où et quand j'ai manqué le moment où il s'était détourné de moi ? Au point de chercher un appartement dans son coin ? Je n'ai aucune réponse. Aucune piste. J'ai l'impression d'être à nouveau perdue, alors qu'il s'agit d'une relation de travail qui n'a pas quarante-huit heures. Est-ce que j'ai franchi une limite en lui posant ces questions ? Pourquoi ne m'a-t-il rien dit hier ? Pourquoi attendre ce matin ? Est-ce que j'ai été trop amicale ? Pourquoi m'a-t-il proposé que je l'appelle quand ça n'allait pas si nous n'avons même pas une once d'amitié ?

Le *ding* de l'ascenseur me sort de ma torpeur. Je ne comprends rien à Jake Stewart et j'avoue que je n'ai pas très envie d'en savoir plus à ce stade. Je me fourvoie sans l'ombre d'un doute. Il est temps que je reprenne ma posture de DAF et que je le garde à distance. Et surtout que j'oublie ce délire absurde d'être touchée par cet… abruti de *bodyguard* insensible ! Je sors de la cage, déterminée à mettre cet incident de côté et à ne plus y penser. Sans lui décocher un mot ni un regard, j'entre dans la voiture, à l'arrière, comme la directrice des finances que je suis, et me laisse porter jusqu'au siège moscovite de Carter Corp.

Le jeune homme de l'accueil nous confie des badges dès que nous nous présentons à lui. Pas besoin de lui demander la clé de la salle, j'imagine que mon homologue l'a récupérée en arrivant. On reprend un ascenseur et j'en profite pour consulter ma messagerie électronique. À vrai dire, je suis assez étonnée que Ryan ne me demande pas plus de nouvelles. J'aurais imaginé qu'il m'enverrait des tas d'e-mails pour s'enquérir de mes recherches, mais rien. Soit il m'accorde une confiance que moi-même je ne prédisais pas, soit… soit l'âme damnée de Ryan lui envoie des rapports sur mon travail. Jake m'a assuré que ce n'était pas son rôle, mais après tout, comment lui faire confiance aussi aveuglément ?

Quand je pose les pieds dans la salle ouverte par un collègue d'Aleksei, un thermos verseur rempli de café bien chaud est posé à côté d'une panière de roulés à la cannelle. C'est parfait, je n'ai pas eu de petit déjeuner, je n'ai plus qu'à grignoter en reprenant le travail. Une autre surprise m'attend : le troisième trimestre de l'année dernière qui manquait à l'appel hier. Les colonnes de chiffres et de comptes m'engloutissent dans leur complexité réconfortante.

J'oublie le temps qui passe et Jake qui fait la gueule dans son coin.

Je m'enfonce tant et si bien dans les méandres des bilans que c'est la deuxième ou troisième sonnerie de mon portable qui m'en sort. Je lève les yeux de l'écran de mon ordinateur pour jeter un coup d'œil sur mon téléphone. Il est près de 11 heures. Et j'ai reçu des messages de Gabriel.

Tout va bien à l'Est ?

Tu te souviens de la recette hein ?
Au shaker, pas à la cuillère.

Dis-moi que tu ne réponds pas
parce que tes mains sont occupées
sur un beau Russe, et non pas
parce que tu as le nez
dans des tableurs Excel.

OK. Je peux m'accorder une petite pause. J'en profite pour me servir un autre café et craquer pour un deuxième roulé.

Il n'est pas quasi 3 heures
du matin à New York ?

Je viens de rentrer chez moi.
Raconte, tu en es où ?

Pas de vodka au shaker, ni à la cuillère
et encore moins de beau Russe.
Mais une tonne de dossiers à éplucher.
Je ne suis pas en vacances, je travaille.

Ma réponse est sérieuse, peut-être trop, mais je refuse de glisser sur le terrain du verre d'hier. Surtout avec Gabriel.

Pfiou, tu n'envoies pas du rêve, Elliott !
Ryan n'est pas penché sur mon
épaule, tu peux me raconter
ce qui se passe en *off* aussi.

Rien à signaler en *off*. La tour de Moscou
ressemble beaucoup à celle de New York,
mon homologue est investi, même si
un peu trop tactile à mon goût, et voilà.

Et Jake ? Est-ce qu'il garde
ton corps avec dévotion ?

Le rouge me monte aux joues. Un rouge furieux. Je tape mon clavier en grognant mais l'esquisse du message qui en résulte me semble un poil trop brutale pour ne pas paraître suspecte. J'inspire avec calme avant de l'effacer et de reprendre. Les mots de mon ami, prononcés au restaurant Fratelli et qualifiant le garde du corps, me reviennent en tête.

Où tu as vu qu'il était sympathique ?

Et *vraiment*, c'est la version la plus polie dont je suis capable.

J'ai souvent accompagné Ryan
en ville, pour des déjeuners.
J'ai déjà vu Jake arrêter un taxi
pour une vieille dame en détresse

et échanger des sourires avec le bébé
d'un partenaire de Carter Corp.
Je ne pense pas qu'un type odieux
fasse ce genre de choses.

Est-ce qu'on parle du même ? Aider une vieille dame, OK. Mais sourire à un bébé ? *Sourire* tout court, déjà ! J'inspecte le coin de la salle où le *bodyguard* s'est planté. Il regarde à travers la paroi vitrée, la bouche droite, les sourcils froncés. Rien d'affable. Alors que oui, je suis d'accord, un homme qui sourit à un bébé, c'est absolument adorable.

Tu es sûr que le bébé n'était pas en détresse
lui aussi et que ça faisait rire Jake ?

Tant de méfiance !
Qu'est-ce qu'il t'a fait ?

Rien, rien. Il est aussi aimable
qu'une rivière gelée.

Un nœud me serre l'estomac. Je ne repense évidemment qu'aux instants où il a été d'une gentillesse à toute épreuve dans l'avion. Et même hier, quand il m'a aidée à trier les dossiers. Quel type étrange.

Tu connais la glace :
plus on s'y frotte et plus elle brûle.

Justement ! Gabriel marque un point. C'est une bonne chose que Jake ait replacé une distance entre nous. Ma situation avec Ashton m'a rendue vulnérable, il vaut mieux que je me préserve le plus possible pour éviter de geler ou de m'enflammer.

Dans les deux cas, on meurt. Non merci.

Bonne résolution ! D'ailleurs, en pensant à Ashton, je remarque qu'il n'a pas pris de mes nouvelles alors qu'il sait combien ma phobie de l'avion est envahissante. Je n'attendais rien de lui et ça me rassure. Je suis en train de franchir un palier dans notre rupture.

Le tout à présent est de ne pas me laisser happer par la distraction que Ryan m'a collée dans les pattes : Jake Stewart.

***

JAKE

Midi. Elle n'a levé les yeux de son travail qu'une seule fois dans la matinée, pour pianoter sur son téléphone. Pas un mot ni un regard pour moi. J'ai réussi mon coup ce matin. Il était important de rétablir des limites entre nous, aussi physiques – et c'est pour cela que je me tiens à l'opposé – que mentales – je la laisse travailler seule sans interférer. Je n'ai plus aucun risque de m'affaler sur le terrain glissant d'une conversation aussi intime que celle d'hier soir. Je me suis fait violence pour ne pas répondre à son message et c'était la meilleure chose à faire. La tension est peut-être palpable entre nous et ce silence me met mal à l'aise, je dois l'avouer, mais je me sens à nouveau maître de moi-même.

Cela dit, il y en a un autre qui se montre encore plus discret ce matin : Aleksei. Il a fait déposer de quoi se restaurer sur la table mais il ne s'est toujours pas montré. Est-ce que la Bratva a mis la main sur lui ? Ça commence à m'angoisser. Si ça se trouve, Petite Bombe a eu des nouvelles de lui tout à l'heure et elle ne m'a rien dit. Elle n'a pas l'air de s'inquiéter de son absence. *A priori*, aucun dossier n'a disparu depuis hier, personne n'a cherché à s'introduire ici. Il n'y a peut-être aucun rapport entre l'homme tatoué qui voulait voir Aleksei hier, et Skye Elliott en déplacement professionnel à la tour Carter Corp. de Moscou.

Le bip mesuré de mon portable me sort de ma contemplation du couloir ; je guette l'arrivée du DAF de Moscou avec impatience. Carrie. Ah, des nouvelles ! Le regard noir de Petite Bombe ne m'échappe pas. Je vais devoir sortir de là pour répondre, il me faut une excuse.

– Ryan, dis-je en faisant quelques pas.

Elle se redresse, les sourcils froncés par la surprise.

– Vous pouvez répondre ici, pourquoi partir ?

Petite Bombe se méfie. Elle craignait que je sois là pour la surveiller pour le compte de Carter, je ne fais que confirmer ses doutes.

– Pour vous laisser travailler dans le calme. Je vous raconterai.

J'allonge mes enjambées jusqu'à la porte.

– Je peux faire une pause ! lance-t-elle alors que je sors sans me retourner.

Plus question de lui céder, c'est trop dangereux. Et peu importent les « ours associables » dont m'affuble Carrie, j'assume. Je me plante dans un recoin du couloir sans quitter la salle et la directrice financière des yeux. Je branche mon kit mains libres et rappelle Carrie qui a fini par raccrocher.

– BG, tout va bien ? dit-elle aussitôt, sans laisser sonner.

– Oui, je me suis isolé.

Et je modère ma voix. Il n'y a pas de passage là où je suis, mais je ne veux pas être surpris.

– Tu as du nouveau ?

– J'ai vérifié la plaque d'immatriculation du véhicule et j'ai trouvé des noms affiliés à la Bratva, tu as vu juste, me confirme-t-elle, d'un ton inquiet. Je t'envoie plusieurs photos de suspects qu'on a dans nos fichiers, dis-moi si tu reconnais l'homme que tu as croisé hier soir.

Je parcours le dossier partagé sur mon portable. Plusieurs visages défilent avant que je tombe sur le bon.

– C'est lui, dis-je en glissant la photo dans un dossier à part.

– Igor Vladimirovitch, identifie Carrie. Lieutenant de la cellule de Moscou. La voiture n'est pas à son nom mais à celui du chauffeur d'un haut gradé de la Bratva. Igor est reconnu pour ses manières brutales qui lui ont valu un allongement de peine de trois ans alors qu'il était condamné à un an pour vol armé.

– Putain…

– Comme tu dis. Il voulait voir Aleksei Votiakov, c'est ça ?

– Oui, mais tard le soir, ça n'a pas vraiment de sens. Le gardien a eu peur et a dû en parler à Aleksei ce matin.

– Ce serait pour l'intimider, tu veux dire ?

– J'ai l'impression. Débarquer à Carter Corp., c'est pour être vu. Sans compter que Votiakov ne s'est toujours pas montré.

– Ils l'auraient attrapé ?

Je soupire. Je devrais vérifier sa présence à l'étage mais je crains de laisser Petite Bombe seule. Le département est pourtant plein de collègues et je doute que la Bratva, qui a attendu la soirée pour débarquer hier, s'amuse soudain à débouler en plein jour.

– Peut-être. Je vais faire un tour des bureaux, au cas où.

– Je peux pirater une caméra de surveillance quelques minutes si tu veux.

Carrie est vraiment la meilleure !

– Bonne idée, garde un œil sur Petite Bombe.

Un court silence suit. J'entends juste le tapotement dynamique d'un clavier… et un pouffement peu contenu.

– Quoi ? grogné-je.

– Tu as adopté le surnom plus facilement que d'habitude.

C'est surtout que « Petite Bombe » me permet de faire tomber la troublante Skye Elliott dans la case : nom de code de mission dont je peux parler avec indifférence.

– Contente-toi de me prévenir.

Je lui donne quelques secondes de plus.

– Voilà, tu es libre. Je t'appelle s'il se passe quoi que ce soit.

– Merci, Carrie.

On raccroche. Je retourne dans la salle pour prendre mon manteau.

– Je vais chercher à manger, dis-je en espérant couper à l'explication du coup de fil.

– Faites ce que vous voulez, Jake, rétorque-t-elle avec froideur, sans lever le nez de ses comptes.

Ça me retourne l'estomac. J'enterre mes émotions tout au fond de moi et ne pense qu'à Aleksei. Et aux *pelméni* qu'elle avait tant aimés hier soir. Je vais lui en ramener deux barquettes. Juste pour nourrir sa matière grise, hein. Rien de plus. Pas question de lui faire plaisir. J'ai seulement besoin de ses déductions.

Je commence par faire un tour discret des bureaux, interroge des collègues en leur demandant s'ils ont vu Aleksei Votiakov et finis par apprendre qu'il a été croisé tôt ce matin mais plus du tout ensuite. Il s'est absenté ? Il a pris peur et il est parti ? Ça semble plausible. Je descends dans la rue, referme mon manteau pour faire face au vent glacial et retourne au camion de *pelméni*. Je varie les goûts – pour que la DAF mange sain – et retourne à la tour. Alors que je traverse le hall, mon téléphone vibre. J'ai gardé l'oreillette, je décroche avec discrétion.

– BG, Aleksei Votiakov vient de réapparaître.

– Je suis sur le retour, tu peux me laisser prendre le relais.

– Ça marche, sois prudent !

Je sors de l'ascenseur à l'étage des finances en pressant le pas d'abord, puis je ralentis. Aleksei est bien de retour, mais il reste sur le palier de la porte, les yeux rivés sur Skye qui ne l'a apparemment pas vu. Je reste en retrait, intrigué. Où est-ce qu'il était ? Et pourquoi est-ce qu'il observe son homologue de cette façon ? Entre le moment où Carrie m'a prévenu et l'instant où je suis arrivé, plusieurs minutes se sont écoulées. C'est étrange qu'il ne bouge pas. Je tente de décortiquer la moitié de visage que je vois : rien n'est lisible, il semble concentré, plein d'attention, il réfléchit ?

– Aleksei !

La voix de Skye change son expression du tout au tout. Un sourire étire ses lèvres et d'une intense réflexion, il passe à une minauderie qui m'interloque.

– Skye, je ne vous dérange pas ?

Petite Bombe hésite un quart de seconde avant de répondre un banal « bien sûr que non ». À l'évidence, il la dérange. Ou plutôt, son attitude la dérange. Elle est mal à l'aise. Aleksei entre, j'avance pour les garder à l'œil tout en tendant l'oreille. Le moindre faux pas de la part du Russe et c'est l'aller simple pour la Moskova. Petite Bombe se lève, comme pour se mettre à la hauteur de son homologue qui, lui, courbe l'échine.

– Je suis désolé de ne pas avoir pu venir avant, j'ai été pris par des réunions, explique-t-il en tendant la main pour la saluer.

Elle lui donne la sienne d'une manière professionnelle, sans pour autant venir à lui. Il la serre et ajoute une caresse sur son dos de son autre main. Ça semble si naturel de sa part que je doute du caractère prémédité de son geste. Mais Petite Bombe, elle, se raidit. Son sourire se crispe. Elle retire sa main et se rassied pour bien lui faire comprendre qu'elle a du travail.

– Ce n'est pas grave.

Aleksei scrute rapidement la pièce.

– Et votre assistant ?

– Parti chercher à manger. Il ne va plus tarder, ajoute-t-elle vite.

Bien joué, Petite Bombe ! Dis-lui bien que je peux revenir d'un instant à l'autre.

Aleksei prend place à ses côtés.

– Je peux vous aider avec les documents en russe ? se propose-t-il.

– Je veux bien que vous écriviez sur un Post-it la nature de chaque document, lui permet-elle en faisant glisser vers lui le bloc du bout du doigt.

Il s'attelle donc à la tâche que j'ai accomplie hier. Je pourrais intervenir maintenant, mais je décide de poursuivre encore un peu mon observation. Petite Bombe n'est pas tranquille. Elle jette des regards vers la porte puis sur son homologue de temps en temps. Aleksei semble consciencieux, il griffonne des annotations, pose le Post-it sur le papier et passe au suivant. Petite Bombe prend aussitôt le relais. Elle inspecte ce qu'il fait pour pouvoir lui poser des questions tant qu'il est présent. Je la vois alors établir un nouveau tri : les documents qu'elle peut écarter, et ceux qui sont encore susceptibles de l'intéresser. Bon, au moins, Votiakov a l'air de fournir un travail satisfaisant.

– Vous savez, on a beaucoup commenté votre nomination ici, déclare Aleksei au bout d'un moment.

Petite Bombe paraît étonnée et j'ai envie de dire : méfiante.

– Ah bon ?

– Une femme douée, aussi jeune, nommée directrice administrative et financière, c'est si rare vous savez, dit-il avec un embarras séduit.

Ça n'a pas l'air de flatter l'objet de ma mission qui se force à sourire mais qui se retient de lever les yeux au ciel.

– C'est gentil, marmonne-t-elle.

Aleksei soulève une feuille agrafée à une autre, de plus en plus fébrile. Je ne sais pas jusqu'où il pense aller avec son rentre-dedans, mais il se rapproche des pieds coulés dans du béton pour ma part.

– Et qui plus est, si charmante, ajoute-t-il sur un ton enjôleur.

Il colle un nouveau Post-it et fait glisser le document jusqu'à une Petite Bombe pétrifiée.

OK ! Tu es un homme mort, Votiakov !

– Écoutez, je ne suis pas sûre que cette conversation soit appropriée, déclare-t-elle en attrapant les deux feuilles agrafées.

Aleksei blêmit.

– Je ne voulais pas vous embarrasser, juste vous témoigner mon admiration.

– Et c'est très aimable, mais…

– Pardonnez-moi, se confond-il en excuses.

Il se relève et fait mine de regarder sa montre. Bien, il a pigé qu'il avait franchi une ligne.

– J'ai un déjeuner à l'extérieur mais j'insiste pour vous inviter à dîner ce soir ! Je dois absolument vous faire découvrir le meilleur restaurant de Moscou. Je suis sûr que M. Carter m'en voudrait beaucoup si je vous négligeais.

L'évocation de Ryan fige Skye. Elle doit se demander si elle se montre suffisamment cordiale à son tour. J'imagine la pression qu'elle s'impose pour ne pas faire de vagues au sein d'une entreprise qu'elle aime tant.

– Euh, oui, finit-elle par dire d'une petite voix. Je suis sûre que Jake sera ravi, il apprécie beaucoup la cuisine russe.

Cette fois, c'est au tour d'Aleksei d'en rester coi.

Bien répondu, Petite Bombe. Compte sur moi, je ne te lâcherai pas de la soirée.

– Votre assistant, bien sûr, oui, grommelle-t-il. Alors à plus tard.

– À plus tard, répond-elle d'un ton plus léger.

Elle replonge aussitôt dans ses dossiers. Alors qu'Aleksei s'apprête à quitter la salle, elle le retient d'une exclamation.

– Attendez !

Aleksei pivote et accourt. Petite Bombe semble électrifiée, les yeux rivés sur les deux feuilles agrafées.

– C'est ça !

– Quoi, « ça » ?

– Cette facture ! Au nom d'Informatika Inc.

Aleksei la reprend dans les mains.

– Eh bien oui, c'est pour du matériel informatique, dont des serveurs, ce qui explique le coût. Mais il n'y a rien d'étrange à cela.

– Les chiffres ! s'emballe Petite Bombe en pianotant son clavier d'ordinateur. Je me souviens du numéro de la facture et du montant qui apparaissent dans le bilan que j'ai étudié à New York !

Aleksei paraît aussi confus que moi. Comment fait-elle pour se souvenir d'une telle chose ?

– Il y a une différence entre l'argent que nous avions réellement et l'argent déclaré dans les comptes. Regardez, les montants de cette facture ne sont pas les mêmes dans le bilan !

Aleksei se penche par-dessus son épaule. Il n'est plus du tout d'humeur à batifoler. Il marmonne en russe et je dois vraiment tendre l'oreille pour percevoir ses « merde, ce n'est pas vrai ».

– Il s'agit forcément d'une erreur, affirme-t-il.

Il s'éloigne de quelques pas et passe un coup de fil tandis que Petite Bombe prend tout en note, le visage rougi par la satisfaction d'avoir enfin mis le doigt sur le problème. Aleksei annule un rendez-vous et fait les cent pas, la sueur au front.

– Une erreur a été découverte et c'est la merde, dit-il à son interlocuteur avant de raccrocher.

Petite Bombe le prend en pitié et s'approche de lui pour tenter de le rassurer.

– Le principal est d'avoir identifié une part du problème, on avance. Il va falloir comprendre comment on en est venu à verser une telle somme à cette entreprise, s'il s'agit d'une simple erreur, ou d'autre chose, formule-t-elle avec prudence.

Il acquiesce et en profite pour attraper les mains de Petite Bombe avec la filouterie d'un prédateur en chasse. La silhouette de la DAF se fige une nouvelle fois alors que je ravale un flot d'insultes.

– Je ne sais pas comment vous remercier, Skye.

Cette fois, c'en est trop ! Je débarque sans discrétion et balance :

– Je dérange ?

***

Je sursaute. Bon sang ! Il en a mis du temps pour aller chercher deux plats ! Aleksei me relâche enfin et recule même d'un pas. Je n'en peux plus des ascenseurs émotionnels : la découverte de l'erreur, le comportement de Jake et celui de mon homologue… Ils se sont passé le mot pour me torturer ou quoi ? Je veux bien avoir commis une erreur hier soir en posant ma main sur le bras du *bodyguard* alors qu'il semblait attristé, mais je ne lui ai pas fait du rentre-dedans comme Aleksei se le permet avec moi. Jamais personne à Carter Corp. n'avait encore osé se conduire de la sorte, je n'ai toujours eu que des marques de respect en tant que directrice et j'ai toujours veillé à ce que personne ne se sente menacé au bureau. Il me semblait même que j'inspirais la crainte. Mais Aleksei a l'air immunisé.

– Non, Jake, dis-je, le souffle court malgré moi.

Mon homologue russe est déconfit, peut-être. Je n'arrive pas à cerner ce qu'il pense ou ressent. Son côté imprévisible me rend d'autant plus nerveuse en sa présence.

– Je vais convoquer mes collaborateurs et tenir une réunion d'urgence, décide-t-il, préoccupé. C'est une grossière erreur et je dois comprendre qui en est l'auteur. Même si je m'en veux de ne pas l'avoir vue passer.

J'opine de la tête, compréhensive sur ce coup.

– C'est toujours ce qu'on a sous les yeux qui passe le plus inaperçu, confirmé-je.

– Merci pour tout, Skye. Cela ne vous dérange pas de rentrer à l'hôtel ? Je vais avoir besoin de la pièce pour nous réunir. Je vous tiendrai au courant dans l'après-midi.

– S'il vous plaît, oui, confirmé-je. J'aurai besoin du fin mot de l'histoire pour mon rapport à M. Carter.

Moi aussi je peux dégainer le nom du patron ! Et ça le fait acquiescer avec une motivation de subordonné. Bon, allez, je veux bien croire en sa détermination à faire toute la lumière sur la situation. Peut-être que je suis trop sur la défensive avec lui.

– Je vous le promets, dit-il avec un sourire.

Je ramasse mes affaires et alors qu'on sort de la salle de réunion, des employés commencent à arriver, bloc-notes sous le bras, mines inquiètes sur le visage et mug de café chaud à la main. L'après-midi risque d'être long pour eux. Je m'efface pour laisser mon homologue agir, un nœud à l'estomac. J'aimerais prêter main-forte, mais je sais que ce n'est pas ma place. Me retrouver à l'hôtel en plein milieu de la journée me perturbe. Je n'ai pas l'habitude de ne rien faire.

– Vous avez trouvé ce que vous cherchiez ? s'enquiert Jake.

Il m'a suivie en silence jusqu'au hall d'entrée. La cage d'ascenseur était pleine, il n'était pas question d'échanger sur cette histoire au milieu des employés.

– Oui, j'ai la facture fautive.

Je lui expose en quelques mots ma trouvaille avec la sensation qu'il s'est déjà fait une opinion sur cette donnée.

– Vous ne trouvez pas que c'est trop facile ? dit-il en franchissant les portes de la tour.

– Que voulez-vous dire ?

– Aleksei débarque et hop ! le document problématique apparaît. Je parie qu'il se trouvait dans la pile du trimestre manquant de l'année passée.

Oui. Oui, il a raison. Mais il m'agace beaucoup trop pour que je cogite avec lui calmement. J'accélère le pas alors que nous nous approchons de la voiture.

– Aleksei n'a fait que son travail : il a lu le document, a noté de quoi il s'agissait et l'a reposé. Quoi qu'il en soit, j'aurais tout de même vérifié les documents en russe puisqu'ils cachent parfois des chiffres que je *peux* lire.

– Mmh. Je trouve tout cela bien opportun, déclare Jake en m'ouvrant d'office la portière arrière.

Est-ce qu'il ne serait pas en train de remettre en question mes compétences, lui aussi ? La moutarde me monte au nez. Je mets un pied dans le véhicule avant de me tourner vers lui.

– Je ne pense pas que le garde du corps de mon patron soit mieux placé que moi pour juger ce genre d'affaire. Je peux gérer ce dossier, merci bien. Je retiens même les chiffres de mes codes d'accès à mes accréditations par cœur.

Puis j'entre dans l'habitacle en me cognant la tête, gémis de douleur et m'assieds, au comble de l'embarras. La portière claque derrière moi. Pourquoi est-ce que je loupe toutes mes sorties, au juste ? Je frotte mon front en grimaçant. Ça m'agace, cette dynamique entre nous alors qu'on s'entendait si bien ! Pourquoi m'a-t-il rembarrée aussi durement ce matin ?

Jake s'installe au volant et me répond avec tout le flegme dont il est capable.

– Ce n'est pas de vous dont je doute, mais de votre homologue.

– Eh bien vous saurez quoi raconter à Ryan pour votre prochain coup de fil privé, m'impatienté-je en attachant ma ceinture.

Il ne pipe plus mot jusqu'à l'hôtel. Une fois devant la porte de nos chambres respectives, il me tend un sac.

– Votre déjeuner. Et ne vous avisez pas de sortir sans me prévenir.

Et vlan ! Jake referme derrière lui sans me laisser le temps de commenter. J'entre dans ma chambre, bouleversée par toute cette matinée de tensions et d'émotions fortes. Je déboutonne mon manteau, abandonne mes bottines et me frotte le visage, épuisée. Je dois me raccrocher au principal : j'ai découvert l'origine de l'erreur. Et c'est à moi d'appeler Ryan pour le lui raconter. Il est presque

14 heures, je vais attendre une heure de plus pour qu'il soit 7 heures à New York. Je retire ma veste et me pose dans un fauteuil avec mon déjeuner. J'ouvre le sac en papier et découvre un *bortch* et deux boîtes de *pelméni*.

Deux. Je ne vais pas chouiner parce qu'il s'est souvenu que j'avais adoré ces raviolis hier soir et qu'il m'en a donc pris deux, hein ? Mon cœur fond et j'en ai la gorge nouée.

Je déjeune en reniflant, engloutissant les *pelméni* tièdes, touchée par ce geste qui n'a peut-être aucun sens. Je ne comprends toujours pas Jake Stewart, mais le fait est qu'il m'a pris *deux* boîtes. Peut-être que l'une d'elles était pour lui et qu'il a zappé ce détail ? Je jette un regard sur la porte communicante et redoute qu'il débarque pour m'arracher la portion des mains.

Aucune chance, monolithe ! Les pelméni *sont à moi !*

Une fois mes boîtes vidées, je m'affaisse dans mon fauteuil, rassasiée. Et réconfortée, je dois le reconnaître. Je regarde l'heure : en fait, Ryan peut attendre encore un peu. J'ai mérité du repos et la salle de bains en marbre m'appelle. Je tire le rideau et me déshabille en faisant couler un bain. J'allume la télévision pour avoir un fond de voix et m'éviter de trop cogiter dans le silence complet. Je m'installe dans la baignoire, sous une épaisse couche de mousse parfumée.

Voilà. Là, je peux souffler. En ne faisant rien. Rien du tout. Je brasse du vide. L'idée du bain est toujours idyllique, mais une fois dedans, je m'ennuie. J'aurais pu prendre un bouquin. Ou mon portable pour écouter un podcast. Rha bon sang, j'ai l'impression de me retrouver dans mon appartement, seule. Je sculpte la mousse pour m'occuper, souffle dessus, prie pour que l'eau refroidisse vite et m'offre une excuse pour sortir… Mais non. Il fait chaud.

– Arrête de penser à Jake, me murmuré-je à moi-même.

Je m'enfonce dans l'eau et émerge en grognant. Il parasite tous mes fils de pensée ! C'est insupportable ! Quand je pense que j'espérais qu'il me touche hier… et combien j'ai détesté qu'Aleksei se permette tous ces gestes avec moi.

– Oh pitié, ne fantasme pas sur Jake Stewart !

Pour qu'on se retrouve aussi proches, il faudrait que je sois en danger, menacée par des gangsters ou je ne sais quoi d'autre. Ce qui n'arrivera bien sûr *jamais*. Mais imaginons. Juste une seconde. Il me prendrait dans ses bras, me ramènerait contre lui avec force, pour me protéger tel James Bond en action…

Je m'accoude sur le rebord de la baignoire avec un soupir.

– Ouais. On peut toujours rêver.

Il sent bon, en plus. Ça ne gâche rien. Me retrouver blottie contre son torse sculpté aux *pelméni*. Le nez dans son cou. Ses yeux d'ambre ne veillant que sur moi. J'en ai des bouffées de chaleur rien qu'en m'imaginant sortie de la baignoire par un grand vilain que Jake maîtriserait en un clin d'œil. Je trouverais refuge près de lui, nue et humide, et il m'envelopperait d'un drap de bain, me porterait jusqu'au lit et me frotterait doucement pour me sécher…

– Vraiment, Skye ? Pour me sécher ? marmonné-je. Tu peux faire mieux, ne donne pas raison à Lisa.

OK. Donc, il me frotterait pour me réchauffer, ses lèvres tout près des miennes. Je pourrais lui dire que j'étais tout à fait capable de me débrouiller seule, mais que je suis quand même rassurée qu'il soit là, auprès de moi, à punir les méchants. Et qu'il reste un endroit mouillé qu'il n'a pas encore touché… Et je guiderais sa main entre mes cuisses, et il grognerait de sa voix grave un « coquine » avant de m'embrasser.

Cette fois, je pouffe de rire, amusée et excitée. Je ferais mieux de prendre une douche froide et d'arrêter là ce fantasme insensé ! Je me tapote les joues et veux me relever pour passer sous une douche glacée quand un cri retentit dans ma chambre.

***

JAKE

C'était un cri ? Qui a surgi de la chambre de Petite Bombe ?

Je me rue sur la porte communicante et me retiens à la dernière seconde. La dernière fois que j'ai fait ça, j'ai défoncé la porte de son appartement. On va éviter une énième bavure. J'abats mon poing avec force sur le battant.

– Tout va bien ?

Je ne peux pas l'appeler « Petite Bombe », ce serait la dernière connerie à faire.

– Skye ? Vous m'entendez ?

Putain, j'ai le cœur qui bat à cent à l'heure juste parce que je prononce son prénom.

– Skye !

– J'arrive ! dit-elle d'une voix lointaine.

J'attends trois secondes et comme elle n'est toujours pas là, je relance.

– Ouvrez-moi ou c'est moi qui viens !

Je l'entends grommeler cette fois et la porte s'écarte sous mes yeux. Un nuage chaud et parfumé à la violette me balaie le visage. Skye se tient devant moi, la taille enroulée dans une serviette de bain, à demi nue, la peau humide, les cheveux ramassés dans un chignon qui peine à tout contenir.

Fuck.

– Détendez-vous, le cri ne venait pas de moi mais de la télé, déclare-t-elle, les joues cramoisies.

Oui, parce qu'en plus, je suis torse nu, l'air de rien. Je le fais exprès, ce n'est pas possible. J'en ai la gorge sèche mais j'arrive à hocher la tête, c'est toujours ça.

– Vous permettez que j'entre ? demandé-je en forçant de toute façon le passage.

– Bah faites comme chez vous, grogne-t-elle.

Je vais en profiter pour faire ce que j'aurais dû faire dès le départ : fouiller la chambre. On ne sait jamais. On est installés dans des chambres à notre nom, peut-être que quelqu'un est passé durant notre absence pour planquer des micros. À présent que l'origine du détournement d'argent a été découverte, il vaut mieux s'en assurer une bonne fois pour toutes. Je soulève les lampes et les tableaux, regarde derrière les meubles, inspecte le téléphone et l'écran plat posé au mur.

– Vous ne seriez pas un peu parano ? finit-elle par dire.

Peut-être.

– On n'est jamais trop prudent.

Je passe dans la salle de bains et elle se précipite à l'intérieur, me bousculant pour agripper ses vêtements et sous-vêtements qui l'attendaient sur une chaise. Elle serre le tout contre elle, les joues bouffies. Avec une lenteur de malade, alors qu'on est tous les deux plantés face à face, sa culotte se fait la malle, glisse de ses bras et tombe entre nous. Je l'imaginais dans du satin ou de la dentelle, lilas ou aigue-marine, le truc qui se marie à la perfection avec sa peau, mais pas du tout dans la simple et banale culotte en coton blanc. Alors que c'est *évident. Bien sûr* que Petite Bombe se balade en coton blanc. Et pourtant, malgré tout, mon aine s'enflamme à en devenir douloureuse. Elle hoquette avant de se baisser pour l'attraper, au comble de l'embarras.

– Vous dépassez les bornes ! lance-t-elle, paniquée.

– J'en ai vu d'autres, répliqué-je en me détournant pour fouiller le meuble-miroir.

Mon cœur cogne si fort que mes tempes sont battues par le sang. Je tente de rester concentré sur ce que je dois trouver, mais l'odeur de violette est vive ici, douce et sucrée. La baignoire est pleine et Petite Bombe était nue dedans une poignée de minutes auparavant.

– Ça m'étonnerait que vous passiez votre temps à inspecter les slips de Ryan Carter, siffle-t-elle, toujours aussi remontée.

– À vrai dire, il est plutôt boxer, comme moi.

Je ne sais pas où je vais avec ça, mais j'y vais. Je m'accroupis pour tâter sous le lavabo en marbre sans rien dénicher. Elle a retenu son souffle sans rien ajouter. J'ai peut-être enfin trouvé le bouton *off*. J'en profite pour m'attaquer au dernier meuble contenant des serviettes et des produits.

– Comment vous savez ça, au juste ?

– Parce que je l'ai déjà vu dans le plus simple appareil.

Il n'y a rien dans la salle de bains non plus. Personne ne surveille la DAF de New York. Du moins, d'aussi près. Je lui fais à nouveau face en croisant les bras. J'ai l'impression d'être en sueur, ma peau est moite.

Je ne sais plus si c'est dû à l'emballement du cri et de la fouille, ou à la nervosité qu'elle éveille en moi avec un talent rare et insoupçonnable. Elle semble intriguée par mes propos, et peut-être incrédule.

– Et à quelle occasion ? Sans indiscrétion, bien sûr. Chacun est libre de faire ce qu'il ou elle veut avec la personne de son choix, s'empresse-t-elle de rajouter.

Elle est partie loin, encore une fois.

– Au hammam, à Istanbul, avec des partenaires potentiels.

– Aaah.

Ses lèvres se twistent, elle a l'air confuse et amusée.

Eh oui, Petite Bombe, désolée de te décevoir, mais Carter et moi n'avons pas ce genre de rapport.

Bon. On est tous les deux à moitié nus avec un lit juste à côté, elle détourne les yeux à répétition de mon torse, je ne l'imagine plus qu'en mini-culotte blanche, lovée contre moi, je pense qu'il est temps de sortir prendre l'air. Balayer tout ça, oublier ce que j'ai vu ici, lui changer les idées.

– Vous connaissez le café Pouchkine ?

– J'ai vu passer son nom dans le guide.

– Habillez-vous, je vous y emmène.

Je sors de la salle de bains en la contournant. Son magnétisme ne s'est pas assagi.

– N'oubliez pas d'enfiler quelque chose, vous aussi, dit-elle d'un ton piquant.

J'adore quand elle sort les griffes.

– Je vais essayer d'y penser, madame la directrice, réponds-je avant de passer dans ma chambre et de refermer la porte communicante.

Bordel. Je vais quand même prendre une douche froide histoire de calmer mes ardeurs. Une fois habillés, manteau sur le dos, on se retrouve dans le couloir. La tension agressive de ce matin s'est apaisée, mais une autre a pris sa place. Elle n'ose pas me regarder dans les yeux et je préfère ne pas trop l'approcher, de peur de sentir la violette qui parfume sa peau. On prend tous les deux la décision, sans en discuter, de descendre par l'escalier. La cage d'ascenseur : terrain miné.

– Le café n'est pas très loin, ça vous dit de marcher un peu ? lui proposé-je.

– Bonne idée, oui, approuve-t-elle.

On déambule donc dans les rues, côte à côte, admirant le passage du tramway, les façades anciennes et les lampadaires du XIXe siècle. Parfois, la coupole d'une église, en forme de bulbe doré ou coloré, attire l'attention de Petite Bombe et elle ralentit, un sourire émerveillé aux lèvres. Elle sort son portable pour la prendre en photo et je la couve des yeux. Le café Pouchkine et sa façade d'hôtel du XVIIIe siècle provoquent le même ravissement chez elle. Elle avance à petits pas à l'intérieur, captivée par les comptoirs en bois de l'ancienne pharmacie, occupés à présent par des samovars plaqués d'argent et des myriades de pâtisseries.

– Installons-nous dans la salle à l'étage, c'était une bibliothèque et elle vaut le coup d'œil, lui assuré-je.

Elle hoche la tête, emballée. Un maître d'hôtel nous accueille et elle prend la parole avant moi.

– *Zdravstvouïté*[4].

L'homme répond aussitôt en russe pour lui demander si nous sommes là pour un déjeuner tardif ou pour un café, et où nous souhaitons nous installer. Si je suis surpris du sans-faute de Petite Bombe, je le suis moins de son expression d'abord fière puis gênée de ne pas comprendre la suite. Je prends donc le relais et on suit le maître d'hôtel dans l'escalier jusqu'à la bibliothèque et une table près d'une grande fenêtre, coincée entre deux meubles remplis de livres aux reliures centenaires.

– *Spasibo*, remercie Petite Bombe avec un sourire.

L'homme incline la tête avec gentillesse, tout en nous donnant les cartes. Son « merci » était moins parfait que son « bonjour », mais il fait plaisir. Et elle s'en contente puisqu'elle se trémousse sur sa chaise, fière d'elle.

– Vous me conseillez quoi ? demande-t-elle, perdue derrière la chemise en cuir brun qui contient le menu.

– Le Napoléon ou le Natalia, avec un thé Pouchkine.

---

4. « Bonjour. »

Elle semble étudier l'offre en silence avant d'abaisser la carte, perplexe.

– C'est-à-dire ?

C'est vrai que c'est familier pour moi, pas du tout pour elle.

– Le Napoléon est une sorte de millefeuille, le Natalia, une douceur à l'abricot, et le thé Pouchkine est à la bergamote, sucré avec du miel ou de la confiture de cerise noire.

Des étoiles s'allument dans ses grands yeux sombres. Je me mords la langue pour ne pas trop sourire. Elle redresse la carte entre nous avant de répondre :

– Je vais prendre les trois.

J'appelle un serveur pour passer la commande. J'adore cet endroit. Il est calme, chaleureux avec ses boiseries et des cheminées, ses livres partout. Ça me détend. Je me sens un peu plus serein ici, face à la tornade que je dois protéger.

– Il faudra demander une facture, dit-elle alors, consciencieuse jusqu'au bout. C'est Carter Corp. qui invite.

J'acquiesce. Je n'en reviens toujours pas qu'elle ait eu le déclic en parcourant une série de chiffres sur un papier parmi des centaines d'autres. Elle est impressionnante.

– À ce propos, Jake, ajoute-t-elle, le regard toujours aussi fuyant.

Elle se mordille les lèvres comme si elle cherchait ses mots.

– Je suis désolée si je vous ai paru présomptueuse tout à l'heure, dans la voiture. Je ne pense pas être mieux placée que vous dans cette histoire, d'une quelconque manière.

Je peux l'entendre au ton de sa voix, elle a honte de s'être mise en avant alors qu'elle avait raison : pour elle, je ne suis que le garde du corps, je n'ai pas à me mêler de son affaire ni à la ramener avec mes suppositions. L'agent du FBI en infiltration que je suis a bêtement pris le dessus. Et puis, Aleksei et ses mains baladeuses m'ont bien trop énervé.

« Présomptueuse » ? Non, elle est beaucoup trop humble, à mon avis.

– Vous n'avez pas à vous excuser d'être douée ni d'être là où vous êtes, répliqué-je en tentant le plus possible de tasser mon empressement.

Je dois lui paraître bien sévère. Elle me jette un regard presque craintif.

– C'est une force et une fierté, ajouté-je avec plus de douceur.

***

SKYE

Je déglutis et opine de la tête, touchée. Le serveur revient juste à cet instant pour déposer notre commande dans une vaisselle délicate, en porcelaine blanche et dorée.

Est-ce que cet échange envoie paître toutes nos tensions ? J'aimerais penser que oui. La chasse aux micros dans ma salle de bains y est pour beaucoup, elle aussi. Ça calme, de voir son garde du corps torse nu. Avec sa plastique parfaite, le muscle épais, la toison très fine qui plonge du nombril jusqu'au bas-ventre… « Calmer » n'est peut-être pas le bon mot en fait. Disons qu'on a franchi ensemble un stade de l'embarras à coups de torse nu et de culotte qui traîne. À présent, James Bond et moi prenons un thé bien mérité. Et je me régale, les pâtisseries sont à tomber.

– Vous avez l'air de bien connaître Moscou, finis-je par dire sans chercher à poser une question.

Il refuse de parler du passé, je ne vais pas l'y encourager, mais ça n'empêche pas d'entretenir un semblant de conversation.

– J'y suis venu plusieurs fois, c'est une ville qui change beaucoup. Heureusement qu'il y a des endroits immuables comme celui-ci.

À bien le regarder, le café Pouchkine lui ressemble : sobre et boisé, avec du caractère et des milliers de livres comme autant de secrets à parcourir. On termine notre goûter et il me propose de faire un tour pour nous dégourdir les jambes. Je le suis donc à la découverte des quais de la Moskova alors que le ciel gris laisse échapper quelques flocons de neige inoffensifs. Ce pays aussi est un miroir de Jake Stewart. Il est froid mais grandiose. Derrière chaque façade parfois rigide, se cache une merveille comme ce plafond peint que l'on aperçoit derrière des fenêtres en hauteur, ou comme le musée des Jeux d'arcade soviétiques, niché dans un duplex par une bande de passionnés. J'écoute Jake me délivrer quelques précisions sans vouloir m'accabler d'informations.

Je me détends, certes, mais je garde ma main sur mon portable, glissé dans ma poche. J'attends des nouvelles d'Aleksei et plus l'heure passe, plus je me demande si j'en aurai dans l'après-midi.

– Vous semblez soucieuse, finit par remarquer Jake.

– Je me demande si on ne devrait pas retourner à la tour.

– Si vous pensez que c'est nécessaire, allons-y.

Je hoche la tête, pensive.

– Attendons encore un peu. Si à 18 heures, nous n'avons pas de nouvelles, je…

Mon portable choisit cet instant précis pour sonner. On s'immobilise contre le muret qui surplombe la rivière. Je sors mon téléphone.

– C'est Aleksei.

– Mettez le haut-parleur, me conseille Jake.

Je ne discute même pas et enclenche la fonctionnalité.

– Skye, je ne vous dérange pas ? demande Aleksei.

Sa voix trahit son épuisement moral.

– Non, non. Que se passe-t-il ? Vous avez avancé ?

– Le bureau a trouvé le coupable. C'est terrible, mon propre assistant. Piotr ! C'est moi qui l'ai recommandé et fait entrer à la Carter Corp. Comment vais-je pouvoir expliquer ça à M. Carter…

J'ai la sensation de partager sa soudaine boule d'angoisse. Je comprends tellement cette crainte de décevoir Ryan !

– Quelles explications donne-t-il ? relancé-je en tentant de me concentrer sur le coupable.

J'espère qu'elles sont béton, parce que c'est dur d'imaginer un accident avec un tel montant d'argent disparu.

– Il est absent depuis quelques jours, répond Aleksei, démoralisé.

Je redresse la tête et croise le regard de Jake qui doit penser la même chose que moi.

– C'est opportun, dis-je seulement.

– Oui, confirme Aleksei. Mon comptable responsable des archives m'a confirmé que Piotr lui avait fait passer une note pour lui demander de mettre le trimestre de l'année dernière à part, juste avant de partir. Apparemment l'ordre venait de moi, alors que je n'ai jamais requis une telle chose.

Oh bon sang, l'assistant a voulu piéger son directeur.

– Vous ne pouviez pas deviner ce qu'il allait faire, dis-je pour le réconforter.

– Mais j'ai signé les demandes de virement sans me rendre compte des montants !

– De votre part, c'était de l'inattention, mais de la part de votre assistant, c'était une volonté de nuire !

– J'ai tenté de l'appeler plusieurs fois, mais rien à faire, il ne décroche pas. Je me sens si… trahi. Par un homme en qui j'avais une telle confiance ! Que va penser M. Carter ?

J'en frissonne pour lui. La trahison, je la connais bien maintenant. Je sais ce qu'il ressent. Ryan est humain, il comprendra, mais j'ai tellement d'empathie pour la détresse de mon homologue que je ne sais plus quoi lui répondre. Il marmonne des « je devrais démissionner, c'est ma faute » qui me tordent l'estomac. Troublée, j'inspire un grand bol d'air glacé avant de me lancer dans le meilleur conseil que je puisse lui donner.

– Aleksei, exposez tout à Ryan dans le moindre détail et restez factuel. Vous verrez, il fera preuve de discernement. Envoyez-moi autant d'infos que possible. De mon côté, je rassemblerai tout et préparerai un rapport pour Ryan. Je l'appellerai pour vous appuyer.

Après avoir dit cela et entendu le soupir soulagé de mon homologue, j'ai la sensation d'en faire beaucoup pour un homme aussi intrusif. « Tu es trop gentille, ça te perdra », me répète souvent Lisa.

– Comment pourrais-je vous remercier, Skye ? Vous apportez la lumière dans cette si sombre affaire.

Je n'attends pas longtemps pour l'entendre me rebattre les oreilles avec ses compliments à deux balles.

– Je n'ai pas le cœur à sortir ce soir, mais profitez de la réservation que j'ai faite au Bolkonsky, ajoute-t-il. Ils savent que nous devions venir, ils ont préparé leur menu dégustation spécialement pour les DAF de la Carter Corp.

– Oh, vous savez…

– J'insiste ! C'est un restaurant de grande renommée, typique de Moscou.

– Mais je…

– Allez-y avec votre assistant, vous me disiez que John aimait la cuisine russe.

Je ne vais pas y couper. Et je n'ose pas regarder mon « assistant » dans les yeux.

– Jake, corrigé-je.

– Pardon, Jake, répète-t-il sans se douter que le principal intéressé grimace. Je vous envoie toutes les informations et vous rappelle plus tard.

– D'accord. Merci, Aleksei.

– Merci à vous, Skye.

Je raccroche, embêtée.

– Ça ne vous dérange pas ? Jake ?

Son visage s'est fermé, il semble gamberger, peut-être pour trouver une bonne excuse et y réchapper. J'ai appris à mes dépens, en débarquant à ce niveau hiérarchique de la société, que parfois il fallait faire de la représentation. Ashton m'a plusieurs fois fait faux bond pour ce genre de déjeuners ou de cocktails. Je comprends à présent pourquoi : être le plus un de la directrice administrative et financière, très peu pour lui. Même pour demeurer à mes côtés et me soutenir. Combien de soirées Carter Corp. j'ai écumées seule, trouvant des excuses pour mon compagnon absent.

Le cas se représente. La réservation a été faite au nom de la société, il faut y aller pour entretenir son image et je n'ai pas envie que Jake traîne des pieds. Je préfère encore faire acte de présence seule, manger un morceau, féliciter le chef et rentrer.

– Vous n'êtes pas obligé de venir si vous n'en avez pas envie, me dépêché-je de dire alors qu'il ouvre la bouche pour répondre.

– Je serais ravi de vous accompagner, m'assure-t-il avec un mince sourire poli.

Ça me réchauffe le cœur. Il accepte sûrement pour me garder à l'œil, mais au moins, il vient. Je reçois les informations sur la réservation par message et m'alarme de l'heure qui tourne.

– Faisons un crochet par l'hôtel, nous prendrons la voiture, dit Jake en se mettant en marche.

On rentre bien vite et on se donne une courte heure pour se préparer. Je sors ma petite robe noire de ma valise et la pose sur mon lit pour la regarder. Un flot d'interrogation inonde mes pensées. Est-ce qu'elle est trop habillée ou pas assez ? Pourquoi j'hésite ? La nervosité me gagne sans raison. On va juste dîner. Exactement comme cet après-midi au café Pouchkine. Et si ça se trouve, il va se tenir derrière moi, dans la déco. Je passe dans la salle de bains pour une toilette, décidant de m'occuper du dossier comptable et de l'appel à Ryan en rentrant du restaurant. Il sera tard ici, mais ce sera le milieu de journée à New York, j'ai d'autant plus de chances d'avoir mon boss au téléphone. Quelque chose me chiffonne dans cette histoire, comme une intuition, mais je n'arrive pas à mettre le doigt dessus. J'ai la tête trop pleine d'inquiétudes pour ça.

Lorsque je reviens dans la chambre, je reste plantée devant la robe, la gorge nouée et des chatouilles dans les jambes. OK. Il n'y a qu'une personne susceptible de m'aider : Lisa. J'attrape mon portable et appelle. Je n'ai pas à attendre bien longtemps pour qu'elle décroche.

– Et comment va ma licorne ? lance-t-elle.

– Pleine d'incertitudes ! J'ai un dîner dans un grand restaurant, mais j'hésite sur la tenue : robe noire ou tailleur ?

– Un dîner avec qui ? Des collègues russes ?

– C'est ce qui aurait dû se passer, mais finalement il n'y aura que moi et Jake.

– Et tu hésites sur la tenue ?

– Oui, j'ai peur de paraître trop habillée, et en même temps, c'est un dîner professionnel. Enfin, ça aurait dû l'être à la base. Ou ça l'est encore ?

Je m'embrouille. L'absence d'Aleksei a viré l'aspect pro, en fait. Mais que reste-t-il dans ce cas ?

– Skye, sans vouloir te mettre la pression, si tu hésites sur la tenue, c'est que tu as rencard, analyse

Lisa avant de glousser, soudain excitée. Avec Jake « le canon » Stewart !

Tous les membres de mon corps se raidissent.

– C'est pas un rencard ! m'exclamé-je, la trouille au ventre.

Déjà qu'il refuse de parler de lui ! Ce serait risible comme rendez-vous !

– Chérie, tu dînes seule avec lui dans un grand restaurant.

– Seulement parce que mon homologue a annulé sa présence !

– Vous auriez pu rentrer à l'hôtel dans ce cas-là.

J'ouvre la bouche et la referme. Détailler mon raisonnement très *corporate* sur le « pourquoi honorer une réservation au nom de la Carter Corp. » ne la fera pas changer d'avis.

– Tu as mis ton joli *nude* de tous les jours ? poursuit-elle.

Je me rembrunis. J'ai soigné mon maquillage comme si je sortais, oui.

– Le rouge mat.

– Sexyyy, s'amuse Lisa. Enfile la petite robe noire. Ne t'avise pas de plonger dans un tailleur, sinon j'appelle Jake moi-même pour lui demander son avis sur ta tenue.

– OK, d'accord, grogné-je en branchant le haut-parleur. Ça ne change pas le principal : ce n'est pas un rencard, juste un dîner chic.

Je remonte la fermeture Éclair de ma robe et m'inspecte dans le miroir. J'adore cette tenue, elle a un côté rétro avec sa jupe évasée et sa ceinture vernie. Son décolleté est présent mais discret, recouvert de tulle brodé.

– Il reste un critère pour le rencard, devise Lisa.

– Lequel ? Ce n'est pas Jake qui invite, c'est la Carter Corp. Moscou qui va payer.

– Je pensais plutôt à la tenue de ton cavalier.

Je hausse les sourcils en tentant d'imaginer Jake dans autre chose que son uniforme de tous les jours. Alors là, je rigole d'avance !

– Si tu crois vraiment que Jake Stewart ne va pas se pointer dans un costume-cravate, tu te mets le doigt dans l'œil, Lisa.

Je mets mes escarpins vernis et rassemble mes affaires alors que Lisa me taquine et qu'on se lance dans un pari insensé sur le cours de la soirée. Au bout de cette franche rigolade, je me sens détendue et prête à affronter le dîner. Pile à l'heure prévue, Jake frappe à la porte de ma chambre. La porte principale, et non la communicante.

– Bonne chance pour ce soiiir, s'amuse Lisa. N'oublie pas le baiser sur le pas de la porte et protégez-vous pour des galipettes en bonus !

– Ne t'emballe pas, grondé-je.

– Bisous licorne !

– À plus, Lisa.

Je raccroche, le souffle court. Je prends mon manteau et mon sac sous le bras et me dirige jusqu'à la porte, nerveuse à souhait alors que j'avais fini par tasser l'appréhension. J'inspire un moment et me dis que nouvelle tenue sur lui ou non, ça ne changera rien. Je suis DAF, il est *bodyguard*, on travaille ensemble.

J'ouvre la porte en esquissant un sourire aimable.

Par la Grande Trésorerie… Jake « le canon » Stewart a dégainé le smoking. J'ai rencard avec James Bond. J'AI RENCARD. La panique implose dans mon corps. Mon cœur s'emballe et je n'ose pas bouger d'un pouce, foudroyée et intimidée par la classe folle du *bodyguard*.

– Vous êtes prête, madame la directrice ? demande-t-il en me tendant le bras, sur un ton à la fois grave et complice.

Et gentleman avec ça !

Je déglutis et attrape son coude. Bon sang, la soirée va être périlleuse !

CHAPITRE 6

JAKE

Skye est beaucoup trop jolie dans sa robe noire. Je me suis arrêté à « jolie » pour ne pas aller plus loin, bien sûr. Interdiction de penser à ses culottes en coton blanc, ses jambes galbées, ses lèvres carmin magnifiques, tout ça… Non. J'ai appelé Carrie en rentrant de notre balade, elle m'a sermonné pour que j'abaisse mes griffes puisque Petite Bombe se révèle très utile. Le smoking : son idée. J'aurais pu refuser de l'accompagner, mais l'imaginer seule dans un grand restaurant parce qu'elle prend son devoir de DAF bien trop à cœur m'a mortifié.

Alors on se retrouve en tête à tête sous la vaste coupole peinte d'un ciel nuageux, nervuré de stucs végétaux dorés. Un immense lustre tombe au milieu de la salle et les murs sont recouverts de boiseries blanc et or. Sans compter le petit orchestre russe qui joue des airs traditionnels et les couverts en argent. La clientèle est fortunée et moscovite. Le Bolkonsky place la barre très haut. L'accueil réservé à la DAF de Carter Corp. New York a aussi beaucoup impressionné Petite Bombe. On nous apporte la carte des vins puisque le menu dégustation a déjà été sélectionné par Aleksei.

– Je n'ai aucun prix.

Je lève les yeux des vins blancs.

Bien sûr que Petite Bombe n'a pas de prix !

– Pardon ?

– Sur la carte, précise-t-elle. Je ne voudrais pas non plus qu'on se retrouve avec une note embarrassante.

Je lui tends mon menu qui contient les tarifs, elle me sourit et son adorable bouche me provoque des palpitations bien trop risquées.

– C'est ainsi que vous comptez choisir les boissons ? À l'aide de vos chiffres ?

– Il faut toujours mettre le prix pour la qualité sans pour autant choisir le plus haut et risquer d'être déçu, récite-t-elle avec un haussement d'épaules.

Elle n'a rien perdu de son entrain. Je la laisse décider pour nous, ça lui fait de toute façon plaisir. Je vais feindre de boire pour ne pas l'inquiéter, je dois garder toute ma tête. Lorsque le serveur revient pour la commande, il en profite pour déposer du caviar et des blinis avec une fiole de vodka en guise d'amuse-bouche.

– Il faut commencer par la vodka, elle nettoie le palais pour le caviar, conseillé-je en lui servant une lampée dans un petit verre.

Petite Bombe hoche la tête avant de se prêter à l'exercice gustatif.

– Vous n'avez pas l'impression qu'on n'a fait que manger aujourd'hui ? s'amuse-t-elle au bout de plusieurs cuillerées.

– Si, un peu, réponds-je avec un demi-sourire.

Tout est une question gastronomique avec elle, non ? Ça a commencé par du poulet tandoori et des pizzas, et on en est là, à table avec du caviar. Alors que moi, je n'ai envie que de la goûter, *elle*. Désespérant. Je trempe mes lèvres dans mon verre de vodka. J'ai pourtant un taux de résistance assez haut en règle générale. Je ne sais pas pourquoi Petite Bombe parvient à me troubler aussi aisément. Je la quitte des yeux pour me focaliser sur la salle et ses clients. Je balaie les tables et les recoins, en quête d'un élément perturbateur mais rien ne… Une seconde.

Le type au bar, près de l'entrée.

Merde. Sa tête ne m'est pas inconnue. Je reviens à Skye qui devise sur le nouveau plat que l'on nous apporte : un cube composé de légumes râpés, d'œufs et de champignons, et surmonté de fines tranches de hareng assaisonnées.

Ça y est, ça me revient. Le type du bar fait partie des visages de la Bratva que Carrie m'a envoyés. Est-ce une coïncidence ?

– J'ai entendu dire qu'un chef français du XIXe siècle avait donné son nom à une salade devenue classique aujourd'hui, est-ce que c'est la fameuse salade Olivier ? m'interroge Petite Bombe, entièrement accaparée par l'assiette.

– Non, on est plus dans une revisite du hareng en fourrure, là, dis-je en tentant de rester naturel.

L'homme du bar occupe désormais la première place dans mes priorités, mais il n'est pas question que la DAF remarque quoi que ce soit et s'alarme.

– Mmh, c'est délicieux, se délecte-t-elle avant de boire une gorgée du vin blanc qu'elle a choisi.

Je la félicite pour sa sélection réussie et me mets à lui parler du hareng en Russie parce que je sais que je peux débiter n'importe quoi sur le sujet tout en pensant à autre chose. Du genre : que faire à présent ? Un autre coup d'œil du côté du bar et j'ai la confirmation qu'il fixe notre table. Il pourrait accompagner un ponte de la Bratva et surveiller les alentours, mais non. Je n'y crois pas. Il s'intéresse bien trop à nous. Ou à l'absent du dernier moment : Aleksei.

– … et c'est pour ces raisons que le hareng tient une telle importance dans les gastronomies des pays du Nord, terminé-je.

Je regarde Petite Bombe, elle semble perplexe, accoudée à la table, le menton posé sur les paumes de ses mains. Comme j'en ai fini, elle se redresse et opine de la tête. Je crois qu'elle hésite entre s'inquiéter et rire.

– D'accord, je ne pensais pas en apprendre autant sur le hareng ce soir.

OK. Elle a plutôt envie de rire si j'en crois les commissures de ses lèvres crispées.

– Un de mes talents cachés, appuyé-je d'un ton ironique.

Cette fois, elle pouffe et c'est délicieux à voir. Ça ne m'aide pas, mais ça me plaît. On change de plat et c'est le bœuf Strogonov qui débarque dans nos assiettes, avec du chou farci et un gratin en petites portions soignées.

– J'ai hâte que vous m'en disiez plus sur la pomme de terre, plaisante-t-elle en hochant la tête.

Je serre les dents pour ne pas craquer à mon tour.

Bordel, je les compte sur les doigts d'une seule main, les personnes capables de me faire rire. Et elle, elle trône tout au sommet.

– À votre tour, j'insiste. Vous avez sûrement quelque chose à me raconter à son sujet.

J'ai reçu un super entraînement au FBI : écouter une source tout en surveillant mon environnement. Ça demande un exercice d'attention particulier mais pas impossible. J'en profite donc pour chercher d'autres visages familiers dans la salle du restaurant sans en trouver, et j'acquiesce à l'histoire de Petite Bombe qui me parle de sa grand-mère, fine cuisinière, spécialisée dans le gratin dauphinois.

Je parviens à rebondir sur ce qu'elle dit en notant l'affection évidente qu'elle porte aux membres de sa famille. L'homme du bar ne nous a pas lâchés des yeux. Il n'a qu'un verre et ne semble pas attendre quelqu'un d'autre. Il est en faction. Je dirais même que, comme hier soir, la Bratva est là pour se montrer.

Petite Bombe s'appuie contre le dossier de son fauteuil, rassasiée. C'est pourtant seulement l'entracte. On nous offre de la vodka à la poire comme digestif avant d'attaquer la suite. Je privilégie l'eau de mon côté. Je peux profiter de la pause pour appâter la sentinelle. Peut-être qu'il va mordre à l'hameçon ?

– Vous m'excusez une minute ? demandé-je en me levant.

– Bien sûr, répond Petite Bombe en sortant son portable pour vérifier ses messages.

Bien, elle ne fera pas attention à la durée de mon absence si elle s'occupe. Tout en fixant l'homme sans m'en cacher, je me dirige vers les toilettes. Je n'ai pas à m'inquiéter pour la DAF, elle est au milieu d'une salle pleine de civils, ils n'oseront rien. Alors que je tourne dans le couloir, j'aperçois l'homme se lever à son tour et m'emboîter le pas. Parfait.

J'ouvre le robinet pour faire mine de me laver les mains. Les cabines ont l'air désertes. Tout est en marbre et en bois, si on en vient aux mains, je sais que je peux faire mal sur le plan en pierre polie.

L'homme pousse le battant et trouve la même occupation que moi. Ses tatouages aux doigts sont tous des crucifix, en grand nombre. Beaucoup d'années de prison. Il est carré, la cinquantaine, le crâne rasé, une balafre sur l'arcade gauche, les traits burinés par le temps et les épreuves. Une vraie brute. Mais c'est le tatouage sur sa nuque qui m'interpelle le plus : un poignard. Un violeur. J'espérais encore qu'ils surveillent Aleksei, mais ce type a dû constater son absence et il n'est pas parti. Cette fois, la Bratva me confirme qui ils ont véritablement à l'œil : Skye Elliott.

J'actionne le sèche-mains, tous les sens en éveil. Je retrouve mon sang-froid qui tasse l'angoisse soudaine de la situation pour me concentrer sur l'instant. Je serre les poings et les fourre dans mes poches avant de me planter à quelques pas de l'homme. On ne va pas tourner autour du pot bien longtemps. Il sourit dans le miroir tout en s'égouttant les doigts au-dessus de la vasque.

– Comment trouvez-vous la cuisine russe, monsieur Stewart ? interroge-t-il avec un fort accent, le ton anodin.

Ils ont mon nom. OK. S'ils surveillent Carter Corp., rien d'étonnant.

– Bien trop curieuse à mon goût, répliqué-je avec un sourire sarcastique.

Il rit et tousse à la fois, c'est rauque et brutal. Puis il s'appuie sur le rebord du lavabo sans quitter mon reflet de ses petits yeux sinistres.

– Je crois que vous devriez rentrer en Amérique, monsieur Stewart. Ce serait dommage qu'il arrive quelque chose à votre si jolie directrice, Skye.

Il ponctue sa phrase d'un geste qui me refroidit : il plaque sa main sur sa nuque, masse son tatouage et me fait face. Il n'y a pas menace plus claire pour un initié. Je doute qu'il me prenne vraiment pour l'assistant de Skye. Il doit savoir que je suis là pour sa sécurité. Il ne s'adresserait pas à moi de cette manière si ce n'était pas le cas. Je n'ai pas l'intention de nier, ce serait bien inutile. De toute façon, je bous de rage et j'ai envie de lui enfoncer un robinet en laiton dans la gorge. Les avertissements de Carrie sont bien loin dans ma tête !

Le battant s'ouvre et laisse apparaître un client.

– *Oubiraïssia*[5] *!* rugis-je à son encontre.

Le client, abasourdi, ne se fait pas prier pour faire demi-tour. J'en reviens à la sentinelle de la Bratva qui n'a pas bougé d'un pouce.

– Mme Elliott n'a pas terminé son travail, répliqué-je. Nous rentrerons lorsque tout sera en ordre.

Il ne répond rien sur le coup. Alors je rassemble tout mon reste d'aplomb et fais quelques pas en direction de la sortie.

– Chambre 224.

C'est tout ce qu'il dit. Je m'immobilise. C'est le numéro de la chambre de Skye. Mes ongles s'enfoncent dans mes paumes. Pas question de laisser passer ça. Je recule et reviens face à lui. Il sourit avec toute la perversité dont il est capable. Alors je lui décoche un coup de boule qui le surprend et le fait vaciller.

---

5. « Dehors ! »

Désolé, Carrie. Il dépasse les bornes.

L'homme se redresse et se rue sur moi. Il me plaque violemment contre le mur, je me dégage d'un coup de genou, évite son poing et lui envoie un crochet dans la mâchoire. Il est fort, putain ! J'ai eu le souffle coupé en percutant le carrelage. Je ne peux pas me permettre de revenir dans la salle avec des bleus. Il faut que je sois prudent ! On se tourne autour et il crache du sang par terre. Il attaque, j'esquive plusieurs tentatives mais me prends un coup dans les côtes bien douloureux. Je parviens à reculer pour lui flanquer un coup de pied dans le thorax. L'homme défonce une porte de cabine et s'écroule en arrière. J'en profite pour l'attraper par la nuque et frapper son visage contre la tuyauterie des toilettes. Le crac du nez me satisfait suffisamment pour que je le relâche et sorte de la cabine, le souffle court. L'homme s'affaisse au sol en gémissant.

– Si vous touchez à un cheveu de Skye Elliott, je vous écorcherai vif moi-même, menacé-je avant de me détourner de lui.

Je vérifie mon image dans le miroir alors que le sang bat dans mes tempes à vive allure. J'ai encore une montagne de rage qui ne demande qu'à s'échapper. Je dois me ressaisir, mais bordel… entendre menacer Skye me fait dérailler comme jamais. Ne pas leur montrer mon attachement pour elle, ce serait alors pire que tout. Je n'aurais jamais dû professer cet ultimatum en premier lieu.

Je défroisse mon smoking et m'assure que je n'ai aucune tache de sang visible. Deux clients entrent alors que je me dirige vers la sortie. Ils s'arrêtent devant le mafieux, stupéfaits, et m'interrogent du regard.

– *Né iéchté bortch, ot négo tochnit*[6], expliqué-je en m'éloignant.

Je traverse la salle pour regagner ma table. J'aperçois Petite Bombe ranger son portable en réceptionnant un nouveau plat. Je m'assieds face à elle, recouvrant peu à peu mes esprits.

– Il y a deux desserts, j'espère que votre estomac est prêt, dit-elle, une fourchette et une cuillère dans chaque main.

– Je vais m'y efforcer, lui assuré-je comme si de rien n'était.

Son sourire franc s'affaisse.

– Jake, que vous est-il arrivé ? s'inquiète-t-elle en reposant sa cuillère pour tendre la main jusqu'à moi. Votre front…

Elle s'arrête alors que je crève d'envie de sentir ses doigts sur moi. Elle se ramasse sur elle, confuse.

– Pardon, je ne voulais pas vous toucher, s'excuse-t-elle platement.

Je ravale ma déception. C'est pour le mieux.

– Ce n'est rien, voyons. Je me suis juste pris la porte des toilettes en entrant. Vous n'êtes pas la seule maladroite de Carter Corp., plaisanté-je, un creux dans le cœur.

Je *veux* qu'elle me touche. Et je *sais* ce que ça provoque en moi.

---

6. « Ne mangez pas le *bortch*, ça rend malade. »

Tête froide, Jake. Sa sécurité avant tout.

Elle se détend mais demeure sur la réserve tout en plongeant des morceaux de fruits frais et de crêpes épaisses dans un ramequin de crème fraîche, un verre de *kvas* agrémentant le tout. Lorsque l'homme de la Bratva refait son apparition, c'est pour sortir du restaurant, une serviette plaquée sur le nez, un regard redoutable pour notre table. Je le suis des yeux pour lui signifier que je ne le crains pas.

Le second dessert nous achève. Une assiette remplie de confiseries déboule entre nous, nous laissant libres de piocher dedans : des canneberges au sucre, des mini-pains d'épices, des pâtes de fruits et de l'halva au chocolat. Le thé servi en accompagnement est parfumé au cognac – j'en commande un sans alcool même si je touche à peine à l'ensemble. L'appétit de Petite Bombe connaît lui aussi une fin. Elle a l'air même pompette lorsqu'elle se lève pour enfiler son manteau.

Je la reconduis à l'hôtel en voiture, l'attention en alerte. Je proposerais bien à Petite Bombe de faire quelques pas dehors pour profiter de l'air froid et digérer, mais je suis encore à cran. À la place, je la raccompagne jusqu'à sa porte et piétine devant. Je devrais dormir avec elle, la garder contre moi, m'assurer qu'il ne lui arrivera rien. Mais elle ne comprendrait pas sans une véritable explication. Elle n'accepterait peut-être pas non plus ! Et moi, je tombe à nouveau dans des considérations qui ne mènent nulle part.

Ce salopard de mafieux m'a asséné un coup de pression monstrueux. Je n'avais pas l'impression de pouvoir perdre Petite Bombe jusqu'à présent, ni de la voir souffrir.

– C'était une soirée étonnante, déclare-t-elle en faisant tourner sa carte entre ses doigts.

C'est le moins que l'on puisse dire.

Elle a l'air ravie, donc tant mieux. Ses joues sont rouges, ses yeux brillants, elle a un peu bu et ça se voit.

– Merci pour le dîner, ajoute-t-elle. C'est gentil de m'avoir accompagnée.

– Plaisir partagé, dis-je avec un sourire poli.

J'attends qu'elle rentre dans sa chambre et qu'elle ferme bien derrière elle – autant pour sa sécurité que pour m'empêcher de faire la pire des bêtises : l'embrasser. Je suis fébrile, inquiet. J'ai peur pour elle comme j'ai rarement eu peur pour mes autres protégés. Rien n'est plus rationnel ce soir. Sa main tendue vers moi, à table, alors que je venais de prendre des coups, me hante. Je veux la tenir contre moi, je veux l'embrasser… et je refuse de rouvrir une brèche.

Pitié Petite Bombe, rentre dans ta chambre.

– Jake, euh…

Elle avance d'un pas en bredouillant ces mots. Son parfum de violette me bouscule. Que veut-elle dire ? Elle triture ses doigts, nerveuse. Et moi… moi, je me penche un peu plus sur elle. Ses lèvres sont si proches des miennes que je l'entends retenir son souffle. Elle s'approche elle aussi, tout en levant la tête vers moi.

Un baiser, un seul, et je perds pied.

***

SKYE

Je le veux tellement. J'espérais si fort qu'il désire un baiser, lui aussi. Et il se tient là, à quelques centimètres de moi, avec ses yeux dorés et son aura brûlante. Les paupières vibrantes, je peine à garder les miens ouverts. Et alors que je frémis d'excitation en le voyant faire le chemin restant, il détourne sa route au dernier moment et sa bouche atterrit sur mon front. Mon souffle se bloque, un mélange de surprise et de déception me tombe au fond du ventre. Ce sont tout de même ses lèvres, tièdes et douces, qui se posent sur ma peau, mais je ne pouvais pas présager ça.

Jake recule de plusieurs pas, vers sa chambre.

– Bonne nuit, Skye. Fermez bien votre porte.

C'est comme s'il venait de s'emmurer. J'avais perçu tout au long de la soirée une certaine ouverture, on a plaisanté, on a bien mangé, on a partagé quelque chose ! Et soudain, plus rien. L'étincelle s'éteint. Stupéfaite, je déverrouille ma porte sans un mot. Je referme derrière moi, retire mon manteau et me laisse choir sur mon lit.

Alors ça, je ne l'avais pas vu venir. Avec des gestes mécaniques, je me déshabille, je prends une douche, enfile mon pyjama et me retrouve assise sur mon lit, perdue. Je devrais travailler et appeler Ryan, mais j'ai trop bu pour ça. Je ne veux pas commettre d'erreur. Et puis, j'ai toujours cette sensation que quelque chose ne va pas dans ce dossier. Je préfère être sûre de moi avant de rendre un rapport. Je me glisse sous la couette et reste les yeux grands ouverts, incapable de m'endormir.

Mais on est d'accord que Jake allait m'embrasser, là ? J'avais fait la moitié du chemin pour lui faire comprendre que j'étais partante. Pourquoi a-t-il changé d'avis en cours de route ? C'était le baiser le plus frustrant du monde ! J'étais prête à l'embarquer dans ma chambre et à faire toutes les galipettes possibles avec le *bodyguard*… et non. Je ne l'ai forcé à rien, il se tenait là, près de ma porte, sans bouger. Il aurait pu me laisser s'il avait autre chose à faire !

Le front. Jake Stewart m'a embrassé le front. Comme on embrasse une amie ou pire, un membre de sa famille.

Je roule sur le côté. Il y a bien une explication en fait. Si ça se trouve, je ne lui plais pas du tout. Ce type est bien trop canon, et d'autant plus en smoking ! Et moi, je suis la nouille qui laisse tomber ses tristes culottes par terre. Il doit sortir avec des filles ultra-sexy qui ne portent que de la dentelle. Bon sang, heureusement qu'il ne s'est rien passé.

Il a eu le tact de me repousser avec classe. Je ne sais pas pourquoi je me suis monté la tête toute la soirée. Il a été si gentil, patient et – du moins, je l'ai cru – intéressé. J'ai mal interprété ses regards.

Je ne comprends rien à Jake, point final.

La vibration de mon portable m'interpelle. C'est peut-être un mot de mon voisin de chambre, on ne sait jamais ?

Non. L'expéditeur est encore plus inattendu : Ashton.

Hé, comment vas-tu ?
Tout se passe bien ?

Ma gorge se noue. Pourquoi se manifeste-t-il maintenant ? Si je n'étais pas aussi bouleversée par le comportement énigmatique du *bodyguard*, j'aurais juste jeté mon portable sur un fauteuil pour me recoucher tranquille. Mais Ashton a été mon repère pendant sept années. Il me rassurait et faisait partie des choses solides et inébranlables de ma vie il n'y a pas si longtemps. Son absence attise un regain de colère. Il m'a privée de cette sensation. Je me suis toujours sentie en sécurité auprès de Jake, même s'il est la personne la plus imprévisible que je connaisse. Ça m'embrouille trop. J'ai besoin de stabilité. Alors, je réponds, mais en optant pour un ton impersonnel.

Ça va. La journée a été longue,
je vais me coucher. À bientôt.

Je repose mon portable sur la table de nuit et fixe le plafond. Deux secondes plus tard, une suite de vibrations retentit. Je fronce les sourcils et attrape mon téléphone. Ashton appelle. Cette fois, je me redresse. Bon sang, mais qu'est-ce qu'il veut ? Je ne peux pas ne pas décrocher, je viens de répondre à son message ! Je me frotte le visage, divisée entre l'envie de l'entendre et celle de lui raccrocher à la figure. Quoi qu'il en soit, j'accepte l'appel.

– Quoi ?

– Skye, je ne vais pas te déranger longtemps, dit-il d'une voix posée. Je voulais juste entendre ta voix, savoir comment tu allais après le voyage en avion et ces quelques jours en Russie.

Il s'arrête là. Mon cœur cogne si fort dans ma poitrine ! Je ne sais plus comment discuter avec lui. Il ne me fait miroiter aucune réconciliation et je n'ai pas l'impression d'en vouloir une moi-même. Il veut juste savoir comment je vais. J'avais si bien réussi à mettre tout ça de côté, et le voilà qui déboule avec ses gros sabots. Il envoie paître mes efforts d'un coup ! J'ai peur de fondre en larmes et de geindre sans savoir comment formuler les choses.

– Skye ?

Tu m'as blessée et tu me manques, c'est incompatible. C'est ça que je devrais lui dire sans y parvenir. Je renifle et m'éclaircis la voix.

– Oui, oui, ça va, dis-je alors.

En vérité, si j'avais couché avec Jake, je ne sais pas comment j'aurais « géré » émotionnellement mon histoire avec Ashton. Éprouver du plaisir dans les bras de mon *bodyguard*, c'est ce qui se serait passé, oui, sans doute, mais ça aurait représenté quoi ? Une vengeance ? Je m'en serais vanté auprès de mon ex ? Est-ce qu'il m'aurait simplement dit « tu as bien fait, je m'en fous » ? Mon attirance pour Jake est pourtant sincère.

– Pourquoi tu appelles ? demandé-je, en ramenant mes genoux contre moi.

Je l'entends soupirer.

– J'ai essayé de ne pas appeler plus tôt, mais je m'en voulais de ne pas avoir pris de tes nouvelles après ton vol.

– Tu as « essayé » ? m'interloqué-je.

– Je manquais de temps, aussi. Mais je me suis vraiment inquiété de ton voyage en avion.

Je perçois toute la sincérité dont il est capable dans sa voix. Ce retour en arrière me file le vertige. J'ai soudain envie de tout lui raconter en détail, mes doutes et mes victoires. Mais je n'y arrive pas. Je lui en veux de m'imposer ça.

– Je suis désolé, je t'empêche de dormir…

– Ashton, c'est toi qui as rompu, le coupé-je.

Il soupire une nouvelle fois.

– Je sais, mais c'est pour notre bien à nous deux, tu ne crois pas ?

Il faut que je l'adoube en plus ? Il veut qu'on en parle depuis le départ. Je repousse encore cette possibilité, bien trop ébranlée pour avoir l'esprit clair.

– Il est tard, ici. Je dois te laisser.

– OK, cède-t-il. Mais il faudra bien qu'on discute de tout ça ensemble.

– Peut-être, oui. En attendant, ne m'appelle plus comme ça…

Je ravale un « s'il te plaît » qui me paraît trop fragile.

– D'accord. Je suis désolé, Skye. Prends soin de toi et on se voit à ton retour.

Ça ressemble plus à une exigence qu'autre chose mais je ne relève pas.

– Au revoir, Ashton.

Et je raccroche. Je laisse mon front tomber sur mes genoux et craque pour relâcher un peu de pression. Ces larmes me paraissent incontournables. Je pensais que je sortirais de ce coup de fil encore plus perdue qu'avant, mais non. De nouvelles certitudes flottent autour de moi : j'ai peut-être refusé cette rupture dans un premier temps, mais à présent, je n'ai pas envie d'un simple retour en arrière. J'apprécie de me sentir légère auprès de Jake, attirée par lui parce qu'il a du charme et qu'il est outrageusement sexy. Ce n'est pas qu'une armure confortable sur laquelle je saute bien trop vite.

Ce coup de fil aura eu l'intérêt de remettre une partie de mes idées en place. J'essuie mes joues et me recouche, bien au chaud sous la couette moelleuse.

Penser aux chiffres.

Pourquoi est-ce que quelque chose cloche encore dans cette affaire ? Je n'ai pas eu le temps de fouiller tous les dossiers et j'ai peut-être omis des informations importantes sur la facture fautive. Je dois retourner à Carter Corp. demain matin pour finir le travail. Je programme un réveil tôt et ferme les yeux avec détermination. Je repousse Ashton et Jake dans un coin de ma tête.

Ce qui compte, c'est moi et ma mission.

***

JAKE

Plusieurs insomnies ont entrecoupé ma nuit. Des sursauts, mêlés de tirs et de cris, m'ont réveillé à divers intervalles. J'ai eu du mal à me rendormir à chaque fois. Je me suis bien trop laissé aller hier soir. Il est 7 h 30, Skye ne pas va tarder à se lever, autant m'habiller. Une fois prêt, j'ouvre ma fenêtre et fume une cigarette. Le tabac me détend un peu. Un jour, j'aurai le courage d'arrêter. Là, c'est trop difficile.

Il est 8 heures et toujours aucun bruit à côté. Elle a un peu bu hier soir, mais je l'imagine mal comater à ce point. J'hésite à frapper à sa porte. Ce baiser sur le front me hantera toute ma vie. J'en ai fait, des conneries avec les femmes. Mais celle-là, elle est particulière. Me raviser à la dernière seconde pour viser le front alors qu'elle avait l'air tout à fait partante… Mais elle était pompette, elle n'avait peut-être pas les idées claires. En tout cas, moi, je ne les avais pas. On aurait regretté. Je crois que là, je ne couperai pas aux excuses en bonne et due forme.

Allez, je frappe trois coups à la porte, m'attendant à la voir surgir sous mes yeux avec son charme absolu, mais il ne se passe rien, aucune réponse.

– Skye ? appelé-je en frappant à nouveau.

Elle ne peut pas encore dormir à 8 heures ?

Rien. OK. Si ça se trouve, elle n'est pas en forme.

– Skye, je vais entrer, préviens-je en ouvrant la porte.

Je m'attends à la trouver allongée, malade, mais non. La couverture du lit est rabattue, la salle de bains, éteinte. Personne. Mon sang ne fait qu'un tour. Même si c'est évident qu'elle n'est pas là, je fais le tour de la chambre et trouve un message posé sur l'oreiller.

« Partie à la tour plus tôt, pas voulu vous réveiller, agent Stewart. »

– Putain de merde !

Je fonce dans ma chambre, attrape mon manteau, mes deux flingues contre les flancs, et m'élance dans le couloir. Je dévale l'escalier et déboule dehors. Elle a pris la voiture !

– Si elle n'est pas déjà morte, c'est moi qui m'en chargerai ! vociféré-je en courant en direction de Carter Corp.

Quelle inconsciente ! Elle ne se rend pas compte de la situation ! Je sors mon portable et l'appelle. Si elle ne décroche pas, je fais quoi ? Je défonce la Bratva à moi tout seul ? Bon plan. Et je commencerai par interroger Aleksei pour en savoir plus sur son assistant. Ce devait être un agent de la Bratva infiltré pour détourner de l'argent. Mais comme Petite Bombe a mis le nez dedans, Aleksei s'est réveillé et l'agent s'est cassé. La Bratva tente à présent d'étouffer l'affaire en menaçant les DAF.

– Oui, Jake ? décroche-t-elle comme si de rien n'était.

D'abord soulagé comme jamais qu'elle soit bel et bien vivante et – si j'en crois son ton provocateur – pas du tout en danger, je sens la fureur m'envahir. Déjà que Ryan n'en fait qu'à sa tête, mais si en plus Petite Bombe s'y met…

– C'est tout ce que vous avez à dire ?! Vous êtes partie seule ! Sans me prévenir !

– Je peux survivre cinq minutes sans vous, vous savez ?

Et elle raccroche. J'enrage ! J'accélère le rythme et me jure de lui passer le savon de sa vie. Si le gangster que j'ai corrigé hier s'en prend à elle d'ici mon arrivée… Il pourrait très bien l'enlever, la malmener, ou pire. Si je la perds alors qu'elle est sous ma garde, je ne m'en remettrai pas. J'entre dans le hall de la tour comme un boulet de canon, je brandis mon badge en visant les ascenseurs et en attrape un au vol, alors que les portes se fermaient.

Je les force à se rouvrir, provoquant des soupirs impatients à l'intérieur. Je serre les poings en regardant les étages défiler. J'aurais dû dormir avec elle. On aurait couché ensemble et ça aurait sûrement enterré mon attirance pour elle. C'est peut-être plus fort qu'avec aucune autre, mais si ça se trouve, tout disparaîtrait après une nuit de sexe, comme à chaque fois.

Je regarde ma montre, nerveux, et me dépêche d'appuyer sur le bouton pour forcer les portes à se refermer tant que je ne suis pas arrivé au bon étage. Si j'avais passé la nuit avec elle, on serait encore au lit. Elle se trouverait dans mes bras et je serais occupé à mordiller la rondeur tendre de ses seins. Et non pas à bousculer les employés de Carter Corp. Moscou pour m'extraire vite de la cage ! J'avale la distance qui me sépare de la salle de réunion dans laquelle – j'espère pour elle – devrait être installée Petite Bombe. Le département des finances a l'air bien calme, je ne croise personne jusqu'à la porte… qui a été forcée.

Skye est bien là, assise devant les dossiers, mais la pièce semblait fermée. Le souffle court, de la colère convoyée dans mes veines, je la rejoins, les mâchoires compressées.

– Et en plus, vous avez forcé la serrure ! rugis-je, hors de moi.

Elle lève le nez de sa lecture et hausse les épaules. OK ouais, je vois. Elle veut me faire payer le baiser sur le front d'hier.

– Toujours avoir un trombone sur soi. La porte, elle, contrairement à celle de mon appartement, est entière.

– On aurait pu partir ensemble et vous auriez attendu Aleksei ! m'emporté-je.

– Mes collègues enchaînent des réunions avec la direction toute la matinée.

– Vous êtes complètement malade ! m'exclamé-je, sidéré par son calme alors que moi, je fulmine.

– Je ne vois pas pourquoi vous m'en voulez, c'est de vous que j'ai appris l'art de forcer une porte… Votre travail n'est pas si inutile, au fond.

Elle me cloue sur place. La peste !

– Je parle de votre sécurité !

Petite Bombe se lève en soupirant.

– Ça suffit avec ça. Tout va bien, je vais bien, vous allez bien et je ne suis pas menacée. Même si…

Elle s'interrompt. Elle veut vraiment me tuer ?!

– Quoi ?

Elle dodeline de la tête.

– J'ai eu l'impression d'être suivie.

– Par qui ? Comment ? Où ? Dans la rue ?

Est-ce qu'elle a aperçu un type de la Bratva ? Ils seraient passés à un autre stade des menaces ?

– Votre présence ne cesse de me rappeler que je suis en danger, je finis par le voir partout, grogne-t-elle en croisant les bras.

Je ne sais pas si ça me heurte ou non qu'elle m'associe d'office au danger. Mais après tout, tant mieux ! Je crois. Ça signifie surtout que la Bratva ne va pas en rester à des menaces lointaines. Elle va finir par passer à l'acte si on reste trop longtemps en Russie. Et si Petite Bombe s'évertue à… à quoi au juste ? Je croyais qu'elle avait déjà découvert le pot aux roses. J'inspire profondément et expire pour retrouver une certaine quiétude, en apparence au moins.

– Pourquoi êtes-vous là ? questionné-je en me servant un gobelet de café.

– Une intuition. Quelque chose me dérange depuis hier et j'ai eu l'illumination très tôt, ce matin. La facture n'est qu'une partie du détournement. C'est bien le bon numéro et le montant n'est pas le même que dans les bilans, oui, mais il ne suffit pas à combler la somme disparue. Comme je n'ai pas épluché tous les fichiers, je me suis dit qu'il y avait peut-être d'autres documents problématiques. Le problème, c'est que le service comptable a repris la première facture sans que j'en aie fait une copie. J'ai pris des notes, mais j'aurais préféré avoir un fac-similé.

Et ils sont tous en réunion de crise avec leur direction. Je comprends un peu mieux le problème.

– L'assistant d'Aleksei aurait fait plusieurs fausses factures ? résumé-je.

– Il y a de grandes chances.

Elle a l'air de s'en vouloir pour quelque chose que je n'identifie pas.

– Ce ne sont pas vos erreurs, lui dis-je alors.

– Mais j'étais obsédée par l'idée de trouver la raison du détournement, s'agace-t-elle en tournant en rond. Et dès que j'ai mis la main sur cette facture, j'ai compris la nature du détournement mais j'ai zappé la somme globale. Aleksei m'a…

Elle s'arrête à nouveau et grommelle. Oui, Aleksei et son comportement l'ont involontairement déstabilisée, il a détourné son attention. Elle était plus occupée à vouloir lui échapper qu'à se poser davantage de questions sur le reste des documents.

– Je vois, confirmé-je pour lui éviter de repartir sur le sujet.

– Il reste un problème avec les chiffres, déclare-t-elle en posant ses mains sur sa taille.

Autrement dit, la Bratva n'est pas près de nous voir partir. Skye se met dans une situation bien pire qu'au départ et je ne peux rien lui dire.

– Un problème avec les chiffres ? répète une voix affolée.

Aleksei débarque, des dossiers sous le bras, l'air fatigué.

– Mon assistant a disparu et j'ai envoyé la facture et un rapport à M. Carter hier soir.

Il blêmit à l'idée de replonger dans le problème.

– Vous avez pu parler avec Ryan ? demande Skye.

Il hoche la tête.

– Je lui ai présenté ma démission, je me sens si responsable. Mais M. Carter a refusé.

Quoi ?

Aleksei a signé des demandes de versements sans rien vérifier, il a bien trop délégué à son assistant qui s'est joué de lui avec facilité, et Ryan ne le met pas à pied ? Que cache-t-il au juste pour avoir laissé se créer une telle brèche, aussi dangereuse, au sein de son entreprise ?

– Il n'a pas perdu confiance en vous, c'est une bonne chose, assure Petite Bombe. J'aimerais poursuivre mon travail de vérification, c'est pour ça que je suis venue.

Elle n'ose pas dire comment elle s'est introduite dans la salle, mais Aleksei ne semble pas percuter ce point.

– C'est très gentil, Skye, mais j'ai fait appel à un cabinet comptable indépendant pour vérifier l'ensemble. Ils sont au travail en ce moment même. C'est pour cela qu'il manque des dossiers.

– Oh.

Elle semble déçue de ne plus avoir de rôle dans cette histoire. L'affaire est entre les mains de Ryan à présent.

– Comment était le restaurant hier soir ? questionne Aleksei. Je suis encore désolé de ne pas avoir pu venir.

– C'était bien, répond-elle seulement, avec un sourire un peu coincé.

L'atmosphère se tend. Ou se détend. J'hésite. Skye n'a pas envie de commenter et me paraît fébrile à l'évocation de ce sujet, quant à Aleksei, il est soulagé de pouvoir en changer.

– Quand pensez-vous rentrer à New York ? lance-t-il.

Cette fois, elle se tourne vers moi pour me consulter du regard. On n’a pas de date précise, juste une limite due au visa. Le jet de la compagnie attend notre feu vert pour décoller.

– Je peux appeler le pilote et programmer un vol pour ce soir, proposé-je. On devrait trouver un créneau de libre pour partir.

Petite Bombe opine de la tête.

– Dans ce cas, retrouvons-nous en fin d’après-midi pour prendre un verre avec mon équipe, nous invite Aleksei. Au milieu de ce drame, il faut souffler un peu. Mes subordonnés en seront ravis.

– Pourquoi pas, répond-elle sans s’engager plus.

Puis, Aleksei tend le bras et nous invite à sortir. Il n’a vraiment pas envie que nous restions et il a raison. Il faut montrer à la Bratva que nous en avons fini ici. Les comptables vont déterrer d’autres factures problématiques et Ryan va prendre la suite. C’est lui qu’il faudra garder à l’œil pour en savoir plus sur cette histoire.

Petite Bombe range ses affaires et nous sortons de la tour en silence. Dès qu’on pose le pied dehors, Skye s’excuse et s’éloigne de quelques pas pour téléphoner. J’en profite pour appeler le pilote sans la perdre de vue. J’observe les alentours pour m’assurer qu’aucune voiture louche ne traîne dans le coin. Elle revient vite vers moi alors que je donne des instructions pour le vol de retour. L’évocation de l'avion la fait tiquer. Il va falloir qu'elle se détende avant d'embarquer.

– Tout va bien ? lui demandé-je aussitôt.

– J'ai laissé un message à Ryan pour qu'on discute de tout ça. Je vais rentrer à l'hôtel pour écrire mon rapport.

– OK, allons-y.

Je sors mon paquet de cigarettes en rejoignant la voiture. Elle est soucieuse mais le travail l'accapare, elle ne pensera pas à l'avion.

***

SKYE

Je boucle mon rapport avec toutes les données que j'ai amassées. Je ne veux pas l'envoyer trop vite à Ryan, j'aimerais d'abord en parler de vive voix avec lui. J'ignore ce qu'Aleksei lui a raconté de son côté. Jake a frappé de temps en temps à la porte communicante pour savoir si j'étais bien là. J'ai un peu honte de lui avoir faussé compagnie ce matin, mais il se prend beaucoup trop la tête. On va partir et rien n'a justifié sa présence. Il n'a fait que me troubler et je me passerais bien d'avoir envie de lui tout en paniquant parce qu'il me chamboule.

Je fais ma valise puis demeure une nouvelle fois désœuvrée. On a encore plusieurs heures avant notre vol, mais le verre avec les collègues de Carter Corp.

Moscou se rapproche. Je feuillette mon guide de la ville : je ne peux pas partir sans avoir vu la place Rouge. Et je ne peux pas partir visiter quoi que ce soit sans mon monolithe grognon qui embrasse les fronts. Je regarde la porte communicante en me mordillant la lèvre. J'ai hâte d'échapper à sa présence et de retrouver ma quiétude loin de lui. Et en même temps, il ne sera plus là, dans la chambre d'à côté, prêt à m'emmener découvrir un plat ou un endroit de cette ville qu'il aime tant.

Allez Skye, courage !

J'enfile mon manteau et frappe à la porte.

– Jake ? Je peux entrer ?

Il n'y a pas de raison que lui seul ait le droit d'aller et venir dans ma chambre.

– Oui, entrez.

Je pousse le battant. L'intérieur est plus sobre dans les lignes et la couleur dominante est un bleu roi fascinant. Jake se redresse, il devait être allongé sur le lit, un livre de Pouchkine entre les mains.

– J'en ai terminé de mon côté et je pensais sortir faire un tour.

Je n'ose pas lui demander si ça le botte, de peur qu'il me réponde bêtement « non » et qu'on reste à l'hôtel. Je préfère le mettre au pied du mur.

– Bien sûr, oui, accorde-t-il en enfilant sa veste.

Sa chemise blanche est bien ajustée. Il en faut peu pour faire sauter les boutons.

– Vous avez une idée ? demande-t-il en resserrant le nœud de sa cravate.

Oui, mais elle inclut un arrachage de chemise et un lit.

Pas sûre qu'il approuve ! Parce que bon… « un baiser sur le front ». Ça va me hanter toute ma vie. Quand je raconterai cet échec critique à Lisa, j'espère que je pourrai en rire.

– Skye ?

Et mon prénom dans sa bouche me fait beaucoup trop vibrer pour qu'il soit temps de rentrer. À force d'être l'un sur l'autre, on en arrive à ce genre de bêtise !

– Oui, je pensais au Goum, le passage avec des boutiques, sur la place Rouge. Je voudrais ramener des souvenirs à mes amis.

Jake acquiesce sans discuter, prétextant que ça nous fera le plus grand bien. À nouveau, on ne prend pas la voiture. Marcher avant les neuf heures d'avion qui nous attendent, c'est une bonne idée. Mais faire les boutiques avec un garde du corps froid, c'est quelque chose. Le passage se déploie sur deux étages avec une verrière au plafond, c'est grandiose. Et si, en débarquant là, j'avais envie de sautiller et de faire toutes les boutiques, l'une après l'autre, c'était sans compter sur Jake qui m'a suivie sans broncher. Il reste derrière les vitrines sans poser le pied à l'intérieur des commerces, le regard balayant les alentours et chaque client. Il souffle vraiment le chaud et le froid. Un jour, il est adorable, le lendemain, aussi bavard qu'un menhir.

Je décide de poursuivre mon exploration sans plus prêter attention à Jake. Je trouve des canneberges au sucre et du thé, j'hésite encore sur des mignonnettes de vodka à l'effigie des grands auteurs russes. Mon cœur se serre en voyant le visage de Pouchkine sur l'une d'entre elles. C'est vraiment le truc inattendu chez Jake, la lecture. Quelque part, c'est une occupation paisible de solitaire, ça lui correspond bien. Plus loin, dans une boutique de bijoux, c'est l'ambre qui m'attire aussi sûrement qu'une pâtisserie. L'une des pierres emblématiques de la Russie. Aux reflets dorés. Peut-être que je peux prendre un pendentif pour Lisa ? Si j'en achète un pour moi, je vais être obligée de reconnaître que la pierre me fait penser à ses yeux et ça deviendra ridicule. Mais aussi un moyen de conserver un souvenir concret de ce séjour. Quelque chose qui condenserait plusieurs émotions au même endroit. Je choisis un pendentif et décide de le garder de côté. J'en ferai cadeau si ça devient un poids mental pour moi.

Quand j'arrive au bout du rallye, un sac rempli de souvenirs à la main, je regarde l'heure. Aleksei va finir par nous attendre au bar avec ses collègues si on ne se met pas en route maintenant. Mais je n'ai tellement pas envie de me retrouver entourée d'hommes qui ne parleront que le russe. Je ne saisirai rien des conversations et j'en ai assez de faire de la figuration.

– On n'est pas obligés d'y aller, devine Jake.

Il affiche une sorte d'air complice bien mystérieux.

– Vous avez une autre idée en tête ? douté-je, encore persuadée que je *dois* faire acte de présence.

– Oui, et elle est juste à côté.

Je soupire, mon portable entre les mains. OK, il a une autre occupation à me proposer. Mais ça n'est pas une excuse à fournir pour une absence. « Désolée, mon assistant m'a recommandé une boutique, on ne viendra pas. » C'est nul.

Jake s'avance d'un pas.

– Mentez, suggère-t-il en voyant bien combien je galère à me justifier.

– Et je dis quoi ? grogné-je.

Il commence par hausser les épaules.

– Que je me suis blessé et qu'on est rentrés à l'hôtel ?

– Je ne veux pas non plus qu'Aleksei s'inquiète.

Jake m'adresse un regard si sceptique que je me tasse sur moi-même. C'est vrai que mon homologue n'a pas donné l'impression d'en avoir quelque chose à faire, de lui.

– OK, OK, *John*, marmonné-je.

Je tape donc un message qui me semble maladroit mais que j'espère crédible.

Je suis désolée Aleksei,
mais nous allons devoir annuler le verre.
Mon assistant, Jake, a une migraine
qui lui donne des nausées, on est rentrés
à l'hôtel alors qu'on se promenait
pour acheter des souvenirs.

Je vais rester auprès de lui et m'assurer
qu'il va bien avant qu'on prenne l'avion
plus tard ce soir. Je n'aimerais pas
qu'il soit malade au point de ne pas pouvoir
bouger. La dernière fois, il a dû poser
plusieurs jours d'affilée, c'était terrible.
J'espère que vous comprenez.

J'envoie et lève les yeux. Jake a posé une main sur sa bouche, atterré.

– Quoi ? demandé-je, cramoisie.

– Vous mentez très, *très* mal, Skye.

– Comment ça ? J'ai dit tout ce qu'il fallait !

– Justement, vous donnez trop de détails.

Oh non ! Vous m'en voyez désolé,
Skye. Je viens à l'hôtel
pour vous aider ? Je peux appeler
un médecin et traduire pour vous,
si Jack est si mal !

Horreur des horreurs !

– Dites-lui que tout roule, me conseille Jake après avoir laissé échapper un son rauque impatient. Remerciez-le pour sa coopération et que vous espérez le revoir à New York. Rien de plus.

– J'espère que ça en vaut la peine, dis-je, le stress me montant au nez.

Je raconte des bobards au DAF de Moscou. Le truc que je n'aurais jamais pensé faire un jour. Tout ça pour une balade avec le *bodyguard*.

Ça ira, ne vous en faites pas. Merci beaucoup
pour votre coopération ces derniers jours.
J'espère qu'on se reverra à New York.

– Ça va comme ça ?

– Parfait, approuve Jake. Allez, suivez-moi.

Il me donne son coude pour m'accompagner. J'y glisse volontiers ma main. Je sens mon portable vibrer dans ma poche avec une probable réponse d'Aleksei, mais je n'y prête pas attention. Je suis soulagée d'y échapper et de profiter encore du temps qu'on a, seuls, lui et moi. Il m'entraîne sur la place Rouge alors que la nuit tombe peu à peu. On en profite pour la traverser et admirer les grands monuments comme le mausolée de Lénine, le Kremlin, ses murs rouges et ses tours, et tout au bout, l'incroyable église Basile-le-Bienheureux et ses clochers en bulbes colorés. On dirait des glaces italiennes, c'est beaucoup trop beau ! D'ailleurs, en guide parfait, Jake me glisse à l'oreille que la vraie traduction du nom de la place n'est pas « Rouge » mais « Belle », le terme russe ayant les deux sens.

C'est là, sous cet édifice si féerique, que me mène Jake. Car à cet endroit, il y a…

– Une patinoire ! m'exclamé-je.

Immense ! On s'en approche à pas rapides. Il s'est souvenu que j'adorais ça ! Est-ce que ça veut dire que je vais avoir le privilège de voir Jake Stewart sur des patins ? Je le fixe en tressaillant d'excitation. Ça finit par l'interpeller et il semble redouter ce que je me retiens de dire.

– Quoi ? s'enquiert-il alors qu'on entre dans la file du stand de location.

– Vous venez avec moi, n'est-ce pas ?

Et là, d'une manière tout à fait inattendue, il affiche un large sourire moqueur. Si surprenant et inédit, si séduisant et vrai, que l'effet « glacé » décrit par Gabriel s'empare de moi. Une brise glaciale parcourt la moindre parcelle de ma peau tandis que je me sens brûler de l'intérieur.

– Aucune chance, non, déclare-t-il.

– Hein ? Comment ça ? m'insurgé-je, troublée.

– Je n'ai jamais fait de patin à glace, je ne commence pas aujourd'hui.

J'ouvre de grands yeux, incrédule.

– Désolée, John, mais si on m'attaque sur la glace, je fais quoi ? J'attends que vous preniez des leçons avant d'intervenir ?

Aleksei m'a quand même fourni la meilleure perche du monde pour embêter Jake avec ses erreurs de prénom. Le *bodyguard* lève les yeux au ciel avec un soupir.

– OK, très bien, mais vous êtes prévenue.

Je lève une main devant lui avec toute la cérémonie possible.

– Je jure solennellement de ne pas me moquer de vous.

– Ça me va droit au cœur, assure-t-il d'un ton pince-sans-rire. Et ne m'appelez plus John.

– Noté, Jack.

– Ni Jack, s'il vous plaît, ajoute-t-il à voix basse.

– Détendez-vous, Bob, m'amusé-je en déposant mon sac à souvenirs sur le comptoir.

Les gérants de la patinoire l'échangent contre une paire de patins à ma taille. On s'assied sur un banc, près d'une entrée, et on ajuste les patins à nos chaussures. Je suis bien contente d'avoir des bottines en cuir épais. Je n'ai pas l'intention d'enchaîner des figures, mais je me sens en sécurité. Jake doit avoir la même sensation avec ses boots noirs. J'entre sur la patinoire, des chatouilles dans l'estomac. Pourquoi je n'en ai pas fait depuis des années ? Dès la première glissade, je souris, pressée de m'élancer et de me laisser porter par la vitesse. Je tourne sur moi-même, récupère mes réflexes, puis me tourne vers Jake qui s'adosse à la rambarde. Je m'avance vers lui et lui tends les bras.

– Vous allez voir, c'est facile.

Il n'hésite pas à venir à moi. Nos mains s'enlacent et je pars en arrière. Il se laisse guider, le corps raide, mais confiant. Sa peau chaude contre la mienne fait pulser mon cœur un peu plus fort. Il n'écrase pas mes doigts, il ne craint pas l'exercice mais reste concentré si j'en crois ses sourcils froncés. Les patineurs, autour de nous, avancent vite, ils enchaînent les tours de piste. Deux d'entre eux nous frôlent de si près que Jake se plaque soudain contre moi et on se met à tourner sur nous-mêmes dans l'élan.

Dès qu'on s'immobilise contre la rambarde, j'éclate de rire. Je ne vais pas me plaindre ! C'est bien trop agréable de me retrouver dans cette position : ses bras sont enroulés autour de ma taille et mon nez est niché dans son cou. En plus, il m'adresse enfin des sourires amusés et détendus. Il rit même, avec de la retenue certes, mais il rit. Et c'est merveilleux à voir.

– On va peut-être laisser la bordure aux pros et se mettre au milieu, lui proposé-je.

– Bonne idée !

On se déporte sur l'espace central, là où se trouvent tous les débutants. La patinoire est si vaste qu'on ne risque pas de se rentrer dedans à cet endroit. Je reprends ses mains, ma marche arrière et on patine tous les deux. C'est si facile, la glace. Je peux mettre mes pensées en pause et juste glisser. Je pense que Jake commence à comprendre cette dimension. Il est de moins en moins tendu et plus instinctif.

– Je commence à regretter qu'il n'y ait pas de costume à paillettes en location.

– Je pense que mon image de DAF en prendrait un sacré coup, commenté-je, amusée.

Il me dégaine un tel sourire en coin, si plein de malice, que je rougis instantanément. C'est vrai qu'il m'a vue en serviette de bain dans une chambre d'hôtel et qu'on a discuté des sous-vêtements de notre P.-D.G. On est *déjà* allés plus loin qu'un costume à paillettes.

– Pourquoi le patinage artistique ?

– Ma grand-mère, dis-je avec un sourire ému.

– Celle du gratin dauphinois ?

– Elle-même, m'amusé-je. On était très proches, et tous les hivers elle m'emmenait patiner. J'ai même fait des compétitions jusqu'à la fin du lycée.

Ça me fait plaisir de l'évoquer à nouveau. On ne parlait pas « famille » avec Ashton. Il craignait tellement d'être présenté à la mienne. Il repoussait toujours en disant que c'était trop tôt. Même au bout de sept ans. Mes parents n'ont eu droit qu'à une visio en sa compagnie. Je secoue la tête en songeant à cette situation grotesque.

– Vous pouvez me faire une démonstration ? Ou c'est trop loin pour vous ?

– Je dois pouvoir tenter une pirouette, dis-je en ralentissant.

Jake reste à l'arrêt alors que je m'éloigne pour me réserver l'espace nécessaire. Puis je m'élance dans sa direction, retrouve mes marques et saute pour effectuer un boucle piqué. Je me réceptionne bien, je n'ai pas perdu ça ! Cela dit, ce que je ne calcule pas, c'est ma vitesse à cet instant. Le temps de me redresser et je m'aperçois que je fonce droit sur mon spectateur. Je dégomme Jake comme au bowling. On se retrouve entremêlés sur le sol glacé, lui dessous, moi dessus. Son grognement m'atterrit directement dans l'oreille.

– Pardon ! m'exclamé-je en appuyant mes mains sur son abdomen pour me relever.

C'est sûr qu'à califourchon sur Jake Stewart, j'arrange mon image de DAF responsable ! Confuse, je préfère tout de même m'assurer qu'il n'a rien avant de bouger plus.

– Vous allez bien ? Pas de mal ?

Jake se redresse sur ses coudes. Ses cheveux lui tombent sur les yeux. Je refrène mon envie de les repousser pour dégager son regard d'ambre. J'ai un peu envie de rire aussi, en voyant la marque de sa maladresse sur son front, qui s'évapore petit à petit. J'ai l'impression qu'à mon contact, il s'est pris des bûches qu'il aurait pu éviter en temps normal.

– Ça se passait comme ça, pendant vos compétitions ?

– Je tombais toute seule, je n'avais pas un incroyable garde du corps pour me réceptionner, réponds-je d'un ton fautif.

Il émet un son rauque, mi-amusé, mi-grincheux.

Dans toute comédie romantique, c'est l'instant parfait où l'héroïne reçoit un baiser de son *love interest*, surtout après une telle prouesse artistique ! Mais mon compagnon est un adorable *bodyguard* insensible qui cherche à se dégager de moi. Avec douceur, certes, mais il n'a pas envie d'aller plus loin. Je me relève et l'aide à retrouver une position verticale.

– Je vais me ranger sur le côté et vous laisser profiter de la vitesse, me propose-t-il. Éclatez-vous, nous avons encore le temps.

Il m'adresse un sourire réconfortant et s'éloigne jusqu'à la rambarde. Je ne lui en veux même pas. Je crois que je me suis faite à ce rythme. Est-ce que j'ai envie de lui parce qu'il est justement inaccessible ? Oui. Je ne risque rien avec cette attirance à sens unique.

J'entre dans le cercle des patineurs qui font des tours et je me laisse aller à la vitesse. Je tourne parfois sur moi-même, accélère et ferme les yeux quelques secondes. Ashton a tort. C'est bon aussi de tourner en rond. Il n'y a pas de fin, pas d'embranchement, pas de changement possible. Le cercle est si sécurisant. J'en profite un long moment tout en sachant que Jake me garde à l'œil, de l'autre côté.

Lorsque j'arrête, je me promets de reprendre le patinage une fois de retour à New York. Je rejoins Jake qui m'attend avec sa patience d'or. On récupère nos affaires en déposant les patins, et on reprend la route de l'hôtel. Le voyage en avion approche, et même si l'appréhension pointe le bout de son nez, je n'ai pas aussi peur qu'à l'aller. Je sais que Jake sera là, avec moi.

« Il ne vous arrivera rien, vous êtes en sécurité à mes côtés. »

Je le crois, sans l'ombre d'un doute.

***

Dès qu'on pose le pied dans le hall d'hôtel, un visiteur inattendu se dresse sur notre chemin. Aleksei. Avec un sac en papier entre les mains et un air à la fois moqueur et diverti sur le visage. Petite Bombe ralentit en jurant dans son coin. Elle s'était mis une pression de fou sur les épaules en envoyant ses messages et le voilà qui débarque malgré tout. C'est une plaie, ce type !

– Skye, la salue-t-il en me snobant, comme à chaque fois.

– Aleksei, que faites-vous là ? Tout va bien ? s'enquiert-elle sans parvenir à masquer un léger trémolo dans sa voix.

Si elle était détendue jusque-là, ce n'est plus le cas.

– Ce serait à moi de vous demander si tout va bien, réplique-t-il, toujours aussi mielleux. Je m'inquiétais pour votre assistant, alors je suis passé vous apporter un en-cas.

Il brandit son sac en papier sans perdre son maudit sourire. Je sens Skye à mes côtés, s'enfoncer dans une gêne qui me tord les boyaux. J'ai peur de lui couper l'herbe sous le pied en intervenant.

– Je suis désolée, s'excuse-t-elle. C'était juste…

Elle cherche ses mots deux longues secondes, puis Aleksei reprend la parole.

– Ce n'est rien, vraiment, balaie-t-il d'un geste de la main.

Et là, son regard passe d'elle à moi.

– Je comprends.

– Vous comprenez ? doute-t-elle.

– De vous à moi, Skye, vous ne seriez pas la première directrice à profiter d'un déplacement pour passer du temps avec son assistant.

L'enfoiré ! Je serre les poings en faisant appel à tout mon sang-froid pour m'éviter de lui rentrer dedans, façon Skye sur des patins à glace. Petite Bombe, elle, blêmit. Il est en train de remettre en question son professionnalisme et de l'humilier avec une telle violence que je bous de rage.

– Ce n'est pas du tout ce que vous croyez, se défend-elle.

Aleksei se permet de dodeliner de la tête en concédant poliment mais sans retirer ses paroles pour autant.

– Je vais rejoindre mon équipe, déclare-t-il en faisant un pas vers la sortie. J'enverrai des nouvelles dès que j'en aurai. Je n'y manquerai pas.

Et il s'éloigne, d'un pas assez léger malgré sa situation. Mais j'imagine sans mal que l'incompétent qu'il est se réjouit de descendre la talentueuse homologue de New York. Cette dernière n'ose pas bouger, les yeux grands ouverts, la bouche close. Elle semble interdite. J'entraperçois à peine ce qu'elle doit penser : et s'il lançait des rumeurs ? Les filiales de Carter Corp. sont toutes en réseau, après tout. Tout le monde se demanderait à la tour de New York qui est son assistant, soit, mais ça ne changerait rien au mal qui serait fait.

– Allons-y, l'encouragé-je en l'entraînant jusqu'à l'ascenseur.

J'ai l'impression qu'un poids d'une tonne pèse sur ses épaules, elle qui s'élançait sur la patinoire avec tant de bonheur il y a à peine une heure.

– Personne ne le croirait s'il disait quoi que ce soit, dis-je alors pour la rassurer.

Elle hausse les épaules.

– Si vous pensez que c'est la première fois que je me prends ce genre de ragot à la figure… On le vit *toutes*, dans chaque entreprise. Combien de fois j'ai entendu dire que j'avais couché avec Ryan Carter pour décrocher ma place.

C'est peut-être bien l'argument ultime pour ne rien tenter avec elle, jamais, *jamais*. J'aurais pu l'embrasser des dizaines de fois sur cette foutue patinoire, le terrain glissant par excellence. Mais à la voir subir de tels doutes, je suis content que nous n'ayons rien fait. Elle ne pourra pas s'en vouloir pour quoi que ce soit.

– Tout le monde vous connaît au siège, ajouté-je alors. Tout le monde sait déjà quelle personne de qualité vous êtes.

Elle retrouve un mince sourire.

– Sans compter que le premier qui l'ouvre à ce sujet, je le convierai à un bref mais intense tête-à-tête.

Bon, son sourire s'allonge et elle secoue la tête. Elle demeure rembrunie, mais un peu plus apaisée. On se sépare pour ramasser nos affaires, l'hôtel nous ayant offert de conserver nos chambres jusqu'à l'heure de notre départ, et on se retrouve sur le pas de nos portes, bagages en main. Le temps de rendre les clés à l'accueil de l'hôtel, et on se retrouve dehors à observer un groom caler nos affaires dans le coffre de la voiture. Skye grimpe à mes côtés et se laisse porter en silence. Elle va retrouver son environnement et ne pensera bientôt plus à cet incident : son admiration pour Ryan – sans qu'il n'y ait rien d'autre –, sa proximité avec Gabriel – là, c'est un mystère – et son histoire de rupture avec Ashton Darrow. Moi, dans tout ça, je n'ai pas de place. Si je suis curieux de suivre le cours de l'affaire russe auprès de Ryan, ça me bouscule un peu de ne plus être le garde du corps de Petite Bombe.

Lorsque l'on s'engage dans la voie qui mène à l'aéroport, elle se met à gigoter sur son siège, la nervosité revenant au galop. Je rends la voiture et on se dirige vers l'enregistrement des bagages, dans une extension luxueuse de l'aéroport réservée aux voyages privés. Je conserve avec moi mon sac contenant mes armes, comme à l'aller. Même si la Bratva va pouvoir relâcher l'attention braquée sur Skye. Quant à Aleksei, j'espère pour lui qu'il sera prudent, mais je ne le plaindrai pas trop fort si jamais il se passait quelque chose.

– Ça va aller ? interrogé-je alors qu'on patiente à notre porte d'embarquement.

On est au même niveau que le tarmac, on pourra rejoindre notre avion à pied dès qu'il sera prêt. Ce sera peut-être moins impressionnant pour Skye qu'un tube en hauteur, collé à la porte de l'appareil.

– Oui, finit-elle par dire après un soupir.

Sa jambe droite s'agite malgré tout.

– Redites-moi à quelle heure on arrive ? enchaîne-t-elle.

– On atterrit à 19 h 25.

– Alors qu'on part à 19 heures.

Je hoche la tête en voyant tout de suite où elle veut en venir.

– Si seulement le voyage durait réellement vingt-cinq minutes, marmonne-t-elle.

– Vous pourrez toujours prendre un cachet après le dîner, vous ne verrez pas le temps passer comme ça.

Elle grimace tout en passant ses mains sur son slim en denim.

– J'ai peur d'avoir un trop gros *jetlag* si je n'ai plus sommeil en arrivant à New York à 19 heures.

Je n'ai pas le temps de lui confirmer que c'est le risque qu'une hôtesse vient nous chercher pour nous escorter au jet de Carter Corp.

– Madame Elliott, monsieur Stewart, si vous voulez bien me suivre.

Elle vérifie carte d'embarquement et passeport une dernière fois avant d'ouvrir les portes sur le tarmac.

Le vent froid nous fouette le visage. Heureusement, l'avion est à quelques mètres seulement.

– Veuillez m'attendre ici, s'il vous plaît, nous invite-t-elle, au pied de l'appareil.

Elle s'éloigne et contacte la cabine de pilotage pour la descente de l'escalier qui se déploie. Je sens la main de Skye se glisser dans mon bras, à la recherche d'un appui. J'aimerais la ramener contre moi pour la rassurer, mais le bruit d'une voiture en approche m'en empêche. Qui peut bien débouler comme ça près de l'avion ? Je resserre l'anse de mon sac et surveille le véhicule. Il roule bien trop vite pour ne pas paraître suspect. Il exécute même un dérapage à une dizaine de mètres de nous. Cette fois, j'attrape la main de Skye. Deux hommes surgissent, cagoulés. Je n'ai que le temps de voir les canons des kalachnikovs pointés vers nous. L'hôtesse est derrière l'escalier du jet, hors de portée, et la protection la plus proche est un tracteur de remorquage garé derrière nous.

J'agrippe Skye et on court jusqu'au véhicule alors que les détonations des premiers tirs éclatent partout autour de nous. Je plaque Skye au sol. Elle se recroqueville automatiquement en poussant un cri de peur déchirant. Un genou à terre, à l'abri, j'ouvre mon sac et sors mes deux revolvers.

– Restez ici ! ordonné-je d'une voix forte.

Skye plonge sa tête dans ses bras. J'agis vite, sans réfléchir. Le véhicule est peut-être petit, mais il est solide et encaisse les balles sans les faire passer.

Et les deux assaillants mitraillent, sans aucune interruption. Je jette un coup d'œil sur eux : ils sont à couvert derrière les portières de la voiture. Mais, contrairement à nous – et grâce au tracteur qui frôle le sol –, ils ont les jambes dans ma ligne de mire. Je commence par tirer dans leur direction pour les déstabiliser, constate que le vitrage des portières est blindé et cible les mollets. J'en touche un qui pousse un hurlement. Le second marque une pause avant de reprendre. Le premier, lui, se traîne à l'intérieur de la voiture. Ils vont tenter de fuir. Et j'ai beau tirer sur le capot, mes balles rebondissent.

Heureusement, les gyrophares de la sécurité de l'aéroport apparaissent. La police débarque et se met à tirer à son tour. Ça devient chaotique et, pour m'éviter une balle perdue, je me cache à nouveau. Skye n'a pas bougé, son corps est secoué de spasmes mais elle est intacte. Le silence qui suit m'interpelle. Je me redresse. Le second assaillant se rend. Étrange qu'il ne se soit pas rué à l'intérieur de sa voiture pour partir. C'était un commando suicide ?

– C'est terminé, Skye, la rassuré-je en posant ma main sur elle. Restez là, je vais parler avec la police.

Elle se redresse en tremblant et acquiesce.

Je quitte notre abri criblé de balles. Les policiers sont en train de leur passer les menottes, je lève mes mains désarmées et demande si c'est bel et bien terminé. Les deux hommes sont agenouillés tant bien que mal, le blessé gémit péniblement. Je ne le reconnais pas lorsqu'il est découvert. Je ne me souviens pas l'avoir croisé dans le fichier de Carrie et il semble jeune. Mais le visage du second me saute aux yeux : le gangster du restaurant, celui au poignard tatoué sur la nuque. Il m'adresse un regard plein de rage auquel je ne prête pas plus d'attention.

Un gradé vient me voir et je prétexte ne pas comprendre ce qui se passe. J'expose la version raccourcie et officielle des faits : je travaille à la sécurité de Carter Corp., j'escorte un membre important de l'entreprise et nous devons partir au plus vite. Je ne comprends pas du tout ce qui se passe, on vient de nous agresser sans aucune raison. Je présente mon identité et mon permis de port d'armes. Le vol a déjà été autorisé par la police des frontières, tout est en règle de notre côté.

Le gradé paraît embêté. Il me pose toutes les questions qu'il peut, je réponds aussi sûrement que possible. Ça se termine par un :

– Rentrez dans l'avion mais attendez les autorisations pour décoller.

Ça me va. Skye sera au chaud et en sécurité.

Je retourne vers elle : elle est assise sur le sol glacé, adossée au véhicule. Je prends conscience à cet instant de ma fébrilité. Je verrouille tout à chaque fois que je me retrouve dans une situation dangereuse. Ma raison s'empare du contrôle de mon corps sans laisser de place à l'émotion. Ça me permet d'agir au mieux, avec le sang-froid nécessaire pour m'en sortir. Mais à présent que la pression retombe, je prends conscience de la détresse de ma protégée, et elle se répercute sur moi. Skye est parcourue de violents frissons, le regard dans le vide, le souffle saccadé. Je m'accroupis auprès d'elle et prends ses mains dans les miennes.

– Skye, ça va ?

– J… je n'arrive pas à… à arrêter… de trembler…

– C'est normal, c'est le choc, ça va passer, la rassuré-je. Vous pouvez vous relever ?

Elle acquiesce, mais en vérité, ses jambes la portent à peine. Je l'aide à marcher jusqu'au jet, à grimper les marches et à entrer dans l'appareil. L'hôtesse de l'aéroport qui nous accompagnait a trouvé refuge auprès de la police, en pleurs. Le personnel de bord, inquiet, me pose des questions, je leur dis qu'on est en *stand-by* mais qu'ils feraient mieux de se préparer au décollage. Hors de question de rester là plus longtemps.

CHAPITRE 7

SKYE

Je me retrouve assise dans un fauteuil confortable, une couverture sur les genoux. Je tremble moins. Je me reconnecte doucement à la réalité. J'ai un trou noir, quelques flashs m'indiquent que Jake m'a soulevée du sol et installée là avec tout le soin possible. Mais sinon je ne me souviens de rien, ni de comment j'ai fini à terre, ni du temps qui a passé entre les coups de feu de Jake et cet instant où je reprends conscience.

Que vient-il de se passer ? Pourquoi on nous a tiré dessus ? Qui étaient ces agresseurs cagoulés ? Je ne comprends rien. L'avion est toujours à l'arrêt et Jake parle en russe au téléphone, un peu plus loin. Il revient vers moi et dépose mon passeport sur ma table, près d'un verre d'eau. Que faisait-il avec mes papiers ? Il raccroche. Il paraît incroyablement calme. Je ne sais pas comment il fait !

– La police de l’aéroport nous autorise à décoller, elle voulait une copie de nos passeports avant, m’indique-t-il.

Le bruit de la porte qui se verrouille ponctue sa phrase. J’ai la gorge sèche. La peur du décollage prend la place de celle des détonations assourdissantes. Mon cœur n’a pas cessé de battre fort depuis qu’on a posé le pied sur ce tarmac des enfers ! C’est de la terreur à ce stade ! Des sueurs froides roulent dans mon dos et des contractions secouent mes entrailles.

– Jake ?

– Vous êtes attachée, Skye ?

Je soulève la couverture, la ceinture est en effet bouclée. Je hoche la tête en guise de réponse alors qu’il pianote sur son portable.

– Jake ?

– Un instant, dit-il en se dirigeant à l’avant, vers le cockpit.

Le jet se déplace pour rejoindre la piste de décollage. Une boule d’angoisse éclate en moi. Ma respiration accélère et mes doigts se crispent sur les accoudoirs. Le garde du corps revient dans la cabine, tire le rideau pour nous isoler et prend place en face de moi, et non pas sur la banquette de l’autre côté. Il me jette des coups d’œil, comme pour s’assurer que je n’ai pas disparu, mais il est surtout occupé à échanger des messages.

Au milieu de tout ça, il m’impressionne. Je savais déjà qu’il avait une maîtrise de lui à toute épreuve, mais je ne l'avais encore jamais vu en action. Il a d'abord pensé à me mettre à l'abri avant de riposter.

Il m'a sauvé la vie.

Et comme si la panique ne suffisait pas, j'ai envie de pleurer et de bredouiller des mercis qui ne parviennent pas à franchir mes lèvres. Parce que, quelque part, ce contrôle permanent m'agace aussi. J'aimerais avoir le même, mais je n'y arrive pas. J'ai envie de hurler, de me laisser envahir par une tempête d'incompréhension et de peur, et lui, il envoie des messages, l'air de rien. Je dois ressembler à ça quand je travaille : le monde pourrait s'effondrer autour de moi, j'aurais le nez collé sur mon écran, à décortiquer des chiffres.

Le jet ralentit mais les moteurs carburent. Il démarre d'un coup et accélère vite. Je n'en peux plus de sentir mes muscles se raidir de douleur.

– Jake ! appelé-je à nouveau, avec un désespoir que je ne domine pas.

Il se détache aussitôt, pose son portable et s'approche malgré les secousses. Il pose un genou entre mes jambes, sur mon siège, et il se penche sur moi. Ses mains chaudes et grandes se posent sur mes joues et ses doigts s'enfoncent dans mes cheveux. Des frissons agréables se fraient un passage au milieu de mon anxiété. J'agrippe ses poignets en espérant qu'il ne me lâche surtout pas.

– Tout va bien, m'assure-t-il de sa voix grave. Je suis là, il ne peut rien vous arriver.

La douce chaleur de ces sons rauques m'emplit le ventre. Qu'il continue de parler et de m'hypnotiser avec ses iris dorés, ça marche si bien ! Ses mains sur moi. Son odeur boisée juste là, son souffle qui chatouille mes cils. Je le veux auprès de moi. Je le veux si fort que j'avance mes lèvres vers lui avant de m'arrêter.

Dis-moi que tu en as envie, Jake... Dis-le.

Il réduit l'espace restant et m'embrasse, sans marquer d'hésitation. Je hoquette quand sa bouche se niche sur la mienne avec une possession à peine réfrénée. C'est si intense et si léger à la fois, que je perds pied. Il dépose baiser sur baiser, tout en s'emparant de ma lèvre inférieure pour la sucer entre les siennes, la mordiller, et en revenir à un baiser plus assagi. C'est une autre montagne russe, mais sucrée, excitante et douce. Tout mon bas-ventre se réchauffe alors que mes muscles se détendent, comme rendus mous par la prouesse de ce baiser sans fautes. Et quand il quémande le passage de sa langue, je l'accueille avec un gémissement de plaisir. Mes mains quittent ses poignets et s'enroulent autour de son cou. Je me soulève pour me lover contre son corps brûlant. Il m'enlace et on s'affaisse dans le siège, le jet décollant dans les airs.

Je l'ai tellement désiré, ce baiser, et il est encore plus parfait que dans mon imagination ! Je n'ai pas embrassé beaucoup d'hommes, je suis restée si longtemps avec Ashton. Et là, je découvre le côté imprévisible et initiateur de Jake. Je me sens à la fois débutante et actrice. J'ai envie de le découvrir et de le goûter. Je ne veux plus attendre ou jouer l'étoile de mer comme avec mon ex. Ce baiser vient de lui et vient de moi. Je veux perdre mes doigts dans sa courte barbe et sur sa peau ferme, à la naissance de son cou. Je veux m'enivrer de son parfum au point de saturer mon odorat. Je veux sentir ses bras m'emprisonner contre lui.

Quand il se retire, le souffle coupé, il s'attarde près de mon oreille, la bouche entrouverte. Des milliers de micro-frissons me traversent quand le bout de sa langue lisse le bord de mon lobe sans s'y poser vraiment. Il préfère nicher son nez dans mes cheveux.

C'est certain que s'il m'avait embrassée comme ça sur la patinoire, on l'aurait fait fondre ! J'en ai la gorge nouée, pendue à son cou. Je veux qu'il me mordille partout et qu'il ose aller jusqu'au bout avec mon oreille. C'était beaucoup trop bien ! Renversant ! Je reste collée à lui en espérant un deuxième round et un *dong* nous sort de notre bulle. Le signal lumineux s'éteint pour nous signaler que l'avion a atteint la bonne altitude. Je souris avec nervosité alors qu'il s'écarte de moi et que je le relâche.

Je le vois passer ses mains dans ses cheveux. On ne cherche pas à échanger un regard, ni lui ni moi. Il se lève et part au fond de la cabine sans un mot. J'ai l'impression de sortir d'un bain chaud et d'être douillette et reposée. Même si mon cœur cogne comme un malade. Je suçote mes lèvres gonflées de plaisir. Je l'entends utiliser les carafes d'alcool au bar, c'est une très bonne idée. Je n'ai même pas besoin d'exiger quoi que ce soit, il revient et dépose un verre de whisky sous mes yeux avant de prendre place sur la banquette, au-delà de mon champ de vision.

Je me détache, ramène mes genoux contre moi avec la couverture et je sirote l'alcool qui finit de réchauffer mon ventre et ma poitrine.

***

Les neuf heures vingt-cinq minutes passent comme un éclair. J'ai à peine touché mon dîner et comaté, les yeux rivés sur le hublot, le verre de whisky à la main. J'ai essayé de dormir, mais dès que je me laisse aller, les « tac-tac-tac » des armes résonnent en moi et je tressaille, l'estomac retourné. Je pense alors au baiser. Ce baiser incroyable. Et mes joues s'embrasent.

L'écran dans le couloir nous informe de notre localisation et on va entamer la descente sur New York. Ce serait pas mal de rationaliser tous ces événements. L'adrénaline m'a baladée et a probablement sublimé cet instant. Il faut relativiser. Je viens de vivre une agression impensable et on s'embrasse, Jake et moi, c'était… euh… un dérapage ? Voulu, oui. Je ne vais pas le nier. Mais à présent qu'on redescend sur Terre, il va bien falloir qu'on reconnaisse que cette brèche ne mènera nulle part. On est restés chacun dans son coin tout le long du vol, en silence. Il faudrait retenter un baiser pour vérifier s'il peut au moins égaler celui-là. Et signifier donc quelque chose.

Je déglutis. *Non.*

Je rattache ma ceinture et l'avion atterrit au bout de longues minutes. Je remarque autre chose : je n'ai pas eu peur une seule seconde. Comme si la frayeur de la fusillade m'avait immunisée. Étrange. J'ai pourtant conscience de l'enveloppe charnelle qui nous contient, moi et mes hurlements, comme si j'étais encore un peu déphasée. Une fois à l'arrêt, j'enfile mon manteau et attrape mon sac. C'est peut-être l'alcool. Ça m'a coupé tout excès. J'entre dans la passerelle accolée à la porte et on arrive dans l'aéroport de New York. Ça me rassure de rentrer à cet instant. Même si je ne peux pas m'empêcher de scruter les gens autour de nous, histoire d'éviter d'autres tirs de mitraillettes imprévus.

Alors qu'on se dirige vers le parking pour reprendre la voiture de Jake, je reçois un message du P.-D.G. de Carter Corp.

Skye, si vous êtes arrivés à New York, rappelez-moi.

J'aimerais obéir immédiatement, mais je me retiens. Si je l'appelle tout de suite, je vais devoir évoquer ce qui s'est passé à l'aéroport de Moscou et je ne peux pas. Je sais d'avance que je ne vais pas y arriver. Je range mon portable et remets à plus tard.

On pose nos bagages dans le coffre. J'ouvre ma portière pour m'installer mais Jake la referme en douceur.

– Attendez, nous devons parler.

***

JAKE

Elle hoche la tête, interdite. Nos regards se croisent enfin. J'ai l'impression de lire de l'expectative au fond de ses merveilleux yeux noirs, mais aussi de la résolution.

Je m'étais pourtant promis de ne pas déraper avec elle ! Qu'est-ce qui a bien pu arriver à ma devise « on déconne zéro avec une personne à protéger » ? J'avais réussi à m'en sortir et au dernier moment, j'envoie tout foutre en l'air pour un baiser. Un seul. Le plus fou.

Si Carrie l'apprend, je n'ai pas fini d'en entendre parler.

– Écoutez, je suis désolé. Pour ce qui s'est passé.

– Ce n'est pas votre faute, vous ne pouviez pas prévoir qu'on allait se faire tirer dessus, répond-elle d'un ton nerveux. N'est-ce pas ?

Je ne parlais pas de ça, mais OK. C'est vrai qu'elle doit être dans un brouillard aveugle de son côté. Et j'ignore ce que je peux lui dire pour le moment.

– J'ai demandé à la police russe de nous tenir au courant, me contenté-je de dire.

Je mens par omission, c'est ce que je peux faire de mieux. Elle acquiesce mais je sens que le soupçon ne la quitte pas. Après tout, elle a critiqué ma présence imposée par Ryan depuis le départ. Il ne se passe rien durant des jours, la confortant dans ses idées. Et soudain, au dernier moment, quelque chose de violent arrive. Comment ne pas songer que ceux qui ont mis en place toute cette sécurité ne se doutaient pas de cet événement ?

– Cela dit, je ne parlais pas de ça, ajouté-je alors qu'elle pose sa main sur la poignée de la portière.

– Ah ?

– Je voulais évoquer le baiser, dis-je en me sentant rosir.

– Oh.

Et elle, elle s'empourpre.

– Je suis désolé, ça n'aurait jamais dû arriver.

Même si je suis convaincu du contraire. On marche tous les deux sur un terrain miné depuis le début de ce voyage.

– Jake, soupire-t-elle. J'ai paniqué, j'étais stressée par tout ce qui venait de se passer… Vous m'avez aidée, c'est tout. Il n'y a pas de mal.

Elle est là, sa résolution.

– Ce baiser ne signifie rien, dit-elle avec un sourire un peu gêné.

J'acquiesce. J'ai pourtant l'impression de me prendre une volée de coups dans le ventre. Mais elle a raison. Ça ne peut rien dire étant donné le contexte. Il faudrait retenter un baiser au calme pour voir s'il est à la hauteur du premier. Sauf que ce n'est pas du tout au programme dans l'immédiat. Elle n'a pas dormi ni mangé dans l'avion, je vais la ramener chez elle pour qu'elle se repose et je vais appeler Carrie pour parler de tout ça. Je lui ai envoyé de nombreux messages, on a besoin d'échanger de vive voix à présent.

– Très bien, réponds-je.

J'ai envie de protester. Rien dans ce baiser n'était négligeable. Elle s'est accrochée à moi et je me suis perdu dans notre étreinte. C'était loin d'être insignifiant. Mais je suis aussi le premier à avoir émis un regret. Dans le genre contradictoire… Cela dit, ça fait mal qu'elle le dénigre sans discuter.

Je lui ouvre la portière, contourne l'avant de la voiture et m'installe à mon tour. J'allume la radio pour avoir un fond sonore et on roule dans un nouveau silence. La tension ne redescend pas. Pourtant on a éliminé la discussion gênante d'entrée. Mais rien à faire. Quand on arrive, je monte avec elle en prétextant vouloir vérifier si tout va bien chez elle et si la porte a bien été remplacée. Et oui, en effet, Carrie a fait du bon travail : le nouveau battant est blindé. Elle a fait remettre la serrure de Skye pour qu'elle puisse utiliser ses clés, et deux verrous bétons complètent la panoplie à l'intérieur.

Je m'attends à ce qu'elle rouspète face à ces changements, mais non. Elle a l'air satisfaite de pouvoir fermer à double tour. Comme prévu, je fais le tour de son appartement qui n'a pas bougé. Elle sera en sécurité ce soir et ça me rassure. Pourtant, je peine à la laisser. Elle est restée dans mon périmètre la nuit comme le jour et soudain, je dois m'éloigner d'elle.

– Rien à signaler, dis-je en revenant dans son salon.

Elle a retiré son manteau, plantée au milieu de la pièce.

– Je viendrai vous chercher demain matin, on passera voir Ryan directement, ajouté-je.

Je ne suis pas obligé, elle peut reprendre son rythme, mais on n'est jamais assez prudent. De toute façon, elle acquiesce sans discuter. Alors que j'opère un demi-tour pour partir, elle me retient.

– Attendez, Jake.

Je pivote sans oser revenir à elle. Il faudra bien que je coupe le cordon.

Skye se triture les doigts, embarrassée.

– Merci, finit-elle par dire. Pour tout le séjour… et pour l'aéroport.

J'ai protégé et servi beaucoup de monde dans ma vie, rares sont les personnes qui dégagent une telle sincérité dans un moment pareil. Elle me paralyse en un tour de main. Je pourrais plaisanter, lui dire que ce n'est pas la peine de me remercier ou qu'un autre aurait fait tout aussi bien, mais je n'ai pas envie d'amoindrir ce pas qu'elle fait vers moi et qui me touche. À nouveau, j'éprouve une vulnérabilité dangereuse qui me fait choisir l'humour. J'espère qu'elle entendra dans ma voix que je suis tout aussi sincère qu'elle.

– Merci à vous. J'ai appris à patiner, c'était une grande première.

Skye affiche un grand sourire amusé et ça fait du bien à voir ! Tous ses traits étaient empreints de gravité jusque-là.

– Je ne suis pas près d'oublier ça, assure-t-elle en hochant la tête.

Tant mieux, ça veut dire que j'ai une petite place dans sa mémoire. Je tourne les talons et distribue mes dernières recommandations.

– Fermez bien derrière moi et n'hésitez pas à m'appeler si vous avez besoin de quoi que ce soit.

J'entre en mode disponible. C'est un bon compromis.

– Promis.

Un dernier sourire et je referme sa porte derrière moi. J'attends quelques secondes, afin d'entendre la clé tourner et les verrous s'actionner. À ce moment-là seulement, je m'éloigne. J'entre dans ma voiture avec cette sensation dérangeante de solitude alors que c'est un état que j'affectionne tout particulièrement. J'aurais dû lui demander de dormir sur son canapé, pour être là, auprès d'elle. Elle est forte et pleine de ressources, mais je sais que le corps et l'esprit peuvent réagir à retardement.

Je frotte mon visage une fois assis au volant. Il faut que j'arrête de penser comme ça ! J'attrape mon portable et le branche au kit mains libres pour appeler Carrie.

– Hé BG, je m'inquiétais, dit-elle aussitôt. Tout va bien ? Pour vous deux ?

– Oui, oui. Petite Bombe est chez elle et je rentre chez moi.

– Raconte tout, je veux les détails.

Je lui fais donc le récit de l'attaque et ça me ramène sur le plan de la raison alors que j'étais tombé dans l'émotionnel depuis un moment. Carrie s'alarme de la violence et c'est en entendant la réaction de mon amie qu'elle m'étonne à mon tour.

– Jusque-là, la Bratva vous avait seulement prévenus, mais sortir les kalachs pour vous faucher à l'aéroport, ça va loin, commente-t-elle.

– C'est vrai, oui. Petite Bombe a émis l'hypothèse qu'il y avait d'autres dossiers problématiques à Moscou le matin même. Ils se sont peut-être rendu compte que de simples avertissements ne l'avaient toujours pas découragée.

– L'éliminer pour l'empêcher d'aller plus loin, c'est efficace en théorie !

– Je n'ai pas rediscuté de l'affaire avec elle, on verra demain si elle souhaite poursuivre. Et surtout si Ryan Carter la laisse faire ou non. Il craignait déjà beaucoup pour sa sécurité avant ça.

– À raison, appuie Carrie.

Oui, en effet. Est-ce qu'il prévoyait ce genre de débordement violent ? Il savait déjà dans quel bourbier son employée posait les pieds ?

– Tu as suivi ce qui s'est passé en Russie ? interrogé-je, intrigué.

– Ouais, la Bratva a le bras long, c'est le moins que l'on puisse dire, grommelle-t-elle. Les deux hommes ont été relâchés, figure-toi. Le renseignement les garde à l'œil, mais vice de forme dans l'arrestation, et je te passe les détails.

Je lève les yeux au ciel. Au moins, ils sont là-bas et nous ici. Du moins, je l'espère.

– Leur bras pourrait arriver jusqu'à New York, tu crois ? demandé-je, le cœur battant, prêt à faire demi-tour.

– Non, non, vraiment peu de chance, me rassure Carrie. C'est bien pour ça qu'ils ont attaqué à l'aéroport, juste avant que vous embarquiez. Ça fait un peu « acte de dernière chance ».

Dommage.

J'avais une bonne excuse pour écouter mon instinct qui n'est pas du tout commandé par ma raison mais par mon désir. Je ne peux déjà pas être accro à Skye Elliott à ce point ?

– Mais ils pourraient ? insisté-je.

– Possible. J'en doute, mais s'ils veulent l'empêcher de poursuivre, peut-être.

Plus flou, tu meurs ! Mais je connais Carrie, elle préfère être certaine des choses pour les affirmer. Je qualifie la situation de « risquée » pour le moment.

– Comment va Petite Bombe, en vrai ? demande-t-elle ensuite.

– Secouée. Elle ne s'en rend pas encore compte je pense, mais elle aura un contrecoup.

– Tu seras auprès d'elle, ça ira.

Il y a un peu de provocation dans sa voix, mais je ne relève pas. Oui, je serai auprès d'elle. Dès demain matin, première heure.

***

SKYE

J'ai enfilé ma combinaison en pilou, bu un lait chaud et grignoté des biscuits devant la télé, cherchant absolument à m'occuper les mains et la tête. Mon cœur bat trop vite pour dormir. Je n'arrive pas à savoir si c'est la fusillade ou le baiser. Tout est trop confus ! Je frissonne dès que j'entends un bruit dans l'appartement et dans l'immeuble, sur les nerfs. Je décide même d'aller me coucher en laissant la télé allumée un moment, elle s'éteindra toute seule. Juste pour m'éviter le silence. Je plonge sous ma couette et regarde le plafond. J'ai plus de neuf heures d'avion dans les pattes, il est 22 heures, je devrais m'endormir à la seconde, mais rien à faire. C'est rageant !

Je roule sur le côté et pense à Jake. J'aimerais qu'il soit dans la pièce d'à côté. J'aurais dû lui demander de rester dormir, je lui aurais proposé mon canapé. Mais vraiment, je ne me vois pas m'abaisser à ce point. Je suis une femme responsable, je peux survivre sans l'aide ni la présence d'un homme ! Cela dit… si je l'avais invité dans mon lit, les choses auraient été différentes. Je ne peux pas m'empêcher de fantasmer sur ses mains caressantes, glissées dans ma combinaison. Et ce baiser, bon sang !

Je n'arrangerai pas mon rythme cardiaque en fantasmant sur Jake.

Mon téléphone vibre sous mon oreiller. Je l'extirpe de là et le prénom qui apparaît me fait sourire.

– Il n'y a que Gabriel pour sentir la luxure à des kilomètres, m'amusé-je.

Il paraît que tu es rentrée ?
Et tu n'as pas daigné m'appeler ?
Je suis outré et déçu, je te préviens.

Je commence à écrire une réponse, étonnée que la nouvelle se soit déjà répandue. Ryan a dû souffler l'info et Gabriel l'a attrapée au vol. Il vaut mieux s'appeler, en fait. Ça ne me fera pas de mal d'entendre sa voix.

– Tu te rattrapes bien, dit-il en guise de préambule.

– Et toi, tu es trop bien renseigné.

– C'est parce que je suis encore au bureau et que je laisse toujours traîner mes oreilles.

Cette simple phrase me fait frémir. Pourvu que cet imbécile d'Aleksei ne s'amuse pas à raconter que Jake et moi, on n'a pas fait que travailler à Moscou. Tout le monde sait que je suis partie avec le garde du corps de Ryan. S'ils entendent parler d'un assistant, ils feront le rapprochement sans mal. Alors soit, oui. On s'est embrassés dans l'avion, mais vu qu'il s'est empressé de s'excuser et de le regretter, on va dire que ça ne compte pas. De mon côté, je vais continuer de chérir l'instant.

– Tu devrais rentrer chez toi et souffler.

– Et c'est toi qui me dis ça ? relève-t-il en riant.

C'est vrai que ça change de mon discours habituel. Mais prendre du temps pour moi à Moscou, visiter la ville, aller boire un thé et manger une pâtisserie, faire du patin à glace… ça m'a fait du bien. Ça m'a confirmé que le travail avait pris bien trop d'importance dans ma vie, aux dépens de mon entourage. C'est d'ailleurs ce que je raconte à Gabriel, qui m'écoute sans m'interrompre.

– Tu as eu une épiphanie russe en somme, résume-t-il.

– Qu'Ashton a initiée en rompant.

– Il m'a dit que c'était bénéfique pour vous deux.

OK, mais il a tout de même choisi pour moi, comme toujours. Je me garde bien de le préciser.

– Et côté travail ? Tu as quand même pu faire ce que tu voulais ?

Je décide de lui exposer l'affaire dans les grandes lignes : le détournement, l'homologue collant et la facture problématique qui n'est peut-être pas la seule.

– Bordel, tu as vraiment mis le doigt sur une sale histoire ! Je comprends mieux pourquoi Ryan paraissait nerveux, ces derniers jours.

– Ryan, nerveux ? m'étonné-je.

– Autant qu'il le laisse paraître en tout cas. Il faut dire que son soldat favori manquait à l'appel.

Comme s'il savait ce que je pouvais risquer. Qu'est-ce qu'il ne m'a pas dit au juste ? Pourquoi ces types s'en sont-ils pris à moi ? Je ne comprends pas.

– Ça s'est bien passé avec Jake ? questionne Gabriel d'un ton perché.

– Oui, très bien.

Grande règle apprise aux côtés de mon garde du corps : quand on ment, on fait simple.

Un silence fait suite.

– Et c'est tout ? s'étonne Gabriel, déçu. Tu as passé plusieurs jours et plusieurs nuits avec lui, et tu n'as rien de croustillant à me raconter ?

Autre règle apprise aux côtés de Gabriel Simons : pour le détourner d'un sujet, surenchérir sur un autre.

– Tu crois que Ryan et Jake ont eu… un *truc* ? Tous les deux ?

– Hein ? Quoi ? Quoi ? Tu as entendu quelque chose ? Raconte !

– Apparemment, ils seraient allés au hammam ensemble, à Istanbul.

Je l'entends soupirer.

– Tu m'as vendu du rêve, je suis déçu.

– Pourquoi ?

– Parce que j'étais avec eux. C'est un partenaire qui nous a invités aux bains.

OK. Il s'est bien gardé de me raconter cette histoire, quand même ! Bon, j'ai déjà eu un aperçu de Jake torse nu, mais ajouter l'option moiteur chaude, vapeur et sueur, sans compter les deux autres à côté…

– Est-ce que tu es en train de nous imaginer tous les trois à poils ? devine Gabriel d'un ton suspicieux.

Je déglutis.

– Nooon.

– Mouais. Et ton enquête ? Elle s'est bien terminée ?

L'aéroport, les mitraillettes, le bruit des balles… Tous mes muscles se contractent.

– Disons qu'il s'est passé quelque chose d'imprévu et de… d'effrayant. Une agression.

Ma respiration se coupe. Impossible d'aller plus loin. Mettre des mots sur tout ça, c'est rouvrir toute la scène et se la repasser en boucle.

– De quoi tu parles ? s'inquiète Gabriel.

– Je t'en reparlerai demain, je suis fatiguée, je n'ai pas dormi dans l'avion.

– Skye, qu'est-ce qu'il y a ?

Mon cœur s'emballe et je me sens prise d'un vertige fiévreux.

– On se voit demain, ne t'en fais pas. Rentre chez toi, arrête de bosser, ajouté-je avec un rire simulé.

Je raccroche aussitôt et fonds en larmes sans pouvoir me contenir. C'est plus fort que moi. J'aimerais que Jake soit dans les parages parce que de toute évidence, je suis terrorisée. J'ai frôlé la mort sans même savoir pourquoi ! Je plonge sous ma couette en sanglotant, mets mon portable en silencieux pour ne pas être dérangée et espère que le sommeil va venir m'apaiser.

***

J'ai passé une nuit fragmentée, entrecoupée de réveils en sursaut. Si bien qu'aux alentours de 6 heures, j'ai décidé d'abandonner, de prendre une douche et de m'habiller. J'en suis à mon deuxième café, je guette l'heure et commence à trouver le temps long. J'aurais dû dire à Jake qu'on pouvait se retrouver à la tour directement au lieu d'être forcée de l'attendre.

Lui qui met la ponctualité au-dessus de tout, il a cinq minutes de retard.

– J'ai mis mon portable en silencieux, m'aperçois-je d'un coup.

Peut-être qu'il m'a laissé un message pour me prévenir ! Je me rue dans ma chambre et plonge ma main sous l'oreiller. J'ai bien plusieurs appels en absence – trois, pour être plus précise – mais ils ne viennent pas de Jake. Pourquoi Ashton a-t-il tenté de me joindre autant de fois et si tôt ? Ou tard dans la nuit pour les deux premiers appels ? C'est sûrement ce cafteur de Gabriel qui lui a dit que j'étais bouleversée hier. J'avais pourtant demandé à Ashton de ne plus m'appeler, je n'ai aucune envie de discuter avec lui de bon matin !

Alors que je grogne en glissant mon portable dans ma poche, les trois coups de Jake résonnent à la porte. J'attrape mes affaires et me rue sur le battant, soulagée, mais toujours aussi nerveuse.

– Jake, bonjour !

Le retrouver me procure le même effet qu'une bouffée d'air frais.

– Désolé du retard, il y a du trafic, dit-il d'emblée. Vous êtes prête ?

– Oui, allons-y.

Je ne me fais pas prier pour quitter mon appartement. Et comme on ne dit rien de plus jusqu'à la voiture, la tension que je pensais éteinte reprend toute sa place entre nous. Elle n'aura jamais de fin, ce n'est pas possible ! La voiture slalome d'abord vite, puis tombe dans un embouteillage. Il ne manquait vraiment que ça.

– Je n'ai pas encore parlé à Ryan, mais je lui ai résumé les événements par écrit et je l'ai prévenu que nous passions dans son bureau dès que nous arrivions, déclare Jake, les doigts tapotant le volant.

– Bien.

– Vous avez dormi ?

La formulation de sa question me surprend assez pour que je lève le nez vers lui. C'est comme s'il connaissait déjà la réponse.

– Oui, un peu.

On avance de deux mètres avant de nous arrêter. Jake soupire.

– Il y avait moins de monde, le matin à Moscou, dit-il avec regret.

Je souris enfin.

– C'est vrai.

C'est la meilleure occasion possible pour une petite discussion entre nous, avant qu'on se retrouve face au P.-D.G., tout à l'heure. Les mots de Gabriel tournent et retournent dans ma tête et le *bodyguard* a peut-être des réponses. Alors je me lance.

– Jake, vous avez déjà vu Ryan nerveux ?

Il jette un coup d'œil de mon côté, perplexe.

– Nerveux ?

– Je le connais depuis un moment maintenant, mais je ne me souviens pas l'avoir vu « nerveux ». Il est si maître de lui-même.

– Pourquoi dites-vous ça ? s'enquiert-il avec un mélange d'intérêt et de perplexité.

– Apparemment, pendant qu'on était en Russie, il était « nerveux ».

Jake hausse les sourcils. Oui, ça l'intéresse. J'ignore pourquoi, mais c'est le cas.

– Il n'avait aucune raison de l'être, lance-t-il avec un sourire qui se veut réconfortant.

Quand on ment, on fait simple.

Je ne sais pas pourquoi cette pensée surgit pile à cet instant. Les réponses évasives de Jake ne sont-elles pas l'illustration de sa propre leçon ? J'ai confiance en lui. Du moins, j'ai appris à lui faire confiance. Mais le devrais-je ?

***

JAKE

Je suis Skye jusqu'au dernier étage de la tour Carter Corp. La voir se replonger avec bonheur dans son élément me rassure. La fatigue marque encore son visage, mais elle ne veut rien laisser paraître. La secrétaire du P.-D.G. nous confirme que Ryan Carter nous attend dans son bureau. À peine pose-t-on le pied à l'intérieur qu'il se rue sur Petite Bombe, plein d'inquiétude.

– Skye, tout va bien ?

Il prend son bras pour la conduire dans le coin salon de la pièce et l'asseoir d'office sur un fauteuil. Il en profite alors pour lui verser une tasse de café et la lui remettre entre les mains. Intimidée, Skye le remercie du bout des lèvres avant de pouvoir répondre à sa question.

– Tout va bien, oui. Grâce à Jake.

Le *big boss*, à l'allure toujours aussi impeccable, braque ses yeux sur moi, bras croisés, les traits froncés. C'est peut-être de ça que parlait Skye dans la voiture, quand elle disait qu'il était nerveux. Jamais encore je ne l'avais vu aussi agité. C'est discret bien sûr, il garde beaucoup en lui, donne peu, il faut prendre le temps de le remarquer, mais c'est le cas. Je soutiens son regard.

– Quelle est la gravité de l'attaque ? Vous n'avez pas été très bavard dans vos messages à ce sujet. Aleksei Votiakov m'a raconté toute l'histoire comptable, il me manque la partie martiale.

Je croise les bras avec calme. Si seulement il savait. J'en ai rediscuté avec Carrie ce matin, on a pris de nouvelles décisions.

– Deux hommes russes ont surgi sur le tarmac et ont tiré sans sommation. D'après mes dernières informations, ils ont promis de nous retrouver ici. Il faut que madame la directrice soit mise sous protection.

Un silence abasourdi suit mes propos. C'est le bruit vif de la tasse frappant sa coupelle qui le rompt. Skye se braque sur moi, livide. Puis elle bondit sur ses pieds comme une louve qui passerait à l'attaque.

– Vous ne m'en avez jamais parlé ! proteste-t-elle.

Il va falloir qu'elle avale tout ça, mais je ne m'en fais pas trop. Skye peut encaisser. Je crains davantage la réaction de Ryan. J'ignore encore ce qu'il sait réellement des assaillants et de toute cette histoire.

– On va contacter la police, décide-t-il après quelques longues secondes de réflexion.

La police ? Aucune chance, non !

– Elle ne pourra rien faire, réponds-je avec toute la fermeté possible. La police de New York n'est pas faite pour protéger une employée de bureau en cas d'agression.

Skye se raidit de fureur en m'entendant parler, mais je préfère ne pas perdre Ryan des yeux. Ses mâchoires se pressent l'une contre l'autre. Il sait ou il ne sait pas pour l'implication de la Bratva, mais quoi qu'il en soit, la police n'est pas prête à faire face à cette mafia. Skye risque d'être un dommage collatéral pour eux.

– Et je suppose que vous êtes mieux qualifié qu'elle ? rétorque Ryan avec sa provocation habituelle.

Bien. On va sur le bon terrain. Je fais mine de grogner.

– J'ai peut-être mieux à faire, non ?

Ignorer les jets de flammes que Petite Bombe m'envoie.

– Ce n'est pas moi la cible dans cette histoire, rappelle-t-il. Si ce que vous dites est juste au sujet du risque que Skye encourt sur le sol américain, je ne vois qu'une solution.

Allez, dis-le.

– Jake, à partir de maintenant, vous êtes le garde du corps de Skye sept jours sur sept et vingt-quatre heures sur vingt-quatre.

Bingo !

– Comme il vous plaira, dis-je en inclinant la tête.

– Non mais dites donc ! s'exclame Skye. Vous ne pensez pas que vous oubliez quelqu'un dans tout ça ? Je suis là, j'existe et j'ai mon mot à dire dans cette histoire !

Ses délicieuses pommettes sont rouges. Elle tremble de colère.

– Skye, je vous avais prévenue que les choses pouvaient devenir dangereuses et vous avez insisté sans en tenir compte, déclare Ryan avec une douceur froide. Assumez maintenant.

– Je me suis engagée à partir à Moscou pour le travail, pas à accepter cette situation !

Au moins, elle tourne bien les choses. Au lieu de dire qu'elle répugne à m'avoir sur le dos H24. Je ne sais pas si je dois me sentir blessé ou non par son rejet catégorique.

– Vous m'avez toujours vanté vos capacités d'adaptation, on est en plein dedans, s'amuse à répliquer Ryan.

Skye bout sur place !

– J'ose espérer que Jake s'est bien comporté avec vous ?

Sa question tombée de nulle part nous interloque tous les deux. On échange un regard interdit avant que Skye ne balbutie des onomatopées.

Ce n'est pas le moment d'évoquer la salle de bains, ni même le baiser accidentel ! Retiens-toi, Petite Bombe !

– Bien sûr, là n'est pas la question ! renvoie-t-elle en fixant le sol, pleine d'une mauvaise foi qui éveille un sourire sur mes lèvres.

– Je m'y suis efforcé, en tout cas, dis-je alors d'un ton malicieux qui n'échappe pas à Petite Bombe.

Elle grommelle une ou deux malédictions avant de reprendre plus distinctement :

– Je n'ai pas de chambre d'amis à vous proposer.

– Je dormirai sur votre canapé.

Elle croise les bras, décidée à dénicher la petite bête.

– Et si je veux boire un verre d'eau dans la nuit, je fais quoi ? Je tâte les murs dans le noir pour ne pas vous réveiller ?

– Ou vous prenez une bouteille d'eau près de vous. Mais je suis sûr que vous oublierez vite ma présence.

Elle laisse échapper un petit rire incrédule.

– Je vais devoir vous nourrir, *John*, comment vous oublier ?

Petite Bombe ponctue sa phrase d'un vrai demi-sourire. Elle est agacée de ne pas pouvoir choisir ce qui va arriver, mais elle est aussi amusée.

– Je suis un grand garçon, je m'en occuperai moi-même, lui assuré-je.

Ryan finit par se racler la gorge pour nous rappeler à l'ordre. Il s'est adossé à son bureau et nous scrute, bras croisés.

– Vous avez fini ?

Pour la forme – je l'espère –, Skye pousse un soupir et hoche la tête.

– Ne me regardez pas comme ça, Skye, prévient Ryan. Et si ça peut vous rassurer, vous avez fait du très bon travail. Je n'ai jamais douté du résultat. Grâce à vous, je reprends l'enquête avec des bases solides.

Et ça marche. Toute sa fureur est balayée.

– Jake, ne prenez pas de risques inconsidérés, recommande-t-il.

– À vos ordres, monsieur.

On sort de là pour se rendre à l'étage du département des finances. Skye est chamboulée. Sa colère s'est tassée mais elle reste présente. Je la vois réapparaître lorsque nous sommes seuls dans la cage d'ascenseur.

– Qui sont ces Russes ? m'interroge-t-elle sans préambule. Ils sont impliqués dans les détournements, c'est ça ? Pourquoi ne m'avoir rien dit ?

Je peux encore lui asséner une phrase passe-partout, mais je sais déjà qu'à un moment ou l'autre, ça ne passera plus.

– Skye, je ne dévoile jamais tout à mes protégés pour les préserver et travailler au mieux. Je sais que vous êtes sensible à cette efficacité professionnelle.

Elle se rembrunit tout en hochant la tête. Que pourrait-elle répondre à cet instant ?

On traverse les open spaces du département et ses collègues viennent la saluer. Elle distribue des canneberges au sucre et du thé pour la salle de repos, tout en lâchant des informations bateau sur la Russie et sur la tour de Moscou. Elle est douée pour ne rien laisser paraître à ses ouailles, ça, je le reconnais. Quand on arrive à son bureau, un homme l'attend, l'air inquiet. Son ex, Ashton Darrow.

J'avais fini par l'oublier, *celui-là.*

***

– Skye ! soupire Ashton en courant vers moi.

Je suis si surprise de le voir là, à faire le pied de grue devant la porte de mon bureau, que je me suis arrêtée à plusieurs mètres. Ashton va plus loin que le sprint, il me prend dans ses bras pour une embrassade spontanée au point d'être un peu trop serrée. J'en ai des frissons d'agacement. Il va vraiment falloir qu'il assimile qu'à présent, ce genre de geste me plonge dans un abîme d'incompréhension.

– Gabriel m'a rapporté votre discussion d'hier soir, il était inquiet. Tu as évoqué une agression mais sans en dire plus. J'ai vraiment eu peur !

Tout dans sa voix trahit un trouble émotionnel, chose dont j'étais persuadée qu'il était incapable. Si ses bras autour de moi m'ont d'abord figée, je dois dire qu'ils ont quelque chose de vrai et d'assumé, contrairement à Jake qui se défausse à chaque fois. Je sais que si Ashton n'avait pas envie de me prendre contre lui, il ne le ferait pas. Après tout ce que je viens de vivre, cette sensation de sincérité me comble.

Il me relâche et me dévoile une expression marquée par l'anxiété.

– Tu n'as pas décroché quand j'ai appelé, je n'ai pas osé débarquer à l'appartement.

Et il a bien fait ! Il a enfin pris en compte la distance que je lui ai demandée, c'est un bon point. Il pousse un soupir et son regard m'échappe.

– C'est ma faute.

– Quoi ? Comment ça ? m'étonné-je.

– C'est moi qui t'ai décroché le visa. Sans ça, tu serais restée ici, en sécurité.

J'acquiesce en tentant de démêler ce nouveau sac de nœuds. Ça me fait plaisir qu'il pense encore à moi de cette manière, qu'il s'inquiète et vienne jusqu'ici pour s'assurer que je suis revenue en un seul morceau. Mais je ne peux pas poursuivre ma petite vie « bien en sécurité », c'est même pour ça qu'il m'a quittée.

– Viens, ne restons pas là, lui dis-je en poussant la porte de mon bureau.

Je ne veux pas que mes employés soient témoins de tout ça. Et puis, j'en oublie un autre : Jake. Il nous suit en silence et je n'ose pas le regarder de peur de lire un quelconque jugement dans ses yeux. Je pose mes affaires sur ma table alors que le garde du corps referme derrière lui. Il s'inclut d'office dans l'histoire. Je pourrais le renvoyer, mais après tout, il sera peut-être mon garde-fou. Je ne dirai rien d'étrange et ne ferai pas de bêtise avec Ashton s'il est là. Je crains de ne pas avoir l'esprit clair.

– Tu veux un café ? lui proposé-je.

– Merci, oui.

Jake s'adosse près de la porte, croise les bras et guette. Comme je l'ai vu faire tant de fois dans la salle de réunion à Moscou. Ça rend Ashton nerveux. Il lui jette des regards circonspects, se demandant si le *bodyguard* va finir par nous accorder un minimum d'intimité ou non. Je glisse des dosettes dans ma machine et produis deux tasses de nectar corsé.

– Je peux repasser si tu veux, finit-il par dire en trempant ses lèvres dans le café.

– Non, reste. Fais comme si Jake n'était pas là.

Est-ce jouissif de mettre mal à l'aise Ashton ? Bizarrement oui. Après tout, c'est sa faute si j'ai comparé Jake à une pizza thon-ananas, c'est un juste retour des choses !

– Cette situation, depuis hier et ton silence… ça m'a torturé, avoue-t-il à voix basse.

Il a l'air si grave, si sérieux. Il n'est pas là pour plaisanter.

– On ne prend conscience des choses que lorsqu'on peut les perdre à jamais, déclare-t-il en plantant ses yeux chocolat dans les miens.

Je me pétrifie sur place, les doigts enroulés autour de ma tasse.

– Même séparés, je savais que tu serais toujours là, dans cette tour, en sécurité. Mais si tu devais disparaître…

Il secoue la tête, tourmenté. Il a eu si peur que ça ? Pour moi ? Lui qui tournait en rond avec moi ? J'ai l'impression d'entendre tout ce que j'ai espéré de lui depuis qu'il m'a jeté à la figure un « c'est fini ». C'est presque irréel !

– Ashton, je suis…

– Je t'aime encore, et je n'en ai pas dormi de la nuit.

J'allais lui dire que je me sentais perdue, mais là, je ne sais plus ce que je dois ressentir. Il m'aime encore ? Il a fallu qu'il craigne de me voir mourir pour s'en rendre compte ? Notre petite vie simple et sécurisée n'était pas suffisante pour cela ? Je doute de tout ! De ce qu'il dit et même de ce que je ressens ! Est-ce que je l'aime encore ? Oui. Une part de moi l'aimera toujours. Mais elle n'est plus majoritaire.

– Skye ?

Je recule d'un pas. Voilà que je regrette que Jake soit témoin de cet instant de perdition ! Pas question de formuler une réponse construite maintenant.

– Tu me prends de court, avoué-je en évitant son regard braqué sur moi. Je peux te rassurer au moins sur la situation, je vais bien. Tu n'as pas à en perdre le sommeil.

Ashton passe la main dans ses cheveux avec un autre soupir impatient.

– Est-ce que je peux en savoir plus sur l'agression au moins ?

Je ne sais toujours pas comment parler de tout ça. Je vais bredouiller une autre excuse mais Jake me coupe l'herbe sous le pied.

– On ne peut rien divulguer pour le moment. C'est une affaire confidentielle, ordre de M. Carter. C'est d'ailleurs plus prudent de ne plus évoquer tout cela ici, au siège.

Merci, Jake.

Il me retire une épine du pied. Il ne le fait peut-être pas exprès, mais ça me confirme qu'il prend ma sécurité – pour ne pas dire « mon bien-être » – à cœur. Je n'aurai pas à expliquer ce qui s'est passé à l'aéroport, alors que c'est encore entravé au fond de ma gorge. Ashton, lui, mécontent, garde le silence. Si je me sens en sécurité auprès de Jake, j'ai tout de même du mal à avaler son « j'ai peut-être mieux à faire » concernant sa nouvelle mission auprès de moi. Ça me fait aussi penser que je ne devrais pas négliger ce réveil émotionnel de mon ex. Je n'ai pas changé d'avis pour ma part, mais je m'en voudrais de ne pas explorer les possibilités jusqu'au bout.

– Ne lui en veux pas, dis-je en posant ma main sur l'avant-bras d'Ashton. Jake a vraiment été un garde du corps fabuleux.

L'éclair de jalousie qui frappe les prunelles de mon ex me fait plaisir ! Je ne m'attendais pas à ça. Ashton a toujours eu une fierté optimale et difficilement pliable.

– Merci à vous, Jake, se force-t-il à dire.

Le *bodyguard* se contente d'un grognement aussi bas qu'une note de contrebasse.

– Skye, je réitère mon invitation à dîner, réattaque Ashton. Nous devons parler, tous les deux. J'insiste. J'ai joué au con, c'est vrai, oui. J'aimerais m'expliquer.

Ah bon sang, comment y échapper cette fois ?…

– Ashton ?

Mark ! Il glisse une tête dans le bureau.

– Je te cherche partout, on doit parler avant la réunion.

Le directeur de notre filiale me voit dans un second temps seulement.

– Skye, tu es de retour ? Tout s'est bien passé à Moscou ? Mon homologue m'a contacté, son DAF était ravi de ta disponibilité.

J'acquiesce, balayée par des frissons d'angoisse. Mais non, c'est bon. Tout va bien. Il n'ajoute pas un « alors, on fait des folies avec son *assistant* ? » mais il est vrai qu'il y a peu de chances que ces mots sortent de sa bouche. Ce n'est pas du tout le genre de Mark.

– J'étais ravie moi aussi de faire sa connaissance.

– Bien, approuve Mark avec un sourire satisfait.

Ashton me lance un dernier regard plein de promesses et il disparaît dans le sillage du directeur. Je me laisse choir dans mon fauteuil, déjà épuisée par toutes ces émotions en pagaille. Jake s'avance vers moi, aussi droit et assombri que le monolithe auquel il m'a habituée.

– Vous n'êtes pas près de dîner avec votre petit ami, tranche-t-il soudain.

– *Ex*-petit ami, corrigé-je. Et je peux savoir pourquoi, au juste ?

Son comportement agressif sort vraiment de nulle part.

– Parce qu'on va quitter la ville et se cacher quelques jours.

CHAPITRE 8

JAKE

– Pardon ? parvient-elle à dire après un vide.

Je me suis bien gardé d'en parler avant, je pensais la ménager, mais son ex qui déboule avec ses déclarations m'a chauffé. J'ai avancé le planning.

– Prenez ce dont vous avez besoin pour travailler, on va passer chez vous pour que vous rassembliez quelques affaires.

– Vous ne trouvez pas que vous exagérez ? On n'est plus en Russie. Les gangsters armés, ça ne traverse pas l'océan comme ça pour s'introduire sur le sol américain.

– Vous voulez qu'on retourne au dernier étage pour consulter Ryan ?

Elle baisse les bras et s'exécute en râlant, avec des gestes las. On traverse à nouveau les open spaces, elle explique qu'elle va faire du télétravail durant quelques jours sans en dire plus – elle a bien retenu la leçon sur le mensonge – et qu'elle reste bien sûr joignable sur son portable professionnel. Je ne devrais pas me réjouir, mais je suis ravi. J'en veux encore, de ses airs grognons, de sa malice, de sa bonne humeur et de sa douceur.

Alors qu'on traverse le hall de l'entrée, je la vois jeter un coup d'œil vers le bureau de l'accueil. Elle doit espérer voir Lisa Parker, son amie, mais cette dernière n'est pas là. On entre dans ma voiture et s'engage une négociation à laquelle je ne m'attendais pas.

– On peut rester chez moi, propose-t-elle. Comme ça, s'il se passe quoi que ce soit à la tour, on sera vite sur place.

– Ce n'est pas une bonne idée.

– Pourquoi ? Mon canapé ne vous dérangeait pas tout à l'heure pourtant.

– C'est vous qui êtes partie sur cette idée toute seule.

Le regard outré qu'elle me jette me satisfait. Je ne l'ai pas du tout corrigée sur le lieu de notre isolement, je l'ai un peu manipulée, oui. Pour son bien.

– Et on va où ?

– Vous verrez.

Elle croise les bras, fâchée. Une fois garés en bas de chez elle, on monte jusqu'à son appartement. Elle s'agace d'avoir défait sa valise hier alors qu'il faut en refaire une nouvelle tout en sortant la clé de son sac. Au moment où elle l'introduit dans la serrure, elle s'étonne.

– Qu'est-ce que…

Elle tourne dans le vide. Je m'approche, le battant est ouvert, le verrou a sauté. La porte blindée que Carrie a fait installer n'a pas tenu longtemps.

Une vague d'angoisse me frappe. Je sors mon arme et repousse Skye sur le côté en lui faisant signe de garder le silence. Elle plaque ses mains sur sa bouche, effarée. J'écarte lentement la porte et entre. Je m'attends à trouver des types tatoués d'un instant à l'autre, installés dans le salon, à nous attendre, ou en faction derrière un mur, avec de quoi nous réduire au silence discrètement. J'inspecte toutes les pièces, les unes après les autres. Personne. Le silence règne, ainsi qu'un désordre sans nom. Nous avons pourtant passé si peu de temps à la tour entre ce matin, lorsque je suis passé chercher Skye ici, et notre retour à l'instant. Je rebrousse chemin pour aller la chercher. Elle n'a pas bougé.

– Venez, il n'y a personne.

Elle me suit et s'immobilise au milieu du salon, les bras ballants. Tout son intérieur a été fouillé, et sans aucun soin. Les étagères ont été vidées, leur contenu est par terre. Les coussins du canapé éventrés, les tiroirs ouverts et parfois jetés sur le sol, de la vaisselle a été brisée en mille morceaux dans la cuisine. Ils n'ont pas traîné et ils n'y sont pas allés de main morte.

On avait des soupçons. J'avais peur que la Bratva nous suive jusque-là. Carrie a vérifié leur présence aux États-Unis dans la nuit, elle est revenue avec un rapport plus complet ce matin : il y a des cellules présentes à New York, mais qui n'ont pas tant fait parler d'elles pour le moment. La décision a été prise : on s'éloigne pour plus de sûreté. C'était facile pour eux de retrouver l'adresse de Skye en ayant son identité depuis Moscou. Par précaution, on avait imaginé quitter la ville quelques jours, mais là, ça devient inévitable. Hors de question de rester à New York où Petite Bombe a ses habitudes.

Elle semble secouée au point de ne plus savoir où donner de la tête. Elle ramasse des objets cassés et tourne sur elle-même sans piper mot. C'est vrai que chez elle, tout est impeccable, bien rangé et symétrique. En tout cas, c'était encore ainsi ce matin. Et là, c'est comme si une tornade venait de tout balayer.

– Skye, ça va ? m'enquiers-je en m'approchant vers elle.

Elle a les yeux rouges et écrase des larmes du revers de sa main. Voir sa vie chamboulée à ce point, ça bouleverserait n'importe qui. Je ferre au fond de moi ma culpabilité, parce que c'est aussi ma faute si elle en est là. Je l'ai embarquée dans cette histoire en connaissant les risques. À la place, je l'attire à moi pour la réconforter. Elle pose son front contre mon épaule et je lui frotte le dos. Elle m'enlace et j'ai l'impression qu'on puise de l'énergie chez l'autre. Mon nez dans ses cheveux m'envoie des myriades de frissons. Elle exalte si aisément tous mes sens que je déglutis, le cœur battant. Ce n'est pas le moment de me perdre dans ce genre de pensées !

– Ça va aller, murmuré-je.

Je n'avais déjà pas envie de la lâcher avant, mais là, je jure de tout faire pour la protéger.

– Je vais aller faire ma valise, bredouille-t-elle en se redressant. Vous aviez raison.

Et elle s'éloigne, me laissant étourdi. Skye Elliott n'a pas l'habitude de s'avouer vaincue, surtout avec moi. C'est ce qui me plaît en vérité : qu'elle ne se gêne pas pour sortir les griffes tout en se montrant raisonnable lorsqu'il le faut. C'est une femme courageuse et brillante. Je lui laisse quelques minutes d'intimité avant de passer une tête dans sa chambre pour m'assurer que tout va bien. La pièce lui ressemble. Je me demande si son idiot d'ex avait vraiment laissé sa patte ici. Entre la literie crème et framboise en bataille, les cadres photo en noir et blanc décrochés et le parfum des bougies à la madeleine, si je ne m'abuse, tout lui ressemble, à *elle*, et tout paraît à sa place, sans vide laissé par le départ d'Ashton.

– Vous avez besoin d'aide ?

Elle est affairée au-dessus d'une immense valise, plus grande que celle utilisée pour Moscou. Elle plie des pulls, jette des chaussettes, enroule un jean et coince au milieu de tout ça des dossiers récupérés au bureau.

– Non, ça ira, répond-elle.

Une chose est certaine, le rangement de cette valise la fait moins pétiller que la première. Elle semble s'être reprise et je discerne même une nouvelle résolution dans ses gestes.

– Avant que nous quittions la ville, je dois passer voir un ami, dit-elle alors.

Et elle ne demande vraiment pas la permission, c'est plus à titre indicatif. De quel ami peut-elle bien parler, au juste ?

– Est-ce bien raisonnable ? douté-je avec peu d'entrain.

– C'est un génie de l'informatique, j'ai besoin de lui. Il est au top de sa forme le soir, on devra partir dans la nuit ou demain matin.

Je pèse le pour et le contre. J'imagine qu'elle s'est fait une raison, il faut faire des concessions pour lui faciliter la tâche.

– Soit. On va se poser dans un hôtel en attendant.

Elle finit d'ouvrir un tiroir de sa commode avant de s'interrompre et de me jeter un regard avisé, les deux mains plongées dans des monceaux de lingerie en pagaille.

– Retournez-vous, vous voulez bien ?

Je pivote, profitant des chatouilles que me procure mon imagination. J'en profite pour prévenir Carrie.

L'appartement de Petite Bombe a été
fouillé, on va se réfugier à l'hôtel.
Tu peux envoyer quelqu'un ici ?

Merde ! Ils sont plus rapides
et investis qu'on ne le pensait.

On les sous-estime.
C'est un détournement d'argent,
oui, mais la motivation doit être importante
pour qu'ils en arrivent là.

Ils cherchent quoi à ton avis ?

Des preuves que Petite Bombe
aurait prises à Moscou ?

Tu m'envoies l'adresse de votre hôtel
dès que vous êtes installés,
je m'occupe de l'appartement de Petite
Bombe, il sera passé au peigne fin.

– Je suis prête, déclare Skye dans mon dos.

– Alors, allons-y.

***

SKYE

On se retrouve dans la même situation qu'à Moscou : chacun sa chambre d'hôtel confortable – l'Oxford Bridge, rien que ça ! à seulement quelques minutes de la tour Carter Corp. –, avec une porte communicante entre nous. J'ai pu installer un bureau et travailler une grande partie de la journée. Mais mon esprit divague. Mon appartement dévasté me donne la nausée. J'avais déjà envie de tout jeter par terre mais pas qu'on le fasse pour moi et aussi violemment. C'est dur de se concentrer sur le travail.

Je prends pourtant le temps d'envoyer à Ryan mon rapport que j'ai tant repoussé jusque-là. Il en aura besoin pour poursuivre de son côté. J'essaie de rester alerte pendant la visio que je programme avec des collaborateurs, mais je n'ai qu'une sensation épuisante en moi qui me hurle « à quoi bon ? ». Même tous mes chiffres, qui m'absorbent habituellement, me semblent vides de sens après l'attaque d'hier et la fouille barbare de mes affaires ce matin.

En fin de journée, je ferme mon écran, bien décidée à me détendre. Il faut que je souffle. Et c'est Gabriel qui répond présent en m'appelant. Je décroche, pressée de passer à autre chose.

– Hé, il paraît que tu es en télétravail hors de chez toi, tout va bien ?

– Est-ce que tu vas te dépêcher de tout rapporter à Ashton ? répliqué-je.

– Je suis désolé, dit-il, embêté. Je me retrouve un peu entre deux feux. Et puis, je ne sais pas pourquoi, ce que tu as vécu a réveillé quelque chose en lui et il m'a même dit qu'il regrettait d'avoir rompu.

Oh bon sang. Mais pourquoi ces montagnes russes avec Ashton ?

– Il n'a pas arrêté de me dire qu'il devait être là pour te protéger.

– Ça n'a jamais été son rôle, protesté-je.

Alors que c'est totalement celui de Jake. C'est à lui de me rassurer, de me prendre dans ses bras et de me soutenir dans ce coup dur. C'est le gardien de mon corps !… Mon garde du corps, plutôt. Ashton était mon compagnon et il ne se donnait pourtant plus cette peine depuis longtemps.

– Tu veux passer ? lancé-je à mon ami, épuisée. J'aurais bien besoin d'un verre.

– Avec plaisir. Tu es descendue à quel hôtel ?

– L'Oxford Bridge.

– Classe ! Ryan fait pleuvoir l'argent.

– C'est moi qui vais traiter la note derrière, c'est tout de suite moins sexy, grogné-je.

Gabriel rit et ça me détend de l'entendre.

– J'arrive, Skye. À tout de suite.

Je raccroche, le moral un peu meilleur grâce à cette perspective. Lisa aurait été une compagne idéale pour débriefer mon voyage en Russie, mais je me suis souvenue que c'était son jour de repos en partant de la tour. Je n'ai pas envie de l'ennuyer avec tout ça.

Reste un détail, et pas des moindres : prévenir Jake. Le danger est plus évident maintenant qu'il ne l'était en Russie, il n'est pas question que j'agisse dans son dos. Mais je crains qu'il me refuse ce verre et que je doive rappeler Gabriel, la mort dans l'âme.

Je tourne en rond dans ma chambre quelques secondes, histoire de préparer une demande en bonne et due forme. Le tapis moelleux avale le bruit de mes pas. Le mobilier est moins exubérant que dans notre hôtel moscovite, mais c'est tout de même luxueux ici. J'inspire, expire et frappe à la porte communicante. Deux secondes après, le battant s'ouvre.

– Skye ?

Floppée de frissons. Dès qu'il prononce mon prénom de toute façon.

– Gabriel va passer boire un verre au bar de l'hôtel, vous venez avec nous ?

Autant ne pas y aller par quatre chemins. Ses épaules s'affaissent, sans surprise.

– Ce n'est vraiment pas prudent de s'afficher avec des collègues ici.

– Avant qu'il soit mon collègue, il était mon ami.

Jake soupire.

– Je ne veux pas faire les choses dans votre dos, ajouté-je. Venez avec nous.

– Boire un verre avec le tombeur de Carter Corp., très peu pour moi, grommelle-t-il.

Le « tombeur » ? Ce ne serait pas de la jalousie que j'entends ?

– Pourquoi réduire Gabriel à ce sobriquet ? provoqué-je pour en savoir plus.

Le *bodyguard* me fixe, l'air de dire « Vraiment ? Tu me poses cette question ? ».

– OK, d'accord, c'est un tombeur, et après ? me vexé-je.

– Je vais descendre avec vous et je vous garderai à l'œil de loin pour vous laisser discuter tranquillement.

La déception. J'avais envie qu'il reste avec moi. Même si Gabriel est là.

– Je vous invite à boire un verre, pas à surveiller un sommet de l'ONU, râlé-je.

– Profitez de votre ami, je veillerai de mon côté.

Bon, je n'insiste pas plus et on descend au bar de l'hôtel. Il n'y a pas grand monde à cette heure-ci, pourtant un pianiste joue quelques notes et on peut commander des cocktails. Je m'assieds au comptoir tout en bois sombre, Jake se pose dans un coin de la salle, aux aguets. C'est un peu ridicule comme situation, mais je suis rassurée. Il ne m'arrivera rien. Le barman dépose une margarita sous mon nez et je l'entame sans attendre Gabriel.

J'appréhende. Je ne doute pas qu'Ashton lui a balancé toute la discussion qu'on a eue dans mon bureau. Gabriel était mon ami avant d'être le sien, ça m'agace qu'il se l'approprie constamment, faisant de lui son confident dans cette histoire sans craindre de le mettre dans une situation hasardeuse. C'est lui qui a rompu, déménagé, acheté ailleurs et voilà qu'il revient. Je ne comprends rien. Qu'est-ce qu'il me veut, à la fin ? Que j'oublie tout ?

– Un whisky, s'il vous plaît, commande Gabriel en prenant place à mes côtés. L'Oxford Bridge, donc.

S'il savait pourquoi je me retrouve là, il serait moins léger à ce sujet. Mais je vais suivre la recommandation de Jake et essayer de ne pas en parler.

– Je suis gâtée, hein ? dis-je avec une ironie qui me fait boire une grande gorgée de mon cocktail.

– Je ne sais pas, j'aime bien travailler à la tour, répond-il avec un haussement d'épaules. Il me semblait que toi aussi.

Et c'est le cas ! Mais j'ai ouvert la boîte de Pandore avec cette histoire de détournement d'argent. À présent, je n'ai plus le choix.

– Allez, déballe tout, l'encouragé-je. Je devine qu'Ashton t'a parlé dans la journée.

Il opine de la tête avant de plonger le nez dans son verre.

– Je ne pensais pas le voir un jour aussi… désespéré. Et passionné.

Je suis contente de ne pas être la seule aussi étonnée par son comportement.

– Lui qui est toujours si posé et froid, marmonné-je.

– Oui. Mais quelque part, c'est un cheminement classique.

– Comment ça ?

Gabriel affiche son sourire de connaisseur.

– C'est simple. Maintenant qu'il ne t'a plus et que tu ne lui cours pas après, il veut te reconquérir. C'est ce que j'appelle : « tout faire pour rallumer la flamme ».

En me brûlant au passage. Il veut ce qu'il ne peut pas avoir.

Je passe une main moite sur ma jupe de tailleur. Moi aussi, je veux ce que je ne peux pas avoir : Jake. Il a débarqué dans ma vie et la bouscule. Il est nouveau, excitant. J'ai ce que je n'ai jamais eu avec Ashton : les prises de bec qui font battre le cœur, la profonde sécurité ressentie auprès de lui, et le désir brûlant qui s'était éteint avec mon ex. Je me force à ne pas jeter un œil sur lui, mais je ne peux pas m'empêcher de rougir.

– Et à qui tu penses ? s'amuse Gabriel.

– À ma situation compliquée, lui assuré-je en jetant un regard du côté de Jake.

Mon ami le traque aussitôt, aperçoit le *bodyguard* un peu plus loin et revient à moi avec un sourire de fouineur puissance douze.

– Je vois. Et pourquoi Jake n'est pas ici, avec nous ?

Il passe en mode interrogatoire. Ma nervosité déboule.

– Parce qu'il travaille, réponds-je en avalant la moitié de mon cocktail.

– Vous êtes vraiment faits l'un pour l'autre.

– Ne dis pas de bêtise. Jake n'en a tellement rien à faire, de moi, qu'il a refusé de se joindre à nous.

Et là, je ne pouvais pas mieux dire pour trahir tout le foisonnement de doutes et d'interrogations qui m'habite depuis que Jake est dans les parages.

– On dirait un papier peint, grommelé-je. Un *joli* papier peint.

Je rajoute ça à mi-voix, au comble de la gêne.

– Ouiii, il y a le papier peint kitsch, le papier peint collant et le papier peint plutôt canon, se moque-t-il.

Oh bon sang, pourquoi le garder pour moi, après tout…

– Il me plaît, oui, je le reconnais. Tu es content ?

Gabriel sourit comme un démon.

– Oh Skye, douce et tendre Skye. Attirée par le ténébreux et énigmatique garde du corps.

– Comme la moitié des gens de la boîte, non ? grogné-je.

Gabriel dodeline de la tête.

– Soyons réalistes, je suis toujours au top. Maaais, Jake n'est pas loin derrière, oui. Il est à part, si inaccessible et si peu bavard, ça intrigue.

Oui, ça le rend d'autant plus sexy. Ça ne m'aide pas.

– Il s'est passé quelque chose en Russie, déclare-t-il sans perdre de temps.

Je termine le fond de mon verre pour commencer. Gabriel lève la main pour attirer le barman et commande la même chose pour nous deux. L'alcool m'embrouille l'esprit et me désinhibe tout à la fois.

– On s'est embrassés dans l'avion.

Et je m'embrase en y repensant. Ce baiser des enfers ! Il assèche ma gorge et titille mon entrejambe. J'attrape mon verre dès qu'il arrive sous mes yeux.

– Et ? insiste Gabriel.

– Et Jake s'est dépêché de le regretter et de me présenter des excuses. Alors je lui ai dit que ce n'était pas grave et qu'il ne signifiait de toute façon rien. Comme deux adultes responsables, m'agacé-je, pleine d'amertume.

– Ah oui, grimace mon ami, perplexe.

Il se penche vers moi et attrape mon tabouret pour me rapprocher de lui.

– Éveillons sa jalousie !

Je pouffe dans ma margarita.

– Tu veux concurrencer Ashton qui m'a fait une déclaration dans mon bureau AVEC Jake à côté de nous ?

– Oh merde, se met-il à rire, incrédule.

Je finis par en rire à mon tour. C'était glaçant, cette situation !

– Je ne veux pas dénigrer Ashton, tu sais que je tiens à lui, mais on ne me surnomme pas le *serial lover* pour rien à Carter Corp., affirme Gabriel en ramenant quelques boucles de ma chevelure derrière mon oreille.

Il est très près de moi, lui et son charme fou. Nos genoux se touchent et il pose sa main sur le court dossier de mon tabouret. Et pourtant, je me sens immunisée. Je tiens beaucoup à lui, il est mon ami à la vie, à la mort, mais ça n'a rien à voir avec ce que je ressens pour Jake.

– Crois-moi, si James Bond tient à toi, là, je suis en train de le torturer, affirme-t-il d'un ton d'expert, avec son meilleur regard enjôleur.

– Si tu le dis, dis-je à voix basse.

– Donc, si je résume, tu n'as plus seulement une rupture sur les bras, mais deux hommes qui gravitent autour de toi.

Je suis coincée !

Je ne veux plus Ashton. Je ne sais pas si je veux Ashton. Je veux Ashton ?

Je veux Jake. Point.

***

JAKE

Elle a un peu oublié de me dire que son ami informaticien travaillait sur place, à Carter Corp. La nuit est tombée depuis un moment quand on entre dans la tour. Skye a bu un grand café après ses multiples verres, elle a l'air d'avoir dessoûlé. Quand je pense à ce que j'ai dû surveiller un peu plus tôt… Ce rendez-vous cauchemardesque entre Petite Bombe et le *serial* baiseur de la boîte. Je m'en serais bien passé. Le grand blond avec ses mains baladeuses et ses regards dévorants, je lui aurais volontiers refait le portrait.

C'est le soir et il y a peu de monde à la tour. Je reste sur mes gardes, les poings serrés. J'aurais préféré que Skye renonce. Lui déballer que je bosse pour le FBI et que moi aussi je connais des génies informatiques. Qu'on n'a pas besoin de retourner au siège et de se mettre inutilement en danger. Mais je ne peux rien dire.

Je lui mens sur qui je suis. Le jour où elle l'apprendra, tout changera. C'est la seule vérité que je ne devrais pas oublier. Ça et le fait que je me sens jaloux. Aussi. Malheureusement. Elle a une relation privilégiée avec Ryan Carter, avec Gabriel « le Tombeur » Simons, avec Ashton qui n'arrive pas à la lâcher… Et voilà qu'un quatrième débarque.

Lorsqu'on s'arrête devant l'entrée de son bureau, je ne suis même pas étonné. Son nom a déjà franchi une ou deux fois les lèvres de Ryan : Colin Spencer. Suis-je étonné qu'il soit au top de sa forme tard le soir ? Non. Ça lui ressemble bien. C'est un oiseau de nuit. Skye frappe à sa porte et le développeur lui ouvre. Ses longs cheveux noirs encadrent un visage pâle et fin. Il sourit en voyant la DAF lui adresser un signe.

– Elliott, entre.

L'impertinence du rebelle vêtu d'un jean et d'un perfecto noir, appeler la DAF par son nom de famille ! Pour l'avoir croisé quelques fois, il n'a pas l'air sympathique au premier abord, il faut vraiment pousser plus loin pour comprendre qu'il n'est pas si renfermé sur lui-même. Skye a déjà dû creuser son cas pour qu'il soit aussi souriant en sa présence.

On pénètre dans son antre plongé dans une semi-pénombre. Son bureau est cerclé de plusieurs écrans incurvés dernier cri et des tables supportent du matériel informatique en tout genre. Une grande armoire pleine de dossiers occupe un pan de mur entier. Au fond, une porte hermétique donne sur une salle climatisée contenant des serveurs.

Colin coupe la musique qui souffle dans son casque. Il écoutait probablement les répétitions de son groupe. J'ai déjà entendu Lisa Parker en parler et vanter les concerts que donnent les Nightmareden. Je me pose dans un coin et ne perds pas une miette de cet échange. Colin, lui, joue avec l'une de ses bagues en métal à son majeur gauche.

– Qu'est-ce que je peux faire pour toi ? demande-t-il d'une manière plutôt avenante.

– J'ai besoin d'un service disons… discret.

Il croise les bras, intéressé.

– Tu connais bien le *darkweb*, il me semble ? ajoute-t-elle.

– Continue.

– J'aimerais que tu trouves des infos sur l'assistant d'Aleksei Votiakov, le DAF de la tour de Moscou : Piotr *quelque chose*, son nom de famille m'a échappé, mais il doit être présent dans l'organigramme.

Ah, la maligne ! Elle veut fouiller de son côté. OK. Pourquoi pas. De toute façon, elle est *déjà* dans de beaux draps. Après tout, on vient de l'attaquer chez elle, là où elle est censée se sentir en sécurité. Alors elle riposte.

– Quand tu dis « discret », ça implique quoi exactement ? demande Colin.

– Que seuls nous trois serons au courant : toi, Jake et moi.

L'informaticien me jette un regard de côté. J'ai l'impression qu'il n'avait pas du tout percuté ma présence jusqu'ici.

– Qu'est-ce qu'il fait là, le *bodyguard* du patron ? interroge-t-il en se penchant sur elle, happé par la curiosité.

OK. J'entends tout, hein.

– C’est une longue histoire.

– Ashton vient à peine de te quitter et tu es déjà sur un plan chaud ?

Petite Bombe s’empourpre et lui colle un poing mou dans le bras qui le fait à peine tanguer. J’ai bien envie de lui montrer comment décocher une véritable droite qui envoie au tapis.

Tout doux, le rockeur blafard.

– Dis pas n’importe quoi ! gronde-t-elle. Tu m’aides, oui ou non ?

– Mais oui, bien sûr, cède-t-il sans difficulté.

Il rassemble sa crinière autour d’un crayon et s’installe sur son fauteuil, face à ses écrans.

– Cherchons son nom déjà.

Il ouvre des fichiers, entre des mots de passe et fouille. Je suis en train de comprendre ce qui les lie : les chiffres. Il ne me semble pas que Colin soit issu d’une formation aussi prestigieuse qu’elle, mais il a un don inné lui aussi.

– Alors… Je crois que c’est lui. Recommandé par Aleksei Votiakov, c’est ça ?

Merde. Je suis trop loin pour lire le nom.

– Oui, ça doit être lui, répond Skye.

– Tu ne veux pas que je passe en revue le reste de l’équipe, tant qu’on y est ?

Skye se mordille la lèvre. Elle est tentée.

– Si vraiment tu n’as rien d’autre à faire, marmonne-t-elle.

– J’aurai toujours autre chose à faire, s’amuse-t-il. Mais j’accepte de m’en occuper.

– Merci, répond-elle en souriant. Tu pourrais aussi fouiller du côté d'une entreprise russe qui s'appelle Informatika Inc. ?

Elle va loin dans ses demandes, elle ne me déçoit pas.

– Peut-être que tu la connais ? Elle vend du matériel informatique et des serveurs.

Colin hausse les épaules tout en prenant note.

– Jamais entendu parler, mais il y a tellement de boîtes de ce genre après tout.

Mon portable vibre à cet instant, alors que Petite Bombe finit de donner ses directives. C'est un message de Ryan.

Jake, vous pouvez revenir à la tour
avec Skye ? Il y a du nouveau.
Aleksei Votiakov est arrivé.

Qu'est-ce qu'il vient faire ici, lui ?

Le hasard fait bien les choses,
Skye avait oublié quelques affaires
au bureau, nous arrivons
dans quelques minutes.

– Merci Colin, je te revaudrai ça, assure Skye en lui serrant la main comme s'ils venaient de conclure un pacte.

– Je n'en doute pas, Elliott.

Elle lui sourit et se dirige vers la sortie tout en m'alpaguant au passage. Une fois la porte de l'antre refermée, elle soupire et me déclare avec une certaine solennité :

– C'est bon, nous pouvons nous enterrer quelque part.

Mauvais timing, Petite Bombe.

– Plus tard. Ryan vient de m'envoyer un message, il nous attend dans son bureau.

Elle pâlit un quart de seconde.

– Pourquoi ?

– Aleksei est là.

Skye ne retient pas une grimace impatiente. On se met en route et elle marmonne des « qu'est-ce qu'il nous veut ? ». Alors qu'on approche du double battant du dernier étage, elle attrape mon bras pour me ralentir.

– On est d'accord que vous ne direz rien de ce que vous venez de voir ?

– Vous parlez de votre commande d'enquête officieuse passée au service informatique de Carter Corp. ? reformulé-je d'un ton taquin.

– Oui, à l'évidence.

– Mes lèvres sont scellées, lui assuré-je. Mais j'espère que vous partagerez les informations.

Elle hoche la tête et reprend la marche. Je la retiens par le bras avec douceur.

– Skye, Votiakov pense peut-être encore que je suis votre assistant.

Elle plaque ses mains sur ses joues.

– Oh par la Grande Trésorerie, je ne pensais plus à ça !

– Ryan ne nous trahira pas si jamais Aleksei fait un commentaire. Il doit bien se douter que nous avons joué avec la vérité pour votre sécurité.

Ça la rassure immédiatement.

– Oui, vous avez raison.

Nous voilà complices.

J'ouvre un battant et la laisse entrer la première dans le bureau de Ryan. Aleksei se tient dans un coin, livide.

– Skye, Jack, nous salue-t-il, visiblement remué.

– Que se passe-t-il ? s'enquiert Skye autant auprès d'Aleksei que de Ryan.

– Nous avons retrouvé mon assistant, explique le DAF de Moscou avant de déglutir. Il ne répondait pas parce qu'il est mort.

Skye retient sous souffle.

– Comment ?

– Il s'est suicidé. Il s'est tiré une balle chez lui.

Sa voix tremble. J'aperçois une boîte de mouchoirs sur la table basse du coin réception, Ryan a dû déjà entendre une première version beaucoup plus démonstrative.

– Oh non, je suis si désolée, Aleksei, balbutie Skye.

Moi seul peux être alerté par cette nouvelle. Il n'y a pas de suicide avec la Bratva, il n'y a que des exécutions maquillées. Mais pourquoi auraient-ils tué l'un des leurs ? Ou alors il était innocent et manipulé ?

– Est-ce qu'il y avait des traces d'effraction chez lui ? demandé-je alors qu'un silence de recueillement a pris place.

Aleksei a un mouvement de recul, secoué.

– Pas que je sache, je ne sais pas.

– Aucune autre trace sur le corps que celle laissée par la balle ?

L'audience blêmit.

– Euh… non, *a priori*, répond Aleksei d'une petite voix.

La Bratva a dû prendre ce qu'ils ont trouvé sur place.

– Et il a laissé une note je suppose ?

Le DAF russe acquiesce.

– Oui, il reconnaît ses erreurs et ne pouvait plus vivre avec ce poids sur ses épaules.

– Vous êtes sûr que l'écriture correspond bien à la sienne ?

– Jake, m'interrompt Ryan d'une voix forte. S'il vous plaît, de la retenue. Un employé de la maison a mis fin à ses jours.

Je ravale mon flot de doutes. Les deux DAF ont l'air si bouleversés que je ne poursuis pas davantage.

– Monsieur Carter, intervient Aleksei. S'il vous plaît, acceptez ma démission.

– Non, pas question, refuse-t-il à nouveau.

Aleksei lui avait déjà présenté sa démission une première fois. Mais pourquoi Ryan s'entête-t-il avec ce type ?

– Skye allait prendre quelques jours de repos, je vous propose de la remplacer ici, le temps de démêler tout ça.

L'annonce nous surprend tous, mais pas autant que Skye dont le corps se raidit de stupeur.

***

SKYE

QUOI ?

Des congés ? Un remplacement ? Aleksei ?!

Je me suis trop battue pour ce poste pour être congédiée de cette manière !

– Aleksei, reposez-vous et revenez me voir demain matin, on mettra en place un programme de travail. Vous verrez, Skye est si organisée qu'il sera aisé pour vous de prendre la relève.

– Merci, monsieur.

Le fourbe se tourne vers moi et me sourit avec toute la gentillesse possible.

– Skye, merci pour tout. Vous et votre assistant m'avez beaucoup apporté.

Et il s'en va. Dès que les portes se referment derrière lui, j'ignore le regard interrogateur de Ryan sur « l'assistant » et me mets à rugir.

– Je n'ai pas besoin de congés !

– Si, vous en avez besoin. La preuve, vous deviez être planquée et vous êtes là, dans les bureaux.

Je lève mon index à la recherche d'une bonne excuse, mais rien ne me vient.

– Elle avait oublié un disque dur de données, indique Jake.

Ah oui, voilà, merci !

– Tout à fait, je ne pouvais pas travailler sans !

– Peu importe, vous pouvez le laisser ici. Je ne suis pas en train de vous licencier, Skye, je vous demande de prendre un peu de recul et de vous reposer. Pas plus tard qu'hier, on vous a tiré dessus. Et ce matin, on a saccagé votre appartement. C'est trop.

De douloureuses tensions se plantent dans mes épaules. Jake a dû balancer à son patron la fouille qu'a subie mon chez-moi. J'espère qu'il ne trahira pas sa parole au sujet de Colin.

– Où pensez-vous vous rendre, Jake ? interroge Ryan.

– Il vaut mieux que vous ne le sachiez pas, réplique mon garde du corps. Moins on est à le savoir, mieux c'est.

– Je ne suis pas n'importe qui, s'impatiente Ryan.

– Et ce n'est pas ce que j'insinuais.

Le retour de l'impudent !

– J'ai besoin de savoir où vous serez tous les deux.

– Laissez-moi faire mon travail, vous m'avez toujours fait confiance jusque-là, lui rappelle Jake en croisant les bras.

Ils se lancent dans un duel de regards intenses, me laissant une nouvelle fois sur le bas-côté. Ils sont hallucinants tous les deux quand ils s'y mettent.

– Et si la police veut parler à Skye au sujet de son appartement ? suppose Ryan.

– La police ne demandera rien.

– Vous ne répondez pas à ma question.

– Je serai joignable par téléphone, affirme Jake.

– Encore heureux ! Vous supposiez ne pas l'être ?

– Je ne suis pas votre employé au même titre que les autres.

Je secoue la tête, soufflée par le culot du garde du corps.

– Au risque de vous interrompre, est-ce que *moi*, je peux savoir où on va ? lancé-je.

Les deux hommes me foudroient d'un regard ardent. Jake est pourtant le premier à céder un peu de terrain, peut-être calmé par mon air dépassé.

– Je donnerai des nouvelles tous les jours, si vous le souhaitez.

– Oui, merci, grogne Ryan.

Ryan réitère ses recommandations avant que nous partions pour de bon. Une fois dans l'ascenseur, je décide de ne pas lâcher l'affaire.

– J'attends toujours une réponse. Où on va ?

Jake lâche un soupir parfaitement contrôlé.

– Tout ce que je peux vous dire, c'est que nous allons nous diriger vers la frontière canadienne.

Pardon ? Quoi ? Je n'ai pas bien entendu, ce n'est pas possible !

– La… frontière canadienne ?

– Oui.

– Avec des arbres et tout le reste ?

Jake fronce ses traits si harmonieux. Je lui dois une explication.

– Je suis une femme des villes, vous voyez ? J'aime les immeubles, l'ambiance citadine, le bruit du métro, regarder passer les voitures. La nature me stresse.

– La nature vous stresse ? répète-t-il, incrédule.

– On pourrait aller à Boston, ou à Philadelphie ?

– Qui vous dit qu'on sera au milieu de nulle part ?

Je sors aussitôt mon portable pour vérifier quelles sont les villes dans ce coin perdu, au nord de New York. Et bien entendu, il n'y a rien que des petits patelins au milieu de nulle part. Pourquoi pas, après tout. Mais c'est aussi ce que j'appelle la « nature ». Les jolies maisons en bois, entourées de jardins sauvages, avec une forêt à deux pas… Zéro occupation dans le coin.

Je sens la main de Jake se glisser dans mon coude pour me faire sortir de la cage. Je suis si absorbée par ma quête que je n'ai pas remarqué notre arrivée.

– Jake, la seule ville que je vois, c'est Montréal. On va passer la frontière ?

– Vous saurez tout demain, quand on partira.

Je me mets à gamberger tout le long du trajet. Dans quel coin perdu on va se retrouver seuls, tous les deux ? Une fois que nous sommes devant nos portes respectives, je reçois un message de Gabriel.

Demande à ton *bodyguard* sexy
si je peux passer te voir ce soir,
qu'on le fasse un peu rager.
Ça s'entretient, la jalousie.

Je me mordille la lèvre, pleine d'hésitations. Après notre verre au bar, Jake ne m'a témoigné que de l'impatience. Il a grogné, n'a rien commenté et j'ai retrouvé mon monolithe adoré. Je me permets de douter du plan du Tombeur.

– Une mauvaise nouvelle ? s'inquiète Jake.

– Non, non. C'est juste… hum. Gabriel.

Ses pupilles se rétrécissent aussitôt. On dirait un rapace qui vient de repérer un mulot perdu au milieu d'un champ.

– Et ?

– Il aimerait passer me voir, ce soir.

– Hors de question, refuse-t-il de manière catégorique. Si les Russes nous surveillent, ils vont finir par remarquer Gabriel Simons et s'en prendre à lui. Si vous tenez tant que cela à la vie de votre nouveau petit ami, vous devriez faire plus attention à lui.

Bon sang, j'oublie que Jake peut être redoutable quand il le veut ! J'en déglutis, interdite. Un peu de jalousie parce qu'on flirte, Gabriel et moi, je veux bien. Mais pas non plus au point d'éveiller un tel rejet de la part de Jake. Je ne veux pas qu'il pense que j'ai déjà remplacé Ashton. Il va encore plus s'éloigner de moi.

– Gabriel n'est pas le nouvel homme de ma vie ! C'est un ami !

– Ça ne change rien au problème. Pas de visite ce soir.

Il ouvre la porte de ma chambre et m'invite à y entrer.

– Bonne nuit, Skye.

– Bonne nuit, Jake ! rétorqué-je, agacée.

Je m'enferme à double tour et me retiens de hurler. À la place, je saisis mon portable.

Elle était nulle, ton idée.
On ne fait que s'engueuler.

Je dirais plutôt que Jake a mordu
à l'hameçon.

J'aimerais le croire. Mais Jake va juste se montrer encore plus distant alors qu'on s'apprête à s'isoler, seuls, tous les deux. Au milieu de nulle part !

CHAPITRE 9

JAKE

Allez, Jake. Contrôle-toi.

Il faudra résister encore plus fort à la tentation. À Moscou, au milieu de la civilisation, des collègues de la tour, avec le travail de Skye et moi, ma surveillance de sa personne *et* de son affaire – et donc une occupation pour chacun d'entre nous –, ce n'était déjà pas simple. Alors, isolés tous les deux avec la nature comme seule distraction…

Me répéter mon mantra, encore et encore : « Skye est ma mission. Rien de plus. »

Lorsque je la vois débouler de l'hôtel avec sa valise, je serre les dents. Sa volumineuse chevelure brune et bouclée s'agite, ses lèvres carmin se tordent et ses yeux noirs fulminent. Elle me l'a bien rappelé hier, elle est une femme des villes et la perspective de s'en éloigner ne la fait pas décolérer. Malheureusement pour moi, son cycle de réactions est redoutable : elle s'emporte, elle devient maladroite, elle parle beaucoup trop et elle finit par me charmer.

Je lui ouvre le coffre de la voiture et la laisse se débrouiller comme à chacun de nos départs. Elle case son immense valise tant bien que mal contre mon petit sac.

– Vous avez mis tout votre appartement à l'intérieur ?

– Je vous rappelle que je ne sais pas où on va ni pour combien de temps, réplique-t-elle, agacée.

Elle m'en veut encore de l'avoir un peu baladée la veille. Tant mieux. Si elle instaure une distance avec moi, c'est mieux.

Je ferme le coffre et prends place au volant. Skye s'assied à mon côté, boucle sa ceinture, préoccupée, et je démarre. Si les bruits de New York remplissent l'espace entre nous le temps d'en sortir, dès que nous nous retrouvons au milieu de la nature, un silence intense s'impose. D'habitude, Skye est beaucoup plus bavarde. J'ai dû la chiffonner hier, au sujet de Gabriel Simons. J'ai envie de bougonner à nouveau rien qu'en songeant à son message : vouloir débarquer dans sa chambre d'hôtel le soir, ce n'est pas pour jouer aux cartes. C'est sûr que si c'est *lui*, son type d'homme, j'en suis très loin. On est aux antipodes. De lui à moi, on passe du blond raffiné à la gueule balafrée.

Skye l'a nié sur le coup, mais elle envisage peut-être dans le futur une relation avec Simons. Ça aide toujours d'avoir un plan B en cas de rupture.

Je suis curieux de savoir ce qui peut bien l'attirer chez lui. Cette femme a besoin de détente et d'aventure, de rire et de sortir de son rôle trop sérieux de directrice financière. Et lui, il a tout de l'employé de bureau new-yorkais modèle. Un bosseur. Ennuyeux à mourir. Un frimeur dans sa Ferrari Berlinetta.

Ma montre vibre à mon poignet et me sort de mes pensées. Je l'ai paramétrée pour me tenir en alerte. À intervalles réguliers, elle me rappelle que je dois faire attention à mon environnement : guetter mes rétros et m'assurer que le niveau d'essence est suffisant pour arriver à destination, ou pour en changer au dernier moment. Elle me notifie surtout que personne n'a tenté de tracer ma position grâce à un programme installé par le FBI, et que Carrie ne m'a pas laissé de message.

– On va où ?

La voix de Skye rompt cette tension qui ne cessait de s'étirer. Elle ne se décourage pas, elle va m'interroger jusqu'à ce qu'elle ait gain de cause.

– C'est une vraie question ? Ou c'est rhétorique ?

Son regard insistant et plein d'impatience me donne envie de sourire malgré moi. Je me mords la langue.

Ne me trouble pas comme ça, Petite Bombe !

– On va où ? répète-t-elle. Ça va faire deux heures qu'on roule. Je peux peut-être avoir une idée maintenant ?

S'il y a bien une chose que j'ai apprise c'est que, quand on se trouve face à une question à laquelle on ne veut pas répondre, il faut lancer une autre discussion bien plus périlleuse pour la parer.

– Je suis désolé pour hier soir.

Même sans la voir, je perçois sa surprise. C'est vrai que je présente rarement des excuses.

– Vous êtes désolé, répète-t-elle d'un ton ahuri.

– C'est votre droit de voir qui vous souhaitez, mais c'est mon travail de restreindre ces visites non programmées et de vous garder en sécurité.

Je jette un coup d'œil sur ma passagère, un voile rosit ses joues. J'ai la voix qui gronde un peu. Parce que j'ai plutôt envie de coller mon poing dans la face de son Gabriel. Mes doigts se resserrent sur le volant.

– Euh, vous vous excusez ou vous me faites la leçon ?

Elle croise les bras en fin de phrase. Elle n'est pas dupe.

– J'ai été indiscret.

J'ai apaisé mon ton, j'espère qu'elle l'a remarqué.

Son silence m'inquiète presque. Je la regarde à nouveau, elle paraît embarrassée. Ou nerveuse. Ses yeux sont écarquillés et ils se détournent dès qu'ils croisent les miens.

– Je comprends, ce n'est pas grave, dit-elle d'une petite voix.

Mince, je me sens gêné maintenant.

– N'en parlons plus, grogné-je.

On roule à nouveau sans rien dire. Si mes souvenirs sont bons, on va passer par Cooks Falls, une petite bourgade avec une station essence à la sortie. J'hésite à m'arrêter et à faire le plein. Mieux vaut ne pas attirer l'attention. Il y a peu de passage dans ce patelin, on remarquera forcément un SUV aux vitres fumées. Les premières maisons sont éparses puis le centre-ville déploie sa paisible rue commerçante. La quiétude du coin est brutale, quand on sort de la mégalopole.

Le bruit soudain qui surgit dans la voiture me fait d'autant plus tressaillir. Skye a allumé la radio sans maîtriser le volume, tous les regards à l'extérieur se dirigent sur nous.

– Oh chouette ! Joe Kicks ! J'adore cette chanson !

J'éteins aussitôt.

– Quoi encore ? s'impatiente-t-elle. La musique est prohibée dans la voiture de Jake Stewart ?

– Je fais tout pour qu'on n'attire pas l'attention, Skye Elliott !

– Non mais regardez où on est, personne ne va nous attaquer ici !

– Ça, vous n'en savez rien !

J'accélère, histoire de sortir de Cooks Falls le plus vite possible. Pas d'arrêt à la station essence. Il me semble qu'il y a des bidons pleins là où on se rend.

– On ne peut pas se garer quelques instants ? Faire une pause ?

Ah, voilà. La phase « parle trop » est enclenchée.

– Non.

Déjà que j'ai son parfum de pain d'épices sur mon côté droit qui me chatouille les narines et a tendance à ranimer le souvenir interdit du baiser dans l'avion… Dès qu'elle bouge un peu, elle me l'envoie. La groseille. C'était le goût de ses lèvres. Qui lui ressemble tellement : une petite boule rouge et brillante, acidulée à souhait. Ça pétille quand on la croque et on y retourne toujours avec plaisir.

Skye se tortille sur son siège.

– Comment on dit déjà « je ne suis pas contente » en russe ?

Je le savais que c'était risqué, cette histoire d'apprentissage de phrases russes. Je vois très bien où elle veut en venir.

– *Ia né oudovlétvoréna*, grommelé-je.

Skye répète plusieurs fois la phrase, plus ou moins bien. Mais je doute que ce soit dans le but de retenir la bonne prononciation. Elle *sait* que ma patience est très limitée.

Je tourne sur la bonne route dès qu'on sort de la ville. À présent, seule la forêt va nous environner sur des kilomètres. On en a bien pour trois heures encore. Trois heures de Skye Elliott en roue libre.

– Et c'est quoi, la traduction de « où on va » ?

– On ne l'a jamais apprise.

– Oui, c'est pour ça que je vous la demande.

Elle papillonne de ses grands yeux. Maudit charme incontrôlable ! Plus elle me provoque et plus elle me fait de l'effet. Je dois réagir.

– Laissez-moi me concentrer sur la route, vous voulez bien ?

Un silence plane. Je n'ai pas déjà réussi à la neutraliser, si ?

– C'est une vraie question ? Ou c'est rhétorique ?

Ah non. À la fois satisfait et agacé contre moi-même de l'être, je soupire :

– C'est de la pure rhétorique.

– OK, très bien. Je vais chercher sur Internet.

Je mets bien deux ou trois secondes à comprendre où elle veut en venir. Skye sort son portable et le tapote.

– Alors, comment on dit « où on va » en russe…

Bordel ! Son téléphone !

Cette fois, je pile brusquement. Les pneus crissent et Skye avale un cri de surprise. Je n'y fais pas attention. J'attrape l'appareil, les doigts de Skye le laissant filer sans résistance, je désactive la géolocalisation, baisse la vitre et le jette dehors. Tout va si vite et ma voisine semble si soufflée par mon geste que je profite de sa stupéfaction pour démarrer et partir aussitôt la fenêtre refermée.

– Mais ça va pas non ?! rugit-elle au bout d'un instant, le visage rouge de colère.

Non, ça ne va pas du tout ! J'étais tellement préoccupé à l'idée de me planquer seul avec elle plusieurs jours que je n'ai pas pensé une seule seconde à lui interdire son portable. J'aurais dû lui demander de le laisser à New York.

Reprends-toi, Jake, reprends-toi !

– Je n’ai pas le choix.

– Comment ça ? C’est quoi cette excuse ?

– La géolocalisation de votre portable, vous y avez pensé ?

Je ne modère pas ma voix, ni mon ton.

Désolé, Skye, je vais devoir être brutal.

– Des hommes dangereux se sont introduits chez vous ! Ils ont déjà accès à votre adresse et à vos données, découvrir votre position sera un jeu d’enfant pour eux !

Elle ne dit rien. J’ai le cœur qui cogne beaucoup trop vite de mon côté. Mon manque de maîtrise sur le coup me surprend. C’est quelque chose que j’ai appris à identifier en Afghanistan : moi qui me croyais alors invincible, ma trop grande confiance et mon insouciance ont été mises à mal. Je ne connaissais pas la peur jusqu’à la voir en face. Et la peur rend colérique.

Bon sang. J’ai peur pour elle. Et elle a peur, elle aussi. Elle a pâli et baissé les yeux. Dans l’avion, elle avait paniqué, mais là, sa réaction a changé. Peut-être qu’elle finit par se rendre compte de la gravité de sa situation. J’espère qu’elle comprendra qu’elle peut se reposer sur moi, que je ne vais pas la lâcher.

On roule un moment et elle ferme les yeux, la tête calée contre sa ceinture. Ça devrait calmer mes nerfs de la voir s’endormir mais je reste tendu. J’aperçois un chemin qui s’enfonce dans les bois, je tourne et me gare à l’entrée. J’ai besoin d’une cigarette.

Je sors sans faire de bruit, m'appuie à l'arrière du véhicule et guette la route tout en allumant mon briquet.

Ma montre vibre. Un message de Carrie. J'attrape mon portable.

Ça roule ?

RAS. De ton côté ?

Rien.

On a peut-être été vus à Cooks Falls.

Comment ça ?

Disons qu'on n'est pas passés inaperçus.

Fais gaffe, Petite Bombe
est trop précieuse
pour qu'on la perde.

Je grogne en tapant un premier message enragé du type « Oui je sais merci ! » mais j'efface vite. Carrie a plus que raison.

Ne t'en fais pas. Je gère.

Tu vas lui dire la vérité
sur la grange ?

Il va bien falloir.
Je ne peux pas faire que lui mentir.

Il faudra que tu me racontes
sa réaction ^^

Étant donné qu'on a parlé de Kicks
durant le voyage, je pense pouvoir affirmer
qu'elle sera contente.

Tant mieux, il faudra bien qu'elle ait
de bons moments après tout ce
qu'elle a vécu. Je compte sur toi, BG.

Je vais faire ce que je peux. À plus Carrie.

À plus, BG.

Je referme mon portable, écrase mon mégot et rentre dans la voiture. Skye est endormie. Je redémarre, sors du chemin et roule le temps restant pour atteindre la planque fournie par l'un de mes plus proches amis.

***

Le chemin de terre sur lequel je m'engage va nous secouer et ce n'est pas plus mal. Les bosses la sortent de son sommeil plus vite que je ne l'avais imaginé.

Skye se frotte les yeux, étonnée de découvrir la nuit qui nous entoure. Elle se colle contre la vitre pour tenter d'apercevoir quelque chose. Ça ne sera pas facile : on est au milieu de la forêt, sans aucun voisin. Pas de repères visuels donc. Lorsque je m'arrête, je laisse les phares de la voiture allumés, histoire que ma passagère repère les lieux. La lune est pleine et miroite sur le lac en contrebas, mais la maison – couleur chocolat dans mes souvenirs – n'est qu'une ombre terne devant nous, sans lumière.

Est-ce que Skye est choquée pour ne rien me dire ? J'observe ses traits pleins de gravité et d'inquiétude se raidir. De jour, elle changera d'avis, c'est certain. L'endroit est paisible et beau.

– Il n'y a pas le WiFi, c'est ça ?

Pas la première remarque que j'attendais !

– Non.

Je vais bien me garder d'en dire plus. J'ouvre la portière, elle me retient.

– Je peux savoir où on est, à présent ?

J'espère que Carrie a raison et que la nouvelle parviendra à l'appâter.

– Chez Joe Kicks.

Elle tourne vers moi un visage rougi et éberlué. Joe est un artiste reconnu dans le monde entier et un très bon ami.

– Quoi ?

– Le rappeur.

– Oui, je sais ! Mais on est réellement chez Joe Kicks ?

Skye tente à tout prix de réfréner un sourire conquis.

– Oui. Vous restez là, je vais faire le tour et vérifier que tout va bien.

Elle hoche vite la tête tout en plaquant ses mains sur ses joues, les yeux brillants.

Je sors, referme la portière et saisis mon arme. Normalement tout devrait rouler, mais on n'est jamais trop prudent. Je fais le tour de la maison, examine le ponton sur le lac en bas, et me rends devant la porte. Rien à signaler. Ma montre m'indique qu'on n'a pas été pistés par GPS. On est tranquilles. Je reviens vers Skye, elle n'a pas bougé. Une fois la surprise passée, l'inquiétude s'est de nouveau emparée d'elle. La vue de mon arme a dû tasser son enthousiasme. Je la range et ouvre sa portière.

– Si vous ne voulez pas dormir dans la voiture, il faut sortir maintenant.

– Bah bonne nuit alors, réplique-t-elle.

OK, elle n'est vraiment pas rassurée.

– Je serai obligé de dire à Joe Kicks que vous avez dédaigné son hospitalité.

Elle lève ses yeux sombres au ciel, grommelle et se décide enfin à sortir. Sans prendre de recul, bien trop occupé à guetter le moindre de ses gestes, je la laisse s'extirper de son siège et elle se redresse juste sous mon nez. Ses cheveux frôlent mes lèvres et provoquent un frisson si terrible qu'il me parcourt l'échine de la nuque jusqu'aux reins. Son parfum sucré m'envoie un *uppercut* dans l'estomac. Elle s'immobilise à son tour, étonnée de me voir aussi près d'elle. J'aimerais faire un pas en arrière pour enrayer tout de suite la situation, mais je n'arrive pas à me convaincre moi-même. Ses joues se parent d'un rouge troublant et sa bouche s'entrouvre. Ses doigts se posent contre moi, comme pour se raccrocher à quelque chose de solide. Son contact ne m'aide en rien.

Bordel ! J'ai tellement envie de l'embrasser, là, maintenant ! De recueillir son goût de groseille, de poser ma main avec fermeté sur sa hanche et de la sentir frémir sous ma peau !

Bon sang, contrôle-toi Jake !

Je recule d'un pas et ça me demande une force et une détermination de malade. Plusieurs jours en tête à tête avec elle… Pourquoi je me suis embarqué là-dedans ?

***

SKYE

Cette proximité va être difficile à gérer, je le sens. Je n'ai pas pu apporter de travail, mon ordinateur est resté à New York, je n'ai plus de téléphone portable – lourdé sans procès au bord de la route, j'en ai encore des haut-le-cœur ! Je n'ai même pas pu parler avec Lisa. J'espère que Gabriel lui expliquera les grandes lignes. Me voilà donc bloquée avec Jake, dans un endroit perdu, désœuvrée. Que va-t-on bien pouvoir faire, tous les deux ? *A priori*, rien de très excitant, puisqu'il garde toujours autant ses distances avec moi.

Comment me comporter avec lui ? Toute cette histoire avec Gabriel n'a fait que rajouter des obstacles sur notre route. Ou du moins, sur la route que nous partageons pour le moment. J'appréhende tellement ! Peut-être que demain matin, tout ira mieux. J'ai à nouveau mal dormi la nuit dernière, malgré la présence de Jake dans la chambre d'à côté. On est partis en début d'après-midi, j'ai passé la matinée à tenter de me reposer, en vain. J'ai surtout tourné en rond, pleine d'angoisses, à songer à mon appartement et aux hommes qui m'ont tiré dessus.

À présent, je n'ai plus qu'à faire contre mauvaise fortune bon cœur.

Après tout, je suis chez Joe Kicks ! Ça, c'est une bonne raison de voir du positif ! Même si je ne m'attendais pas à ce genre de bâtis de la part d'une star du rap new-yorkais. En fait, j'imaginais un bling-bling rutilant, qui en mettrait plein les yeux, et non pas une grange aménagée tout en bois au bord d'un lac.

Jake déverrouille la porte d'entrée et nous faisons quelques pas à l'intérieur. Une seule et grande pièce nous accueille, haute de plafond et percée de baies vitrées en face de nous. D'un côté, une cuisine s'étend le long des murs avec un îlot central, et de l'autre, un salon confortable n'attend que ses hôtes pour un instant de repos, avec son canapé à l'assise large, sa grande cheminée et ses étagères qui recouvrent des parois entières, remplies de livres et de disques.

Je cherche encore la patte de Joe Kicks dans tout ça. J'ai déjà eu l'impression que Jake me mentait hier, je me demande s'il ne me raconte pas n'importe quoi. J'ai envie de croire en lui et je *crois* en lui, en toute sincérité. Mais j'ai aussi cru en Ashton. Et je suis tombée de haut.

– C'est vraiment chez Joe Kicks ici ? interrogé-je alors en frissonnant.

Il fait frais à l'intérieur.

– Oui.

– OK, je l'imaginais plus flamboyant, marmonné-je, encore suspicieuse. C'est toutefois l'image qu'il renvoie sur les réseaux sociaux.

– Ne vous fiez pas aux apparences. Joe est quelqu'un d'humble qui aime la solitude, dès qu'il en a l'occasion.

– Et comment vous savez ça ?

– Parce que j'ai assuré sa sécurité, il y a quelques années. C'est un ami aujourd'hui.

Aaah, oui, là d'accord, c'est un argument valable. Et l'objet accroché sur un mur, près d'une porte-fenêtre, me confirme l'information avec une vague de frissons : un disque de platine, encadré, avec sa signature dessus. Je plaque mes mains sur ma bouche avant de m'en approcher à petits pas. Rhô bon sang ! On est vraiment chez Joe Kicks ! Je sautille sur place.

– J'y crois pas !

– Je ne vous imaginais pas amatrice de son genre musical, s'amuse Jake en me fixant avec sa perplexité habituelle.

– J'ai toujours aimé ses textes engagés en faveur de la communauté afro-américaine, réponds-je en tentant le plus possible de masquer ma fan attitude. Les paroles de ses chansons sont plus sociales qu'on ne le croit. Il parle de la pauvreté, des crises financières qui abattent les familles, de la violence de certains quartiers…

Jake acquiesce avec un mince sourire, comme s'il en savait plus sans rien en dire.

– Vous avez sûrement des anecdotes croustillantes à raconter ?

– Je suis tenu au secret professionnel, réplique-t-il dans un haussement d'épaules.

Je croise les bras, retenant un grognement de force. À qui s'applique ce secret professionnel dans notre affaire ? À moi ou à Ryan ? Il m'a apparemment exclue de plusieurs coups de fil passés au P.-D.G. en Russie, peut-être pour révéler des choses sur mon travail.

– Tout ce que je fais, vous le reportez à Ryan ? Ou vous le gardez pour vous ?

– C'est différent. Ryan est mon employeur comme Joe l'était. Et puis, je ne raconte pas *tout* non plus, ajoute-t-il, le regard fuyant.

Oui. J'imagine que le baiser, la salle de bains ou la patinoire ne font pas partie des lignes de ses rapports. Je l'espère en tout cas. La note de bas de page au sujet de la couleur de mes sous-vêtements ferait bonne impression dans les archives de la Carter Corp. J'étais un peu à côté de la plaque quand j'ai refait ma valise, mais j'ai tout de même pris le soin d'embarquer le petit ensemble body dentelle rose jamais porté, que j'ai depuis des lustres, si bien que je l'avais oublié tout au fond du tiroir. Je ne prendrai aucun risque. Il ne se passera rien, mais si jamais Jake « le canon » Stewart me surprend à nouveau, je serai en lingerie de grand apparat. Et non pas en culotte blanche.

Alors que je tournoie sur moi-même, je pointe l'escalier en bois qui longe le mur de la cheminée jusqu'à une mezzanine fermée par une paroi boisée.

– Les chambres sont là-haut j'imagine ?

– *La* chambre, oui, corrige Jake en ouvrant la marche.

Par la Grande Trésorerie… J'espère que mon body dentelle me va encore.

Je déglutis et le suis. Une porte donne sur les toilettes et une seconde sur une belle chambre confortable avec un grand lit, des rideaux fermés et une salle de bains à la robinetterie dorée – la touche bling-bling que j'attendais !

– On tire à pile ou face pour la chambre ? Comment ça se passe ? demandé-je, avec nervosité.

– Je prends le canapé, impose Jake sans discuter.

– Pourquoi ? Je peux très bien le prendre, moi aussi.

– Oui, vous pourriez. Mais être en hauteur est bien plus sécurisant en cas d'intrusion.

Il me coupe tout élan. Sa dévotion prend des proportions auxquelles je ne suis pas habituée.

Il me privilégie toujours. J'aimerais qu'on se parle et qu'on se traite à égalité, mais il est constant dans son rôle de garde du corps. Je me demande comment se passeraient les choses dans un contexte différent. À quoi ressemble le vrai Jake Stewart derrière le monolithe ? Est-ce que j'ai eu un aperçu véritable de lui sur la patinoire ? Il semblait lâcher prise et c'était beau à voir.

– Vous êtes sûr que vous serez confortable ? m'enquiers-je tout de même.

– J'ai l'habitude des canapés et des lits de camp, m'assure-t-il en redescendant.

– Très bien, j'accepte, alors.

– Bon. Est-ce que vous voulez que je vous aide à monter votre valise ?

– Ça ira, merci.

Je l'ai hissée marche après marche certes, mais j'y suis arrivé toute seule. La satisfaction au bout est encore meilleure ! J'allume le petit chauffage dans la pièce et me laisse envahir par le calme et le confort qui règnent ici. Je déballe quelques affaires, la fatigue prenant le pas sur l'angoisse au point de peser sur mes épaules et mes paupières. Je laisse l'accès à la salle de bains à Jake et manque de m'endormir sur le canapé. Je n'ai pas faim ni envie de discuter, juste de récupérer mon sommeil en retard. Aussi, je décline toute collation et souhaite une bonne nuit à mon compagnon d'isolement. Je referme la porte de la chambre et plonge sous la couette en bâillant.

Je m'endors aussitôt.

***

Ah ah ! Je le savais, que mon body dentelle servirait ! La preuve ! Il a emballé Jake en un clin d'œil ! Le garde du corps me ramène à lui avec la fermeté du militaire qu'il était. Sa peau est si chaude, ses muscles si fermes. Je me love contre lui, savourant les milliers de frissons que me procure la dentelle froissée sur son torse. Sa main libre détache mes cheveux et s'évade dans mon dos jusqu'au bas des reins. Mon souffle se coupe dès qu'il la glisse sur mes fesses en soupirant des sons rauques au creux de mon oreille. Oh bon sang, je n'en peux plus d'être aussi excitée ! Je laisse mes doigts parcourir ses abdos et dénouer sa serviette. Il sort de la douche, il sent bon, sa peau est encore moite, je perds pied !

– Oh Jake !

Ni une ni deux, il plonge son autre main dans mon sous-vêtement et me soulève. Mes jambes se nouent autour de sa taille. Il me plaque contre la porte de la chambre, faisant trembler le battant dans son chambranle. Mon cœur s'emporte sur un rythme effréné et je gémis, le ventre plein de chatouilles. Ses lèvres dévorent mon cou alors que je le serre contre moi. Est-ce que c'est possible de fusionner avec lui ? J'aimerais tant qu'il s'enfonce en moi et moi en lui. Ne faire qu'un. Mon nez se perd dans ses cheveux. À la première morsure dans mes chairs, je me cambre avec une violence que je n'avais encore jamais ressentie.

Je le veux. Je le veux si fort !

– Skye...

– Jake !

– Votre capacité à lire les chiffres me rend fou !

– On s'en fout des chiffres, prends-moi !

– À vos ordres, madame la directrice...

Bon sang ! Le body est redoutable mais il faut l'enlever maintenant, et ce n'est tellement pas pratique ! Je gigote pour sortir des bras de Jake avec peine, il finit par me relâcher tout en restant collé à moi et tant mieux, parce que la température a chuté. Le tracteur de remorquage contre lequel je suis adossée est glacial. On n'aurait jamais dû se chauffer sur le tarmac, je ne sais pas ce qui m'a pris. Mais je ne veux pas que Jake recule ou change d'avis. C'est peut-être ma seule chance. Je fais glisser mes bretelles alors qu'il me susurre des « vite » brûlants.

– Je me dépêche, lui promets-je avec un sourire complice.

Le coup de feu qui retentit à cet instant ne paralyse que moi. Jake est absorbé par le body. Un autre perce le silence, puis un autre, et encore un autre. On nous mitraille. Que se passe-t-il ? Pourquoi mon amant ne dit-il ni ne fait-il rien ? J'ai peur !

– On nous tire dessus ! m'exclamé-je.

– Quoi ? De quoi tu parles ?

Ma respiration se coupe. Je tremble de la tête aux pieds. Les coups de feu se rapprochent. Ils contournent le véhicule.

– Jake...

Et abattent mon garde du corps. Il est envoyé au sol, criblé de balles. Je pousse un hurlement déchirant...

Je me réveille en sursaut. J'entends encore des coups de feu alors je roule sur le lit et chute sur le plancher pour me couvrir la tête.

Je n'arrive pas à respirer... Des spasmes me contractent tous les muscles, la douleur est effroyable ! Les Russes nous ont déjà retrouvés ? Ils ont pu nous suivre ? Où est Jake ?

Transpirante, je me recroqueville.

Non, non, non... Pitié...

J'essaie de me concentrer. J'essaie de contrôler mon souffle. J'essaie.

Jake serait déjà intervenu si on était agressés, non ? Je n'entends plus aucun bruit. J'ai rêvé ? Oui, j'ai rêvé. Mais les coups de feu, est-ce qu'ils étaient réels ? Est-ce qu'ils se sont introduits dans mon rêve ? Ou est-ce qu'ils en sont sortis ?

Je tends la main pour allumer la lampe de chevet. Je jette un coup d'œil sur la porte : fermée. La fenêtre derrière le rideau : apparemment intacte. Aucune trace d'impacts de balles. J'écoute les bruits de la maison : rien. Ou si, un craquement du bois et le hululement d'un oiseau de nuit dehors. C'est bien tout. Je me redresse, le cœur battant, et m'assieds contre le lit pour recouvrer mes esprits.

Tout va bien. J'ai juste rêvé.

Je reste immobile un moment. En vérité, j'ai faim et soif, et plus du tout sommeil. Alors qu'il est 1 heure du matin. Je peux tenter de descendre sans faire de bruit et fouiller le frigo. Il y a sûrement des denrées, Joe Kicks n'aurait pas prêté sa grange sans remplir les placards, j'imagine. J'écouterais bien ses chansons d'ailleurs, il a le don pour inspirer du courage quand il en faut. Je me relève, enfile mon long gilet en laine sur mon shorty et débardeur, et sors de la chambre sur la pointe des pieds.

Tout est silencieux en bas. Je descends les marches de l'escalier avec lenteur mais certaines grincent. Et au moment où je pense m'en sortir sans faute, la dernière couine si fort que la silhouette de Jake se redresse d'un coup, me faisant sursauter. Direct, il attrape une arme planquée sous son oreiller et me cible.

Mon estomac se retourne.

– C'est moi, Jake ! C'est Skye ! m'exclamé-je.

Il baisse le canon de son revolver et allume la lumière près de lui.

– Skye, bordel, vous m'avez fait peur.

– C'est pourtant moi qui viens d'être braquée, pas vous, grogné-je, prise de violents frissons.

– Désolé, j'ai cru que quelqu'un était parvenu à entrer.

Je n'arrive pas à répondre un truc bateau du genre « ce n'est pas grave » parce que *c'est* grave. Il aurait pu tirer et m'abattre. Et je n'ai pas envie d'être en colère, mais j'en ressens quand même. Alors je ne dis rien. Jake est torse nu, et je n'ai même pas envie de me délecter du spectacle.

– Tout va bien ? s'enquiert-il en enfilant un tee-shirt noir.

– Je ne voulais pas vous réveiller. Je veux juste manger un morceau.

– Laissez-moi vous cuisiner quelque chose, pour me faire pardonner, me propose-t-il avec un sourire adorable.

Alors ça, ça me va droit au cœur. Je hoche la tête, touchée. Il se dirige du côté de la cuisine et allume les appareils. Je prends place sur un tabouret haut, contre l'îlot, resserre le gilet sur moi et le regarde sortir des œufs du frigo.

– Une omelette, ça vous va ?

– C'est parfait.

J'en ai même la gorge nouée tellement c'est parfait. Je ne comprends pas vraiment pourquoi je me sens aussi bouleversée, mais je le suis. Peut-être parce que j'ai rêvé que Jake était abattu sous mes yeux et qu'il est à présent là, vivant. Il me scrute de temps en temps, comme pour s'assurer que je vais bien et je préfère éviter toutes paroles pour le moment. Il fouette les œufs, ajoute des herbes, du sel et du poivre. Puis il me tourne le dos, sort une poêle, y jette du beurre et entame la cuisson.

– Corrigez-moi si je me trompe, dit-il alors d'une voix grave et posée. Perte de sommeil, sueurs, panique, hallucinations ?

Je déglutis avec difficulté.

– Comment vous le savez ?

J'entends l'omelette crépiter dans la céramique chaude, une bonne odeur embaume la cuisine. Jake ne répond pas tout de suite. Il revient face à moi une fois la cuisson prête et fait glisser le plat dans deux assiettes.

– Je suis déjà passé par là, répond-il avec patience.

Il dépose l'omelette sous mes yeux avec une fourchette. Il a dessiné un sourire avec un brin de ciboulette et deux petites feuilles de persil.

– Vous voulez en parler ?

C'est beaucoup trop pour moi. Je fonds en larmes et plonge mon visage dans mes mains. Je ne veux pas pleurer, pas devant lui ! Mais je n'arrive pas à contenir ce flot d'émotions vives qui m'habite. Et peut-être que c'est la meilleure chose à faire : en parler. Plutôt que d'enterrer vainement tout ça. J'écrase mes larmes à l'aide de mes manches et renifle, afin de prononcer des paroles compréhensibles, mais je suis secouée de hoquets incontrôlables.

– J'ai rêvé d'une fusillade… ça m'a réveillée mais je ne savais pas si c'était réel ou non… Je crois que… que je n'avais jamais eu aussi peur de toute ma vie, en Russie… Et je ne veux pas que ça me hante, mais c'est le cas.

Jake tend la main vers moi, prend la mienne et m'attire à lui sans brusquerie. Je pose le pied à terre et me laisse enfouir dans ses bras, tout contre lui. C'est la plus douce et nécessaire étreinte dont j'avais besoin. Je me sens enfin en sécurité, loin de tout danger, auprès de la personne la plus apte à comprendre ce que je traverse.

– Ça va aller, dit-il en me frottant le dos.

– Vous aussi, vous avez peur comme ça ? bredouillé-je.

– Beaucoup trop souvent, la peur reste toujours. Il faut apprendre à la dompter. Mais vous n'avez pas à vous en faire, vous êtes une femme forte et déterminée, vous la surmonterez.

Je souris enfin au milieu de tout ça. Il est là pour me protéger, certes, mais c'est aussi à moi de travailler sur ce que j'ai vécu. Je prends le temps de me calmer. Je ne tressaute plus et je n'ai pas tellement envie de quitter ce cocon si douillet, mais je finis par reculer un tout petit peu. Jake me relâche et m'encourage à manger avant que le plat ne soit totalement froid. On s'installe l'un à côté de l'autre et je l'entame, le cœur gros et plus léger à la fois.

– Ça ne vaut pas les *pelméni*, mais…

– Elle est délicieuse, le coupé-je avec un sourire.

Ne t'avise pas de dénigrer cette omelette, Jake. Pas en ma présence.

Je la termine, rassasiée.

– Demain, c'est moi qui cuisine, annoncé-je. Et ce n'est pas une mince affaire, je suis très mauvaise sur ce terrain-là.

Jake sourit en secouant la tête.

– Proposition acceptée, répond-il sans discuter.

***

JAKE

Il est 9 heures passées quand j'ouvre les yeux. Je ne pensais pas dormir aussi longtemps. Ni aussi bien, en réalité. Ça m'a fait quelque chose, cette discussion, cette nuit, avec Skye. Comme si j'avais vécu une catharsis, moi aussi. Je me sens apaisé.

Elle dort encore, je ne vais pas la réveiller. Je glisse une dosette dans la cafetière, enfile un bas de jogging, un tee-shirt propre et ma montre. Je garde mon téléphone dans ma poche tout en sirotant ma boisson chaude. Je laisse un Post-it pour signaler à Skye que je suis dehors, ouvre une baie vitrée et m'élance pour courir. Je tourne autour de la grange pour ne pas la quitter des yeux. Ma protégée n'apprécie peut-être pas la nature, mais moi si. Et la forêt en plein automne, rouge et jaune, fraîche et parfumée, me fait le plus grand bien. Pas de route goudronnée mais des chemins jonchés d'obstacles à franchir, de quoi aiguiser l'attention et faire travailler plein de muscles. Au bout de longues minutes sportives, ma montre m'indique un appel. Je m'arrête, reprends mon souffle et décroche mon portable.

– Hello BG !

– Salut Carrie…

– Tu es essoufflé ? Sport ? Ou alors j'en conclus que toi et…

– Sport, l'interromps-je en levant les yeux au ciel.

– OK, dit-elle d'une voix perchée. Ne m'en veux pas, hein, mais vu toute l'énergie que tu as déployée pour trouver la meilleure planque possible… Je me suis posé une ou deux questions sur le but.

– Sa sécurité, insisté-je. On n'est pas là pour s'envoyer en l'air.

Le tressaillement contradictoire qui me saisit est incontrôlable. Si je pouvais empêcher mon esprit de vagabonder dans les eaux troubles du fantasme, ce serait pas mal. Car oui. Oui, j'y ai pensé. Eh oui, on serait tranquilles. Mais non. Pas question.

– OK, OK !

– Si tu appelles, c'est que tu as des nouvelles à me donner au sujet du prétendu suicide ? insisté-je.

– Exact, répond-elle. Tout a été censuré dans l'enquête russe, des pages du rapport de police sont manquantes et l'autopsie a été retouchée. Ça pue.

– Ils se donnent beaucoup de mal dans cette histoire. L'assistant de Votiakov était peut-être devenu trop embarrassant pour eux. Après tout, on est remontés jusqu'à lui grâce à Petite Bombe, alors ils l'ont éliminé. Et ils ont graissé la patte des autorités pour cacher la vérité. Je me demande bien à quoi leur sert véritablement cet argent détourné.

– Oui, je me pose la même question, confirme Carrie. Comme l'appartement de Petite Bombe a été fouillé, le FBI enquête sur les membres de la Bratva présents sur le territoire. Ça va demander un peu de temps, mais on est sur le coup.

– Tiens-moi au courant dès que tu sais quelque chose.

– Promis. Et elle, comment elle va ?

Pas très envie d'exposer ce que vit Skye, je trahis déjà sa confiance, je ne peux pas aller aussi loin.

– Bien, me contenté-je de grogner.

Même moi, je ne me convaincs pas.

– Oh la vache, le retour de l'ours. Tu es sympa avec elle, au moins ? Elle vient de vivre des événements traumatisants.

– Je n'en rajoute pas si c'est ce que tu insinues, grommelé-je.

– Comment tu prends soin de ta protégée ?

Je lui fais des omelettes et des câlins, je trouve ça bien suffisant !

– Instaure une ambiance cosy, ça ne coûte rien et ça rassure. Feu de cheminée, petits plats cuisinés, balades, lecture… t'aimes lire en plus, non ?

Tout ce qu'elle me décrit ressemble à des préliminaires bien trop parfaits pour elle et moi. Je me masse les tempes, confus.

– Allez, fais attention à elle et je te rappelle demain, enchaîne Carrie, contente d'elle.

– À demain, marmonné-je en raccrochant.

Le feu de cheminée, ça, je peux. Il y a du bois à dégrossir près de la terrasse, je vais en couper des morceaux pour ce soir. Je retourne à la maison, sors la hache et le billot de l'abri accolé au mur, près des baies vitrées, et me mets au travail.

J'ai quasi rempli mon objectif lorsque Skye surgit sur la terrasse, un mug entre les mains, enveloppée dans son gilet de laine en grosses mailles, pile au moment où je m'essuie le front avec le bas de mon tee-shirt. Son regard d'obsidienne me parcourt de bas en haut avec ce même air fautif et discret. Je le trouve adorable. Je ne suis pas dupe, j'ai déjà remarqué ses coups d'œil. Ils sont encourageants et dangereux.

– Bien dormi ? demandé-je en abaissant mon vêtement.

– Plutôt bien, oui, confirme-t-elle avec un sourire. Il faudra remercier Joe Kicks.

Durant une fraction de seconde, j'espère qu'aucun journaliste n'a découvert cet endroit et ne surveille ses alentours. Mais non, pour le public, Joe est à Los Angeles en ce moment. Aucun risque.

– Que comptez-vous faire, aujourd'hui ?

Son sourire tombe un peu et elle se met à grogner en haussant les épaules.

– Sans WiFi, pas grand-chose.

Puis elle regarde autour d'elle et dodeline de la tête.

Quand même, Petite Bombe ! La nature est belle ici !

– Ça vous dit, une balade en forêt ? lui proposé-je alors.

– Pourquoi pas. Je m'habille et je vous rejoins.

– Le temps de prendre une douche après vous, et nous partons.

Elle hésite.

– Vous voulez passer d'abord ? Je finis mon café comme ça.

– Ça ne vous dérange pas ?

– Non, bien sûr.

– OK.

Bordel, c'est étrange comme malaise. J'ai l'impression qu'on a tous les deux plein d'idées derrière la tête et qu'on tourne autour du pot sans oser les déclarer. J'entre dans la maison et l'abandonne derrière moi, à la fois pressé et craintif.

***

Je pourrai au moins confirmer ça à Carrie demain : Skye n'est définitivement pas une femme proche de la nature. Elle concède le charme des couleurs automnales, mais grommelle devant chaque tronc d'arbre ou branche à enjamber. Elle était beaucoup plus à l'aise dans les rues de Moscou. Pourtant, je la vois tenter d'apprécier. Elle veut faire cet effort.

Elle s'émerveille devant un écureuil qui détale à notre approche ou devant le miroitement du soleil à travers le feuillage clairsemé des arbres.

– Oh regardeeez, la mignonne petite brindille !

Ô Skye, douce ingénue des bois…

– C'est un phasme.

Elle pousse un hurlement et bondit en arrière, me percutant au passage. Loin de s'arrêter là, elle grimpe sur mon dos et m'étrangle par la même occasion.

– Quelle horreur !

Je desserre son emprise de ma gorge mais elle ne descend pas pour autant de son perchoir. Bon. Je ne vais pas me plaindre, j'aime bien la sentir contre moi. Mais je ne m'attendais pas à ça, je dois bien l'avouer. Ses bras encerclent mes épaules et je sens son souffle dans ma nuque, ça me fait frissonner. Sans compter ses jambes qui ceignent ma taille. Je glisse mes mains sous ses genoux pour alléger son poids. Elle murmure des « je déteste la nature, je veux du goudron » qui me tordent l'estomac d'amusement.

– Vous savez que la petite bête ne peut pas manger la grande, lui dis-je alors.

– Est-ce qu'un virus est compris dans cette règle à la con ? s'agace-t-elle.

OK. On va s'éloigner du coupable. Je fais quelques pas avec mon tendre fardeau, m'approchant peu à peu du lac. Elle finit par relâcher sa tension et ce n'est qu'une fois devant la surface calme de l'eau qu'elle s'éclaircit la voix.

– Hum. C'est bon, je vais descendre.

– Vous êtes sûre ? Vous allez forcément croiser d'autres créatures, la préviens-je d'un ton taquin.

– Oui, ça va, marmonne-t-elle.

Elle s'appuie sur mes épaules et je la laisse m'échapper. On est sur une plage de galets avec un petit ponton à quelques mètres. Des nuages passent vite au-dessus de nous, le vent est un peu plus présent ici qu'à l'abri des arbres. La quiétude de l'endroit me plaît vraiment. Skye, elle, écrase un sourire. Ah, je le savais qu'elle finirait par craquer pour cet endroit !

Je passerais bien des week-ends comme ça, avec elle, dans un endroit pareil.

Dans un autre monde. Une autre temporalité, une autre dimension.

C'est la première fois que je pense « vie à deux » avec une femme.

– Pourquoi vous tenez tant à votre célibat ? m'interroge-t-elle, comme si elle lisait dans mes pensées.

Je fourre mes mains dans mes poches.

Parce que je ne t'avais pas encore rencontrée ?

– C'est vraiment pour ne pas avoir de concessions à faire ? s'intrigue-t-elle.

– J'en fais bien assez avec le travail, prétexté-je.

Elle sourit, mais d'impatience.

– Vous ne répondez pas à ma question. Vous vous défilez, Jake Stewart.

OK, d'accord. Je te cède ce point, Petite Bombe.

– Vous n'avez jamais été amoureux ? Pas de conquêtes ?

– De passage seulement. Je ne pense pas avoir déjà éprouvé ce genre de sentiments.

Skye acquiesce, sa curiosité intacte. Je ne peux pas lui expliquer que j'ai toujours l'impression d'être double : le Jake que tout le monde voit et qui est une sorte de rôle au quotidien, et la personne que je suis au fond de moi et qui a envie d'être avec elle, chaque jour un peu plus.

– Jamais personne de spécial, alors ? insiste-t-elle avec un sourire complice.

La seule femme qui fait battre mon cœur sur un rythme unique et insensé, c'est elle. Mais comment lui dire ça ? Alors que je ne suis là que pour la protéger avant de la laisser reprendre sa vie ?

– Une seule, en fait, dis-je à voix basse, un nœud dans le ventre. Mais ça ne pouvait mener nulle part.

Je ne peux de toute façon pas oublier la déclaration de son ex dont j'ai été témoin, ni même la présence bien tangible de Gabriel auprès d'elle. On ne se bat pas contre sept années de vie commune ni contre le Tombeur de Carter Corp. Ils sont tous les deux ancrés dans sa réalité à elle, je ne peux pas l'enfoncer plus loin dans le mensonge avec moi.

Je recule d'un pas.

– Et Ashton ? Vous l'aimez encore ?

Un brasier inattendu s'allume en moi. Je redoute la réponse. Beaucoup trop.

***

SKYE

« Je t'aime encore, et je n'en ai pas dormi de la nuit. »

J'ignore pourquoi je n'ai pas pris la déclaration d'Ashton au sérieux. Elle m'a choquée sur le coup, elle remonte de temps en temps dans mes pensées, mais je n'arrive pas à la considérer. Je voudrais pourtant répondre un « non » franc à Jake, sans y parvenir. J'ai beau le désirer, Jake demeure dans la case « inaccessible ». Je me contente de la sécurité d'une attirance unilatérale, mais je n'en veux pas.

– Je ne sais pas, bredouillé-je. Une partie de moi l'aimera toujours, j'ai « grandi » avec lui, en quelque sorte. Mais à présent, et pour citer un grand philosophe, « je suis libre d'aller et venir, quand je le veux et où je le veux », et ça me plaît.

Jake m'offre l'un de ses sourires si craquants et si sincères, en reconnaissant ses propres paroles, que ça me réchauffe le cœur.

– Je ne suis plus dépendante de ses attentes envers moi, ni même de ce que j'espérais de lui sans jamais l'avoir. C'est ce qu'il a dû ressentir lui aussi en voulant rompre.

– Mais il regrette à présent.

Je hausse les épaules.

– Je ne suis pas sûre de le regretter, moi.

– Alors on peut tourner la page après sept années de couple ?

Il semble espérer une réponse bien sérieuse, comme s'il soupçonnait que ce soit possible.

– Je doute encore beaucoup, mais je suis certaine d'une chose : on peut toujours choisir une autre voie, lui réponds-je.

Il incline la tête, acceptant de se laisser convaincre. J'aime bien discuter avec lui. On est loin de nos échanges sévères du début. J'ai envie de lui, mais j'ai aussi envie de ces moments qu'on partage.

Jake se baisse et ramasse un galet pour le lancer dans le lac, la pierre fait trois rebonds avant de plonger. Je l'imite – parce qu'il faut bien s'occuper, hein ? –, persuadée de pouvoir en faire autant, mais mon galet se noie sans rebondir.

– Tenez, essayez avec celui-là, me propose Jake en me tendant une pierre de son choix.

Aplatie et pas trop grande. OK, je note. Deuxième essai, deuxième échec. Il m'en repose une dans le creux de la main.

– Le secret, c'est de la faire tournoyer sur elle-même en la projetant à un angle de vingt degrés.

Je m'esclaffe en entendant le ton technique et pince-sans-rire de Jake.

– Rien que ça ?

– Rien que ça.

Je m'applique pour le troisième essai et parviens à un bond et demi. Je revendique le demi ! Jake me fait d'autres démonstrations et je m'amuse à le suivre. Il peut aller jusqu'à une dizaine de bonds alors que j'en esquisse à peine deux, mais le moment que nous passons est léger, loin de toutes nos préoccupations.

– Je suis désolé, mais il faudra reconsidérer votre participation au championnat du monde de ricochet, s'amuse Jake.

J'éclate de rire et refuse de m'avouer vaincue !

– Je parie que je peux enchaîner cinq bonds avec ce galet, dis-je en lui tendant la main.

– Aucune chance, juge-t-il en secouant la tête.

– Trouillard !

Il fait mine de soupirer et d'évaluer mes chances avant de serrer ma main.

– Très bien. Si vous échouez, vous devrez rentrer du bois pour la cheminée durant tout notre séjour.

– D'accord. Et si je gagne…

Il me faut une idée béton. Un truc fou.

– Vous me devrez une danse.

Il hausse les sourcils, mais accepte avec assurance.

OK, galet, fais-moi plaisir ! Rebondis !

Je le jette et serre les dents. Un… Deux… Trois… Quatre… Cinq ! Je n'y crois pas ! Je sautille en levant les bras. Un dandinement victorieux s'impose. Il y a beaucoup de hasard sur ce coup, mais j'ai gagné. Et quel lot !

Une danse avec Jake !

***

On est rentrés pour grignoter un morceau et j'ai passé mon après-midi à faire une sieste et à parcourir les disques composant la vaste collection de Joe Kicks : du jazz, du blues, de la soul, du R'n'B et du hip-hop. En fin de journée, je retrousse mes manches et me mets au travail. J'ai promis de cuisiner un plat et je vais me lancer dans un classique sans aucun risque, que ma mère me faisait quand j'étais petite. L'intérêt est de pouvoir improviser avec ce que l'on a, même si le frigo est plein et que j'ai la majorité des ingrédients à ma portée. Je découpe des morceaux de poulet pour les faire sauter.

– Je peux vous aider ? se propose Jake après avoir allumé un feu dans la cheminée.

– Je veux bien que vous éminciez un oignon et quelques carottes.

Il se lance dans sa tâche avec un soin particulier.

– Vous prévoyez quoi ? questionne-t-il alors que je pose de la sauce soja et de la coriandre sur le plan de travail.

– Hot-dog thaï. Recette familiale.

Il semble bien décidé à creuser le sujet.

– Vous êtes de Portland, non ? semble-t-il douter.

– Tout à fait. Et c'est la capitale de la *streetfood* brassée et du donut, me vanté-je.

– Je vois. Je m'attendais à un plat plus raffiné, s'amuse-t-il.

– Si seulement j'avais le talent de ma grand-mère ! Elle a tenté de m'apprendre deux ou trois trucs, mais je n'ai jamais été passionnée par l'acte de cuisiner, j'ai toujours préféré en déguster le résultat.

– Rien d'étonnant, déclare Jake avec un rire contenu.

Il me provoque et j'aime ça. Je secoue la tête en me mordant la lèvre.

Je ne regrette pas du tout ces leçons prises auprès de ma grand-mère, loin de là. Mais j'ai toujours eu un manque de temps et de motivation pour cuisiner au quotidien. Ashton non plus n'aimait pas ça, on commandait le plus souvent. Cela dit, avoir une aide comme Jake est plutôt agréable. Et motivant. Eh bon sang, il me plaît dans cette configuration : les manches de son pull fin retroussées, ses gestes précis et assurés, son air concentré, ses yeux d'ambre si mystérieux…

– Quoi ?

Je tressaille. Il m'observe à son tour.

– Rien, dis-je en retournant à l'assaisonnement de mon poulet. Je me demandais juste où vous aviez appris à cuisiner.

– C'est ma mère qui m'a tout enseigné, répond-il en faisant glisser les ingrédients découpés dans un bol.

Oh, il me parle de sa famille, ça y est ! Je n'ai plus osé aborder les sujets trop personnels depuis qu'il m'a claqué la porte au nez à Moscou, après l'évocation de l'armée.

– Elle adorait nous préparer des petits plats.

Il en parle avec un mince sourire nostalgique… et au passé.

– Elle est décédée ? demandé-je d'une petite voix.

– J'étais en déplacement avec l'armée à ce moment-là.

Il était jeune donc, dix-huit ou dix-neuf ans. Je n'ose pas imaginer ce qu'il a dû endurer, loin de sa famille.

– Je suis désolée.

– C'était il y a longtemps, me rassure-t-il. Et maintenant ?

Maintenant… Maintenant, j'ai envie d'en savoir plus sur le jeune Jake, sur les siens, sur l'endroit où il a grandi…

– Je peux faire autre chose ? ajoute-t-il alors que je garde le silence.

– Oh ! Oui, vous pouvez couper des pommes de terre en quatre ? On va en faire des brochettes et les passer au four.

Je cuis le poulet avec les légumes en ajoutant de la sauce soja et un peu de piment. Jake enfourne les pommes de terre et je lui parle de ma famille. Il débouche une bouteille de vin blanc, me sert un verre tout en précisant qu'il préfère éviter de son côté, et reste là, à m'écouter. C'est comme si on avait toujours fait ça tous les deux. C'est sans accroc, d'un naturel troublant. Lorsque je n'ai plus qu'à remplir les pains à hot-dog grillés – Joe Kicks est un vrai New-Yorkais, il a rempli ses placards avec la base ! – et à dresser les deux assiettes, Jake pose des couverts sur la table basse, près de la cheminée.

Est-ce que c'est grave, d'imaginer un quotidien comme celui-ci, avec cet homme à mes côtés ? Je n'ai pas pensé une seule seconde au travail et je me sens si bien avec Jake. J'aimerais que ce soit une autre dimension, une autre temporalité. Un autre monde.

***

JAKE

Je peux cocher deux options cosy : le feu de cheminée et le repas dans le confort du canapé. J'ai même enchéri d'un fond musical avec de la soul, sélectionné parmi la vaste collection de vinyles de Joe. Si c'est l'un de mes styles favoris avec le jazz, je dois avouer que je n'avais pas songé un seul instant que c'était LA musique parfaite pour danser. Pourquoi j'ai accepté ce pari ? J'étais persuadé qu'elle allait perdre. Vraiment, quelle idée à la con ! La tenir dans mes bras, même une seconde, c'est sûr, je vais dérailler.

J'ai encore l'empreinte de son corps dans mon dos, son parfum est partout, ses yeux noirs me serrent le cœur si fort dès qu'ils se posent sur moi… J'ai du désir pour elle, beaucoup trop de désir ! Mais ce n'est pas tout. C'est ce qui me fait le plus peur : sombrer dans ce qu'elle ouvre en moi. Cette femme me fait rire, m'impressionne, m'entête. Je veux la sentir nue contre moi, caresser sa peau, la voir s'abandonner. Je veux l'entendre rire et gémir, je veux l'entendre m'appeler au paroxysme du plaisir, je veux frissonner sous ses doigts. Je veux la soustraire à tous ces pauvres types qui tournent autour d'elle et qui ne la méritent pas. Je la veux tout entière, pas juste pour ce soir, pas juste son corps. Je veux qu'elle me désire tout autant, qu'elle vienne me chercher, qu'elle m'exige à genoux devant elle. La sentir nue contre moi, caresser sa peau, s'abandonner…

– Vous croyez que Joe Kicks nous en voudra si on goûte son whisky ? demande-t-elle en revenant de la cuisine.

– Non, réponds-je avec un sourire.

J'en ai la gorge nouée et le cœur agité.

– Ça va ? Vous avez l'air perdu dans vos pensées.

Reprends-toi, pitié.

– Oui ! Vous avez choisi quelle bouteille ?

– Un Glenlivet 64, à première vue.

– Ah.

Elle s'assied à côté de moi, intriguée, tout en servant deux fonds de verre.

– Quoi ?

– C'est un soixante-quatre ans d'âge.

– Et alors ?

– Une seule bouteille coûte environ douze mille dollars.

– Quoi ?! souffle-t-elle en relevant le goulot. Qu'est-ce qu'on fait ? Je vais chercher un entonnoir et on remet dans la bouteille ?

Je prends le whisky et finis de lui remplir correctement son verre. Elle mérite le meilleur.

– Vraiment ? Vous êtes sûr ? murmure-t-elle en se tortillant les doigts.

– J'étais là, quand il les a achetées, en Écosse.

– « Les » ?

Elle a relevé le principal.

– Joe en a pris cinq ou six, je ne me souviens plus exactement.

Skye grimace, perplexe. Je me penche vers elle, essaie d'ignorer son parfum de pain d'épices et me concentre sur la discussion.

– Vous devez savoir une chose sur Joe, il est très dépensier.

Elle se rapproche de moi, happée par la confidence.

– Et vous avez le droit de me révéler cette information ? murmure-t-elle sur un ton complice.

– Disons que si vous répandez la nouvelle, je serai obligé de vous réduire au silence.

Des sons rauques émaillent ma propre voix, j'ai envie de rajouter qu'un baiser fera bien l'affaire pour acheter son silence, mais je ne bouge pas. Je veux que ce soit elle qui me donne le feu vert. Ses joues sont rouges, sa bouche entrouverte, elle est si près de moi…

– Hum, l'Écosse, donc, dit-elle avec un soupir, tout en se redressant.

Elle passe sa main sur sa cuisse avec nervosité et boit une gorgée de whisky.

Presque.

– Oui, on a beaucoup voyagé ensemble. Et vous, maintenant que vous avez pris l'avion, est-ce que vous avez envie de retenter une destination lointaine ?

Elle s'électrise, des étoiles plein les yeux.

– Paris !

Bien sûr, Paris.

– Vous y êtes déjà allé ?

J'acquiesce en trempant mes lèvres dans le whisky de Joe sans aller plus loin, et lui raconte ce que j'en ai vu. En édulcorant les véritables enjeux de mon voyage. J'ai l'impression de m'inventer une autre réalité que j'aurais aimé vivre. Comme tout serait si simple si j'étais bel et bien « Jake Stewart, garde du corps de Skye Elliott » ! Je m'enfonce pourtant dans les strates de ma vérité et lui parle des librairies parisiennes que j'ai parcourues, des livres que j'ai aimés, et sans surprise, Skye rebondit dessus sans hésiter. Elle aussi, elle a dévoré ces titres ! Elle aime les autrices contemporaines, comme Toni Morrison. Je lui parle des classiques qui me bottent plus.

L'heure passe sans qu'on s'en aperçoive. La fatigue nous rattrape vers minuit. On débarrasse la table dans un silence tendu. Je lui dois une danse, même si le disque est fini. Et j'ai si peur de vriller.

Si je la prends dans mes bras maintenant, je vais lui demander si je peux l'embrasser, c'est certain. Je sens déjà les sueurs de la crainte m'envahir. Je me suis lancé sur un terrain miné.

Ne pas penser à l'armée. Pas maintenant.

– Bon, je vais me coucher, dit-elle sans bouger, au pied de l'escalier.

– OK, bonne nuit, Skye.

– Bonne nuit, Jake.

Elle baisse la tête et grimpe la moitié des marches avant que je l'arrête.

– Skye !

– Oui ?

– Demain, pour la danse. Je n'ai qu'une parole.

Son sourire est une flèche en plein cœur.

– Je sais que vous n'avez qu'une parole, dit-elle d'un ton taquin en s'éloignant.

Je me mets à tourner en rond. Un vrai lion en cage ! Jamais je n'ai été aussi confus. D'habitude, tout est carré, tout est clair dans ma tête. Ça m'évite de sombrer dans une crise de SPT. Là, je ne suis plus sûr de rien.

Je m'approche de la bibliothèque et cherche un bouquin pour m'occuper l'esprit. Le premier titre qui attire mon attention a fait partie de notre discussion : *La Promenade au phare* de Virginia Woolf. Je l'ai recommandé à Skye tout à l'heure. Toute l'histoire se déroule sur une île en Écosse qui porte le même nom qu'elle. La tentation est trop forte. Je prends le livre et avale les marches de l'escalier. La porte est à moitié ouverte, je la pousse donc.

– Skye, regardez ce que j'ai trouvé dans la…

Je lève les yeux, elle sursaute et plaque son gilet contre elle. Elle était en train de se changer et je déboule sans frapper comme le dernier des connards. Je pivote aussitôt.

Bordel, Jake !

– Je suis désolé, j'aurais dû attendre que vous m'autorisiez à entrer, dis-je, glacé.

Pourvu qu'elle ne me prenne pas pour un pervers…

– Ce n'est rien, j'ai juste été surprise, répond-elle avec un rire nerveux.

– Ça n'aurait pas dû arriver.

Je n'aurais pas dû voir ses sous-vêtements en coton blanc très sexy.

– Je voulais juste vous donner le livre de Woolf que je viens de trouver. Même si ça n'excuse pas du tout mon intrusion.

– Jake, ça va, tempère-t-elle. Je suis sincère. C'était un accident et je le comprends.

Je lui tends le bouquin dans mon dos, elle le saisit.

– Merci, je le commence ce soir, promis.

– Super, bonne nuit, finis-je en sortant de là et en dévalant l'escalier.

J'ai le cœur qui bat à toute vitesse. Combien de jours je vais passer seul avec elle ? Avant de déconner ?

CHAPITRE 10

SKYE

Jake prend sa maladresse avec un sérieux étonnant. Il est le plus gentleman de tous les hommes que j'aie jamais croisés, et il craint vraiment que je le prenne pour un voyeur ? Je n'ai pas fermé la porte de mon côté parce que je me sens en confiance avec lui, mais même en le lui répétant ce matin, il demeure confus. Il me fuit et s'occupe dehors, court et coupe du bois, fait un tour près du lac. De mon côté, je tente de passer le temps. Je bouquine le livre qu'il m'a confié et je tente de déceler, à travers chaque ligne, tout ce qui lie le texte à cet homme.

L'après-midi ne va pas se dérouler autrement. Je fais une nouvelle sieste après un déjeuner léger. Je ne sais plus à quand remontent mes dernières vacances, mais une chose est sûre : elles n'étaient pas aussi reposantes que ce séjour. La paresse me guette. *Moi.* Je pensais être immunisée contre ce principe absurde, et finalement, pas tant que cela.

C'est agréable de rester allongée en écoutant un morceau de musique qu'on aime, ou de lire en sirotant un thé.

Pourquoi on n'a jamais pris de vacances, Ashton et moi ? Bon, je sais qu'on est aussi mordus l'un que l'autre de notre travail, mais pourquoi même pas un week-end ? Prendre la voiture et se trouver un hôtel loin de New York, passer l'après-midi au lit…

Pourquoi on n'a pas dansé, Jake et moi, hier soir ? C'était le moment idéal pourtant. La musique, la discussion, ses murmures rauques qui me font encore vibrer rien qu'en y songeant… tout était réuni. Pour qu'on se saute dessus !

Je roule sur mon lit.

Je n'arrive pas à être sûre et certaine qu'il en ait envie, lui aussi. J'ai quand même l'impression qu'il était en mode flirt hier. J'avais le cœur qui battait à toute vitesse quand on s'est rapprochés pour discuter à voix basse. J'en ai encore des bouffées de chaleur maintenant ! Ça n'en finit plus. C'est lui, là, toujours sexy à mort, correct comme personne, qui a eu la patience de me supporter le temps d'une balade dans les bois.

Je suis tellement excitée que j'en frissonne. J'aimerais me caresser, mais il est juste en bas. Ce ne serait pas convenable. D'autant plus s'il s'avisait de monter pour accéder à la salle de bains ou pour me chercher.

Quand je pense que je n'avais pas mis le body dentelle hier ! L'occasion manquée.

Comme je trépigne, je me lève, enfile un jean et mon pull moutarde en grosses mailles et je descends. Je vais me changer les idées, boire un petit café et arrêter de fantasmer sur Jake.

Il doit être dehors, la pièce du rez-de-chaussée est déserte et l'une des baies vitrées entrouverte. Je m'approche de la cafetière et la mets en route, le regard perdu à travers l'une des fenêtres de la cuisine. Soudain, la voix de Jake se fait entendre. Il doit être au téléphone – un appareil sécurisé selon ses dires, lorsque j'ai rouspété en le voyant – et il revient près de la terrasse sans pour autant entrer.

– Comment ça, « toujours rien » ? grogne-t-il. Mais qu'est-ce qu'ils foutent ?

La discussion a l'air tendue, et Jake, exaspéré. Je tends l'oreille tout en m'approchant des parois vitrées, le dos courbé. Je ne dirais pas que je l'espionne. Pas tout à fait. Il affirme qu'il me cache des choses pour me protéger et parce que ça fait partie des enjeux de son travail, mais j'en ai assez de demeurer aveugle dans cette histoire. Alors, si je peux grappiller quelques infos au passage, je ne vais pas m'en priver.

– On est en sécurité oui, mais on ne peut pas se permettre de les laisser se promener en toute liberté, comme ça ! Dis-leur de bouger leur cul !

Il ne peut pas s'adresser à Ryan, je refuse de le croire ! Ça lui arrive de se montrer autoritaire face au P.-D.G. lorsqu'il s'agit de sécurité, j'en ai été témoin. Mais jamais encore il ne lui a manqué de respect. À ma connaissance du moins.

Je l'entends raccrocher et élargir l'ouverture de la baie. Je me précipite jusqu'à mon café, l'air de rien.

– C'était Ryan ? Au téléphone ? lancé-je alors, en toute innocence.

Jake fourre son téléphone dans la poche arrière de son jean.

– Oui, affirme-t-il seulement.

J'aimerais lui faire confiance, mais je doute. S'il parlait de cette manière à Ryan Carter, il faudra qu'il se prépare à un renvoi en bonne et due forme ! La tolérance du *big boss* a des limites. Et moi, je ferais mieux d'apprendre à me défendre. Au cas où Jake Stewart serait mis à la porte. Il n'y aurait plus de problème éthique au sein de l'entreprise, cela dit. En tout cas, je ne me torturerais plus avec ça.

Jake profite de la cafetière allumée pour glisser une dosette.

– Tout va bien ? s'enquiert-il.

– Oui ! affirmé-je d'un sourire.

Je suis sûre qu'il peut m'apprendre deux ou trois choses. Les rares fois où je me suis frottée à lui, je n'ai rien pu faire, juste subir. Je n'ai pas envie de revivre un truc pareil avec un agresseur. Surtout aujourd'hui, alors que je suis la cible de types dangereux qui veulent ma mort.

J'avale mon café et me lance.

– Jake, vous voulez bien m'enseigner quelques gestes défensifs ?

Il paraît surpris sur le coup, mais il acquiesce vite.

– Pourquoi pas.

Il vide sa tasse, la dépose dans l'évier et m'entraîne sur la terrasse, dehors. L'air est frais, mais c'est supportable en ce milieu d'après-midi. Et puis, les lattes de bois sont tendres et il y a de l'espace, c'est un bon terrain de jeu. Je me tiens face à mon garde du corps, prête à la bagarre !

– Est-ce que je dois m'attacher les cheveux ? interrogé-je.

– Pas forcément. Restez comme vous êtes, ce sera plus réaliste.

Il remonte les manches de son pull marin et passe ses mains dans ses cheveux.

Rhô bon sang, Jake ! Mais arrête d'être aussi canon !

– Vous vous souvenez de la clé de bras que vous avez tentée sur moi, devant l'ascenseur, à l'étage de votre département ?

Je m'empourpre d'embarras. Comment oublier ce merveilleux moment d'humiliation ? Je venais de me faire larguer par Ashton, et Jake débarquait de nulle part.

– Oui, oui, marmonné-je.

– Vous voulez la retenter ? Je vais vous montrer ce qui n'allait pas.

– OK, allons-y, dis-je, plus motivée.

Après tout, je suis là pour ça. Jake tend son bras vers moi et j'attrape son poignet entre les miens avant de pivoter et d'espérer le faire basculer par-dessus moi. Il ne bouge pas d'un pouce alors que j'agrippe son bras devant moi en le faisant passer sur mon épaule. Son tas de muscles est beaucoup plus lourd que moi, soit, mais je dois bien pouvoir le faire au moins bouger !

Il me plaque contre lui, son bras en travers de mon corps.

– Pourquoi vous voulez absolument m'envoyer au sol ?

Ben je ne sais pas, mais là, je n'en ai plus envie !

– Ce n'est pas comme ça que ça se passe dans les films ?

– Non, tranche-t-il en me repoussant pour que je reprenne ma place. Je suis plus grand et plus lourd que vous, ce n'est pas une bonne idée. Retenez deux des points faibles d'un agresseur : frappez la trachée et vous lui coupez le souffle, ou frappez l'entrejambe et vous le mettez à coup sûr au tapis. Vous voulez essayer ?

J'écrase un sourire. À vrai dire, je suis hyper-nerveuse ! Il y a à peine quelques minutes, j'étais prête à me toucher en pensant à lui, et me voilà en pleine séance de *self-défense* avec une possibilité de tripotage.

Je suis une Cocotte-Minute, moi !

– Je ne voudrais pas vous abîmer, Jake.

Le sourire moqueur qu'il affiche redouble le mien.

– Peu de risque, affirme-t-il avec toute son arrogance.

Il tend le bras et agrippe le col de mon pull.

– Si je vous attrape avec le bras droit, vous l'écartez avec votre bras gauche et vous visez la trachée du poing droit, ou l'entrejambe avec votre pied.

On essaie les deux possibilités, d'abord au ralenti, puis presque en condition, sans pour autant frapper.

– Et pour en revenir à la clé, vous devez coincer mon bras bien plus haut, presque au coude. Vous l'emprisonnez entre votre avant-bras attaqué à l'extérieur et votre poignet libre à l'intérieur. Le but est de me basculer en avant tout en me tordant le bras, ça m'immobilisera.

Ça paraît si simple sur le coup ! On répète l'enchaînement et ça me procure un boost de confiance en moi.

– Ça va ? finit-il par me demander au bout de quelques minutes d'entraînement. Vous avez encore assez d'énergie pour une dernière leçon ?

– Oui, allons-y !

– Je vais vous apprendre à vous dégager d'un étranglement. Vous n'aviez rien pu faire dans le bureau de Ryan la dernière fois que ça vous est arrivé, rappelle-t-il avec justesse.

J'avais râlé, c'était déjà ça. Mais en effet, j'étais paralysée. Et puis, Jake n'a pas tenté de m'étrangler non plus, il m'a gardée contre lui. Est-ce que ça veut dire qu'on va recommencer ? Des chatouilles parcourent mon ventre alors qu'il s'avance vers moi et me retourne pour caler mon cou au creux de son coude.

– Je vous prends par-derrière, démarre-t-il.

Je pouffe comme une dinde !

– Un peu de sérieux, madame la directrice.

– Oui, pardon, dis-je en m'éclaircissant la voix, nerveuse à un point encore jamais atteint.

Je perçois pourtant le souffle amusé de son sourire près de mon oreille.

– Dès que vous voyez mon bras arriver, tournez la tête à l'opposé et collez votre menton sur votre épaule. Ensuite vous agrippez mon bras de vos dix doigts. Comme ça, je ne pourrai pas entraver votre trachée et vous pourrez respirer.

Oh là là, sa voix dans mon oreille…

– Maintenant vous pouvez relâcher une main et m'envoyer votre poing dans l'entrejambe, je vais relâcher mon emprise et me pencher en avant. Vous n'aurez plus qu'à saisir mon poignet et passer derrière moi, frapper mon genou et partir.

Au-delà de mon état d'excitation, c'est tout de même très utile, ce qu'il m'apprend. Et ça m'a l'air vraiment efficace, même s'il ne se débat pas ni ne force la puissance de son attaque. Il me prend plusieurs fois contre lui pour qu'on répète les gestes et je regrette de ne pouvoir remonter le temps pour appliquer ses conseils sur lui-même devant Ryan. Ça aurait impressionné les deux coqs !

Alors qu'on est tous les deux essoufflés, on se retrouve à nouveau face à face et je ne songe qu'à l'embrasser. Je ne sais pas à quoi il pense, mais il me dévore des yeux et je fais de même, le cœur battant à tout rompre. Il suffit que je le dise, ici et maintenant : « Un baiser, Jake. » Il le ferait ? Mais j'ai la gorge nouée. S'il me rejette encore, ce séjour deviendra infernal.

– Il y a de quoi pêcher dans l'abri, déclare-t-il soudain. Je vais attraper de quoi dîner.

Et il file aussi vite que l'éclair. Je rentre à l'intérieur, hébétée.

Quoi qu'il en soit, c'est *déjà* l'enfer !

***

JAKE

Très belle esquive, je m'autofélicite. J'ai même attrapé un beau poisson que je me prépare à faire griller à la poêle. Skye prend une douche, je me retiens de me servir de l'eau chaude pour qu'elle ne soit pas arrosée d'eau glacée. Je choisis avec un soin particulier le vin – comme elle l'aime, puisque c'est elle qui le boira – et je sors les ingrédients qu'elle avait utilisés pour sa recette hier, me disant qu'elle ne pourra qu'approuver ma préparation. Lorsque tout est prêt, j'observe la table mise sur l'îlot de la cuisine avec doute. Je ne peux pas l'entraîner à nouveau sur le canapé. C'est comme la patinoire : terrain trop glissant.

– Bordel, Jake, murmuré-je.

Sur l'îlot ou le canapé, ça ne changerait pas grand-chose. J'ai déjà fait tout ce que je pouvais pour lui faire plaisir.

Le *bip* de ma montre me sort de mon constat. Un message de Carrie. Je sors mon portable de ma poche.

Ça va ? Tu t'es remis
de notre discussion ?

Oui, désolé.
Je m'impatiente.

Allez, pas à moi. Tu as souvent
émis des doutes sur les capacités
de certains collègues du FBI.

Tu ne peux pas m'en vouloir. Les cellules
new-yorkaises de la Bratva sont connues,
je ne comprends pas pourquoi ça prend
autant de temps de mettre la main
sur ceux qui ont fouillé l'appartement
de notre cliente à protéger.

« Cliente » ? Jake,
tu veux qu'on s'appelle ?

Je me mords la lèvre. Pas une bonne idée de discuter de ça maintenant. Je tente par tous les moyens de ralentir mon attirance pour Skye, au point de la réduire à son rôle et non plus à un surnom – qui lui va trop bien – avec Carrie.

Skye est une cliente que nous devons protéger.

Impossible, elle peut débarquer
d'un instant à l'autre.

Comment tu es passé de Petite Bombe
à « cliente » ?

C'est ce qu'elle est, Carrie.
Et sinon, toujours aucune nouvelle ?

Pas encore. Tu veux entendre
mes doutes ? Ou on arrête là ?

Dis toujours.

Et si ce n'était pas la Bratva
new-yorkaise mais quelqu'un
de Carter Corp. ?

Cette idée voguait dans un coin de ma tête sans que je veuille y accorder la moindre attention. Mais ça expliquerait qu'ils aient l'adresse de notre témoin, qu'ils sachent où elle est et à quel moment agir. Ryan Carter revient sur le devant de la scène, lui et son entêtement à protéger les protagonistes de cette affaire de détournement. Après tout… Il a tout fait pour que la DAF ne parte pas en Russie, au point d'intercepter personnellement ses demandes de visa. Le jet attaqué à Moscou est celui de sa compagnie – il avait donc les horaires de départ de dernière minute *via* ses employés. Il protège Aleksei Votiakov qui a merdé comme personne. Il aurait fait fouiller l'appartement de la DAF pour lui faire peur et l'écarter du siège.

Tout coïnciderait.

Carter ?

Avoue que c'est plaisant comme idée.

En effet.

Il faut faire deux fois plus attention
à Petite Bombe. Elle se retrouverait
au centre d'une plus grande
machination encore, qui impliquerait
non seulement la Bratva,
mais aussi la multinationale
qu'on surveille depuis plus d'un an.
Et puis, demain est un jour spécial,
j'espère que tu t'en souviens.

– Ça sent bon.

La voix de Skye me fait lever le nez. Elle a relevé sa chevelure et s'est enveloppée dans son long gilet. Ses jambes sont nues. Je ne peux pas m'empêcher de le remarquer alors que je ressens encore l'angoisse de mes échanges avec Carrie dans le ventre.

On en reparle, à plus.

Je repose mon téléphone.

– Les légumes sont bientôt prêts, je vous attendais pour cuire le poisson.

Elle prend place sur un tabouret, ravie de goûter à ma cuisine. Je passe les filets à la poêle et dresse les assiettes tandis qu'elle me raconte son avancée dans la lecture de Virginia Woolf. J'aimerais être plus attentif, mais Carrie vient d'éveiller une montagne de questions en moi. On dîne sagement en échangeant quelques impressions sur ce livre et je reste laconique. Ça doit l'interpeller puisqu'elle finit par attraper nos verres et la bouteille pour qu'on s'installe sur le canapé, « histoire de se détendre ». Je la suis sans broncher. Elle n'a pas tort. Je sais que ce serait plus prudent de ne pas boire, mais je ne résiste pas à un verre. J'ai besoin d'abaisser mon niveau d'angoisse. Pour moi comme pour elle.

– Allez, racontez-moi une anecdote autorisée sur votre travail auprès de Ryan, m'encourage-t-elle.

Je déglutis. Si Carrie et moi avons raison, Skye risque de tomber de très haut. Elle admire Ryan et l'a qualifié de mentor. Je n'ose pas imaginer sa réaction. Je cherche une histoire qui ne le mettrait pas à son avantage mais je n'en ai aucune, son comportement est toujours irréprochable. Bien trop parfait pour ne pas être suspect. Et Skye qui reste pendue à mes lèvres… Délicieuse et sexy. J'ai besoin d'une cigarette mais je ne vais pas fumer dans la même pièce qu'elle. Je vais plutôt boire.

– Je n'ai pas tellement le droit d'en parler, mais étant donné qu'il n'a jamais été au courant de cette anecdote, je vais me permettre, dis-je en guise de préambule.

– Je suis tout ouïe, s'amuse-t-elle, les lèvres trempées dans son verre.

– Il m'est déjà arrivé de faire équipe avec sa demi-sœur, Jenny, parce qu'elle était persuadée que sa dernière conquête n'en voulait qu'à son argent. On a dû planquer deux ou trois nuits en bas de son loft pour garder un œil sur les allées et venues de son amante.

Elle ouvre des yeux ronds en entendant cela.

– Et vous aviez raison ? demande-t-elle, intriguée.

– Jenny en était convaincue, moi non. Ryan est particulièrement prudent sur ce terrain-là. Mais il s'avère que l'instinct de sa sœur était le bon.

Skye hoche la tête avec respect. Puis elle me jette un œil de côté tout en nous servant un nouveau verre.

– Et vous faisiez quoi pour vous occuper, tous les deux, dans une voiture, la nuit ?

Oh Petite Bombe, ta suspicion jalouse me flatte.

– On jouait aux cartes.

– Ah, halète-t-elle, perplexe. Parce que bon, Jenny Blake est quand même… canon.

Pas autant que toi !

– Je n'étais là que pour garder un œil sur elle. Et sur Ryan.

Skye boit une nouvelle gorgée, pétrie de curiosité.

– Ça m'étonne de Ryan, tout de même, finit-elle par dire. Il ne s'est aperçu de rien ?

Je baisse les yeux avec embarras. On ne s'aperçoit pas toujours de ce que l'on a sous les yeux. Elle ne sait pas que je lui mens. Rien n'est jamais aussi simple. Elle se posera un jour la même question et elle s'en voudra peut-être de n'avoir rien vu. Comme Ryan.

– Non.

– Ça a dû le blesser, suppose-t-elle à voix basse.

– Il s'en est remis, la rassuré-je, noué.

L'ex-amante de Ryan et moi, on est du même acabit. Et Skye est aussi forte que Ryan. Elle tournera la page le moment venu. Cela dit, Ryan est plus trouble qu'elle. J'ai l'impression que ces jours passés à la protéger m'ont offert un aperçu de Skye des plus sincères. Alors que je n'ai jamais su si j'avais l'entier portrait de Ryan Carter sous les yeux.

– Ne vous en faites pas pour lui, reprends-je alors. Ryan a aussi plein de secrets et plein de probables casseroles. On n'arrive pas à son niveau sans.

Elle m'offre une moue dubitative mais ne me contredit pas.

– Racontez-moi comment vous vous êtes connus, tous les deux, exige-t-elle alors.

J'opine de la tête.

– C'est une longue histoire. Le temps d'aller chercher une autre bouteille et je vous dis tout.

Presque tout.

***

SKYE

Le feu crépite dans la cheminée, la nuit est tombée et la météo s'agite dehors. La pluie frappe les baies vitrées qui donnent sur le lac et le vent secoue les branches des arbres. C'est un parfait reflet de ma confusion intérieure. Je passe le meilleur des moments avec l'homme le plus inaccessible que je connaisse. Et comme je ne sais plus comment me comporter avec Jake, je bois et je me laisse aller.

Je l'ai écouté me faire le récit de son incroyable rencontre avec Ryan, un récit digne d'un *James Bond*, impliquant une soirée à l'ambassade russe de New York, un discours devant l'ensemble du monde des affaires et une tentative d'assassinat. Je suis restée pendue à ses lèvres du début à la fin, mon verre de vin se remplissant dès qu'il se vidait. Quelle histoire incroyable ! Ponctuée de minces sourires en coin pour passer sous silence des morceaux qu'il n'a pas envie de me lâcher, conservant son mystère intact. Ça m'agace toujours autant, chez lui, ces choses à moitié dites, cet art du retrait qui le caractérise tant ! Mais passer du temps avec lui, en tête à tête, dans un quotidien artificiel établi par nous deux, me montre qu'il ne manque pas de bonne volonté. La preuve en est son dîner exquis avec les ingrédients qui me plaisent.

Plus ça va et plus il se détend en ma présence. J'ai toujours eu l'impression d'avoir affaire à une boule de nerfs figée, comme s'il était une tempête enfermée dans une bouteille. D'apparence impassible et contenu, Jake a au fond des yeux une tornade qui m'interroge en temps normal. Et qui souffle moins ce soir. Sa voix ressemble même à une liqueur brûlante et rauque qui me fait vibrer de l'intérieur.

– Je savais que je l'avais aperçu hier, dit-il en revenant vers moi, un vinyle à la main.

Je relève la tête que j'avais appuyée avec paresse contre le dossier du canapé.

– Joe Kicks ?

– Aretha Franklin.

C'est vrai qu'il aime le jazz. On apprend vraiment à se connaître, ici. Il installe le disque près de la cheminée et je tente de me redresser. J'ai chaud. J'ai trop bu et pourtant j'avale le fond de mon verre avant de le poser sur la table basse. J'ai chaud et j'ai le cœur qui bat beaucoup trop fort. J'ouvre les boutons de mon long gilet. Je n'avais enfilé qu'un shorty et un débardeur dessous, je ne comptais pas vraiment le retirer de la soirée, mais tant pis. Au point où j'en suis avec Jake… après toutes les situations embarrassantes que j'ai vécues et que j'aimerais pouvoir couler dans une baignoire de béton…

La musique résonne dans le salon. La ballade est langoureuse. Ça ne va pas m'aider à refroidir l'ardeur qui me prend au bas-ventre.

– *Just for you.*

Oh là là, les frissons !

– Quoi ?

– *Just for you*, c'est le titre de la chanson.

Ah !

Il revient vers moi et me tend la main alors que je n'ose pas me relever, de peur de tomber à la renverse.

– Je vous dois une danse.

Je déglutis. J'ai déjà l'impression d'être tout feu tout flamme. Alors, m'imaginer blottie contre lui pour danser, je ne suis pas sûre d'y survivre ce soir. J'aimerais lui lancer une pique, digne de nos meilleures joutes verbales, mais rien ne me vient en tête. J'ai juste envie de me coller à sa chemise de flanelle noire et de sentir son odeur boisée.

Je n'avais pas été dans cet état de nervosité avec un homme depuis des années. Ashton et moi, on n'avait plus besoin de se charmer, notre quotidien nous suffisait, tout était planifié, jusqu'au sexe. Alors qu'avec Jake, au milieu de toutes mes pensées fouillis et que je tente de temporiser par tous les moyens, dès que je m'imagine nue contre lui, j'en ai la gorge serrée d'impatience et de désir.

– Skye ?

Ah oui, il m'attend. Pfiou. Je n'ai plus qu'à rester calme. De toute façon, il est imperméable. On a encore manqué une occasion en or de s'embrasser après son cours de *self-défense*, alors je ne crains rien. À part sombrer toute seule dans un océan de frustration…

Je me redresse en acceptant son aide. Il m'entraîne à l'écart, sur le tapis devant la cheminée. Son aura est brûlante elle aussi. Il m'attire comme un feu de joie en plein blizzard.

La main solide et douce de Jake au creux de la mienne… qui se glisserait entre mes cuisses.

Je retiens mon souffle, rouge d'embarras.

– On peut remettre à demain si vous voulez.

– Non !

Non, non ! On va s'en débarrasser ce soir et comme ça, on aura tout oublié demain !

On se fait face, ma tension monte d'un cran et explose lorsqu'il enlace ma taille en passant sous mon gilet. Sa main se retrouve dans mon dos, le fin tissu de mon débardeur se froisse à son contact. Mon estomac se noue. J'agrippe son épaule et mon nez se niche tout contre lui, à la naissance de son cou. Si je ne me tiens pas à lui, je vais trébucher lamentablement au bout de deux pas de danse. Nos doigts s'enlacent et Jake m'entraîne dans une ondulation alanguie. Nos corps se frottent avec lenteur et la voix suave d'Aretha Franklin se met à chanter pour nous.

Je n'ai plus qu'à meubler cet instant pour ne pas céder à sa peau, sous les boutons défaits du col de sa chemise, juste à la portée de mes lèvres.

– Vous dansez souvent avec les personnes que vous devez protéger ?

Je l'entends sourire. Son souffle est juste au-dessus de mon oreille.

– Pas vraiment, non.

– Vous êtes sûr ? J'aurais bien aimé avoir vos impressions sur un slow avec Ryan Carter.

Il ne dit rien mais je sens sa main dans mon dos exercer une légère pression pour me rapprocher de lui. Je ne sais pas si c'est de l'amusement ou si c'est une sorte de jalousie pour mon mentor, mais s'il veut qu'on se rapproche, je ne suis pas contre ! Son parfum et ses joues mal rasées me rendent folle. Au point que je ne contrôle plus vraiment mes jambes.

– Déjà, je peux vous dire que Ryan ne me marcherait pas sur les pieds, s'amuse-t-il.

Oui, bon, on ne peut pas affirmer que je sois une danseuse née.

– Je suis pieds nus, rappelé-je comme si l'évidence excusait tout. C'est moi qui prends le plus de risques.

Il grogne un « mmh » dans mon oreille qui m'envoie un violent frisson dans l'échine. Je dois parer en disant la première chose qui me passe par la tête !

« J'ai envie de toi ? » T'es tarée Skye !

– C'est avec Joe Kicks que vous avez appris à danser ? Il ne serait pas un peu votre mentor charme, par hasard ? Je vous vois bien parcourir New York en limo tous les deux, le maître et le padawan !

Je sais que je parle trop, mais je ne m'en sors pas si mal !

– Qui vous dit que ce n'est pas l'inverse ?

Je me décolle de lui, trop surprise pour manquer son expression. Il m'offre l'un de ses sourires vrais. On est loin de ses rictus impatients parce que je l'embête. Je découvre un peu l'homme qui se cache derrière le garde du corps. L'homme ultra-canon, plus sensible que je ne l'aurais cru et séducteur. Ses yeux d'ambre se plantent dans les miens. Tout mon visage devient vif.

– Vous, vous seriez le mentor charme de Joe Kicks ? répété-je en tremblant.

– C'est moi qui lui ai appris ce mouvement.

– Quel mouvement ?

En guise de réponse, il recule d'un pas et me fait tourner sur moi-même deux ou trois fois. J'éclate de rire alors que l'intérieur de la grange flotte autour de moi. Et d'un coup, avec une fermeté qui me liquéfie l'entrejambe, il me ramène tout contre lui et ses deux bras ceignent ma taille. Mon débardeur est remonté au moment de la pirouette et ses mains se retrouvent en contact avec ma peau. Les miennes plaquées sur son torse, je peine à reprendre mon souffle coupé. Sa poitrine se soulève vite. Mon cœur part en vrille. Je remonte ses épaules et m'enroule autour de son cou.

Collée à lui, je me rends compte que mes paupières s'alourdissent et que ma bouche se rapproche de sa gorge à diverses reprises. On se balance au son de la musique alors qu'il me caresse le bas du dos sans s'égarer, ni plus haut, ni plus bas.

Est-ce que c'est réaliste, ou même raisonnable de retenir plus longtemps une attirance qu'on éprouve *a priori* tous les deux ? Il ne me fera plus croire le contraire maintenant ! Je n'ai plus toute ma tête, peut-être que lui non plus – on a quasiment bu une bouteille chacun ! – mais je ne peux plus contenir ce que je ressens. Juste à cet instant, alors qu'on est enlacés avec un plaisir partagé, j'ose une question qui pourrait tout changer :

– Comment on dit « j'ai envie de vous embrasser » en russe ?

Il détache l'une de ses mains de mon dos et la pose sur ma joue. Je réprime un énième frisson, les battements de mon cœur cognant avec force ma cage thoracique. Il plonge ses doigts dans mes cheveux et relève mes yeux vers lui. Le noir de ses pupilles grignote l'ambre doré de ses iris. Même sa cicatrice sur la joue gauche est sexy à mort.

Ne me fais pas plus attendre, pitié !

Son nez se frotte au mien, si délicatement que je fonds !

– *Ya tojié*[7], murmure-t-il.

Et il m'embrasse. Nos lèvres se pressent, s'apprivoisent, déposent des baisers de plus en plus longs, de plus en plus appuyés. Ses dents me mordillent la lèvre inférieure, m'arrachant un gémissement aigu et surpris qui l'enhardit. Nos langues se mettent à danser sans se quitter. Je me retrouve sur la pointe des pieds, les bras noués sur sa nuque, luttant pour prendre le temps de respirer, entièrement dévouée à ce baiser bouillant qui fait s'entrechoquer mes genoux. Il me soulève contre lui, ses grognements m'excitant davantage. Son désir durcit contre moi, affolant mon corps qui se met en alerte. Je vais passer à la casserole ici, là, maintenant ! Sous la douce voix d'Aretha Franklin, sur le tapis, près du feu, avec Jake Stewart !

---

7. « Moi aussi. »

– Oui, oui… soufflé-je entre deux baisers.

Il embrasse comme un dieu !

Alors que la chanson prend fin, la dernière note se met à sauter et à se répéter, parasitant notre moment. Jake l'interrompt et jette un coup d'œil sur le tourne-disque alors que je suis littéralement pendue à son cou, la vue trouble, une envie furieuse de me déshabiller vite et de me rouler sur le tapis avec lui. Mais je dois avouer que s'il me lâche, je vais m'affaler sur le sol comme une marionnette qui perdrait ses fils.

– On poursuit sur le canapé ? proposé-je, en espérant qu'il m'aide à ne pas me vautrer.

Jake ramène en arrière quelques mèches de mes cheveux qui s'échappent sur ma joue. Son expression a un peu changé alors qu'il ne reste plus que le crépitement discret du feu en fond sonore. Il semble soucieux. Il pose pourtant son front contre le mien, nous préservant un peu plus longtemps dans notre bulle.

– Demain, grogne-t-il. Si tu me veux encore, autant que je te veux.

Un brasier dans le cœur et aux joues, je déglutis. « Tu », il a dit « tu » ! Ça m'embrouille. Je dois surmonter son tutoiement et son aveu de désir pour moi, histoire de comprendre correctement pourquoi il n'en profite pas maintenant.

– Mais je…

– Tu es ivre, et moi aussi.

J'ai envie de râler. Il tient bien sur ses pattes, lui, pour quelqu'un de soûl.

Jake recule sans lâcher ma taille. Je me sens tanguer bien malgré moi.

– Je vais vous aider à monter, dit-il d'une voix plus claire.

« Vous » ? Je suis perdue. Comme toujours avec Jake en fait.

On monte l'escalier et je me débrouille très bien.

– Je ne suis pas si ivre que ça, protesté-je, confuse par son refus.

Et au même moment, je loupe une marche. Jake me rattrape sans problème.

– OK. Je ne suis peut-être pas dans une forme olympique, ajouté-je vite.

– Peut-être pas, non, confirme-t-il.

Il m'emmène jusque dans la chambre, allume la lumière et me relâche sur le lit. Je tombe sur la couverture et roule sur le dos, soulagée d'être dans cette position confortable. Je dois avouer qu'il a raison. Et que son comportement me touche.

– C'est Joe Kicks ou Ryan Carter qui vous a appris à être correct avec les filles ? marmonné-je en tentant de garder les yeux ouverts.

Jake ferme les rideaux de la fenêtre et revient vers moi, un mince rictus aux lèvres.

– C'est ma mère qui m'a appris.

Je souris à mon tour.

Il tire la couverture, je l'aide en roulant à l'autre bout du lit et en revenant à ma place une fois sur le drap.

Jake Stewart va me border ! On n'a pas cette chance tous les jours !

Il rabat la couverture sur moi alors que je me débats avec mes bras pour retirer le gilet et me blottir contre l'oreiller.

– Besoin de rien d'autre ?

Ben non en fait. Je suis bien, là.

– Non.

Il s'éloigne et la lumière s'éteint.

– Bonne nuit, Jake Stewart, lancé-je, somnolente.

– Bonne nuit, Petite Bombe.

La porte se referme. Il ne pleut plus dehors. Ma tête est lourde. Je sombre petit à petit, la voix d'Aretha Franklin dans la tête, l'odeur et la chaleur de Jake partout autour de moi.

Une seconde… Il a bien dit « Petite Bombe » ?

***

Je pensais qu'une affreuse migraine me réveillerait, mais non. Ça va. J'ai soif, un léger mal de tête, la bouche pâteuse, et c'est bien tout. Je me redresse, le jour transperce le rideau. Quelque chose m'a sorti du sommeil et je comprends quoi en parcourant mon environnement des yeux : une tasse thermique remplie de café, un jus d'orange et un cachet sont déposés sur ma table de nuit.

Jake…

Ça me fait sourire et toute la soirée déboule dans ma tête. La danse, le baiser incroyable, notre aveu commun… Des bouffées de chaleur me brûlent les joues. Je me redresse pour prendre le cachet et chasser les vestiges de ma gueule de bois. Je sirote mon café, le cœur déjà baladé sur un rythme vif. Je ne sais même plus quel jour on est. Tout s'est enchaîné si vite depuis la découverte des détournements, et tout s'est calmé d'un coup ici. Je n'ai plus mon portable sous les yeux avec les jours et l'heure qui passent. Je me sens déconnectée de tout mon monde et, paradoxalement, bien plus connectée à Jake.

Jake.

Il aurait pu en profiter, mais non. Je ne pensais pas que j'en retirerais une telle sensation de pouvoir sur moi-même. Avec Ashton, j'étais soumise à ce qu'il désirait de moi. Je n'osais pas exiger quoi que ce soit sur le plan sexuel. Je ne me suis jamais sentie contrainte, mais pas vraiment libre non plus. Et là… Là.

« Si tu me veux encore, autant que je te veux. »

Je le désire comme personne. La nuit n'a rien balayé.

Je termine mon café et sors du lit. Une douche rapide – Jake est bien passé par là ce matin, il y a encore de la buée et son parfum partout –, une toilette, et je me retrouve devant mon choix de lingerie. Je pourrais poursuivre avec mes culottes en coton blanc. Après tout, ça ne l'a pas refroidi puisqu'il a avoué qu'il avait envie de moi. MAIS, j'ai pris mon body en dentelle rose, je vais l'utiliser. Je l'enfile donc et m'examine dans la psyché de la chambre.

– Si, OK, d'accord… J'ai pris un peu de poids. Bon, c'est serré. Donc très sexy, j'avoue. Mais il va falloir que je refasse ma lingerie un de ces quatre. Comme je n'ai pas encore une confiance débordante en mes atouts, j'enfile mon gilet et ne ferme qu'un seul bouton. Ça laissera présager de la suite.

Nerveuse à souhait, j'ouvre la porte de la chambre et descends l'escalier. J'ai aperçu des capotes dans la salle de bains, rien ne pourra nous empêcher de nous offrir cette folie. J'ai même l'impression que Jake m'attend, appuyé près de la cafetière, les bras croisés, le regard pointé vers la mezzanine fermée. Je traverse le salon dans un silence entrecoupé de nos souffles. Les battements de mon cœur sont assourdissants ! Je n'ai pas envie de lancer une discussion pour déboucher sur du sexe dans une demi-heure, non. Alors je me plante près de lui, le visage cramé, les jambes tremblantes, avec la seule réplique possible à cet instant.

– Je te veux encore.

Mon souffle se coupe. Il décroise les bras et en une enjambée, il est devant moi.

– Moi aussi.

Et on s'embrasse. Tout me semble à nouveau évident avec lui, ça ne pouvait pas ne pas arriver. Ses bras m'enlacent et je me permets enfin de longer son torse avec envie. J'ai déjà apprécié la vue de sa musculature sans erreur, j'ai hâte de goûter sa peau, de la caresser. Il approfondit notre baiser, me penchant en arrière et rouspétant contre l'obstacle que représente le gilet. Le bouton saute sans attendre plus, je l'entends rouler par terre. OK, Jake est du genre « amant fougueux et impatient », ça m'envoie une onde d'excitation encore plus violente que les autres dans le corps ! Fébrile et avec plus de délicatesse, j'écarte les deux pans de sa chemise noire pour le dévêtir alors qu'il fait glisser mon gilet à terre. La morsure qu'il impose à ma lèvre inférieure me coupe dans mon élan. Je suis dans l'inconnu. Je ne sais pas à quoi m'attendre. Et avant même que je puisse lui faire part de ce sentiment, il rompt le baiser, les mains campées sur mes hanches. Je suis en body dentelle trop petit devant lui, la respiration saccadée et un aperçu seul de son torse parfumé sous les yeux. Son corps entier me renvoie une chaleur incandescente.

– De quoi tu as envie ? grogne-t-il.

Il frissonne en disant cela. Son regard doré me dévore et je le vois inspirer un maximum d'air, les bras raidis. Je peine déjà à formuler des pensées construites, alors une réponse à voix haute me paraît inconcevable.

– Dis-moi, commande-moi, murmure-t-il en se penchant pour attraper mon lobe d'oreille.

Oh bon sang ! Ce qu'il n'avait pas osé faire dans l'avion, il l'exécute enfin ! Il le mordille, le lèche, m'obligeant à serrer le tissu de sa chemise entre mes doigts pour ne pas défaillir. Je ne sais toujours pas quoi lui dire. Je veux qu'il me fasse l'amour comme jamais il ne l'a fait encore. Qu'il se donne entièrement, qu'on prenne du plaisir ensemble… Je peux lui dire ça ? Vraiment ?

– Je veux jouir avec toi, dis-je d'une voix ébranlée.

Moi qui ai toujours été du style réservé, c'est une première !

Jake relâche mon lobe d'oreille et me fait à nouveau face.

– Moi aussi, me confirme-t-il avec un sourire. Tu tiens à ton body ?

Il dit cela en longeant du dos de son index la bretelle de soie qui se transforme en bonnets de dentelle au niveau de la poitrine. Je tressaille d'une telle impatience que je secoue la tête.

– Il est trop petit, j'en rachèterai un au…

Crac ! Il le déchire d'un geste et écarte les pans pour glisser ses mains à même ma peau, jusqu'au bas de mon dos. Je hoquette plusieurs fois alors qu'il plonge entre mes seins pour les couvrir de baisers. Il en mordille les pointes, alternant sa langue pour plus de douceur et ses dents pour plus de piquant. Je gémis en m'agrippant à ses épaules, incapable de rester debout plus longtemps. Il doit sentir que je vacille car il me soulève soudain contre lui, s'enfouit dans ses caresses, ses bras solidement campés dans mon dos et sous mes fesses. Mes jambes s'accrochent à lui et je me blottis autour de son cou.

Par tous les dieux, c'est beaucoup trop bon ! Je pensais être déjà bien excitée, mais en fait il existe encore un stade au-delà. Je ne veux plus que me frotter à lui en me disant que l'orgasme sera le plus rapide de tous. Moi qui mets tant de temps à me sentir prête d'habitude, mon intimité est si mouillée à cet instant…

– On devrait monter dans la chambre, parviens-je à dire.

Il ne répond pas tout de suite, il remonte d'abord dans mon cou en déposant une guirlande de baisers brûlants sur son passage.

– Oui, allons-y, finit-il par soupirer.

Je pensais qu'il allait me déposer, mais non. Il me cale contre lui, je pose mes bras sur ses épaules et il se met en route.

– Je peux marcher, tu sais.

– Non, tu ne quitteras pas mes bras, affirme-t-il de son fameux ton autoritaire. Donne-moi un baiser plutôt.

– Idiot, m'amusé-je, le visage cramoisi.

Je m'exécute pour lui montrer que je sais aussi obéir, et parce que j'aime beaucoup trop ses lèvres pour m'en passer. Il grimpe les marches avec prudence et sans faiblir. Une fois dans la chambre, il avale l'espace qui nous sépare du lit et consent enfin à me poser dessus. Me séparer de son corps chaud me provoque frisson sur frisson. Il se défait de sa chemise et je l'arrête lorsqu'il commence à déboutonner son pantalon. Je m'agenouille sur la couette alors qu'il reste debout devant moi. Je veux m'en occuper.

Mes mains tremblent un peu, mais elles réussissent à baisser le vêtement sans embûche. Pas de surprise, il m'avait prévenue qu'il était du genre boxer. Il est seulement déformé par son érection et m'envoie des décharges dans le bas-ventre. Je ne résiste pas à l'envie de déposer des baisers sur ses abdominaux ni à conquérir ses pectoraux si bien dessinés. Sa peau est chaude, ferme, tendre ! Un délice ! Tout en lui procurant des douceurs, je descends son boxer et saisis son sexe raide. Large et gonflé, il emplit ma main lorsque je le caresse. Jake laisse échapper plusieurs soupirs sonores et rauques, témoignant du bien que je lui procure et qui me contentent au point que je me mords la lèvre pour retenir des gémissements bien trop démonstratifs. La peau de sa queue est fine et délicate… je n'arrive pas à croire que c'est Jake Stewart que je touche comme ça !

– Attends, attends, m'arrête-t-il, le souffle court.

Je recule avec peine. Il finit de retirer ses vêtements et va dans la salle de bains pour enfiler un préservatif. J'en profite pour me débarrasser des restes de mon body qui m'a rendu un fier service en fin de vie. C'est sûr que ça l'a excité à mort, cette vision de dentelle !

Jake revient et on se regarde, impatients et pourtant immobiles. On a essayé de résister, tous les deux, mais c'était vain. Je lis dans ses yeux qu'il n'a plus envie de fuir ce désir alors qu'il l'a maintenu à l'écart de nous. J'avais bien interprété les signes, finalement. Et je veux le conforter dans notre choix. Alors qu'il revient vers moi et qu'il s'agenouille sur le lit à son tour, je pose ma main sur sa joue balafrée et frôle sa barbe naissante, la gorge nouée par une émotion forte. Il garde encore tant de mystère, mais je suis folle de ce Jake qu'il me livre.

– J'ai très envie de toi, depuis un moment déjà.

– Moi aussi, Petite Bombe, grogne-t-il. Si tu savais.

Il fond sur mes lèvres, m'empêchant de rire. Je croyais que j'avais rêvé hier soir, mais non ! Il m'a bien appelée « Petite Bombe ». C'est trop mignon ! On bascule à l'horizontale et j'écarte les jambes pour l'accueillir contre moi. Le poids délicieux de son corps fait cambrer le mien. Il dépêche l'une de ses mains le long de ma gorge, confine un sein dans sa paume ardente et la fait glisser sur mon ventre. Ses doigts s'aventurent alors dans les plis humides de mon intimité. Ils taquinent mon clitoris en passant, s'amusant à le rouler sans s'attarder, comme une promesse d'y retourner, et l'un d'eux s'enfonce lentement en moi.

Je griffe son dos en guise de réponse, un cri conquis s'échappant de ma gorge. Je suis si mouillée qu'il en ajoute aussitôt deux, renvoyant son pouce sur mon bouton de plaisir pour lui accorder plus d'attention. Jake mord mon cou alors que je suis prise de tremblements incontrôlables, gigotant pour participer. Je crains même de jouir d'un moment à l'autre tellement c'est incroyable.

– Jake, prends-moi, je veux te sentir en moi, le supplié-je, des gouttes de sueur m'envahissant.

Il guide son sexe à l'entrée du mien. Il y va avec la plus grande des douceurs, ce qui me fait le désirer davantage alors que je ne pensais pas que c'était encore possible à ce stade. Il s'enfonce en moi, se retire et recommence, guette mes réactions, jusqu'à ce qu'il me pénètre entièrement.

Bon sang. Jake est bien monté. Tous mes muscles se resserrent sur lui et un gémissement de pure satisfaction m'échappe.

– Ça va ? s'enquiert-il.

Je me mets à rire en hochant la tête. Ça ne peut qu'aller ! Mais j'adore qu'il me pose la question. On se met à bouger ensemble, enlacés, incapables de nous séparer, ni même nos bouches. Je pensais que ce serait tendre, mais non, c'est passionné. Jake est un sportif endurant après tout. On a une cadence rythmée et bouillante. J'agrippe ses fesses dans mes mains pour l'accompagner et il caresse mon clitoris de ses doigts. Je me soulève de plus en plus, le corps soumis à des tensions brutales.

– Oh Skye, soupire-t-il de sa voix rocailleuse.

Ça me fait décoller ! Sa voix, ses soupirs, ses coups de reins !

– Jake, je viens, bredouillé-je en perdant pied.

Il s'accoude au-dessus de moi, je replie mes jambes contre lui, et il impose un mouvement encore plus vorace. Je ne le quitte pas des yeux alors que ses iris dorés sont presque noirs. Nos corps s'emboîtent à toute vitesse, mon cœur s'emballe, ma respiration se coupe par intermittence. Je me sens partir au milieu de ce bouillonnement intense. L'orgasme me frappe et je bouge de façon mécanique, les paupières closes, perdue dans un plaisir sans pareil. J'appelle son nom deux ou trois fois, et le sens se tendre à son tour alors que toute mon intimité se resserre furieusement sur lui.

On jouit tous les deux, nos souffles et nos cris entremêlés, surmontant ensemble la vague avant de la laisser nous engloutir.

***

Essoufflés et rompus, on a bien mis quelques minutes à se séparer. Jake a roulé sur le dos alors que je me plaisais sous son poids. Il reste à côté de moi et j'essaie de ne pas sombrer dans le sommeil, mais je me sens si satisfaite et si assommée à la fois que je n'ai qu'envie de m'abandonner à la langueur. Après ça, une part de moi lui appartiendra à jamais, peu importent les obstacles qui se dresseront devant nous. Je somnole donc quelques minutes, ne doutant pas que Jake vive le même état. Je l'entends pourtant se lever au bout d'un moment et me dis qu'il va juste se débarrasser du préservatif et revenir pour qu'on discute. Ou qu'on se câline, je ne serais pas contre ! J'entrouvre des paupières lourdes et l'aperçois refermer la porte derrière lui, sans faire de bruit, ses vêtements sous le bras. Il ne veut pas me réveiller, mais ne semble pas non plus vouloir me parler.

***

Habillé, je sors fumer sur la terrasse. Tout redescend avec lenteur, les ondes du plaisir incroyable, les battements de mon cœur, cette sensation captivante de communion… Je ne devrais plus que ressentir une quiétude tiède et éthérée, mais autre chose pointe pourtant en moi. Quelque chose que je n'attendais vraiment pas et qui m'empêche de profiter du bien-être que Skye m'a procuré.

Je me mets à trembler. Au point de m'affaisser sur les planches de bois et de m'appuyer contre la maison. Une crise de SPT ? Maintenant ? Je replie mes jambes et tire sur ma cigarette. Je sais que je peux la contrôler, elle est moins intense que la dernière, mais elle me surprend. Au moins j'ai le soleil, l'air frais et le tabac pour moi cette fois-ci.

Les coups de feu et les cris résonnent autour de moi. Ma vue se trouble, alors je ferme les yeux. C'est ce gamin, là, allongé, le regard vide, à un mètre de moi, mort. Cette crise ne concerne pas les bruits de pas qui se rapprochent ni les événements qui ont suivi et que je boucle à double tour dans mon esprit. Cette crise le concerne, *lui*.

Axel. Même âge que moi. Deux années de service en commun. Je le surnommais Buzzer parce qu'il avait réponse à tout. C'était un ami et je l'ai vu mourir sous mes yeux. Je n'ai rien pu faire. Je n'ai rien fait. J'étais paralysé derrière le blindé. Et il gît à mes côtés.

Un haut-le-cœur me saisit. Plus loin encore dans ma mémoire, il y a une autre mort dont j'ai conservé une culpabilité irrationnelle.

Non, ne pars pas dans cette direction, raccroche-toi au réel.

Skye. J'ai cédé, je n'aurais pas fait autrement. Trop envie d'elle, trop envie de me lier à elle d'une manière ou d'une autre. Même si je sais que c'est dangereux de s'attacher aux personnes que l'on protège, au risque de les perdre et d'en souffrir mille fois plus…

Comme Axel. Là, allongé, le regard vide, à un mètre de moi, mort.

Reste focus sur la réalité. La chambre, les cris de plaisir de Petite Bombe, son corps contre le mien…

Si seulement ce n'était que du sexe ! Tout serait plus facile. Mais je sais que c'était bien plus fort. Avec n'importe quelle autre, je me sentirais comblé et je tournerais la page, mais ce n'est pas le cas. Je suis encore plus accro. J'ai envie de retourner la voir, de réclamer des caresses, de la garder contre moi.

Je dois me défaire de tout ça. Je ne suis pas doué avec les relations et je ne veux pas lui faire de mal mais c'est ce qui se produira forcément si je poursuis sur cette lancée.

Je termine ma cigarette et ne tremble plus. C'était court et gérable.

Je fixe le ciel : le vent crée des éclaircies agréables mais il charrie des nuages. Il va pleuvoir à nouveau. La matinée est bien avancée. J'ai l'impression que

Skye a oublié quel jour on est. Étonnant de sa part, elle qui place les chiffres au-dessus de tout. Je l'ai lu dans son dossier, et même Carrie y a pensé hier. C'est son anniversaire pourtant. Bon, on était très occupés à se jeter l'un sur l'autre jusqu'ici, soit. Mais même pas une allusion ? Est-ce que je dois lui rappeler ? Ou est-ce qu'elle le met de côté volontairement ? Est-ce que je fais quelque chose, même ? Ce ne serait pas trop familier ou intime ? J'ai une idée de cadeau, mais j'hésite.

Je n'ai pas l'intention de faire comme si de rien n'était à présent. Ce n'est vraiment pas mon genre. Mais je *dois* me contrôler. À tout prix. Ne pas me permettre d'aller plus loin que cet attrait physique. Et bordel, Skye est une amante magnifique ! Son body tout en dentelle un peu étroit m'a retourné.

J'en ai encore des contractions dans l'aine rien qu'en y songeant. On est allés vite. J'aimerais lui faire enchaîner les orgasmes tout l'après-midi. J'ai l'impression qu'on a seulement répondu à une urgence tout à l'heure.

Focus, Jake.

Son anniversaire. Je pourrais demander des conseils à Carrie mais elle n'oublierait jamais cette conversation, elle me la rappellerait durant des années.

– Hé, retentit sa voix au-dessus de moi.

Je me relève, Skye me sourit, gênée, en débardeur et shorty, avec son gilet au bouton manquant. Je me suis montré… impatient. Je dois le reconnaître. Je ne regretterai jamais d'avoir déchiré son body, mais j'espère qu'elle ne me prend pas pour un sauvage. Ça l'a tout de même galvanisée sur le coup, oui.

– Tu veux un café ? lui proposé-je. On peut faire un tour en le buvant.

Je ne vais pas revenir en arrière sur le tutoiement, ce serait idiot. Elle a pourtant l'air surprise. En bien. Elle hoche la tête en se mordillant la lèvre. Dans un silence qui n'est qu'un prélude à une explication plus sérieuse, on attrape deux mugs remplis et on se dirige jusqu'au lac, à deux pas.

À ce stade, je préférerais presque me retrouver face à une brute de la Bratva. Je saurais quoi faire. Alors que là, face à cette femme renversante, je suis démuni.

Ne pas la tromper, ne pas l'embarquer plus loin, c'est le plus important.

– Tu n'as pas froid ?

– Non, ça va, me répond-elle. Jake, hum. C'était…

Elle se met à rougir tout en détournant les yeux.

– C'était spécial. Pour moi. Et je ne mentais pas quand je disais que j'en avais envie depuis un moment déjà. Tu me… hum…

Ne va pas plus loin, s'il te plaît.

– C'était spécial pour moi aussi, l'interromps-je.

Elle lève un regard plein d'attentes vers moi, j'en ai un creux à l'estomac.

– Mais toi et moi, c'est une mauvaise idée.

CHAPITRE 11

SKYE

Une « mauvaise idée ». Je déglutis. Le terme est un peu fort, non ? Ça me blesse et en même temps, Jake ne pouvait pas être plus honnête. Je ne suis pas étonnée par sa déclaration. Je ne pensais pas non plus lui demander qu'on se mette ensemble, j'ignore ce que nous sommes l'un pour l'autre. Mais de là à qualifier une possibilité de relation entre nous de « mauvaise idée », ça refroidit. Je fais quelques pas pour marcher au bord du lac, il me suit en silence. Je voulais seulement lui dire qu'il me plaisait, pas le demander en mariage. S'il est autant sur la défensive, j'aimerais en comprendre la raison.

– Et pourquoi ? interrogé-je sans le regarder, occupée à finir mon café.

Il prend quelques secondes avant de formuler sa réponse.

– Parce que je risque de me retrouver dans une situation compliquée dans le cadre de mon travail.

Je m'arrête pour pouvoir lui faire face, pas très sûre de comprendre où il veut en venir.

– Vis-à-vis de la hiérarchie, tu veux dire ?

Jake passe sa main libre dans ses cheveux. J'ai à nouveau l'impression d'avoir une distance de folie entre nous. J'ai envie de me blottir contre lui et tout en lui me retient de le faire.

– Je veux parler du terrain. Je dois être capable de rester objectif pour te protéger au mieux.

Je hoche la tête en silence. Typique de Jake. Me protéger au mieux, et se protéger lui-même. Il ne me témoigne pas de regrets, juste une volonté de ne pas aller plus loin que ce que nous venons de vivre. Ça devrait me convenir, j'apprécie ma liberté, pourtant, ça me chagrine. Est-ce que pour lui, ce n'était qu'un plan cul qui est allé jusqu'au bout ? Pour moi, c'était plus.

Confuse, je perds mon regard dans les feuillages jaunes et bruns des arbres et je dis, avec toute l'assurance possible :

– OK. Je voulais te dire que je n'ai pas l'intention de replonger dans une relation. C'était juste une façon de satisfaire un désir qu'on ressentait tous les deux.

Bon sang, je ne m'imaginais pas dans cette situation, à justifier ce qu'on vient de faire et ce que je dois à présent déclarer. Là, je déchante. Là, je regrette un peu.

– Ça ne sera rien de plus entre nous, ajouté-je, la gorge nouée.

J'ai envie de rajouter un « si c'est ce que tu veux », mais ce serait avouer que j'aurais aimé une autre solution. Je jette un regard sur lui, son masque impassible me semble à nouveau difficile à déchiffrer. Le retour du monolithe. Est-ce qu'il est touché ? Soulagé ? Est-ce qu'il veut protester ?

– Quoi qu'il en soit, ce qui s'est passé n'était vraiment pas professionnel, affirme-t-il d'une voix grave.

Oh, wow. Je me sens coupable alors qu'on le voulait tous les deux. Je dois blêmir parce qu'il paraît soudain gêné.

– Désolé, je m'exprime mal. Je ne veux pas retourner en arrière, je veux juste te dire qu'avec mon travail, c'est impossible pour moi d'être disponible.

Je commence à comprendre où il veut en venir, il ne m'a rien promis après tout. Mais je suis déçue. C'était fantastique, oui. Je me suis sentie aimée et désirée… et ça faisait du bien. Et j'ai ressenti un réel plaisir, un orgasme qu'on n'oublie pas. Parcourir sa peau et me sentir si connectée avec lui durant quelques instants, c'était enivrant et fabuleux. Mais éphémère.

Je n'avais jamais couché avec un homme juste pour le plaisir. C'est la première fois que ça m'arrive et je ne sais pas comment me dépatouiller avec la somme des sentiments et des émotions qu'il éveille en moi. En revanche, je comprends que j'ai été choyée et qu'il a comblé une part de moi. « Commande-moi », c'est ce qu'il a dit au tout début. Comme le *bodyguard* dévoué et insolent qu'il est.

– Quelque part, c'était professionnel, dis-je avec un rire dépité.

– En quoi ? me demande-t-il, curieux.

– J'en avais besoin et ça m'a fait du bien. Tu es là pour protéger mon corps ? Je dirais que c'est ce que tu viens de faire.

Il a un sourire flatté et amusé qu'il réprime en baissant les yeux. Il allume une cigarette et secoue la tête.

– C'est comme ça que tu vois les choses ?

Disons que je m'en tire plutôt bien avec cette version.

– Oui. Il faut parfois tenter la pizza thon-ananas.

Cette fois-ci, il ne cherche pas à cacher son sourire. On doit désamorcer cette discussion si on ne veut pas exploser tous les deux.

– La marinara, tu veux dire ?

Je hausse les épaules.

– Ça ne vaut toujours pas la pizza new-yorkaise.

Là, durant une fraction de seconde, je retrouve son regard pétillant. Si notre complicité survit, je serai contente.

– OK, finit-il par dire sans rien ajouter.

Je bats des paupières.

– Quoi ?

– Si ça te convient, tu n'as qu'à m'appeler et je me mettrai à ton service.

Hein ?!

Je dois halluciner, il ne peut pas me proposer *ça* ! Si ? Jake Stewart serait à ma disposition pour du sexe sans conséquences ?

– Vraiment ?

– Si je te le dis.

– Mais… tu viens de dire que ça n'avait rien de professionnel.

– Et toi, que j'avais bel et bien effectué mon travail.

Tout mon visage s'empourpre. Oh, il est fort ! Mais si j'ai l'occasion de lui soutirer encore un peu de plaisir, je ne vais pas me gêner. Je vais pouvoir explorer le « zéro conséquence » sans me torturer avec l'idée d'avoir deux hommes qui gravitent autour de moi.

– D'accord, dis-je, le cœur battant.

Un rideau de pluie s'abat sur nous au même moment. On se met à courir pour rentrer à la maison. Comme je n'ai pas l'habitude de m'ébrouer dans la nature de cette manière, déstabilisée par la précipitation et par la discussion lunaire qu'on vient d'avoir, je m'étale de tout mon long par terre, m'écorchant un genou au passage. Je jure en me redressant et vois apparaître la main tendue de Jake devant moi. Je l'accepte sans discuter, il me relève aussi facilement qu'il m'avait portée dans l'escalier en m'embrassant. Ce souvenir me fait frissonner alors qu'on se rue jusqu'à la terrasse puis à l'intérieur. Jake retire sa chemise et grimpe chercher des serviettes. En me tournant le dos, il m'expose les traces de mes griffures qui me nouent la gorge.

C'était chaud quand même, ce matin. J'en ai encore des bouffées. Je retire mon gilet en me demandant s'il y a un intervalle de temps acceptable entre deux séances de sexe. Il revient avec un drap de bain dans lequel il m'enveloppe et une trousse de secours pour mon bobo au genou. Je m'assieds sur le canapé, il s'accroupit pour soigner ma blessure. Je le regarde faire sans oser y croire. C'est dans un moment pareil que Lisa me manque. J'aimerais lui raconter ce truc étrange que je vis : j'ai un joker sexe avec Jake !

Ce dernier enfile un pull et prépare un feu. Je me blottis sur le canapé, frissonnant de la tête aux pieds.

– Je vais te chercher une couverture, décide-t-il. Le temps que le feu réchauffe la pièce, tu seras gelée.

– Ce n'est pas de refus, accepté-je avec un sourire.

Il grimpe à nouveau à l'étage et je m'affaisse en arrière, chamboulée.

Je n'ai qu'à l'appeler.

Mon explication abracadabrantesque a débouché sur l'accord le plus incongru qui soit. Il a sauté dessus sans se poser trop de questions, il doit y trouver son avantage. Je patiente un moment, mettant en place une stratégie pour un deuxième *round* dans l'après-midi. Puis, je lève les yeux vers la mezzanine fermée. C'est long.

Je monte les marches de l'escalier pour aller le chercher et ralentis au fur et à mesure que je l'entends parler. Il est au téléphone. Je n'ai pas l'intention de l'espionner à nouveau mais seulement de m'assurer que ça ne me concerne pas. On va partir sur cette excuse. Alors, sur la pointe des pieds, je rejoins la porte de ma chambre et colle mon oreille contre le battant. Il modère sa voix. Il n'a pas envie d'être entendu. Je me mords la langue pour ne pas entrer en débat avec moi-même : est-ce correct ou non ?

– … ce n'est pas la peine, on sera bientôt de retour à New York… Ma *cliente* va bien, oui, grogne-t-il.

Ça suffit à me redresser, à opérer un demi-tour et à m'immobiliser dans l'escalier, interdite.

« Cliente » ? Il vient bien de m'appeler sa « cliente » ?!

Alors d'accord, on est OK pour ne pas être un couple, ni rien de tout ça, mais je ne le considère pas non plus comme une fonction anonyme ! Et puis, à qui peut-il s'adresser en disant cela ? Sûrement pas à Ryan, il n'aurait aucune raison de m'appeler sa « cliente ». Alors, qui ? On dirait un alibi.

Les bruits de pas derrière moi me font pivoter. Jake, une couverture sous le bras, redescend et stoppe devant moi, surpris. Ça commence à faire beaucoup de petites questions pour lesquelles je n'ai aucune réponse. À qui téléphone-t-il au juste ? Et pourquoi me ment-il à ce sujet ?

– Qu'est-ce que tu fais ? me demande-t-il.

– Je vais prendre une douche, ce sera plus efficace qu'une couverture, lancé-je avant de le contourner et de refermer la porte derrière moi.

Est-ce qu'il parlait à une autre femme ? Jalouse ? Qui l'attendrait à New York ? Il m'a juré qu'il n'avait pas de compagne ni de petite amie, personne à qui il serait attaché. Sauf *une*. Avec qui ça ne pouvait pas marcher. J'ai soupçonné Jenny Blake, mais peut-être pas, en fait. Est-il encore après elle ? Je veux bien admettre que nous ayons tous nos petits secrets, mais c'est la troisième fois que je doute de lui. Je n'ai pas envie de me fourvoyer à ce point.

Je saute sous la douche et laisse l'eau brûlante me recouvrir, encore hébétée par sa « cliente ». Il se trompe sur toute la ligne s'il croit que je vais accepter ça. Il est *mon* garde du corps et je suis *sa* directrice.

– Jake !

***

JAKE

OK, bizarre. Mais après tout, c'est Skye. Elle est surprenante de nature. Tout comme sa suggestion que j'ai tournée à ma sauce et qui me contente tout à fait. Du sexe et de la tendresse sans s'embarrasser de plus… C'est parfait ! Je vais user mon désir pour elle et tourner la page.

– Jake !

J'attends un complément, n'importe lequel, mais rien ne suit. Elle ne peut pas déjà m'appeler pour cette raison ? Je veux bien n'attendre que ça depuis qu'on est tombés d'accord sur le principe, mais j'imaginais Skye bien plus réservée. Un nouveau visage à rajouter : celui de la femme consciente d'être désirable et de son propre désir.

Je mets la préparation d'un repas de côté et monte les marches de l'escalier, le cœur battant. J'entends l'eau de la douche et la nervosité me gagne. *Moi*, nerveux dans un contexte pareil. On aura tout vu.

– Jake ! répète-t-elle.

Je vais opter pour la prudence et frapper à la porte de la salle de bains.

– Skye ?

Un silence.

– Jake.

Putain, elle veut me tuer.

Tout mon sang se précipite dans mon entrejambe. Je pose mon front sur le battant une seconde. Je pensais que j'aurais l'avantage dans ce jeu, mais non. Clairement pas. J'ouvre la porte, la silhouette de Skye se découpe à travers la paroi embuée de la douche luxueuse. Je l'avais déjà dit qu'elle était sexy à mort ? Elle a des formes voluptueuses à damner le dernier des rois. Sa chevelure coule sur son épaule gauche, recouvrant un sein, et ses yeux d'obsidienne sont tournés vers moi.

Définitivement une invitation.

– J’ai besoin de toi, dit-elle en brandissant un flacon.

Avec plaisir.

Je me déshabille sans trop me presser, même si j’ai hâte de la toucher. J’entre dans la douche et l’eau m’éclabousse. Skye me tourne le dos tout en dégageant ses cheveux. Je vois. Elle veut que je les enduise d’un soin parfumé au pain d’épices. Le fameux. Celui qui me fait tourner la tête depuis des jours. Sa chute de reins en ligne de mire, je me sens durcir avant même d’avoir posé ma main sur elle. Cette femme est redoutable.

Je plonge mes doigts dans ses boucles avec le produit alors qu’elle penche la tête en arrière. J’ai peur de lui faire mal mais en fait, ils glissent tout seuls. Humides, ses cheveux s’allongent jusqu’au bas de son dos. Ça me permet de frôler sa peau au bout de ses pointes et de la voir tressaillir. Enhardi, je pose ma main sur son cou pour masser sa nuque. Elle hoquette et son corps s’arque avec délice dès que je chatouille ses oreilles.

Je connais deux ou trois points faibles chez elle. Les lobes d’oreille sont en haut du top trois.

– Jake ? m’appelle-t-elle à nouveau, d’une voix tremblante.

– Skye ?

– Est-ce que je suis vraiment une cliente pour toi ?

Je m’immobilise, stupéfait. Bien sûr qu’elle a entendu ma discussion avec Carrie. Je le savais que c'était imprudent ! Mais ma coéquipière s'agite. Elle s'inquiète de ce qui peut se passer ici, du rôle que nous devons attribuer à Petite Bombe, et même de moi. Je n'aurais pas dû décrocher. Soudain, un doute m'assaille.

– Qu'as-tu entendu d'autre ?

J'espère que la partie sur Carrie qui pense débarquer ici demain lui a échappé.

– Seulement que tu espères rentrer très vite à New York et que ta « cliente » va bien.

Son ton est dur. Et blessé. Je ne peux que comprendre. On vit l'un sur l'autre et j'abaisse ma garde.

– C'était une conversation privée, indiqué-je en croisant les bras.

– Que tu as eue dans ma chambre et sans me prévenir.

Elle gronde, même. Il faut désarmer tout ça en distillant un peu de vérité.

– Ce n'est pas que je veux rentrer très vite à New York, corrigé-je, sur les nerfs. J'espère surtout que la situation s'améliore là-bas pour ta sécurité !

– Donc ce n'est pas à Ryan que tu téléphones ! tempête-t-elle.

Bon. OK. On va aborder Carrie en douceur.

– Non, soupiré-je. J'appelle une collègue qui travaille avec moi à la sécurité.

Restons vague.

– Pourquoi tu ne me l'as pas dit avant ? ne décolère-t-elle pas.

À cet instant, une pensée me traverse : je n'aimerais pas être un collaborateur ou un subordonné de Skye qui merde dans son service.

– Pour sa propre sécurité, pour qu'elle puisse agir en toute invisibilité. Si jamais tu avais eu des données la concernant chez toi, les Russes les auraient trouvées en fouillant ton appartement.

Mon argument fait mouche. Elle croise les bras et soupire.

– Et le « cliente » ? Tu es obligé ? grogne-t-elle.

– Soyons sérieux une seconde, dis-je, fautif et donc agacé contre moi-même. Évidemment que je t'appelle « cliente » quand je m'adresse à mes collègues, si je parle de toi comme de la femme séduisante, drôle et incroyable que tu es, ils vont tout de suite comprendre qu'on ne fait pas que pêcher ou se promener dans les bois !

C'est parti tout seul. Le temps que je reprenne mon souffle et je prends conscience de ce que j'ai dit. Skye pivote, abasourdie. Et apaisée ? En tout cas, elle ne dit rien et se contente de me fixer, les yeux écarquillés.

C'est la preuve que je ne suis pas doué dans les relations, mais vraiment pas du tout !

– Ne me cache plus rien si ça me concerne, demande-t-elle à voix basse.

– Dans la mesure du possible, oui.

J'ai le cœur qui bat à toute vitesse.

– Est-ce que tu veux que je sorte ? la questionné-je.

– Non, je ne t'ai pas appelé pour rien, grommelle-t-elle.

Elle dit cela, les pommettes rougies et de l'embarras plein les yeux. Ça rebooste mon envie d'elle. Malgré la dispute, j'ai toujours soif d'elle. L'eau ruisselle partout sur son corps et perle du haut de ses cils à son menton. C'est un spectacle hypnotique. Ce temps de pause ouvre un moment plus sensuel entre nous. Elle s'avance vers moi, appuie ses mains sur mes épaules et, hissée sur la pointe des pieds, m'embrasse. Je sais déjà comment mener les choses.

– Accroche-toi à moi, demandé-je entre deux baisers.

– Tu veux commander ? semble-t-elle me provoquer.

– C'est à mon tour, oui, répliqué-je sans détour.

Elle enroule ses bras autour de mon cou, je la soulève et elle noue ses jambes dans mon dos. Je la plaque contre les dalles chaudes de la douche. On peut se dévorer de baisers, peau contre peau, de quoi nous exciter davantage. Je détache l'une de ses mains pour la guider jusqu'à mon sexe. Elle le saisit aussitôt, comprenant la manœuvre. Je veux qu'elle me caresse ici, sous la douche, pendant que je parcours ses jambes et la peau fine de ses cuisses fermes, son dos cambré et ses hanches brûlantes, ses monts de douceur et ses mamelons en étoile. Je peux mordre son cou, ses oreilles, ses lèvres sans être rassasié un seul instant.

Sa main sur ma queue se fait de plus en plus insistante, au point de déclencher des étincelles dans ma colonne vertébrale.

– Ne t'arrête pas, lui susurré-je en la maintenant contre moi avec la fermeté d'un général.

Elle pousse des petits gémissements aigus qui font vibrer mes cordes de mâle en rut. Bordel, même ça, elle le fait bien !

– Et moi ? finit-elle par réclamer d'une voix tremblante.

Je lui réserve autre chose. Après. Et une part de moi veut la punir d'avoir écouté à la porte.

– Pas tout de suite, grogné-je.

J'approche de la délivrance, elle ne va pas attendre très longtemps. Elle doit s'en douter parce qu'elle resserre ses doigts sur moi et sourit. C'est si bon que je perds le fil de nos baisers. Je me niche dans son cou, le souffle rapide, les mains campées sur le haut de ses cuisses, la pointe de ses seins frôlant mon torse. Une violente décharge me secoue, mon sexe est devenu si sensible que le passage de chacun de ses doigts a son importance.

– Skye… soupiré-je, au bord de la jouissance.

Une nouvelle décharge part de mes reins et termine sa course dans ma queue. Les sensations explosent de toutes parts. Je me tends et un râle m'échappe alors que je me déverse entre nous. Skye poursuit sa caresse jusqu'à la fin de mon orgasme, satisfaite, mais pas autant que moi. J'en ai des vertiges. Je la serre dans mes bras pour l'embrasser, ne voulant que ses lèvres à cet instant. Elle se frotte à moi, excitée.

Je laisse l'eau nous rincer puis je la coupe.

– Maintenant, je vais m'occuper de toi.

Elle sourit avec une impatience folle. On sort de la douche, je me sèche en vitesse, elle enroule une serviette autour de sa taille et une autre sur ses cheveux. Je prends sa main pour l'entraîner à côté et la guide jusqu'au lit. Elle s'assied, tendant les bras derrière elle, la bouche entrouverte. Je prends place auprès d'elle et commence par passer un drap de bain le long de ses jambes. Ça la fait frissonner… et rire.

– Quoi ? m'intrigué-je.

– Rien, je pensais à un truc en Russie.

Elle conserve la vraie raison pour elle, mais pas grave. Parfois, avec Skye Elliott, il faut juste s'avouer vaincu.

Je passe à la suite.

– Tu me permets un cunni ?

Si la chose était possible, je pense que de la fumée s'échapperait de ses oreilles. Elle hoche la tête, trop occupée à déglutir pour répondre.

– Tu pourras m'arrêter quand tu veux, lui rappelé-je alors, soupçonnant qu'elle n'a pas dû l'expérimenter très souvent.

Je me penche sur elle pour l'embrasser. Je vais commencer doucement, par explorer son corps une nouvelle fois. Je ne me lasse pas de mordiller ses seins ni de l'entendre gémir en conséquence.

Elle s'allonge sur le dos et ses doigts agrippent la couverture à mesure que je descends le long de son ventre. Je saute volontairement son pubis pour me poser sur ses genoux puis je dévale l'intérieur délicat et chaud de ses cuisses. Son corps apprécie tellement qu'il se cambre à diverses reprises.

Son abandon au plaisir est un spectacle pour les yeux. Je veux en voir toutes les facettes : le vite et efficace a très bien fonctionné ce matin, maintenant je tente la plus grande lenteur et la même puissance. Tout ce que je ne me donne jamais la peine de faire avec une maîtresse de passage, même si je mets un point d'honneur à satisfaire une femme avec qui je couche. Mais Petite Bombe… C'est différent. Je *veux* lui faire plaisir. Je *veux* prendre soin d'elle.

Elle replie les jambes au-dessus d'elle, m'offrant un accès dégagé à son intimité. Je dépose des baisers tout près de son sexe, frottant ma barbe contre sa peau – ce qui déclenche chez elle des soupirs et des frissons de plus en plus intenses. Dès que ma langue écarte ses plis mouillés, elle pousse un gémissement qui lui vient du fond de la gorge. Je recueille son miel et m'en délecte plusieurs fois de suite. Je veux l'habituer à la sensation avant de poursuivre. Puis, je trace un chemin tout le long de sa vulve jusqu'au clitoris dressé. Je l'aspire et joue avec, le roule sous ma langue et le lèche, avant de revenir en arrière. Je réitère le parcours, encore et encore, alternant mordillements et caresses, pour qu'elle ne se doute jamais du cours des choses.

Ma Petite Bombe est fébrile ! Ses doigts blanchissent à force de serrer la couverture entre eux. Elle a renversé sa tête en arrière pour haleter. Elle se livre entièrement à moi. Elle n'en a plus pour bien longtemps, alors j'enfonce un doigt en elle, lui arrache une nouvelle plainte de pure satisfaction, et je me concentre sur son bouton que je choie jusqu'à sentir ses muscles se resserrer sur mon majeur. J'accompagne de caresses l'orgasme intense qui la secoue et la fait crier.

Tout son corps se relâche, une fine couche de sueur brillant entre ses seins, sur son front et dans le creux de ses genoux. J'admire tous ces détails de son corps alangui, son sourire, ses paupières vibrantes, son ventre qui se soulève vite.

Je veux tout faire pour lui faire plaisir, et le pire c'est que j'y prends moi-même du plaisir. Je me sens bien, étourdi et comblé, là, juste à cet instant. Ce semblant de liaison n'a pas fini de bousculer mes habitudes.

– Ça va ? m'enquiers-je au bout d'un moment.

Skye rit en hochant la tête. Elle se redresse en refermant sa serviette sur elle.

– C'était… hum… bien, dit-elle, confuse et empourprée.

Mouais. OK, j'accepte sa retenue. Son langage corporel est plus expressif, je m'en contenterai.

C'est peut-être le moment idéal pour lui offrir son présent.

– J'ai un cadeau pour toi, je reviens, dis-je en me relevant.

Ça va lui laisser le temps de se remettre sans que je sois là, à veiller sur chacun de ses gestes. Je descends, prends le temps de m'habiller et de boire un verre d'eau. J'ai faim. Si on poursuit à ce rythme, on va avoir besoin d'énergie ! Je fouille mon sac et trouve l'objet. Je remonte. Skye n'a enfilé qu'un pull framboise, ses boucles reprenant peu à peu leur volume. Sa beauté me frappe au ventre. C'est comme si j'étais parvenu à l'oublier et que je la redécouvrais.

– Pourquoi un cadeau ? s'interroge-t-elle.

– Ton anniversaire.

Elle semble surprise d'abord par ma réponse, et dans un second temps d'avoir elle-même zappé l'événement.

– Oh c'est vrai. Je n'y pensais plus.

Une pelletée de questions se bousculent en moi, mais je les fais taire. Pas de questions trop personnelles, surtout maintenant, alors que je suis très vulnérable. Je lui tends mon cadeau et elle bondit sur ses pieds.

– Un téléphone ?!

– Non traçable, ajouté-je. Pas d'Internet, juste des appels et une messagerie.

Elle tend la main, pressée, esquissant un « merci », mais je le retire au dernier moment.

– Ne dis pas où nous sommes, insisté-je. Ne donne aucune indication, rien ! Si tes amis sont surveillés, ils feraient fuiter des informations sans le savoir ou pourraient se retrouver en danger.

Skye déglutit, le visage blêmi.

– D'accord, oui, dit-elle.

Je lui remets le téléphone entre les mains, elle retrouve le sourire. J'ai franchement hésité. C'est un appareil de secours, au cas où. Et puis je pouvais la garder, *elle*, rien que pour moi. Mais je ne veux pas la couper de tout le jour de son anniversaire.

– Je vais préparer quelque chose à manger.

Je m'apprête à tourner les talons quand elle me prend dans ses bras, juste comme ça. Avec une tendresse infinie. J'hésite à refermer les miens sur elle. Ça veut dire quoi, ce « câlin » ? Ça n'entre pas dans notre accord. Et il fait battre mon cœur bien trop vite à mon goût.

– Merci, bredouille-t-elle avant de me relâcher.

Elle se rue sur son sac pour en sortir un gros carnet qu'elle brandit avec un air victorieux.

– Tout le monde se moquait de moi à Carter Corp., mais un répertoire s'avère encore utile ! Surtout quand ton garde du corps assassine ton portable sous tes yeux, ajoute-t-elle en m'adressant un demi-sourire provocant.

Tu me plais à en crever, Petite Bombe.

***

SKYE

Jake sort de la chambre et j'écume les noms et les numéros de mon répertoire. Lisa et Gabriel d'abord.

Mes deux indispensables. J'entre les contacts, des fourmillements de joie dans les doigts. Je ne fête pas mon anniversaire. Pas vraiment. Pendant toutes mes études, on bossait comme des dingues, c'était typiquement le genre d'événement qu'on sautait.

Jake l'a découvert et prend le temps de me le souhaiter. C'est étonnant et touchant tout à la fois.

Lorsque je réfléchis à un troisième contact, je pense à Ashton. À partir du moment où on a commencé à travailler à Carter Corp., il m'a offert des fleurs chaque année. Et il m'a rappelé à chaque fois pour quelle raison. Il y pensait lui aussi. Il va peut-être tenter de me contacter aujourd'hui. Est-ce que moi, je le souhaite ?

Je m'allonge sur le lit avec un soupir.

Ce que je vis avec Jake est intense – ce cunni de folie m'a fait perdre connaissance une poignée de secondes ! Mais il n'est pas disponible, il ne veut rien de plus que du sexe. Et ça me va, même si je me sens un peu déçue. Cela dit, ça a un effet inattendu sur moi : si Jake n'est pas disponible, Ashton l'est, lui. Peut-être qu'il nous manquait ce grain de folie dans notre vie sexuelle ? Peut-être qu'on peut réapprendre à s'aimer et à vivre ensemble ? Je n'en avais pas envie jusque-là, mais le cul-de-sac dans lequel je suis avec Jake me fait reconsidérer la chose. Je ne voulais pas prêter d'attention sérieuse à sa déclaration et voilà que j'y songe. Jake me pousse dans les bras d'Ashton, c'est curieux.

J'entre son numéro, le cœur gros, et lui envoie un message.

Salut Ashton, c'est Skye,
j'ai changé de numéro,
merci de le garder pour toi !
(Je suis très sérieuse.)

J'essaie de reformuler sa déclaration balancée dans le couloir de mon bureau. « On ne prend conscience des choses que lorsqu'on peut les perdre à jamais. » Si je dois être franche avec moi-même : la prise de conscience que j'ai eue à la perte d'Ashton, après en avoir souffert, c'est que finalement, j'allais bien sans lui. Encore une fois, on est désynchronisés dans nos réactions. Je lâche prise et lui n'y arrive plus.

MAIS, il m'aime. Peut-être que cette séparation l'a fait mûrir. Peut-être qu'elle corrige tout ce qui n'allait pas et que nos bases seront meilleures ? Puis-je vraiment lui claquer la porte au nez alors que je ne connais pas encore ce nouvel Ashton ?

Je peux t'appeler maintenant ?

Quelque part, le fait de coucher avec Jake – au-delà du plaisir immense –, c'est aussi une revanche prise sur Ashton. Exactement comme son déménagement éclair et son achat d'appartement dans mon dos. Alors je fais ce que je dois faire : j'appelle.

– Skye, bon sang ! Où es-tu ? Que se passe-t-il ? Gabriel m'a dit que tu avais été cambriolée, ça commence à faire beaucoup avec cette histoire d'agression en Russie !

C'est vrai que d'un point de vue extérieur, ce doit être un véritable brouillard.

– Tout va bien, je suis à l'abri. Vacances forcées par Ryan.

– Où ça ? insiste-t-il.

– Dans un endroit tranquille.

Il ne va pas non plus m'imposer un interrogatoire, il ne faudrait pas pousser. Mon ton sec me sert, il n'insiste pas mais pousse un soupir frustré.

– C'est juré ?

– Quoi ?

– Que tu es à l'abri ?

– Ouiii, grogné-je.

Ça le fait rire doucement et je souris. On dirait un écho de nos bons moments.

– Je suis retombé sur le cadeau que j'avais prévu de te faire pour ton anniversaire. Tu te souviens ? C'est aujourd'hui.

Oui, Jake m'a offert deux orgasmes et un portable.

Et aussi, cette déclaration tombée de nulle part : « la femme séduisante, drôle et incroyable que tu es ». Mon sourire redouble en l'entendant à nouveau dans ma tête. C'est comme ça qu'il me voit ?

– Skye ?

– Oui, je me souviens, dis-je, les joues bouffies de plaisir.

– Tu crois qu'on peut se voir ? Pour que je puisse te l'offrir ? Je te promets de ne pas t'envahir, je veux juste te voir, te parler.

Je déglutis. *Jake n'est pas disponible, Ashton si.*

– Ça ne dépend pas que de moi, je peux te rappelcr ?

Ma réponsc sibylline le perturbe, il en reste coi mais finit par acquiescer.

– OK. Oui, rappelle-moi.

Je raccroche. Convaincre Jake va être l'épreuve ultime. Je descends l'escalier pour le rejoindre. Ça sent bon dans le coin cuisine. J'ignore bien pourquoi mais le revoir après ces quelques minutes de séparation me rend toute chose. Mon cœur cogne dans ma poitrine, j'ai envie de sourire comme une nouille et encore plus de me lover contre lui. Ça manque de câlins cet accord. Je suis sûre qu'il est capable de cajoler comme l'adorable ours qu'il est.

Une « femme séduisante, drôle et incroyable ».

Oh là là Jake, tu m'embrouilles tellement !

– Tout va bien ?

– Hin hin.

– Tu aimes les pâtes au pesto *alla Genovese* ?

C'est ça qui sent si bon ! Je hoche la tête avant de me lancer dans ma démonstration. Jake sort deux assiettes et des couverts.

– J'ai une demande un peu spéciale, pour mon anniversaire.

Autant l'utiliser jusqu'au bout. Jake, lui, s'immobilise, perplexe. Ce que je viens de dire pourrait avoir dix significations différentes !

– Je t'écoute.

Demander à Jake – mon amant – une rencontre avec mon ex, c'est peut-être un peu extrême.

– J'aimerais voir Ashton.

Les épaules droites et solides de mon garde du corps s'affaissent légèrement. Son regard change aussi, il paraît impatient et peu enclin à m'écouter plus.

– Il ne peut pas venir ici et c'est trop dangereux de retourner à New York.

– Je sais, oui, je ne lui ai rien dit. Juste que j'allais en parler avec toi.

Ce détail tasse une partie de son agacement naissant, mais ne l'annule pas non plus.

– J'ai confiance en Ashton et je me disais qu'en terrain neutre, à mi-chemin entre la ville et ici, c'était possible ?

Je termine sur une note de supplique subtile. Jake me scrute de son regard doré et inquisiteur, les mâchoires serrées, plongé dans une rude réflexion.

Après tout, « monsieur non disponible » n'a pas grand-chose à commenter sur ce terrain-là. Même si j'aimerais qu'il rejette catégoriquement ma requête parce qu'il préférerait mettre le feu à la forêt plutôt que de me voir retrouver Ashton.

Mais il demeure muet. Et moi, pendue à ses lèvres.

Refuse ! Dis que tu n'en as pas envie ! Dis-le, s'il te plaît !

***

JAKE

– D'accord.

Elle tressaille en entendant ma réponse. Que pouvais-je faire d'autre ? Elle peut encore confirmer sa rupture avec Ashton, même si je ne saurais pas quoi en faire. Skye ne m'a pas donné de réponse claire lorsque je lui ai demandé si elle l'aimait encore. Leur histoire est peut-être terminée dans les faits, mais il y a toujours des épilogues à régler.

Je lui sers une assiette et picore dans la mienne en cherchant un endroit sûr sur mon portable sécurisé. Au moins, elle m'en a parlé avant.

– Il y a un petit restaurant à deux heures d'ici, c'est isolé, sur une route peu passante, ce sera très bien, lui indiqué-je.

Elle a mangé en silence à côté de moi, guettant mon retour.

– On peut y être ce soir, si ça te va.

– Oui, c'est parfait, merci, répond-elle avec un sourire. Tu peux me donner une adresse ?

– Préviens-le de ton côté, mais c'est moi qui vais lui envoyer l'adresse.

Elle se mordille la lèvre, embarrassée. Elle n'a pas dû lui dire que j'étais dans son giron. Mais bon, elle doit bien se douter que je m'invite ce soir. Je n'ai pas l'intention de juste rester debout dans un coin, non. Je vais m'asseoir à leur table. Bien en face de son ex.

Skye me donne le numéro d'Ashton et se dépêche de lui écrire. J'espère qu'il va stresser rien qu'à l'idée de ma présence. Je me contente d'envoyer les coordonnées du lieu par message, il se démerdera pour le reste. Skye se lève de table et s'occupe de la vaisselle, nerveuse.

– C'est juste un dîner pour discuter, explique-t-elle. Ça fait un moment qu'il veut qu'on parle.

– Je comprends.

Ce n'est pas comme si j'avais mon mot à dire, je n'ai aucune légitimité sur ce terrain. Ça m'agace, oui. Je n'en reviens pas non plus de l'aider à potentiellement se rabibocher avec son ex. Mais ça ne me donne toujours aucun droit sur cette histoire.

– J'ai fait une réservation pour trois à 19 heures, annoncé-je en quittant la messagerie en ligne du restaurant.

Skye tourne la tête vers moi, les deux mains dans l'eau, interloquée.

– Oh, euh… tu veux te joindre à nous ?

– Oui.

Elle balbutie en astiquant les assiettes.

– Je ne ferai pas partie du décor cette fois, ajouté-je avec un sourire complice et jouissif.

– Non, ça, c'est sûr, réplique-t-elle, au comble de la gêne.

Dès que la sonnerie de son portable retentit, elle ferme l'eau, se dépêche d'empiler les deux verres propres sur le rebord de l'évier et se jette sur son téléphone pour répondre. Elle disparaît dans l'escalier en expliquant à Ashton le plan pour ce soir. Je prépare un café et ouvre la baie vitrée sans pouvoir sortir. La pluie n'a pas cessé de tomber. J'en profite pourtant pour souffler les volutes de ma cigarette dehors.

Je ne pense pas assez à « l'après ». Carrie me l'a fait remarquer à diverses reprises. *Après* la mission, *après* un travail, *après* une page qui se tourne. Je n'ai jamais eu de projet au-delà d'un job en cours. Et voilà que la femme idéale déboule dans ma vie, de manière assez imprévisible. Avec des facteurs d'impossibilité énormes : elle est ma protégée, techniquement ma boss hiérarchique, je lui mens sur qui je suis, je soupçonne son mentor de lui vouloir du mal, j'ai une peur panique d'abaisser mes défenses, et elle a une histoire de sept ans à régler avec un ex. Si, par miracle, tout disparaissait, est-ce que vraiment, elle et moi, on aurait une chance ?

Des idées saugrenues surgissent dans ma tête : on pourrait vivre dans un appartement à New York tous les deux, avoir une maison secondaire près d'un lac quelque part, voyager à l'étranger dès qu'on le pourrait, bouquiner ensemble avant d'enchaîner des séances de sexe torrides… Ce genre de quotidien ne m'avait jamais semblé aussi fascinant qu'aujourd'hui. Mais je n'ai pas la possibilité de m'engager pour le moment. Cela dit, je peux voir ce qui va se passer ce soir. Je lui laisse entre les mains le choix que je ne ferai pas maintenant.

Soit elle veut poursuivre sa vie avec Ashton et je sortirai de la sienne, soit elle confirme leur rupture et… et je tenterai de voir ce qu'il y a dans cet *après*.

***

L'après-midi passe vite. Vers 17 heures, Skye finit par réapparaître, vêtue d'une robe cerise qui ne fait que souligner ses courbes et la douceur de ses traits. J'ai fait l'effort d'enfiler une chemise blanche et un costume noir, mais elle a élevé le niveau en classe et en finesse.

– Ça va ? Ce n'est pas trop habillé ? doute-t-elle.

Tu es magnifique.

– Non, c'est parfait, dis-je, la gorge serrée.

On court pour se réfugier dans la voiture à travers les gouttes. Dès qu'on sort du chemin de terre et qu'on retrouve le goudron, j'ai l'impression de nous extraire d'une bulle temporelle où Skye n'est qu'à moi et où plus rien d'autre n'existe. Je n'ai pas hâte de retourner dans le monde réel. Ma passagère tripote son sac avec nervosité, j'allume donc la radio pour meubler notre silence et alléger la pression qu'elle se met sur les épaules, elle aussi.

Les deux heures passent en un rien de temps. Je gare la voiture sur un petit parking qui en compte moins d'une dizaine. Le restaurant ressemble à un bungalow tout en bois en plein milieu de la forêt, avec son porche éclairé d'une guirlande d'ampoules jaunes et son allure chaleureuse. Je coupe le moteur et reste assis. Skye me jette un regard de côté et finit par demander :

– On ne sort pas ?

– On attend qu'Ashton arrive, puis cinq minutes de plus pour nous assurer qu'il n'a pas été suivi. Sinon, il faudra partir pour ne pas le mettre en danger.

Skye se tasse sur le siège, résolue à ne pas me contrarier, il faut croire. Le silence nous rattrape donc. Ainsi que son parfum de pain d'épices qui envahit mes narines. Et qui fait automatiquement dévier mon cerveau vers la douche qu'on a prise à deux… Pas question de me sentir à l'étroit dans mon costume, ce n'est vraiment pas le bon moment !

– Ça ressemblait à ça, tes planques avec Jenny Blake ?

– En quelque sorte, oui.

– Avec des donuts ?

Impossible d'échapper au sourire amusé.

– Nature, avec un glaçage au sucre.

Elle m'observe avec un faux regard outré.

– Quoi ? Nature ? Oh Jake, voyons. Chocolat noir et pointe de sel, à la rigueur le citron-myrtille, c'est la base.

– Désolé Miss Portland, mais le meilleur donut est nature ET new-yorkais.

– Toute une éducation à refaire, affirme-t-elle en hochant la tête.

Quand tu veux, Petite Bombe.

Je regarde l'heure, il est 19 h 05. Il a du retard, en plus.

– Pourquoi « Petite Bombe » ?

Sa question me surprend tellement que je la reformule dans ma tête. Elle lit dans mes pensées ou quoi ? Je jette un regard sur elle : elle rougit, troublée, mais très curieuse. Comment formuler une réponse ? Le surnom m'a échappé quand je l'ai bordée hier soir, j'ai dû le ressortir à nouveau alors qu'on se dévorait de baisers ce matin. Voilà pourquoi je ne sors jamais avec mes protégées. Pour éviter ce genre de question.

– Parce que je te trouve explosive. Et canon.

Toute la vérité et rien que la vérité.

Skye se transforme en pivoine tout en se mordant la lèvre. Je parie qu'elle a mis son gloss à la groseille. Elle pousse un soupir aigu avant de reporter son attention sur moi.

– Est-ce que je peux t'appeler John ?

Oh bon sang, elle aura ma peau !

J'enfouis un rire bien trop franc au fond de moi.

– Non, grogné-je.

– Bob ?

– Encore moins.

Elle rit et me séduit davantage. Je ne pensais pas que c'était possible de craquer autant pour quelqu'un, comme ça. Je suis à deux doigts de lui dire : « Bon, Ashton a changé d'avis, tant pis pour lui. On rentre, je te prépare à dîner et on fait l'amour ? »

J'ouvre même la bouche pour amener l'idée qu'il ne va pas venir, mais son abruti d'ex apparaît au volant de sa voiture juste à cet instant.

– Le voilà, s'aperçoit-elle.

Il se gare près de l'entrée et sort tout en inspectant les alentours. Il doit être surpris du lieu. Les vitres de notre véhicule sont teintées mais ça n'empêche pas Skye de glisser sur son siège pour se cacher. Ashton sort un bouquet de fleurs et un sac du coffre, puis il entre dans le restaurant. Je serre le volant entre mes doigts. Je sais que je dois la laisser faire, mais putain c'est dur ! J'en viens même à espérer qu'une voiture suspecte débarque avec des tatoués à l'intérieur, mais au bout de cinq minutes, toujours rien.

– On peut y aller ? demande Skye.

– Oui, c'est bon.

Je me force à sortir du véhicule. C'est vraiment mon quotidien de seulement rester aux côtés de mes protégés, je peux reprendre cette posture. Je le dois. Je laisse donc Skye passer devant. L'intérieur du restaurant est cosy et simple : du mobilier en bois, un éclairage tamisé, des bougies et un petit bouquet de fleurs séchées sur chaque table. La cuisine a de bonnes critiques, il y a donc quelques clients malgré son isolement. Ashton est installé à une table, au fond de la salle. Il fait un signe à Skye et se lève, tout sourire.

– Skye, ma puce.

« Ma puce » ?!

Ça n'étonne pas que moi, Skye se raidit sans savoir à quoi s'attendre. Ashton lui donne une accolade qu'elle lui rend et il lui offre ses roses rouges.

– Je suis content que tu aies accepté.

– Moi aussi, je suis contente d'être venue.

Elle a l'air sincère en l'affirmant. Elle plonge son nez dans les fleurs, touchée. Ce n'est que là, après avoir marqué son point, qu'il se tourne vers moi pour me saluer.

– Jake.

Il veut la jouer comme ça ? OK.

– Ashton, répliqué-je en empoignant sa main tendue.

Il grimace une courte seconde. Je n'allais pas me retenir. Il largue Skye sans qu'elle s'y attende, *a priori*, il la fait souffrir en déménageant le même jour et maintenant il lui sert des « je t'aime », « tu me manques » et « ma puce » ? Pour qui il se prend ce mec, au juste ?

– Si j'ai bien compris, c'est vous qui assurez la sécurité de Skye sur son lieu de vacances ?

– M. Carter a jugé cela plus prudent.

– J'espère que vous ne l'importunez pas, Skye a besoin de calme.

Parce que tu penses à sa place, aussi ?

– Ashton, s'il te plaît, le reprend Petite Bombe.

– Désolé, ma puce, mais j'essaie de comprendre : comment tu peux te reposer avec lui dans le coin, qui te rappelle constamment que tu es en danger ?

Son ton mielleux me fume.

– C'est plus compliqué que ça, lui assure-t-elle.

Elle dépose le bouquet sur la table.

– Asseyez-vous, je reviens tout de suite.

D'un pas nerveux, elle traverse le restaurant jusqu'aux toilettes. Ashton prend place sans me quitter des yeux. Je ne sais pas ce qu'il s'imagine – à raison – mais il ne démord pas de son instinct : il me voit comme une menace. Et pour confirmer le tout, alors que je m'assieds à mon tour à la petite table ronde, il me lance :

– Skye est la femme de ma vie, je commets peut-être des erreurs, mais je la récupérerai.

***

SKYE

– Ne panique pas, tout va bien se passer, dis-je à mon reflet.

Mais comment ça pourrait bien se passer ? Je dîne avec mon garde du corps et amant pour qui je craque complètement, et avec mon ex qui m'aime encore et qui s'est lancé dans une reconquête flagrante ! Pourquoi j'ai accepté ça ?! La fenêtre des toilettes est trop petite pour me faire passer et je n'ai pas les clés de la voiture. Aucune échappatoire par là. Longer les murs et m'esquiver ? Le sixième sens de Jake « super *bodyguard* » Stewart me repérerait sans doute.

Je pousse un profond soupir, perdue. « Petite Bombe » ? Ou « ma puce » ? Si le surnom de Jake fait battre mon cœur, celui d'Ashton me surprend. Ça sort de nulle part. Et je n'ai pas décelé de préméditation, il a l'air réellement content de me voir. Peu importe Jake, d'ailleurs. Je dois savoir si j'ai encore des sentiments pour Ashton ou non.

OK. J'ai un objectif en tête, je peux y aller.

Je sors des toilettes et retourne à la table plombée par un silence de mort. Est-ce qu'ils font un concours du regard le plus noir ? Le premier qui baisse les yeux a perdu ? Pitié, on ne va pas tomber dans ces enfantillages, hein ?

– Me voilà, dis-je, pas du tout rassurée par le cours que prend la soirée.

Le serveur choisit pile cet instant pour nous donner les menus.

– Skye, tu veux boire quoi ? demande Ashton.

Je parcours la carte des boissons en appliquant ma règle de base : mettre le prix pour la qualité sans pour autant choisir le plus haut et risquer d'être déçue. Lorsque je donne le nom du vin blanc sélectionné, j'intercepte l'air amusé de Jake. J'ai l'impression qu'il a deviné ce que j'allais choisir et ça me fait sourire. On en est à ne plus avoir besoin de se parler pour se comprendre.

Ashton, lui, se racle la gorge avant de donner sa commande au serveur :

– Je vais prendre le poisson.

– Le canard, s'il vous plaît, dis-je à mon tour.

– Le bœuf, saignant, merci, termine Jake.

Le serveur nous abandonne à notre silence. Ashton nous sert de l'eau et prend la main dans la discussion.

– Alors, Jake, vous avez toujours voulu devenir garde du corps ? Jamais plus d'ambition ?

La pique n'est pas masquée et je me glace sur place. Jake, lui, le fusille de son regard d'ambre. C'est typique d'Ashton comme question : mettre la carrière avant tout le reste. J'espérais qu'il change, mais je fais peut-être fausse route.

– J'étais dans l'armée avant de m'engager dans cette voie. Protéger et servir est une carrière comme une autre.

– Et tout à fait honorable, en plus du reste, ajouté-je avec un regard noir pour mon ex.

– Je m'interrogeais juste, se justifie-t-il.

– Parle-moi plutôt de Carter Corp. Tout le monde va bien ?

Ashton s'accoude sur le rebord de la table, soudain plus détendu. Il me raconte les derniers potins du service communication avec Gabriel et Matt pour personnages principaux. À entendre leurs aventures quotidiennes – quiproquos, réunions absurdes, conquête du Tombeur… – je commence à me dire que ça me manque. C'est mon univers depuis des années et il a été mis de côté par la force des choses. Les plats et le vin débarquent sous nos yeux, mais je reste pendue aux lèvres de mon ex et de ses récits. Il passe à Lisa qu'il côtoie moins que moi mais qui lui a demandé de mes nouvelles. Il a surpris une discussion entre elle et une collègue de l'accueil qui le rend perplexe mais qui a fait rire autour d'elles. Apparemment, son dernier rencard était un fiasco. Non seulement son *date* voulait faire un jeu de rôles avant même qu'ils n'échangent leurs numéros de téléphone, mais en plus elle devait incarner une lapine et lui un vétérinaire.

J'éclate de rire en imaginant bien la tête dépitée de mon amie et son ton emballé à l'idée de raconter une telle histoire. Ashton me dit ensuite qu'ils pensent tous beaucoup à moi et que je leur manque. Son regard empli d'attention me file des frissons. C'est comme ça que j'aurais aimé qu'il me regarde avant cette rupture. Je dîne, un peu perdue. Ashton me paraît enfin différent. En temps normal, il m'aurait corrigée dans mon choix de vin ou de plat, sachant à ma place ce que je devais boire ou manger. J'ignore comment j'ai fait pour prendre ça pour une volonté de prendre soin de moi alors que c'était pour contrôler mes faits et gestes. Ce soir, il n'a fait aucun commentaire de la sorte. La présence de Jake est-elle suffisante pour expliquer ce tournant ?

– Est-ce que tu veux que je passe chez toi pour remettre de l'ordre ? me propose-t-il en reposant ses couverts.

– Pourquoi ? m’étonné-je.

– Quand j’ai appris la nouvelle du cambriolage, je me suis beaucoup inquiété pour toi. Je sais combien tu tiens à tes affaires et à ton rangement ordonné. Je me souviens de leur place, je peux faire un peu de ménage. Si tu veux.

Ça me touche plus que je ne l’aurais cru. Il connaît mon travers pour l’ordre, oui. Mais je ne suis plus sûre d’avoir envie de vivre dans mon ancien ordre, avec des moitiés d’étagères vides. J’ai l’impression que ma vie prend des virages inattendus, sans possibilité de revenir en arrière.

– C’est très gentil, Ashton, merci. Mais je pense que je vais en profiter pour changer un peu les choses, lui réponds-je avec un sourire.

– Toi, Skye Elliott, tu vas changer le rangement de ton intérieur. C’est énorme, s’amuse-t-il sur un ton complice. Ça fait plaisir à entendre.

Peut-être. Mais je ne pense qu’à Jake en songeant à cela. Je croise son regard doré. Il ne regarde que moi et ça m’envoie une myriade de papillons dans le ventre. Je plonge dans mon verre de vin, à nouveau perdue. Je ne sais plus sur quel pied danser. Je suis attirée par celui qui ne veut rien de moi, et celui qui veut tout de moi ne m’attire plus.

Comme je m’en veux un peu de maintenir Jake en dehors de notre discussion, je relance un autre sujet qui l’intéressera et qui me changera les idées.

– Et Aleksei Votiakov, tu l’as croisé ?

Ça capte aussitôt Jake.

– Ton intérimaire ? se moque Ashton. Gabriel le déteste, il le trouve insupportable et mielleux. Je ne l'ai croisé qu'une fois ou deux, il traîne dans les pas de Ryan. D'ailleurs, tu n'as vraiment pas à t'en faire, il descend rarement dans ton département, il travaille dans une salle du dernier étage.

Je suis soulagée de le savoir loin de mon bureau et de mes dossiers !

– Auprès de Ryan ? m'étonné-je tout de même.

Et je devine que Jake se pose la même question.

– Oui, je sais, c'est étrange, confirme Ashton. C'est comme si Ryan ne pouvait pas faire dix pas sans que Votiakov soit là, dans son ombre. On l'a surnommé Langue-de-Serpent au juridique, toujours à murmurer à l'oreille du roi.

OK, ça m'inquiète ! J'espère qu'il ne convoite pas ma place ou ne tente pas de s'attirer les faveurs de Ryan. Ou alors Ryan l'a pris sous son aile après le drame qu'il a vécu avec son assistant. Ça ressemblerait à mon patron, en tout cas.

Le serveur revient vers nous, interrompant le fil de mes pensées.

– Tout va bien, messieurs-dames ? questionne-t-il en débarrassant.

– C'était délicieux, merci.

– Vous souhaitez prendre un dessert ?

Je consulte mes deux compagnons du regard, ils opinent tous les deux.

– C'est un oui général !

Il nous laisse donc la carte et je cherche absolument un donut que je ne déniche pas. Cela dit, la tarte aux noix de pécan et sa crème glacée à la vanille me font de l'œil. C'est ce que je commande lorsque le serveur revient vers nous.

– Je me laisse tenter par la même chose, déclare Ashton.

– Un café, s'il vous plaît, conclut Jake.

– Je vous apporte ça tout de suite, dit le serveur.

Ashton nous ressert de l'eau et enchaîne :

– Et vous, vous faites quoi de vos journées ?

Il s'adresse aussi à Jake. On partage un regard et je me sens bouillir de confusion.

– Qu'est-ce que vous avez fait aujourd'hui ? motive Ashton en guettant nos retours.

Ben on a fait l'amour, deux fois, on a déjeuné et on est partis au restaurant. Tadaaa !

– Des balades en forêt, de la lecture, du repos, répond alors Jake avec une simplicité admirable.

– Tu fais des balades en forêt, Skye ? doute Ashton.

– Figure-toi que oui, réponds-je en hochant la tête.

Et je saute sur le dos de mon garde du corps quand un phasme m'attaque.

– Il n'y a pas grand-chose à faire d'autre, là où nous sommes, explique mon complice.

– Jake me fait écouter la crème de la crème du jazz, ajouté-je avant que mon esprit s'évade vers notre danse tout en sensualité.

Et donc, je m'empourpre, regrette d'avoir lancé ça et évite à tout prix de croiser le regard noisette de mon ex et celui, ambré, de mon amant.

– Ah oui ? Quel genre ? s'enquiert Ashton, avec une pointe de jalousie dans la voix.

– Aretha Franklin, rebondit aussitôt Jake, l'attention braquée sur moi.

Par la Grande Trésorerie ! Il me provoque en plus !

– Oui, quand même, c'est un classique, commente Ashton.

– Skye ne connaissait pas *Just for you.*

Mais arrête !

– Une petite chanson sans prétention, dis-je vite en regardant en direction des cuisines.

Elle arrive, la tarte, oui ?!

– Quand même, Skye, s'indigne Jake avec son demi-sourire de démon. *I'll say goodbye to all that old friends, Just for you, just for you, If we can be together, just we two*[8], fredonne-t-il.

Je déglutis. Tout s'emballe : les battements de mon cœur, ma respiration, les frissons qui balaient mon échine, les papillons dans mon ventre, mon désir pour lui qui défonce toutes mes défenses… Je fais tout pour ferrer toutes ces sensations et ces émotions au fond de moi. Vraiment tout. Je ne dois pas voir des déclarations là où il n'y en a pas. Si je

8. « Je dirai adieu à tous mes vieux amis, Juste pour toi, juste pour toi, Si on peut être ensemble, rien que nous deux. »

glisse sur ce terrain-là, je m'infligerai bêtement des souffrances.

– Pourquoi une femme devrait-elle dire adieu à tous ses amis pour un homme, hein ? attaque Ashton, l'air menacé.

– C'est une image, réplique Jake avec calme.

Ashton grogne. Le serveur arrive enfin avec le dessert et je me jette sur ma tarte. Je ne sais pas à quoi joue Jake. Tout est si parfait quand on est tous les deux alors que son comportement avec moi n'est qu'une illusion. Ashton m'impressionne et fournit des efforts, mais je ne veux que Jake.

– Skye, est-ce qu'on peut s'isoler un instant ? Rien que nous deux ? me demande Ashton après le dessert.

Je ne veux même pas l'avis de mon garde du corps, j'accepte tout de suite. On quitte le restaurant et Jake s'éloigne jusqu'à la voiture, nous abandonnant tous les deux sous le porche. Je ne sais toujours pas si j'ai encore des sentiments pour Ashton, juste que la présence de mon amant m'a distraite.

– Joyeux anniversaire, Skye, me souhaite-t-il en m'offrant un cadeau emballé dans un joli papier doré.

Je troque le bouquet contre le paquet, les mains tremblantes. J'espère ressentir quelque chose de spécial, qui me sauverait de mon attirance unilatérale pour Jake. Tout serait tellement plus facile si mon amour pour Ashton se ruait à nouveau en moi.

Je déballe le cadeau et découvre une boîte à musique qui me laisse sans voix.

– Je l'ai trouvée dans une brocante, c'était un hasard, explique Ashton. Je l'ai gardée de côté pour te l'offrir le jour J.

Il m'arrache un sourire, mais l'émotion est bien trop forte pour que je puisse prononcer un mot. Ma grand-mère bien-aimée avait la même chez elle. Quand j'allais la voir, elle actionnait toujours la boîte à musique pour m'endormir. Elle a disparu à son décès et j'ai toujours regretté de ne pas avoir mis la main dessus. Je soulève le couvercle, la petite patineuse apparaît et tourne sur elle-même au son de la musique de mon enfance.

– Oh Ashton, mais comment tu t'en es souvenu ? bredouillé-je.

– Je sais que j'ai merdé, ma puce. Mais je t'ai toujours écoutée, j'ai toujours retenu tout ce qui comptait pour toi.

J'acquiesce en reniflant et en écrasant une larme sur ma joue. C'est le meilleur cadeau qu'il pouvait me faire, le plus touchant, le plus incomparable.

– Je ne sais pas quoi dire, avoué-je, confuse.

Avec un regard brûlant, il me prend la main avec douceur. Lui aussi, il est ému. Il m'offre un rappel du jeune étudiant qu'il était quand on s'est rencontrés.

– Dis-moi seulement que tu réfléchis à nous ? Donne-moi une chance. Je t'aime, Skye. Un mot de toi et on reprend tout à zéro, toi et moi. Je ne forcerai rien. On sortira au restaurant, je t'emmènerai au cinéma, à la patinoire, je te raccompagnerai chez toi, j'attendrai que tu veuilles bien à nouveau de moi à tes côtés.

C'est tout ce que je voulais entendre de lui et tout ce qui devrait me rassurer. Mais c'est aussi tout ce qui m'ébranle. Je le prends dans mes bras. Je pensais que ce serait évident, mais malgré ses paroles et son présent, je ne sais toujours pas ce que je dois ressentir pour lui. Ma confiance a été brisée, elle mettra peut-être plus de temps que cela à guérir. Il change, oui, mais est-ce que ce n'est pas seulement pour le frisson de la reconquête ? Ne va-t-on pas retomber dans nos travers une fois cette phase terminée ?

– C'est promis.

***

JAKE

Je les regarde s'enlacer tous les deux : elle, émue aux larmes, lui, dégoulinant de bonnes intentions…

Putain, mais à quoi je pensais ?

M'interposer, c'était si stupide. J'aurais mieux fait de me tenir debout dans un coin au restaurant. Je tire sur ma cigarette, le pouls rapide ; même ça, ça ne me calme pas. Je n'arrive pas à savoir si Ashton l'aime vraiment ou s'il est du genre à bazarder sa petite amie et à revenir vers elle si elle ne le fait pas, juste pour avoir le contrôle. Il m'a donné l'impression de parader devant elle et même moi : « Oui, j'ai les moyens, l'éducation et je possède le cœur de Skye depuis des années. » Si Skye n'avait pas été là, je crois que j'aurais été capable de me jeter sur lui pour lui coller mon poing dans la gueule.

Je me voile la face. J'aimerais être plus pour Skye alors qu'elle a un futur possible et réel avec Ashton, que je l'apprécie ou non.

Lorsqu'elle revient vers moi, avec ses roses et son cadeau, l'air tourmentée, j'écrase mon mégot et je lui ouvre la portière. Elle entre sans un mot. Je m'assieds au volant, inquiet. Elle baisse les yeux sur une petite boîte en bois dans son carton ouvert, les roses sur ses genoux. Je démarre et on roule en silence. Je me retiens de l'interroger. Ma vue se trouble alors je me pousse à me raisonner et à me focaliser sur la route sans penser à rien d'autre.

Parce que j'ai peur. Peur de l'avoir blessée, peur de la perdre.

Je regarde dans le rétroviseur, surveille la route, vérifie ma montre de temps en temps. Toujours aucun mot d'elle. Elle fixe la boîte. Quel est le sens de ce cadeau, au juste ? Est-ce qu'il l'a convaincue ?

Non. La route. Regarde la route.

Je roule en fermant mon esprit. Les deux heures finissent par passer. Je tourne dans l'allée bosselée qui mène à la grange. Lorsque je coupe le moteur, elle sort de la voiture. Je la suis, déverrouille la maison et la laisse monter à l'étage. J'ai survécu au voyage, mais je ne sais pas comment j'ai fait.

J'allume un feu et sors sur la terrasse avec une cigarette.

Elle occupe tellement mes pensées que je ne sais plus ce que c'est, la vie sans elle. À quoi ressemblaient mes journées ? Longues d'ennui, inintéressantes. Je n'ai pas hâte de reprendre mon quotidien. C'est pourtant ce qui m'attend.

– Jake.

Mon cœur manque un battement. Si je me retourne, elle sera bien là ? Je n'hallucine pas ? J'éteins ma cigarette et pivote. Skye se tient debout, à l'intérieur, la lueur du feu danse dans ses cheveux et sur sa peau. Sa mine me semble encore un peu triste, mais elle est là. Aucun mot n'est nécessaire. Je m'approche d'elle lentement et glisse mes mains sur sa taille. Je veux que ce soit différent. Ses mains à plat sur mon torse remontent jusqu'à mon col pour déboutonner ma chemise, mais je l'arrête. Je noue ses bras autour de mon cou et la ramène tout contre moi pour l'embrasser. Je veux y aller en douceur, lui donner un vrai baiser. Je plaque une de mes mains sur sa joue, l'enfonce dans ses cheveux et pince son lobe d'oreille tout en mordillant sa lèvre inférieure.

Son corps d'abord tendu, pendu à mon cou, fond contre le mien. Ses bras s'enroulent sur ma nuque, sa poitrine se love contre mon torse, ses jambes croisent les miennes. Elle ne tient plus que sur la pointe des pieds. On a toute la nuit pour s'envoyer en l'air, mais peu de baisers seront comme celui-ci.

– Jake… soupire-t-elle.

Je dépose mes lèvres sur la commissure des siennes, près de son oreille, dans son cou. Elle retient son souffle. Je fais le chemin inverse, frotte mon nez contre le sien, m'enivrant de sa peau, de son goût de groseille et de son souffle haletant. Je l'embrasse encore. Je veux qu'elle ne pense qu'à moi, qu'elle ne désire que moi.

Lorsque je la vois sourire, abandonnée dans mes bras, je me dis que rien n'est perdu.

CHAPITRE 12

SKYE

Une bonne odeur me chatouille le nez. Jake m'a réveillée en sortant du canapé tôt ce matin, mais je me suis aussitôt rendormie quand il a rabattu la couverture sur moi. Il m'a gardée contre lui toute la nuit. J'ai bien essayé de remonter dans la chambre, mais son « Non, reste… » et son grognement alors qu'il m'a ramenée contre lui pour m'enlacer m'habitent encore. Notre première nuit, blottis l'un contre l'autre. Je n'en peux plus de bonheur, avant même d'ouvrir les yeux.

Lorsque j'entrouvre les paupières, le soleil perce à travers les arbres et les baies vitrées. Des bruits retentissent dans le coin cuisine. Je me redresse, encore embrumée par le sommeil et les courbatures. La soirée a été sportive, mine de rien. Et j'ai dormi sans aucun réveil en sursaut. Dès qu'il bougeait contre moi, je me calais contre lui et il me caressait la nuque. Je n'ai pas souvenir d'une nuit pareille avec aucun autre.

Sa chemise blanche est encore par terre. Je l'enfile et la boutonne avant de le rejoindre près des fourneaux. Comme depuis hier, mon cœur s'embarque dans un rythme bien particulier : puissant et fort, comme le meilleur des cafés. Jake m'adresse un sourire serein sans interrompre sa découpe de fruits. Il est vêtu de son pull marin si sexy. J'ai envie de l'embrasser, mais à la place je pose mes mains à plat sur l'îlot. Il me fait perdre la tête comme personne.

– Hé.

Et je souris beaucoup trop, aussi.

– Bonjour, me répond-il, le regard brillant.

– Tu as besoin d'aide ?

Il s'est lancé dans un festin ! Une salade de fruits, une pâte à pancakes, une quiche lorraine au four à première vue – un plat français que j'adore – et une odeur de viennoiseries fraîches.

– Assieds-toi, dit-il en appuyant sur le bouton de la cafetière.

Une assiette avec un croissant chaud m'attend. Je prends place, perplexe.

– C'est toi qui les as faits ?

– Non. Ils attendaient dans le congélateur.

– Ah, tu me rassures, m'amusé-je.

Tu serais beaucoup trop parfait sinon !

Je croque dedans, affamée. Ça fait beaucoup, non ? Soit il est vraiment mordu et j'ai affaire à un Jake aux petits oignons, un peu étrange mais adorable, soit il a une mauvaise nouvelle à faire passer. M'appâter avec l'estomac, c'est le plan que j'aurais choisi. Surtout avec une quiche.

– On brunche tout à l'heure ? demandé-je alors.

– C'est le but, oui.

Je vais le laisser venir à moi. Je suis trop heureuse pour chercher la petite bête. Une fois mon café prêt, je le sirote en observant chacun de ses gestes. Moi qui n'ai toujours eu que le travail en ligne de mire, je finis par me dire qu'une autre vie est possible. Loin de Carter Corp., même. Une vie avec lui, dans une maison comme celle-ci, rien que nous deux. Je n'avais jamais, pas une seule seconde, envisagé de quitter l'entreprise. Et ce matin, j'y songe. Ce ne serait pas si terrible. Avoir une vie professionnelle moins prenante, me laisser du temps, pour notre vie. Cuisiner ensemble, faire l'amour, voyager…

Avec lui, je dirais oui. Dommage qu'il ne soit pas du tout tenté par cette vie-là. Est-ce que je l'aurai avec un autre ? Aucune envie.

D'un geste du poignet, il ramène une mèche de cheveux en arrière, abandonnant une petite pulpe d'orange sur sa pommette, à laquelle il ne fait pas attention. Ça me fait sourire et je me dévoue. Je m'approche de lui et, sans crier gare, retire le morceau de fruit à l'aide de mon pouce. Je m'attarde un peu sur sa peau. Sa barbe courte fait des ravages quand il me parcourt de baisers. Mon souffle se bloque, le temps que je reprenne mon doigt et que je glisse la pulpe dans ma bouche. C'est comme si j'avais allumé une flamme dans son regard.

– Tu sais que j'ai un couteau dans la main ? dit-il, toujours immobile.

– L'orange me faisait trop envie, répliqué-je en haussant les épaules.

– Tu pouvais demander, enchaîne-t-il en découpant un suprême pour me le donner.

D'humeur à flirter, j'avance sa main jusqu'à mes lèvres et en profite pour sucer ses doigts tout en attrapant le fruit.

– C'est vrai, oui, le provoqué-je avec un sourire.

Il pose le couteau pour enserrer ma taille, des sons rauques s'échappent de sa gorge et me font vibrer.

– Madame la directrice… soupire-t-il avant de m'embrasser.

Il me soulève comme une plume, tout son désir ranimé se fait sentir contre mon entrejambe. Un coup de chaud me saisit.

– Vous êtes insatiable, ajoute-t-il.

Je me mets à rire alors qu'il attaque mon cou, flinguant la possibilité de calmer le jeu.

Oh là là, je le veux encore ! Ce désir n'aura jamais de fin !

J'en suis à espérer qu'une capote apparaisse par miracle dans la cuisine pour qu'on puisse vite s'y mettre, quand des coups retentissent à la porte, nous figeant tous les deux.

Est-ce qu'on hallucine ? Qui peut bien débarquer ici ?

Jake jette un coup d'œil à sa montre, je ne comprends pas en quoi l'heure change quelque chose. Il me repose par terre. Toute mon excitation s'envole d'un coup.

– Les Russes ? murmuré-je, perturbée.

– Ils ne frapperaient pas à la porte.

Vrai. Ça repousse l'hypothèse d'une visite agressive, mais éveille ma curiosité. Et si c'était Joe Kicks de passage ? Qui venait vérifier si tout va bien ? Ça expliquerait le brunch que prépare Jake. Je me précipite jusqu'à la porte pour en avoir le cœur net alors que mon compagnon paraît moins pressé.

J'ouvre le battant en grand et tombe nez à nez avec une jeune femme. La déception me foudroie et j'essaie de ne pas la laisser paraître. La visiteuse m'accorde un sourire tout à fait charmant. Elle a des cheveux violets, coupés en carré long, et des yeux noirs effilés en amande. Sa présence est si inattendue que je ne sais pas quoi dire.

– Salut, dit-elle avec un signe de la main.

– Bonjour, répliqué-je, interdite.

– Je m'appelle Carrie Dartieu, je viens voir Jake, mon partenaire.

Ça fait beaucoup trop d'infos d'un coup. Qui est Carrie Dartieu ? Pourquoi est-elle là où personne n'est censé être ? Comment sait-elle qu'on est là ? Et euh, « partenaire » ? « Jake, mon partenaire » ? Des vertiges m'emportent.

– Je ne comprends pas, ne puis-je que dire.

Elle semble surprise et regarde derrière moi.

– Hé ! lance-t-elle.

Jake s'avance à son tour, je recule pour lui laisser la place.

– Tu as deux heures d'avance, lui reproche-t-il d'un ton froid.

Elle devait venir ? Le brunch, c'était pour elle ? On ne devait pas ne rien dire à personne ? C'est quoi, ces conneries de recommandations qu'il m'a servies, alors ?

– Désolée ! répond-elle avec un sourire content. Tu me laisses entrer ou on va devoir se battre, BG ?

– Tu aurais pu prévenir, tu te crois où ? rétorque-t-il en baissant quand même d'un ton.

Ils sont complices. Aucun doute. Ils se taquinent. Ils sont « partenaires ». Est-ce que c'est la femme à laquelle il téléphonait ? Celle pour qui je ne suis que sa « cliente » ?

Je suis tellement soufflée que tout mon bonheur dégage comme une poussière prise dans une tornade. C'était trop beau pour être vrai. J'ai vraiment perdu la tête, ce n'est pas possible ! J'ai perdu le fil de la réalité. Je tourne les talons pour monter à l'étage.

– Skye ? m'appelle Jake, inquiet.

– Je vais m'habiller, rétorqué-je sans ralentir.

Pourquoi elle l'appelle « BG », d'ailleurs ? Il lui a donné un surnom, à elle aussi ? Je referme la porte derrière moi, perdue.

Il a une autre vie dont j'ignore tout.

***

JAKE

Une fois Skye à l'étage, je m'adresse à Carrie :

– Tu es sérieuse, là ? Je n'ai pas eu le temps de lui dire que tu débarquais.

C'était mon plan, d'où la quiche lorraine au four. Et puis Skye m'a troublé avec l'orange, j'ai préféré me jeter sur ses lèvres. Comme le dernier des cons.

– Tu le sais depuis hier pourtant, réplique Carrie en entrant dans la maison.

Elle pose son sac à dos près du canapé. Sa présence irréelle à cet endroit me renvoie à un quotidien que j'ai mis de côté. C'est si étrange de la voir déambuler dans la grange alors que seuls Skye et moi y vivons depuis quelques jours ! Carrie quitte son perfecto, pose ses mains sur sa taille et me jauge.

– Il s'est passé beaucoup de choses depuis hier, prétexté-je.

– Ça inclut le fait qu'elle porte ta chemise ?

Ce n'est pas qu'elle est en colère, mais plus qu'elle va me pourrir la vie avec des « je te l'avais bien dit ! ». Je la vois très bien jubiler sur place.

– Non, ça, c'est parce que Skye est cleptomane, inventé-je en me rendant dans le coin cuisine pour reprendre mon activité.

C'est surtout Skye qui risque de ne pas décolérer. Et de ne pas me pardonner. Et je comprendrais. J'ai vraiment été lâche. Carrie ricane en secouant la tête. Elle fait comme chez elle : elle glisse une dosette dans la cafetière et met en route un café.

– Pourquoi tu débarques aussi tôt ? répété-je.

– J'étais curieuse de rencontrer Petite Bombe.

Je frissonne. Si Skye l'entend employer ce surnom, je suis un homme mort.

– Ne l'appelle pas comme ça, la préviens-je.

– T'en es encore au « cliente » ? regrette-t-elle avec une grimace.

– Non, « Skye » suffira.

Carrie bat des paupières, accoudée au comptoir.

– Tu es nerveux, hein ?

Affreusement !

– Tu as changé de couleur de cheveux ? Le rose t'allait bien, détourné-je.

– L'époque du rose est révolue. Et ne change pas de sujet.

– Fais attention à ce que tu dis, c'est tout, la prié-je en jetant un coup d'œil à la mezzanine fermée.

Skye a le chic pour débarquer quand on ne l'attend pas, je crains l'impair.

– Promis, je vais me tenir ! On devrait préparer la suite, on doit lui parler sérieusement et lui dire la vérité si on veut qu'elle coopère.

Ça me met si à cran cette idée ! Tout pourrait basculer.

– Je ne sais pas si c'est une bonne idée, dis-je à voix basse. Elle est très impliquée dans Carter Corp., autant dans les fonctions que parmi ses collègues. Ça risque de la… blesser.

Je déglutis. Je suis en train de me trahir comme le dernier des idiots. Carrie opine de la tête en croisant les bras. Je ne ressens pas de malveillance de sa part, mais elle a le don de mettre mes émotions à nu. Avec un regard concerné et un brin malicieux, elle me pose *la* question que je redoutais de sa part :

– Tu craques pour elle ?

Oui, et je refuse de la perdre.

– Là n'est pas la question, dis-je en détournant les yeux.

– Tu craques pour elle.

C'est une affirmation à présent.

– Ce n'est pas une condamnation, Jake, nuance-t-elle. Mais si c'est le cas, c'est mieux que je m'investisse plus à tes côtés. Tu n'as peut-être plus les idées claires.

Je sais tout ça, c'est tout ce que je repoussais le plus loin possible sans y parvenir.

– J'irai par étapes, OK ? ajoute-t-elle. On donnera quelques éléments sans tout dire.

Je n'ai pas le temps d'approuver ou de désapprouver, Skye redescend, en jean et pull. Elle nous rejoint mais tout dans son comportement marque son retrait. Elle prend place sur un tabouret de l'îlot, Carrie l'imite avec son café, je préfère rester debout de l'autre côté.

– Alors, vous êtes qui ? attaque Skye en fixant Carrie.

Mon amie ne se risque pas à me consulter, et tant mieux. Skye doit suffisamment m'en vouloir comme ça. Et Carrie a raison. J'ai besoin d'elle.

– Je suis détective privée, je donne un coup de main à Jake dès qu'il en a besoin.

Elle élude le FBI pour l'instant, c'est une bonne façon d'amener les choses. Skye opine, mais elle reste sur la défensive.

– C'est vous qu'il appelle en râlant ? rétorque-t-elle.

Carrie se mord la lèvre pour ne pas sourire trop fort. Finalement, je suis content qu'elle ait surpris ma conversation téléphonique. Ça apporte du crédit à cette histoire.

– Elle t'a cerné, hein ? s'amuse-t-elle pourtant en me jetant un regard.

Je hausse les épaules. *Ça, c'est certain.*

– Oui, c'est bien moi qu'il engueule parfois au téléphone. Jake peut être passionné.

Ça rajoute du soupçon plus qu'autre chose. Skye se raidit encore.

– Et pourquoi est-ce qu'il ne pouvait pas me parler de vous jusque-là, prétendument pour votre sécurité, alors que vous débarquez ce matin ? Comme ça ? Sans vous annoncer ?

En la voyant croiser les bras, je mesure le niveau d'énervement de la DAF. Même Carrie est désarmée sur le coup.

Eh oui, je te présente Skye Elliott, électron libre et incontrôlable.

– Parce que nous avons décidé de changer notre protocole de sécurité, annonce Carrie.

Bien joué. Pourtant, ça provoque un rire blasé chez Skye.

– Un « protocole », rien que ça. Vous êtes détective et lui garde du corps, on va se calmer sur le vocabulaire.

Carrie me jette un regard interloqué, je me contente de la fixer l'air de dire : « À quoi tu pouvais bien t'attendre ? Elle est redoutable, ce n'est pas faute de t'avoir prévenue. »

– Oui, désolée, c'est une habitude qu'on a prise quand on travaillait ensemble pour le gouvernement. C'est là qu'on s'est rencontrés.

L'ajout raidit la silhouette de Skye.

Carrie, à quoi tu joues ?

– On n'est pas obligés d'aller jusque-là, l'interromps-je avec toute la fermeté possible.

– C'est trop tard, proteste Skye. De quoi vous parlez, au juste ?

Le temps d'échanger un regard, Carrie et moi, et on met le feu aux poudres.

– Est-ce que tu as vraiment été militaire ? m'interroge Skye en bondissant sur ses pieds. Est-ce que tu es vraiment un garde du corps ? Est-ce que c'est à cause de toi qu'on nous a tiré dessus à l'aéroport de Moscou ?

Ses suppositions me glacent. J'ai une armure très efficace, cadenassée. Et jamais encore je ne m'étais senti si menacé qu'à cet instant. Parce que tout ce que je craignais arrive. Plus rien ne sera comme avant, cette fois c'est certain. Je reprends mon ton des premiers instants, ma posture immuable, celle que j'utilise à Carter Corp.

– Je suis le garde du corps de Ryan Carter et il m'a mis à ton service. Je ne peux pas t'en dire plus, tu vas devoir te contenter de ça pour le moment, lancé-je sans retenir mon ton sec.

Skye a un mouvement de recul en m'entendant.

C'est mieux pour toi, crois-moi.

– Jake, dis-lui la vérité, m'encourage Carrie.

– Tiens-toi en dehors de ça, rétorqué-je rudement.

Mon amie serre les mâchoires.

– Skye n'est pas une petite chose fragile, me renvoie-t-elle.

– Oui, merci ! approuve Petite Bombe.

Bordel. Les deux s'y mettent maintenant.

– Je sais que Skye est têtue, capable de tout et elle est très bien comme ça ! Mais ça ne changera rien à *ma* décision.

Skye décroise les bras, hébétée. Carrie soupire.

– On ne peut rien tirer de lui quand il est comme ça. Je venais aussi et surtout pour donner des nouvelles de notre enquête. J'ai fouillé le cas Aleksei Votiakov, mais je n'ai rien trouvé d'étrange. Il a fait fortune dans le textile et a changé de branche pour entrer dans la filiale moscovite de Carter Corp.

Toute l'attention de Skye se plante sur cette question. Elle grimace, ne semble pas comprendre et s'en agace d'autant plus.

– Pourquoi enquêter sur Aleksei ? Il est innocent dans cette histoire !

– On doit douter de tout le monde dans ces affaires-là, explique Carrie. Ça permet de les retirer de la liste des suspects. Quant à son assistant mort, ça devient plus intéressant. Ou inquiétant, question de point de vue.

– De quoi il s'agit ? insisté-je, intrigué.

– Piotr Ozerov travaillait dans le nucléaire. Un petit programme d'une obscure branche gouvernementale tenue par un oligarque.

Skye ne semble pas mesurer le poids de cette trouvaille. Moi, elle me stupéfie. Ce serait pour cette raison-là que Carter Corp. l'aurait embauché ? Il aurait détourné de l'argent pour aider à développer ce programme ? Ou alors…

– Ryan Carter développerait un programme de recherche sur le nucléaire ? formulé-je.

Carrie hausse les épaules mais elle pense comme moi. Ce serait énorme comme découverte pour le FBI. La Bratva fournirait des agents de sécurité qui se débarrasseraient des failles. Votiakov est peut-être plus impliqué dans cette histoire qu'on ne le croyait, il se poserait comme le bras droit de Carter. Ce qui expliquerait pourquoi le P.-D.G. aurait écarté la fouineuse Skye pour la remplacer par son complice. Il puiserait l'argent dans sa propre compagnie, ni vu, ni connu.

– Vous vous entendez parler ? s'insurge Skye. Vous dites n'importe quoi !

***

SKYE

C'en est trop !

– Vous accusez Ryan de tremper illégalement dans le nucléaire, c'est ridicule !

– Ce ne sont que des suppositions, tempère Jake. Mais on le soupçonne, oui.

Une fureur inédite me secoue les entrailles.

– Je croyais que tu travaillais pour Ryan, pas contre lui ! accusé-je Jake, le cœur tambourinant.

– On ne peut pas écarter des pistes seulement parce qu'on apprécie la personne, sermonne Carrie. Et pour l'instant, elles nous mènent dans cette direction.

– Parmi d'autres, nuance Jake.

Carrie le fusille des yeux. Je refuse d'en entendre davantage. D'abord cette femme qui débarque de nulle part et dont j'ai à peine entendu parler, ensuite les secrets de Jake qu'il refuse encore de me révéler malgré l'insistance de sa partenaire, et maintenant ces hypothèses absurdes ! Jake a engagé une détective privée pour l'aider à gérer cette affaire et ils débouchent là ? Je n'arrive pas à le croire.

– Vous pensez ce que vous voulez, mais vous ne m'embarquez pas dans vos délires, décidé-je en reculant.

Non, non. Hors de question de les suivre.

– Skye, attends, tente de me retenir Jake. Parlons, s'il te plaît.

Je tourne les talons.

– Vos histoires ne m'intéressent pas !

Je grimpe l'escalier et m'enferme dans la chambre. Impossible de juste me poser, je fais les cent pas. Je suis trop en colère, et trop écœurée. Comment Jake peut-il délirer à ce point ? Lui qui était si solide et si réel, il m'apparaît soudain comme un inconnu. Il m'a caché ses véritables intentions : enquêter sur Ryan. Si je ne préviens pas mon P.-D.G., ils me rendront complices de leur folie ! Que dois-je faire à présent ? Je plaque mes mains sur mon visage et me retiens de hurler. La seule chose qui parvient à me calmer, c'est la boîte à musique que m'a offerte Ashton hier soir.

Elle prend tout son sens, comme si elle était la seule chose vraie dans cette maison, juste à cet instant. Elle est le cadeau d'Ashton, mon ex mais aussi mon collègue, qui fait partie des gens bien de Carter Corp. Ryan croit en nous, je ne vais pas lui faire faux bond.

Je sors mon répertoire et cherche le numéro de Colin. Moi aussi, j'ai mes contacts. J'ai plus confiance en lui qu'en cette Carrie. Jake… je ne sais plus. C'est encore trop vif pour décider quoi que ce soit. Il est encore tôt pour Colin, mais tant pis. Il met du temps à décrocher. Sa voix m'indique qu'il dormait encore et qu'il a dû veiller tard, très tard.

– Quoi ? grogne-t-il.

– Colin, c'est Skye, je suis désolée de te déranger si tôt.

J'entends des bruits sourds, il a l'air de bouger.

– Putain mais t'étais où ? J'ai essayé de t'appeler plusieurs fois.

– J'ai dû changer de téléphone, longue histoire. Tu as trouvé quelque chose ?

– Donne-moi dix secondes.

Il a l'air de poser son téléphone et d'autres bruits se font entendre en fond. J'espère qu'il va contredire cette Carrie et me donner des arguments pour ouvrir les yeux de Jake. Il se fait peut-être manipuler par cette détective. Ça fait un an et demi qu'il est là, dans les pas de Ryan. Comment peut-il croire à tout ça ?

– Alors, Piotr Ozerov.

Colin tape sur les touches d'un clavier à toute vitesse.

– Entré à Carter Corp. sur recommandation de Votiakov, il travaillait dans un programme nucléaire en amont. Apparemment, il faisait le lien entre les laboratoires et les sites d'extraction d'uranium, il devait avoir un sacré carnet de contacts.

Mon estomac se noue si douloureusement… Donc Carrie avait raison sur ce point.

– Et la boîte qui a été sollicitée par Ozerov ? Pour l'achat de matériel informatique ?

– Informatika Inc. ? Pour l'instant je ne trouve rien d'étrange. Ce qui me paraît tout à fait *étrange*, ajoute Colin. Elle est trop parfaite, on dirait une société écran. Mais je ne peux rien confirmer pour l'instant.

– OK.

Une autre question me démange. J'hésite, mais après tout, ils ne se gênent pas en bas.

– Est-ce que tu pourrais enquêter sur une détective privée ? Carrie Dartieu ? Elle aurait travaillé pour le gouvernement.

– Elliott, soupire Colin.

– Je sais, je sais, j'exagère. Tu pourras me demander n'importe quoi en échange !

– Ce n'est pas ça, mais… enquêter sur des agents gouvernementaux, même retraités, ce n'est pas très légal.

Je me mordille la lèvre. Si je pouvais le faire moi-même, je le ferais, pour ne pas embarquer Colin avec moi. Mais j'ai besoin de vraies réponses.

– Je comprends, mais cette détective est persuadée que Ryan est l'auteur des détournements d'argent. On doit faire quelque chose.

Colin retient son souffle.

– Qu'est-ce que c'est que cette histoire ? C'est ridicule ! Ryan ne détournerait pas son propre argent.

Sauf pour cacher des activités illégales.

Ça s'implante dans ma tête. Je repousse tout ça avec colère. Je refuse de prêter plus d'attention aux divagations de Carrie et Jake.

– Je vais chercher qui elle est, décide Colin.

– Merci.

– Je reviens vers toi, si tu ne changes pas de numéro d'ici là.

Il raccroche et je me laisse choir sur mon lit, toujours aussi troublée. Tout était si parfait ce matin, je veux revenir à cet instant où Jake ne voulait que me protéger. Ça me remue si fort qu'un sanglot me serre la gorge. Je *voulais* que ce soit parfait, mais ça ne l'était pas. Je ne veux pas me tromper à nouveau sur un homme. Pas maintenant en tout cas. Ce matin j'étais persuadée que Jake était ce… *rebound guy* qu'on veut en fait garder toute sa vie. Mais maintenant, en voyant la boîte à musique, je me dis qu'Ashton m'a déjà livré le pire de lui-même. Je le connais.

J'écrase mes larmes et respire avec plus de calme. Je ne peux pas abandonner les deux en bas. Je dois redescendre et les contredire jusqu'au bout. Les convaincre qu'ils ont tort. Jake a bien précisé que c'était une piste parmi d'autres, après tout.

Une fois remise, je sors de la chambre. Mon cœur, lui, n'a pas fini de frapper ma poitrine. J'ai surtout envie de rager, mais je vais me contenir. C'est silencieux en bas. Les deux voix discutent dehors, sur la terrasse, et ils me tournent le dos.

– Arrête de raconter n'importe quoi, s'agace Jake.

Bien ! Renvoie-la paître ! Ouvre les yeux !

– Tu n'as pas vu ce que j'ai vu, BG.

Arrête de l'appeler BG, bon sang !

– Skye est parfaite pour toi.

Je m'immobilise, une sueur glaciale plongeant le long de mon échine.

Hein ?

Je ne vais pas les interrompre tout de suite. Je passe discrètement derrière le canapé et tends l'oreille.

***

JAKE

Je soupire. Après ce premier palier de révélations franchi, j'en doute. Ça m'ouvre juste les yeux sur la fausse route qu'est la mienne. J'allume une cigarette, sur les nerfs.

– Skye a déjà quelqu'un, un homme de la boîte. Qu'elle connaît depuis très longtemps.

– Je croyais que c'était son ex.

– Ils sont en train de renouer.

Carrie lève les yeux au ciel.

– On ne renoue pas comme ça, arrête.

– Tu ne les as pas vus hier soir : à se dévorer des yeux en racontant les potins de cette maudite boîte, ou à s'enlacer sous le porche. Skye hésite encore, elle n'est pas disponible.

– Et elle se retrouve dans tes chemises par accident ?

Non. Je suis juste son « homme pansement », celui dont elle va se servir pour comprendre qu'en fait, elle est bien avec Ashton. Et comme elle ne me pardonnera pas mes mensonges, je peux affirmer que je l'ai poussée dans les bras de son ex avec une rare efficacité !

– Pas tes affaires, grogné-je.

Carrie m'envoie son poing dans le bras.

– Putain tu fais mal !

– J'espère bien ! s'exclame-t-elle avec rage. Depuis quand tu ne te bats pas pour ce qui en vaut la peine ? Quand toute cette histoire aura une fin, il ne sera plus question de mission périlleuse ! Elle peut encaisser deux-trois mensonges pour cette raison, mais pas plusieurs couches de suite !

Son discours me touche mais j'ai mis tant d'années à me bâtir une forteresse, à me protéger moi et protéger les autres de moi-même…

– Skye est spéciale, avoué-je. Mais je la blesserai. Je la blesse déjà. Et je ne veux pas être son bourreau. Si elle peut trouver mieux, je ne la retiendrai pas.

Carrie lève les yeux au ciel.

– Cet Ashton ne t'arrive pas à la cheville, grommelle-t-elle.

– Ça, on est bien d'accord. Mais il n'y a pas que nous deux dans son océan.

Il y a aussi Gabriel qui pourrait, à la rigueur, la rendre heureuse.

– Bon, je vais rentrer, décide Carrie avec un soupir.

– Déjà ? m'étonné-je.

– On a mis un pied dedans, à toi de jouer. Cela dit, étant donné la situation, j'attends de toi plus d'infos. Tiens-moi au courant de tout.

J'acquiesce. Je suis compromis dans cette histoire. En temps normal, je devrais me retirer, mais Carrie ne l'envisage pas. Tant mieux, je ne l'aurais pas fait de moi-même. Mais elle va d'autant plus me surveiller maintenant.

– Jake, cela dit, parle avec elle. Quand Skye apprendra ce que tu as fait et ce que tu fais encore, elle s'éloignera forcément. Elle voudra se protéger et c'est bien normal. Mais tu peux encore éviter une réaction bien plus difficile.

J'acquiesce, le ventre noué.

– Sois prudent et essaie de ne pas trop déconner.

Elle m'arrache un sourire.

– C'est trop tard pour ça, non ? relevé-je.

Elle me prend dans ses bras pour une accolade, puis elle rentre à l'intérieur. Elle enfile son perfecto, saisit son sac et se dirige vers l'entrée. Je la suis jusqu'à sa voiture pour la saluer. Elle me laisse avec l'impression d'avoir ouvert une porte de sortie dans toute cette histoire.

***

Dès qu'ils sont dehors, je m'extirpe de derrière l'îlot où j'ai trouvé refuge au moment où ils ont posé le pied à l'intérieur. Je fonce à l'étage, le cœur battant. Je suis vraiment déboussolée. Je ne sais plus qui croire. Jake est persuadé que je suis en train de renouer avec Ashton, il n'a pas approuvé Carrie quand elle lui a dit qu'on était bien tous les deux, il a juste l'air de vouloir se sortir de… nous. Ça ne fait que confirmer tout ce qu'il m'a dit en vérité : il ne veut rien de plus. Et il a peur que je le retienne, peur de me blesser parce que je suis accro à lui.

Au-delà de tout ça, de quoi pouvaient-ils bien encore parler ? Qu'est-il en train de faire et qu'a-t-il fait ? Qui me fera fuir ? Est-ce que… est-ce qu'il a vu qu'il me plaisait et qu'il couche avec moi pour me garder sous le coude ? Est-ce qu'il se sert de moi ?

Toute la sécurité que je ressentais ici s'envole. Une angoisse sourde s'étend en moi.

Qui est Jake ?

Qui est cet homme pour qui je craque ?

Est-il destiné à me faire souffrir ? Même son amie le pense.

Que dois-je faire ?

Les trois coups à la porte me font sursauter.

– Skye ? Je peux entrer ?

Je voudrais lui dire non, mais je suis coincée. Je suis seule ici, avec lui. Mon souffle se raccourcit.

Ce n'est pas lui qui me fait peur, mais mon amas d'émotions disparates et cette crainte monstrueuse qui piétine tout.

– Oui, dis-je d'une voix tremblante.

Il ouvre la porte sans entrer dans la pièce.

– Ça va ? Tu veux qu'on discute ?

Mais de quoi ? Pourquoi devrais-je le croire ? Mon histoire avec Ashton m'a appris quelque chose et je vais retenir cette vérité-là pour le moment : je tiens plus à lui que lui à moi. Il est temps que je me protège à mon tour.

– Non.

Il baisse les yeux.

– Je suis désolé pour ce matin. J'aurais dû te prévenir que Carrie allait…

– Non, je n'ai pas envie de discuter.

Il acquiesce.

– Très bien. Est-ce que je peux prendre une douche ?

Je tends le bras en direction de la salle de bains pour lui indiquer qu'elle est libre. Il entre dans la pièce et s'y enferme. Je demeure pétrifiée dans ma chambre. Le bruit de l'eau me sort de ma torpeur. J'étouffe ici, tous ces secrets me prennent à la gorge !

Je n'ai plus qu'une chose à faire : déguerpir. Et je n'aurai pas beaucoup de fenêtres d'action comme celle-ci. Je ne vais pas prendre ma valise, trop contraignante. Je sors un sac en toile, fourre le principal à l'intérieur, abandonnant brosse à dents et soins auxquels je n'ai pas accès, enfile mon manteau et descends l'escalier.

Je n'ai plus qu'à chercher les clés de la voiture. Il ne les dépose pas dans le vide-poche de l'entrée, il doit les garder dans ses affaires. Au summum de la nervosité, je fouille les poches de Jake. Le bruit de l'eau s'arrête à l'étage. Je me mets à trembler comme une feuille. Dès que les clés surgissent de sa veste, je bondis sur la porte d'entrée. Jake s'habille vite, donc aucune seconde à perdre ! Je m'élance jusqu'à la voiture, jette mon sac à l'intérieur et démarre aussitôt en priant le ciel et les étoiles de ne pas m'embourber.

Lorsque je débouche sur la route et que je pars en direction de New York, un mélange de soulagement et de culpabilité me remonte dans la gorge. Mais je ne ferai pas demi-tour.

CHAPITRE 13

SKYE

Lorsque je pose le pied dans le hall de Carter Corp., j'ai l'impression d'être une touriste perdue et curieuse. J'ai toujours porté un tailleur dans l'enceinte de l'entreprise, alors me retrouver en jean et pull amplifie cette sensation de ne pas être à ma place. Je ne suis pas passée par chez moi, je ne voyais aucun autre endroit où aller qu'ici. Je dois avouer qu'après deux bonnes heures de route, de fureur et d'interrogations, tout mon coup de sang s'est refroidi. J'ai poursuivi mais sans savoir quoi faire une fois à New York. Pourtant, ma destination est évidente. Mon entourage à Carter Corp. est un gage de sécurité.

Après Jake.

Non, non, non, il faut que je me déshabitue à songer à lui de cette manière. Il a essayé de m'appeler plusieurs fois, je l'ai ignoré, c'est un bon départ. Mais je n'arrive pas à ne pas culpabiliser.

Un poids dans le ventre, je me dirige vers l'accueil où travaille Lisa. J'espérais bien qu'elle serait là et sa vue me fait tressaillir de bonheur et d'impatience.

– Skye ? s'ébahit-elle quand elle m'aperçoit. Mais qu'est-ce que tu fais là ? Je te croyais en vacances !

– Je ne fais que passer, dis-je avec un sourire.

Lisa se tourne vers sa collègue et s'excuse en lui disant qu'elle lui laissera volontiers sa prochaine pause en échange de celle-ci. Puis elle sort de l'espace d'accueil et je tombe dans ses bras. Elle m'a tellement manqué ! Je suis sûre que si elle avait été présente auprès de moi, j'aurais commis moins d'erreurs.

– Allons boire un café, m'invite-t-elle avec un clin d'œil.

On se réfugie à l'étage des espaces de détente, dans le coin cafétéria.

– Tu n'étais pas partie ? Tout le monde imagine que tu te dores la pilule au soleil.

Les mains autour de ma tasse, je me permets une grimace perplexe. Ryan a dû donner une version officielle à l'opposé de la vérité.

– Pas tout à fait, non. C'était plus du genre « nature humide » que « sable chaud ».

– Si Ryan s'aperçoit que tu es revenue avant la fin de tes congés, il te fera la peau ! Je l'ai déjà entendu dire que tu méritais amplement ces vacances et qu'avec ton addiction au travail, ce n'était pas du luxe.

Vexée, je me renfrogne.

– Je ne suis pas « accro au travail ».

– Ah oui ? Et qu'est-ce que tu fais là, alors ? questionne Lisa en clignant des yeux.

Je fuis Jake et mes incertitudes.

– Je ne fais que passer pour voir si tout va bien, répété-je, maussade.

– Moui, doute Lisa en me scrutant. Et la Russie ? Raconte ! C'est quoi, cette histoire d'agression ? Quand j'ai essayé de t'appeler, tu n'as pas répondu. Heureusement, Gabriel m'a dit que tu allais bien.

Je lui déroule la version officielle de mon voyage en omettant les moments partagés avec Jake, qui n'ont rien à voir avec le travail. J'avais envie de les évoquer avec elle, mais je me sens… bloquée. Pourtant, le sujet me ramène en tête le pendentif d'ambre que j'ai acheté à Moscou et que je pourrais offrir à mon amie. Il doit même se promener dans un sachet au fond de mon sac. Mais non. Je n'ai pas envie de m'en séparer. Il me rappelle trop Jake, ou plutôt le Jake que j'ai appris à connaître en Russie. Et que je n'ai pas envie de laisser partir, malgré la débâcle d'aujourd'hui.

Sans entrer dans les détails concernant l'attaque armée, je passe au fait que Ryan m'a envoyée dans un coin perdu avec Jake pour que je me repose.

– Donc, tu enchaînes combien de jours en tête à tête avec Jake « beau gosse » Stewart, au juste ? s'amuse-t-elle.

– Beaucoup trop, grommelé-je.

– Oh allez, accouche, p'tite licorne, me charrie-t-elle en me donnant des coups de coude. Après plusieurs journées et plusieurs nuits dans le même périmètre resserré, rien ? Même pas un petit dérapage ? Un coup d'œil indiscret ? Hein ? Hein ?

Je déglutis. Après tout, pourquoi lui cacher mon *crush* ? Elle sera la mieux placée pour m'aider à gérer tout ça. J'espérais garder toute cette histoire pour moi afin de mieux la chérir et l'oublier sans qu'un tiers n'y mette son nez et la déforme, mais est-ce même possible ?

Je pousse un soupir en dodelinant de la tête.

– Pour tout t'avouer… ça a commencé à Moscou, par lui, reluquant mes sous-vêtements alors que je sortais de la douche. Il y a eu contact, malentendu, dîner au restaurant et patinoire. Puis un baiser torride dans l'avion. Et on a couché ensemble sur mon lieu de vacances. Plusieurs fois. Dans la douche, sur le lit et sur le canapé.

Rouge à vif, tremblante d'embarras, je reprends mon souffle au bout de ma confidence brouillon, espérant que mon amie experte suive sans difficulté. Je glisse un regard vers Lisa, elle me fixe, sidérée, la bouche légèrement entrouverte.

Bon. D'accord. Je ne suis pas tellement démonstrative d'habitude, donc ma tirade lui cloue le bec. Et quelque part, ça me fait plaisir. Moi, la DAF en couple pépère depuis sept ans, je viens de surprendre la brillante et séduisante Lisa sur son propre terrain. J'ai envie de parler de ma découverte, du Jake incroyable, drôle, patient, bienveillant que j'ai connu. Et contre lequel ma colère s'épuise. Je ne sais toujours pas quelle vérité il m'a dite ou cachée, mais Jake ne m'a jamais fait de mal, il m'a toujours protégée, écoutée et soutenue dans mes décisions. C'est bien parce qu'il est spécial que je suis partie. J'ai si peur d'être à nouveau blessée. Les paroles de Jake me reviennent aussitôt en tête : « La peur reste toujours, il faut apprendre à la dompter. » Ce sera toujours un risque, quoi qu'il en soit. Mais il a raison. Je suis peut-être partie trop vite pour me défendre, sans faire face à cette possibilité-là.

– Attends, attends. Tu as couché avec ton *bodyguard* ? reprend Lisa.

J'acquiesce vite.

– Et c'était comment ?

Les yeux de Lisa pétillent de curiosité.

– Fabuleux, bien sûr. Mais ça n'est que du sexe, il ne veut rien de plus.

Et il a tant de zones d'ombre encore.

– Ah. Combien de baisers dans tout ça ? interroge mon amie.

– Qu'est-ce que c'est que cette question ? relevé-je, cramoisie. Je n'ai pas compté.

Elle me jette un regard encore plus stupéfait que celui qui a suivi ma première annonce.

– Quoi ? balbutié-je.

– Toi ? Tu n'as pas compté ?

Nope. J'ai lâché prise.

– Quel est le rapport avec tout le reste ? On s'est toujours embrassés pendant qu'on couchait ensemble, comme n'importe qui, grommelé-je. Sauf bien sûr quand sa bouche était… occupée… ailleurs.

Je vais sombrer dans le malaise le plus total si ça continue !

– Euh, non. Non, on ne passe pas son temps à rouler des pelles à son plan cul, m'instruit Lisa. Vous faisiez l'amour, et c'est différent.

Si c'est une vérité générale, voilà qui devrait envoyer balader mon doute concernant le fait qu'il a couché avec moi seulement pour me garder auprès de lui et me faire avaler son histoire de « Ryan, détourneur d'argent ». Mon cœur s'emballe rien qu'à cette idée.

– Tu crois ?

– D'après ma longue expérience et celle de Gabriel, oui !

Hier soir, c'est Jake qui a insisté pour qu'on s'embrasse un long moment, dans un premier temps, sans aller plus loin. Et c'était si intense… si dénué de désir sexuel, seulement plein d'une envie d'émotions fortes avec l'autre. Il n'aurait pas fait ça s'il voulait juste m'utiliser ? Ce serait beaucoup trop tordu sinon ! J'étais déjà descendue le chercher pour coucher avec lui, il n'avait qu'à s'exécuter.

– Tout est si confus, murmuré-je.

Lisa me prend contre elle.

– Et c'est bien normal. Tu sors d'une longue relation. Prends ton temps pour la suite, Jake n'est peut-être que ton *rebound guy*. Celui qui te rendra confiance mais que tu remets sur le marché derrière.

Ça me semble bien cruel, dit comme ça.

Lisa regarde sa montre et lave sa tasse dans l'évier.

– Je vais devoir y retourner. Tu me tiens au courant ?

– Promis.

Le temps de poser sa vaisselle et elle m'enlace à nouveau en glissant un « prends soin de toi » à mon oreille avant de partir. Je passe ma tasse sous l'eau, plongée dans mes pensées. Peut-être que je répondrai à son prochain appel. Je vais monter dans mon bureau et m'assurer que tout roule avant de sortir faire un tour. J'ai besoin d'un plan B à présent.

Je traverse l'étage au milieu des regards étonnés et des chuchotements. Je précise à deux ou trois collègues que je ne suis là pour personne et j'accélère pour atteindre mon bureau. Je pense être à l'abri dès que je l'ouvre mais je sursaute en découvrant une présence inattendue à l'intérieur.

– Skye !

– Aleksei !

Je pose une main sur mon cœur, le souffle coupé par la surprise.

– Mais qu'est-ce que vous faites là ? demande-t-il, lui aussi étonné.

Je pourrais lui retourner la question ! Il était censé travailler au dernier étage, et non pas dans mon bureau. J'observe vite les lieux : quelques dossiers sont étalés sur ma table, pas de bazar, mais il a fouillé. Toutes les paroles suspicieuses de Jake et Carrie me reviennent en tête. J'ignore pourquoi, mais je me sens saisie d'une sueur froide inquiétante. Peut-être qu'elle est due à mon homologue qui me scrute en silence, les traits fermés.

– Je venais chercher ma plante, inventé-je en me forçant à sourire.

Je me dirige jusqu'au petit ficus posé près des baies vitrées.

– La dernière fois que je suis partie, personne n'a arrosé mes plantes et je n'ai trouvé que des pots de terre en rentrant.

Je termine là en déglutissant. *Ne jamais donner trop de détails quand on ment !*

– Et vous ?

Aleksei secoue la tête en levant les bras.

– Ryan m'a demandé d'aller lui chercher un dossier pour travailler. Je me suis permis de descendre le chercher, dit-il en saisissant la première chemise cartonnée d'une pile. Je vais pouvoir remonter.

Il fait quelques pas vers la porte.

– Je ne dirai rien à Ryan mais seulement si vous me promettez de partir le plus vite possible avec votre plante, ajoute-t-il, souriant.

De plus en plus nerveuse, ne sachant pas vraiment si son ton est menaçant ou non, je hoche la tête, feintant d'être amusée.

– Promis, je prends mon ficus et je file !

Et il sort avec un signe de la main. Je reste pétrifiée un instant avant de faire le tour de mon bureau. Je connais mon rangement par cœur. Je détecte très bien les dossiers qui ont bougé ou qui ne sont plus à leur place. Aleksei a fouillé dans mes affaires… sous les ordres de Ryan ?

Une nausée me contracte l'estomac. Si c'était un mensonge, Aleksei aurait-il vraiment pris le risque de donner Ryan comme alibi, au risque que je demande des comptes au P.-D.G. ? Carrie et Jake ont-ils raison ? Je crois que je vais être malade !

Je sors du bureau et repars tout en saluant les collègues que je croise. J'attrape un ascenseur au passage et tombe nez à nez avec Gabriel et Matt.

– Skye ! lance Gabriel, tout sourire. On a dix minutes avant une réunion, tu nous les accordes pour un café ?

Je suis vraiment contente de tomber sur eux et j'accepte aussitôt. Ils vont me changer les idées avant que je trouve un point de chute autre que mon appartement.

***

JAKE

De toute ma carrière de *bodyguard* et d'agent du FBI, je n'ai JAMAIS été aussi remonté. Mon rythme cardiaque n'a pas cessé de s'emballer, j'ai cru plusieurs fois que j'allais incendier les voitures qui n'avançaient pas à New York, et je suis encore persuadé que mon meilleur plan à présent est de menotter Skye Elliott à une chaise fixée au sol pour qu'elle ne me fausse plus JAMAIS compagnie comme elle vient de le faire.

Quand je pense que j'ai dû courir jusqu'à la route pour embarquer dans la première voiture qui passait, être déposé dans la ville la plus proche, louer un véhicule et rentrer à toute vitesse à New York... Quand je pense que j'ai fourni à ma protégée un putain de portable non traçable en guise de cadeau... Quand je pense que j'ai été suffisamment stupide pour croire qu'elle allait avaler toute notre histoire, à Carrie et moi, sans réagir !

– Dès que je te retrouve, Petite Bombe... grommelé-je, fébrile.

Je ne suis pas idiot, s'il y a bien un endroit où elle s'est rendue, c'est cette foutue tour Carter Corp. En sueur, les mâchoires serrées, les yeux guettant la moindre chevelure noire et bouclée en vadrouille, je me dirige vers le comptoir d'accueil d'un pas martial. Si Lisa Parker l'a vue, elle me le dira. Je plaque mes mains devant elle et me retiens de hurler. La réceptionniste lève un regard ahuri sur moi.

– Où est Skye ? interrogé-je, en hachant chacun de mes mots.

– Bonjour à vous aussi, rétorque-t-elle, agacée.

– Ne me forcez pas à me répéter !

Lisa plisse les yeux et croise les bras.

– Votre job est de protéger Skye et vous la perdez ?

Loin de m'apaiser, sa remarque me raidit la nuque. Je n'arrête pas de m'en vouloir, je n'ai pas une seule seconde de répit avec ma culpabilité. Et si Skye était déjà entre les mains de la Bratva ? Et si l'homme au poignard tatoué lui avait déjà fait du mal ? Et si elle gisait quelque part, dans une mare de sang ? Je ne m'en remettrai jamais. La colère et la panique grondent si fort en moi que je frappe le comptoir du poing, faisant sursauter les quelques personnes aux alentours.

– Si vous tenez vraiment à la vie de votre amie, vous avez intérêt à me répondre ! vociféré-je.

Lisa pâlit sur le coup. J'inspire en tentant de me calmer.

– Je dois la retrouver, reprends-je d'un ton rauque et impatient, mais plus bas. C'est tout ce qui compte pour moi.

Je la regarde droit dans les yeux, fiévreux. Skye est là. Elle *doit* être là, saine et sauve.

Pitié, dis-moi que tu l'as vue.

Lisa affiche un mince sourire et finit par acquiescer.

– Elle est passée un peu plus tôt, oui, confirme-t-elle. Elle doit être encore dans la tour.

Un flot de soulagement me balaie. Toute ma tension baisse d'un cran.

OK, Petite Bombe. Tu es dans ton bureau.

Je pivote et commence à m'éloigner quand la voix de son amie me retient.

– Attendez !

Je regarde par-dessus mon épaule.

– C'est quoi, vos intentions envers elle ?

Qu'est-ce que c'est que cette question ? Skye lui a balancé que j'étais un type horrible ? Comme je reste muet, elle ajoute :

– Je vous tiens à l'œil, Jake, me prévient-elle avant d'en revenir à ses tâches.

Putain, il ne manquerait plus que ça ! Je m'éloigne en direction des ascenseurs et sors mon portable. Peut-être que Skye décrochera cette fois. Je pourrais la prévenir qu'elle a deux minutes pour me préparer une défense béton, le temps que je monte dans les étages jusqu'à elle.

– Jake.

Sa voix me stoppe en plein milieu du hall. Ma colère revient comme un boomerang.

– Bordel Skye ! Où es-tu ?! m'exclamé-je.

– Là où je me sens le plus en sécurité, pas de quoi paniquer, réplique-t-elle avec un flegme qui me fait d'autant plus enrager.

Je serre les dents pour retenir un rugissement. Et c'est utile car j'entends une seconde voix, près d'elle : une femme lui souhaite un bon séjour à l'Oxford Bridge, l'hôtel dans lequel nous nous étions réfugiés avant notre départ pour la grange. D'une manière ou d'une autre, Petite Bombe s'est faufilée en dehors de Carter Corp. sans que son amie la voie passer.

– J'arrive tout de suite ! lancé-je en raccrochant.

Je fais demi-tour et cours jusqu'à la voiture. Je démarre en trombe. L'hôtel n'est pas loin et heureusement ! Un trajet plus long aurait eu raison de moi. Je déboule à l'Oxford Bridge et présume qu'elle a repris la chambre dans laquelle elle était. Sac à dos sur l'épaule – avec mes armes, on ne sait jamais –, je grimpe donc les étages, bouillonnant de colère contre moi-même. Je l'ai vraiment laissée m'échapper ! Je n'en reviens toujours pas. Et tant que je ne l'aurai pas sous les yeux, preuve vivante que tout va bien, je ne me détendrai pas. Une fois devant sa porte, je tambourine.

– Skye ! C'est moi ! Jake !

Mais personne. La panique me tord l'estomac. La Bratva est-elle arrivée avant moi ? Je recule d'un pas pour défoncer la porte. Si je la trouve dans un sale état, je risque de péter un câble. Il y aura des morts. Rien ne pourra m'arrêter.

Mes cris ont dû interpeller quelqu'un dans la chambre voisine puisque j'entends le battant d'à côté s'ouvrir alors que je m'apprête à envoyer mon pied dans la porte.

– Là où je me sens le plus en sécurité, j'ai dit.

Skye. Saine et sauve.

Dans la chambre que j'occupais, *moi*.

En une phrase, elle désamorce tout : colère, rage, peur. Je ne ressens plus qu'une émotion brutale de soulagement et une once de culpabilité encore présente. Un besoin de la prendre contre moi qui me pousse à la rejoindre et à la blottir dans mes bras. Elle ne me repousse pas et ça me bouscule encore plus. Le nez dans ses cheveux au pain d'épices, je ferme les yeux quelques secondes.

– Ne me refais plus jamais ça, s'il te plaît.

Et ce n'est pas l'ordre que j'ai répété sans cesse dans ma tête qui sort de ma bouche, mais une supplique.

***

SKYE

Je ne sais plus quoi ressentir. Mais le fait que Jake soit là, qu'il me prenne dans ses bras de cette manière, ça finit de me chambouler. J'enroule les miens dans son dos, touchée. J'ai repris le contrôle de mes faits et gestes en m'enfuyant, mais on devait se retrouver, c'est évident.

Il finit par me relâcher et on entre dans la chambre sans un mot. Dès que je referme la porte, il se frotte le visage, défait. Les traces de la fatigue s'abattent sur lui et me tourmentent.

– Pourquoi tu as fait ça ? Tu te rends compte ? J'ai cru qu'on t'avait enlevée… Ce n'est qu'en fouillant la grange que j'ai compris que tu avais rassemblé quelques affaires et que tu étais partie. S'il t'était arrivé quelque chose…

Il secoue la tête. Moi, je reste plantée devant lui, honteuse et abasourdie à la fois. Il a l'air réellement secoué. Lui, le roc inébranlable !

Trop de doutes m'habitent. Le fait qu'Aleksei vienne de me montrer un visage contre lequel Jake a tenté de me prévenir finit par faire pencher la balance du côté de ses suppositions.

– Je suis désolée, j'avais besoin de souffler, de prendre du recul, expliqué-je d'une petite voix.

Il acquiesce. Il a été en colère, ça se voit. Mais elle n'éclate pas devant moi.

– Je me rends compte que j'ai encore des zones d'ombre à tes yeux, mais tu dois me faire confiance. Je n'ai jamais voulu te faire de mal.

Je me mords la lèvre, un hoquet me saisissant la gorge. C'est plus fort que moi.

– Je sais.

Je m'en veux tellement d'avoir fui. J'aurais dû rester, discuter et m'engueuler avec lui. Je peux me permettre de douter de lui, mais pas de partir comme ça, alors qu'il fait tout pour me protéger. Tout s'emmêle dans ma tête : les mots de Lisa, ma nouvelle conviction sur Aleksei, et *lui*. L'atmosphère est encore tendue, il y a tant à dire, et pourtant, j'ai envie de lui, de me reconnecter à lui et de retrouver ce qui nous a lié durant les derniers jours.

Je m'approche. Il faut que je le reconnaisse une bonne fois pour toutes : même si je voulais garder mes distances, maintenant que j'ai craqué, je ne peux plus lui résister. Il est un brasier au cœur de l'hiver. Le parfum boisé de sa peau, la chaleur émanant de son corps, la lumière dans ses yeux d'ambre… Il est ma kryptonite, avec ses mystères et ses secrets, mais je saurai m'en montrer digne. Parce que je *sais* qu'il ne me fera jamais de mal.

– Je sais, répété-je en agrippant les deux pans de son manteau pour l'attirer à moi.

Je dépose un baiser sur ses lèvres alors qu'il peine à se détendre. J'en dépose un second et guette sa réaction. Il finit par laisser échapper un petit soupir et par poser son front contre le mien. Ses deux mains encadrent mon visage, faisant dégringoler des frissons dans mon dos. Ses pouces lissent mes pommettes et mes cils. Il m'embrasse à son tour.

– Ne me refais plus jamais ça, insiste-t-il, son souffle près du mien.

Je hoche la tête.

– Je préfère que tu le répètes.

Rhô mais il me cherche ! Son regard se plante sur moi avec détermination. Pourtant ses pouces me caressent toujours. Ça me donne envie de sourire.

– Je jure solennellement de ne pas recommencer.

Il saisit très bien la pointe railleuse dans ma réponse, même si elle est des plus sincères. Il grogne mais m'embrasse à nouveau. J'en profite pour enrouler mes bras autour de son cou. L'une de ses mains soulève mon pull pour se caler au bas de mon dos, la seconde s'enfonce dans mes cheveux, sur ma nuque. On approfondit ce baiser qui joue vraiment sur deux cordes différentes : il apaise notre confrontation et il excite notre désir. On a un lit juste derrière nous, on est tous les deux à l'abri, que demander de plus ?

– On n'a pas de préservatifs, m'exclamé-je.

– C'est ta façon de me dire que tu as envie de moi ? relève-t-il avec un sourire moqueur.

J'écrase un rire nerveux tout en opinant.

– J'en ai, ajoute-t-il avant de mordiller mon cou.

Des bouffées de chaleur m'envahissent. Ça me contente sur l'instant, puis je m'interroge.

– Ah bon ?

– J'en ai toujours sur moi, grogne-t-il.

– Pour pouvoir te réconcilier avec tes protégées ? le taquiné-je.

Il se redresse et m'observe, la tête de côté. J'hésite à trancher : est-il trop sérieux ou se demande-t-il comment me faire taire ?

– Dis-moi ce que tu désires, exige-t-il. Si tu veux quelque chose d'un peu plus… *kinky*, je suis d'accord. Je n'ai rien contre le fait de punir la désobéissance.

Tout dans sa voix, du ton complice et provocateur aux sons rauques qui émaillent sa proposition, me foudroie. Mais je n'ai pas dit mon dernier mot.

– Et comment tu t'y prendrais ?

– Je commencerais par te déshabiller, Petite Bombe.

Ses doigts soulèvent mon pull et me le retirent au même instant. Il fait sauter les agrafes de mon soutien-gorge en un tour de main et il termine sa démonstration en abaissant mon jean d'un geste sec. Je me retrouve en culotte devant lui, la respiration saccadée, des vertiges plein la tête. Une chose est sûre, je n'ai plus envie de rigoler. Le voir encore vêtu devant moi, si habile et sûr de lui, sans se départir de son sourire arrogant, m'agace et m'emballe tout à la fois.

– Tu peux m'arrêter quand tu veux, m'assure-t-il en joignant mes poignets dans mon dos. Si tu n'en as pas envie, tu me le dis. Ce n'est qu'un jeu.

Je déglutis, de plus en plus impatiente. Tout est nouveau mais j'ai confiance en lui. Je suis prête à me perdre dans son manège.

– D'accord.

Il enroule mon soutien-gorge autour de mes poignets pour les attacher. Moi qui cherche toujours à garder le contrôle, me retrouver entravée à la merci du *bodyguard* autoritaire me paraît soudain très excitant. Il suffit de lâcher prise. Rien de plus facile quand il me prend dans ses bras et que ma peau nue se retrouve blottie contre la laine de son pull. Ses mains longent mes bras, reprennent la courbe de mes fesses pour remonter mon dos, et elles recommencent leur parcours, faisant parfois un détour plus bas, ou sur mes hanches, jusqu'à ma poitrine. Ses mains sont partout ! C'est si enivrant et si troublant d'être attachée et de ne subir que des caresses aussi délicates.

– Ta peau est si douce, soupire-t-il avant de s'attaquer à mes lobes d'oreilles.

Les frissons qu'il déchaîne me font sourire. Je trépigne à présent, tant mon intimité est mouillée sans espoir d'être comblée dans l'immédiat. Il a l'air de vouloir prendre son temps. Il glisse ses mains dans ma culotte et me rapproche de lui. Je me retrouve lovée contre lui. Oh bon sang ! C'est si bon !

– C'est ça, ta punition ?

Non, parce que, pour l'instant, à part un éveil des sens incroyable, je me sens plutôt choyée que punie.

– Tu veux plus ? me demande-t-il en réapparaissant devant moi.

Ses pupilles ont envahi l'ambre de ses iris. Il a le souffle court, son excitation m'intimide. Il y va par étapes ? Cette once de décision qu'il me laisse me perturbe. C'était rassurant de se laisser porter.

– Oui, dis-je d'une voix tremblante.

Alors, avec son assurance folle, il baisse ma culotte à mi-cuisses et il m'assène une fessée, courte et vive, distillant une douleur très fugace, ne laissant derrière elle qu'une myriade d'étincelles qui s'éparpillent dans mes chairs.

– Ça te plaît ? grogne-t-il.

D'un, je n'ai jamais été aussi excitée – je crois même que ma vie sexuelle n'avait jamais connu d'éveil aussi puissant –, et, de deux, ça lui plaît à lui aussi, c'est indéniable. La tempête qui se lève en lui commence à souffler.

– Oui, oui, beaucoup… parviens-je à prononcer.

Il me plaque contre lui, une main campée au bas de mon dos, et il recommence. Je mords son pull pour étouffer mes cris. Je sens son sexe raidi et gonflé sur ma cuisse mais je n'arrive pas à l'arrêter. Il prend son temps, alterne une tape avec des caresses, dépose des baisers sur mon épaule et mes oreilles. J'entends son souffle s'emporter, au moins aussi vite que le mien. Les battements de mon cœur sont assourdissants.

– Jake, arrête, j'ai envie de toi, s'il te plaît…

Il s'interrompt et se sépare de moi. Je prends conscience de la fine pellicule de sueur qui me recouvre, je suis fébrile et j'ai si chaud ! Jake saisit mes poignets et me fait avancer devant lui. Je grimpe sur le lit et m'agenouille. Ma culotte a fini par glisser le long de mes jambes et je l'ai abandonnée derrière moi.

– J'arrive, dit-il.

Je l'entends fouiller dans son sac et se déshabiller. Cette nouvelle attente accroît davantage mon impatience. Dès que je le sens grimper sur le lit, derrière moi, je me mords la lèvre. Il glisse un bras sous mon ventre et me câline.

– Ça va ? s'enquiert-il. Tu es prête ?

Tout en me posant la question, il s'évade entre mes jambes et caresse mon clitoris. Un profond gémissement m'échappe. C'est dire à quel point je suis sensible à cet instant.

– Oui, ça va et oui, je suis prête, m'amusé-je en profitant de ses doigts.

Mes mains toujours attachées dans mon dos interceptent sa queue enveloppée dans un préservatif et la caressent. Jake attrape ma bouche pour l'embrasser avant de dire avec convoitise :

– Alors, allons-y.

Il me bascule en avant, se présente à l'entrée de mon sexe et me pénètre avec toute sa fougue, m'arrachant un gémissement de plaisir qui le fait ralentir, comme s'il ne s'y attendait pas.

– Vas-y, l'encouragé-je.

Une main sur ma hanche et une autre se liant avec les miennes, il reprend une cadence rythmée et enchanteresse. C'est un tout ! Entre les préliminaires qui m'ont chauffée comme jamais, l'angle de pénétration qui me fait perdre la tête et le fait qu'il prenne soin de mon désir, je me sens si transportée que je m'abandonne à lui, me laissant flotter sur les vagues du plaisir qu'il soulève. Il ralentit parfois, forçant la tension à redescendre, avant de reprendre et de nous mener haut. Si haut que, haletante, je finis par l'appeler.

– Jake ! Détache-moi !

Il stoppe aussitôt, défait le lien et me permet de me redresser pour me caler contre lui. Je retrouve ses bras qui m'entourent. Il dépose des baisers près de mon oreille en grognant.

– Embrasse-moi, Petite Bombe.

Je tourne la tête vers lui pour m'exécuter. Il réclame toujours des baisers. Lisa a raison. Même si on pimente un peu les choses, nos lèvres se cherchent toujours. Il veut mon plaisir tout autant que le sien. On fait l'amour, tous les deux. Il reprend notre rythme, je bouge avec lui et on jouit ensemble, frissonnant, et nous dévorant de baisers.

***

Allongée sur lui, mon oreille contre son cœur, ses mains allant et venant dans mon dos, alors que le soir tombe, je repense au message que Lisa m'a envoyé un peu plus tôt et auquel je n'avais pas prêté une véritable attention. Elle n'aurait aucune raison de me mentir, elle n'est pas du genre à faire ce genre de déclaration en l'air. Mais Jake n'est pas facile à lire non plus. Pourtant, je n'arrive pas à la contredire. A-t-elle raison ?

Je viens de croiser Jake, il te cherche partout. Je sais que ce n'est pas forcément ma spécialité, mais ça crève les yeux, Licorne. Ton *bodyguard* est fou amoureux de toi.

***

J'ai retrouvé mon amante, toujours aussi troublante et indocile. Je ne veux que profiter de ses bras et de sa présence. Je ne sais pas encore ce qu'on va faire ensuite : retourner à la grange ? Changer de planque ? Son passage à Carter Corp. n'a pas pu passer inaperçu. L'hôtel est un bon point de chute pour le moment, mais pour combien de temps ?

– Jake ?

– Skye ?

Elle se redresse, tend le bras pour attraper mon tee-shirt au sol et l'enfiler. Elle ramène ses boucles sur son épaule, ses yeux noirs me parcourant, ses lèvres pulpeuses dessinant une petite moue intrigante. Sa beauté me coupe le souffle à chaque fois.

– Parle-moi de toi, il y a tant de choses que tu ne dis pas.

Bien sûr qu'elle en demande plus. Carrie a raison. Je ne peux pas risquer qu'elle disparaisse à nouveau. Elle doit me faire confiance et ça ne peut que passer par la vérité.

Je m'assieds contre un oreiller pour la regarder dans les yeux.

– Pose tes questions.

Elle ouvre la bouche, le visage illuminé par l'opportunité.

– J'y répondrai dans la mesure du possible, la coupé-je.

Elle se rembrunit un peu mais ne se démonte pas.

– Ta famille ? Tu m'as dit pour ta mère… et ton père ? Tu as des frères et sœurs ?

Je m'éclaircis la voix une seconde.

– J'avais une sœur.

Elle esquisse un sourire qui se fige.

– Tu en parles au passé, murmure-t-elle.

– Elle s'est noyée quand j'avais huit ans, un accident. Ça a… *bâti* notre famille, je suppose. Mon père est un haut gradé de l'armée, il s'est réfugié dans le travail, il acceptait des missions sur des bases à l'étranger pendant plusieurs mois. Il ne restait que ma mère au foyer, son chagrin et moi. C'était une période rude, j'en ai gardé des souvenirs mitigés.

Skye, blême, prend ma main dans la sienne.

– Comment ça ?

– J'avais ma mère pour moi tout seul, expliqué-je avec un maigre sourire. Je me souviens de sorties à vélo, de tartes aux pommes qu'on faisait tous les deux… Mais aussi, d'une lourde culpabilité qui m'habitait, quand je la voyais s'effondrer.

– Oh Jake, mais ce n'était pas ta faute.

– Je sais, lui réponds-je aussitôt.

J'ai passé plusieurs caps à ce sujet, je m'en rends compte en l'évoquant avec autant de facilité à présent.

– C'était une culpabilité irrationnelle qui a piloté ma vie jusqu'à aujourd'hui. C'est pour ça que je suis entré tôt dans l'armée, pour *protéger*. Et quelque part… pour canaliser ce besoin de révolte ancré en moi.

Skye hoche la tête avec compréhension. Puis, elle tend la main vers moi et la passe sur ma joue, le long de ma cicatrice.

– Raconte-moi ce qui s'est passé.

Il fallait bien un jour que j'en arrive là, et je suis content que ce soit avec elle. Mettre des mots sur cet événement, le rationaliser, hiérarchiser les informations, ça a été un travail atroce durant des années. J'inspire lentement. C'est aussi un élément déclencheur de crise de SPT mais la présence de Skye m'apaise.

– Une blessure de guerre, dis-je alors. En Afghanistan. J'étais sur un convoi qui a été attaqué. Je me suis mis à l'abri derrière le véhicule blindé. J'ai eu cette chance-là, contrairement à d'autres.

Skye reprend ma main dans la sienne. Son contact me maintient dans la réalité.

– Lorsque les coups de feu ont cessé, l'un des assaillants a contourné le véhicule. J'étais prêt à tirer mais mon arme s'est enrayée. J'ai bondi sur lui avec mon poignard avant qu'il puisse m'exécuter…

J'agrippe ses doigts dans les miens, j'ai l'impression que tout mon sang remonte dans mon cerveau tandis qu'une sueur froide dévale mon échine. Skye ajoute son autre main sur la mienne.

– Il avait une sorte de vieux couteau de boucher sur lui, d'où ma balafre. D'une manière ou d'une autre, j'ai été plus fort. Mais je ne pensais pas que je tuerais mon premier homme en lui enfonçant une lame dans la gorge.

Le souvenir concret de cette mise à mort me traverse à nouveau. J'ai toujours eu deux points de vue : celui d'un moi qui se tient à trois ou quatre mètres et qui observe les deux silhouettes, l'une sur l'autre, l'une enfonçant le poignard alors que l'autre tente de le retenir. Et celui, plus trouble, plus effroyable, plus charnel, d'un moi dans l'action, luttant aveuglément contre cet inconnu.

J'en ai un haut-le-cœur. On m'a retrouvé immobile près des cadavres, hébété. J'ai des trous de mémoire sur ce qui s'est passé durant ces quelques heures.

– Je suis désolée, murmure Skye, émue. Tu n'aurais jamais dû vivre ça.

Je lève les yeux sur elle. Pas de crise. Des frissons d'angoisse, un nœud à l'estomac, mais pas d'hallucination, pas de perte de repère. Je l'ai, elle, face à moi, qui me tient la tête hors de l'eau sans même le savoir.

– C'est pourtant ainsi, dis-je en esquissant un maigre sourire.

J'ai toujours cru qu'elle me rendait vulnérable alors qu'en vérité, elle me rend plus fort. Skye plonge contre moi pour me prendre dans ses bras.

– D'autres questions ? relancé-je, plus apaisé.

Skye se redresse mais reste tout contre moi.

– Carrie, annonce-t-elle. Qui est-elle pour toi ? Comment l'as-tu connue ?

Je prends quelques secondes de réflexion. Griller ma couverture est une chose, mais griller la couverture d'une collègue en est une autre. Si les choses tournaient mal pour Carrie, je pourrais être accusé. Et on ne badine pas avec le FBI. Cela dit, je n'ai pas l'intention de masquer plus longtemps certaines vérités.

– Je l'ai connue en Afghanistan, elle m'a même sauvé la vie, dit-il avec un demi-sourire. On a bataillé ensemble avant de rentrer aux États-Unis. De mon côté, j'ai cherché une nouvelle voie et je suis devenu garde du corps. Carrie, elle, est devenue détective privée et s'est mise au service du gouvernement sur certaines enquêtes.

Skye acquiesce en faisant le lien avec ce que Carrie a dit à la grange.

– Je l'ai aidée, à mon tour. Et depuis, elle me prête main-forte sur certains cas. C'est grâce à elle et aux ficelles qu'elle a tirées que nous avons pu quitter la Russie aussi vite après la fusillade.

Cette fois-ci, Skye paraît touchée, puis elle sourit, avec timidité.

– Une amie, donc ?

Sa jalousie me touche.

– Seulement une amie, oui. À travers qui il m'est donc arrivé de collaborer avec le gouvernement, à l'occasion.

– Et cette histoire de détournement d'argent à Carter Corp. a attiré ton attention ?

Elle a presque bon. Je me contente de hocher la tête.

– Je pense encore que vous faites fausse route avec Ryan, précise-t-elle. Mais en allant dans mon bureau aujourd'hui, je suis tombée sur Aleksei, le nez dans mes affaires.

Je me redresse, intrigué.

– Il devait travailler au dernier étage avec Ryan, non ?

C'est du moins ce que nous avait raconté Ashton.

– Il m'a dit que Ryan lui avait ordonné de lui ramener un dossier, mais il a tout retourné alors qu'ils sont classés. S'il en cherchait vraiment un, il n'aurait pas eu besoin de fouiller l'intégralité de mes étagères.

Je m'extrais du lit pour atteindre mon portable.

– Je vais envoyer cette info à Carrie, indiqué-je pour ne pas la laisser dans le flou. Le comportement de Votiakov n'est pas normal.

Skye approuve d'un mouvement de tête. Ah. On est parvenus à la convaincre au moins sur ce point. Ou plutôt, Aleksei a fini par lui prouver lui-même qu'il était étrange. Reste Ryan. Il aurait donné l'ordre, mais ça ne prouve rien. Ce ne sont que les paroles d'Aleksei.

– Ryan n'est pas en cause, ajoute-t-elle d'elle-même.

Le doute est pourtant grand, mais je ne veux pas la braquer.

– On n'est sûrs de rien pour Ryan.

Et c'est vrai.

– Est-ce qu'Aleksei est sorti de ton bureau avec quelque chose ?

– Un dossier, oui, mais il a l'air de l'avoir pris au hasard sur le haut d'une pile. Je venais de le surprendre, ce n'est qu'un prétexte à mon avis.

– C'est probable, oui, approuvé-je.

Je retourne m'asseoir sur le lit, près d'elle. Skye se plaque dans mon dos.

– On va rester à l'abri ici, on verra ce qu'on fait demain, dis-je en caressant ses bras qui m'enlacent.

– Il va falloir trouver de quoi s'occuper, s'amuse-t-elle.

– Oh, on va trouver, j'en suis sûr.

Elle rit et enchante un peu plus cette chambre d'hôtel.

– Je pensais que coucher avec toi nous reconnecterait, mais pas autant que parler avec toi, avoue-t-elle ensuite.

Je l'aurais également pensé, sans douter une seconde. Mais je viens de lui raconter des événements de mon passé qui ne cessent de me hanter. Elle ne m'a pas jugé. Elle m'a juste pris dans ses bras.

Je me retourne vers elle.

– Je pense comme toi, dis-je avant de déposer un baiser sur ses lèvres.

À partir de maintenant, c'est elle et moi. Point.

On se laisse tomber sur le lit, quand trois coups retentissent à la porte.

***

SKYE

On se redresse tous les deux, surpris. Je n'ai dit à personne que j'étais là. Jake l'a déduit en entendant l'hôtesse m'accueillir, mais j'aurais fini par le lui indiquer quoi qu'il en soit. Il enfile son pantalon et sort un revolver de son sac. Il le charge et regarde à travers le judas.

– Alors ? interrogé-je à voix basse.

– Personne, murmure-t-il. Cache-toi derrière le lit.

Je me dépêche d'obéir et de m'allonger sur le sol. J'entends Jake ouvrir le battant avec prudence. Mon cœur accélère, j'étais si pleine de quiétude et voilà que je panique à nouveau ! Je me mords la langue, appréhendant des coups de feu ou des cris… mais rien. Jake referme la porte. Je me relève, il tient une grande enveloppe brune entre les mains.

– Il y avait ça sur le palier. Pour toi.

Mon nom est écrit dessus en lettres noires. Je l'attrape, perturbée. Qu'est-ce que ça veut dire ? Je l'ouvre et en fais sortir un ensemble de photos. De moi. À Carter Corp. Avec la date d'aujourd'hui et l'heure. Des photos de moi et de Lisa qui parlons à la cafèt', de Gabriel et de Matt au quarante-deuxième étage. Aucun mot, aucune lettre, juste des cercles au feutre rouge entourant les têtes de mes amis.

Les photos glissent de mes mains. Je recule jusqu'au lit pour me laisser tomber dessus, interdite. Jake les ramasse et les passe en revue à son tour.

– C'était une erreur de revenir à New York, je suis trop stupide ! m'exclamé-je, épouvantée. J'ai mis en danger mes amis et pourtant tu m'avais prévenue !

– C'est moi qui ai merdé, pas toi, affirme-t-il, inquiet.

Je bondis sur mes pieds.

– Pourquoi ce serait ta faute ? C'est moi qui ai quitté la grange !

– Mais c'était à moi de te garder à l'abri, réplique-t-il, torturé. C'est parce que je ressens… quelque chose pour toi. Ça compromet mon travail. J'aurais dû rester auprès de toi après notre discussion avec Carrie. C'était à moi de faire attention à toi.

Il… « ressent quelque chose » pour moi ? Jake n'a jamais été si près de me découvrir son cœur. De quoi d'autre pourrait-il s'agir ? Lisa avait raison et moi, je suis si désolée de lui avoir mis des bâtons dans les roues.

– Jake…

C'est à la sonnerie de mon portable de m'interrompre. Je la laisse retentir trois fois, paralysée.

– Décroche, me motive Jake.

Je prends mon téléphone. Le nom de Gabriel apparaît.

– Enclenche le haut-parleur, me suggère Jake en croisant les bras. C'est peut-être quelqu'un d'autre.

Il n'ajoute rien de plus mais ça éveille assez de craintes chez moi pour ne pas m'attarder sur ces mots.

– Gabriel ? décroché-je alors.

– Skye, je voulais juste te prévenir : Ryan a été agressé dans son bureau tout à l'heure. On lui a volé son ordinateur. Aleksei Votiakov est intervenu à temps pour mettre les agresseurs en fuite, mais on a dû emmener Ryan à l'hôpital.

Jake et moi partageons un regard ahuri. Qu'est-il en train de se passer ?

– Quel hôpital… ?

Je ravale le reste et consulte Jake du regard, mais il acquiesce. Lui aussi, il veut se rendre sur place.

– Donne-moi l'adresse, ajouté-je, déterminée.

CHAPITRE 14

JAKE

On se presse dans le couloir de la clinique privée jusqu'à la chambre du P.-D.G. Ma montre se met à vibrer à l'instant où on approche de la porte. Je jette un coup d'œil : c'est Joe. Je m'attendais à lire le nom de Carrie.

– Vas-y, Skye, je te rejoins.

Une fois seul, je prends mon portable pour le rappeler, intrigué. Pourquoi Joe Kicks me contacterait maintenant ?

– Hé Jake ! Tu es vivant, bonne nouvelle.

Mais de quoi parle-t-il ?

– Oui, je suis vivant. Tu es sûr que tout va bien ?

– Ben du coup, oui et non.

Ah.

– Je suis rentré à New York en avance, Los Angeles me tue. Et comme je ne l'ai annoncé à personne, je suis directement allé à la grange pour passer vous voir.

Et il ne nous a pas trouvés là-bas, soit. De là à supposer que nous étions morts quelque part ou portés disparus, il y a tout de même un pas. En plus, Joe a l'art et la manière de ménager son suspense ! Après tout, c'est un conteur d'histoire, à sa manière. Mais je m'impatiente.

– Et ? insisté-je.

– Question : est-ce que, par hasard, tu as une explication à me donner au sujet des cambrioleurs russes qu'on a surpris en train de retourner ma propriété en arrivant ? formule-t-il d'un ton sarcastique immanquable.

Oh merde !

Ces enfoirés ont dû avoir accès à mon dossier d'employé à la Carter Corp., en même temps que celui de Petite Bombe. Ils connaissent donc ma version officielle de garde du corps : j'ai travaillé pour Joe Kicks, new-yorkais, qui possède une demeure secondaire au nord de New York, la planque idéale.

– Tout va bien ? Personne n'a été blessé ? m'enquiers-je, inquiet.

– Tout roule, me rassure-t-il. Mes hommes en ont choppé un, les autres ont fui. Mais je me suis fait du souci pour vous, puisque vous n'étiez pas là.

– Oui, désolé, on a dû partir précipitamment, on est en sécurité. Que comptes-tu faire à présent ?

– Ça dépend de toi, je suppose. Je peux appeler la police, sauf si tu me conseilles le contraire.

Il me connaît bien. Il sait déjà que cette histoire m'implique.

– Garde le type au chaud pour moi, je viens m'en occuper.

Je ne vois pas quoi faire d'autre. C'est trop important pour que je l'abandonne à la police, on doit le faire parler avant. La Bratva, puisqu'il s'agit bien de cela, est en train d'agir sur différents plans : ils surveillent Carter Corp., photographient Skye et ses amis, la menacent, agressent Ryan dans son bureau et fouillent la grange en espérant y trouver la DAF de l'entreprise. Ils se sont divisé la tâche et ils sont organisés.

– C'est toi qui vois.

– Merci, je te rappelle quand je suis en route.

On raccroche. J'entre dans la chambre d'hôpital, Ryan est debout, en train de se rhabiller, alors que Skye proteste, les bras croisés.

– Je vais bien, ce n'est qu'un coup à la tête sans gravité, pas de quoi rester toute la nuit ici, se défend Ryan. Ah, Jake ! Raisonnez ma directrice financière, s'il vous plaît.

Skye pivote vers moi tel un robot de surveillance armé de lasers prêts à me tirer dessus.

– Non, je ne m'y risquerais pas, dis-je aussitôt. En plus, elle a raison, vous devriez rester tranquille.

Elle sourit, l'air triomphant. Ryan, lui, fronce les sourcils, son regard perçant allant d'elle à moi. Il flaire le complot ? Il n'aurait pas tort.

– Que s'est-il passé ? enchaîné-je.

– Deux types ont débarqué dans mon bureau, ils m'ont frappé, ont attrapé l'unité centrale de mon ordinateur et ont cherché à lever à nouveau la main sur moi, il me semble, mais Aleksei est intervenu et ils ont fui.

Il raconte tous ces événements comme s'il les avait récités plusieurs fois déjà : probablement à la police et à ses collaborateurs, comme Mark ou Gabriel.

– Comment ils ont passé la sécurité ? m'étonné-je.

On n'entre pas comme ça dans la tour. Il faut un badge au minimum. Ryan hausse les épaules.

– Vous n'étiez pas là, Jake.

Ça, je confirme. Mais ça signifie surtout que quelqu'un en interne les a fait entrer.

– Est-ce qu'ils étaient tatoués ? Par hasard ? tenté-je. Sur les doigts par exemple ?

– Je n'en ai pas souvenir non. Ou peut-être… l'un d'eux, dans le cou, mais je ne me souviens pas précisément du dessin.

La Bratva de New York n'est peut-être pas aussi démonstrative en tatouages que celle de Moscou. J'ai hâte d'aller interroger le type chez Joe Kicks maintenant.

– Je viens d'avoir du nouveau, lancé-je à mon tour. Le propriétaire de la cachette où nous étions m'a appelé. Elle a été fouillée dans la soirée.

Skye décroise les bras.

– Est-ce que Joe…

Elle s'interrompt.

– Est-ce qu'il va bien ?

– Vous étiez dans la planque de Joe Kicks ? devine Ryan.

Skye se mordille la lèvre, persuadée d'avoir vendu la mèche, mais non. Ryan a fait la même déduction que la Bratva. *Bizarrement.*

– Il détient l'un des *cambrioleurs*, je vais m'y rendre pour l'interroger moi-même.

– Bonne idée, m'approuve Ryan.

Petite Bombe, elle, retient son souffle. Je ne vais pas la laisser derrière moi.

– Skye devrait m'accompagner, suggéré-je.

– Non, refuse Ryan d'un ton autoritaire. Skye ne vous suivra pas là-bas. Si tous les complices de votre prisonnier viennent le reprendre, je ne veux pas qu'elle se retrouve au milieu. C'est hors de question.

Putain, il marque un point.

– Euh, pardon, mais non, intervient Skye, tendue. Non, Jake n'ira pas, et non, ne décidez pas pour moi !

Elle m'arrache un sourire ému. J'ai déjà remarqué son côté tigresse, mais la voir s'en servir pour me protéger, ça me touche d'autant plus.

– C'est trop dangereux, ajoute-t-elle.

– Ne vous en faites pas, Jake en est tout à fait capable, la rassure Ryan.

Puis il se tourne vers moi.

– Appelez Naïm, il prendra le relais auprès de Skye le temps qu'il faut.

J'acquiesce. Pas une mauvaise idée. Naïm travaille à la sécurité de la tour, c'est une armoire à glace. Il sera tout à fait capable de garder la porte de Skye et de dissuader toute intervention trop téméraire.

– Je veux que vous me donniez des nouvelles, Jake. Compris ? insiste Ryan en enfilant son manteau et en ignorant la colère grimpante de Skye.

Lorsqu'il ouvre la porte de la chambre, deux membres de sa sécurité sont prêts à l'escorter jusque chez lui. Il fuit aussi vite que l'éclair. Skye peut alors pousser son grognement de rage.

– Ah ! Je déteste quand il fait ça !

– En attendant, il a raison, on doit te trouver un endroit sécurisé. J'en aurai pour vingt-quatre heures je pense.

– N'y va pas, s'obstine-t-elle.

– Je dois le faire, et ça nous aidera peut-être à ce que Ryan soit lavé de tout soupçon.

– Il vient d'être agressé dans son propre bureau ! proteste-t-elle. Tu ne peux pas encore croire qu'il soit impliqué dans cette histoire ?

– Je ne sais pas. Mais avoue qu'il est parti bien vite et qu'il n'a pas été blessé. C'était peut-être planifié.

Skye lève les yeux au ciel en râlant.

– Qu'est-ce qu'il te faut de plus ?

– Le décocher de la liste, Skye. C'est le propre de toute enquête.

L'argument fait mouche. Elle soupire et opine de la tête.

– Où veux-tu aller ?

Elle ouvre la bouche pour répondre, mais je me ravise.

– Non, ne me dis rien. Il vaut mieux que je ne le sache pas. Au cas où. On va attendre l'arrivée de Naïm et il te déposera là où tu le souhaites.

Elle approuve sans masquer son inquiétude. Et comme je le suis également, je vais ajouter une protection en plus de Naïm.

– Donne-moi ton portable.

Skye me le tend et j'entre un numéro d'urgence qui mènera à Carrie et à nos collègues du Bureau. Ils capteront le message.

– Si tu es en danger, tu appelles ce numéro. Même si personne ne décroche, le simple fait que tu fasses sonner au moins une fois préviendra Carrie. Elle enverra quelqu'un chez toi en un rien de temps.

– OK. Et toi ? Tu pars avec quelle sécurité ?

Je prends sa main dans la mienne et l'entraîne avec moi dans les couloirs de la clinique.

– J'aurai celle de te savoir à l'abri.

– Rha non, grogne-t-elle. C'est la réponse la plus facile du monde.

– Je n'en ai pas d'autre.

Naïm nous retrouve dehors, je n'ai plus qu'à tourner les talons, mais c'est plus facile de prendre cette décision que de l'appliquer. Tout en moi hurle de rester auprès d'elle.

– Tu fais attention ?

– Toi aussi ?

J'affiche un sourire contrit. Elle est trop forte pour moi décidément. Alors que je m'éloigne d'un pas, elle me retient par le bras, sans rien me dire. Ses grands yeux d'obsidienne me fixent avec intensité. Elle n'a pas envie que je parte, elle non plus. Je l'attire à moi, l'embrasse en m'attardant un peu et profite de ses bras autour de moi.

– Je reviens, Petite Bombe, glissé-je à son oreille.

– T'as intérêt, Bob.

Il n'y a qu'elle pour me détendre de cette manière ! Je parviens enfin à la relâcher, j'adresse un signe à Naïm et monte en voiture. J'ai tellement de bonnes raisons de le faire parler, ce type !

***

SKYE

Je choisis d'aller chez moi. C'est l'endroit où je me sens le plus en sécurité. Après les bras de Jake. Une fois arrivée, je redécouvre mon bazar et je passe bien deux heures à ranger le principal, à réorganiser mes étagères et à jeter certaines choses. Il me reste de quoi faire des sandwichs au beurre de cacahuète dans la cuisine, j'en propose un à Naïm qui a pris son poste devant ma porte, en faction, et je referme derrière moi. À regarder mon bordel disparaître peu à peu, je finis par me dire que j'ai envie de tout changer, en fait. De déplacer les meubles et de commencer quelque chose de nouveau. Avec Jake.

Plus ça va et plus ça me semble possible. Il a été le premier à affirmer qu'il ressent quelque chose. Moi, j'en suis consciente depuis quelques jours sans avoir l'instant précis en tête, mais je ne le formule que maintenant : mon cœur bat pour lui. Je suis amoureuse, c'est incontestable. Et tellement plus fort que ce que je croyais vivre jusque-là ! Ai-je vraiment aimé avant ? Je n'avais jamais éprouvé cette impatience folle à l'attendre, ce besoin de lui, charnel et constant, cette envie de parler et de plaisanter sans plus aucune crainte de son jugement. Et maintenant qu'il risque sa vie à nouveau, ça m'épouvante. J'aurais dû insister pour le suivre ou le garder.

Ashton a raison : c'est lorsque l'on perd les choses ou les personnes qu'on comprend à quel point on y tient. Je n'ai ressenti que de la colère et de l'incompréhension lorsque je l'ai perdu ; à présent, j'ai une peur sourde qui m'habite à l'idée de perdre Jake. Je me sens… démunie et impuissante. Et je déteste ça !

Je regarde dehors, la nuit est tombée. Vingt-quatre heures, c'est bien trop long ! Je peux passer mon temps libre à réorganiser mon appartement. Ou alors… je pourrais parler à Ashton. Il est temps que je sois honnête avec lui. Il attendait une réponse, tout comme moi. Je l'ai enfin. Je prends mon portable et lui envoie un message. Personne ne pourra tracer mes échanges avec lui, ça devrait le faire, comme quand il était venu me retrouver au restaurant au milieu des bois.

Je suis à New York, tu peux passer chez moi ? Je suis prête à te parler.

Je n'ai pas à attendre bien longtemps, Ashton répond quelques secondes après.

Bien sûr, j'arrive tout de suite !

Parfait. Je vais prévenir Naïm de la visite, finir de dégager au moins le sol, et préparer à nouveau du café. Il n'est pas question que nous dînions ni quoi que ce soit d'autre. Je n'ai jamais été aussi sûre de notre route à cet instant. Je suis arrivée à l'embranchement de notre relation. Peut-être que rien ne fonctionnera avec Jake, et peut-être qu'il ressent bien quelque chose pour moi sans vouloir plus, mais ça ne changera pas que ce que nous avions, Ashton et moi, est terminé.

Une courte demi-heure plus tard, Naïm pousse la porte pour faire entrer Ashton. Il fait quelques pas dans le salon, à la fois intrigué et enthousiaste.

– Tu as troqué Jake contre Naïm ?

– Ce n'est que temporaire, réponds-je vite.

Je ne devrais pas être nerveuse, et pourtant je le suis.

– Ton rangement avance bien, constate-t-il. Ça me rappelle notre première nuit ici, tu te souviens ?

Très vaguement, en fait. On a eu tant de soirées identiques au fil des années.

– On n'avait pas fini de ranger nos affaires. On n'avait même pas de vaisselle, on a mangé nos plats commandés avec les doigts, sur le sol, la table en pièces détachées à côté de nous.

Il parvient à me faire sourire à l'évocation de ce souvenir qui me revient à présent en tête.

– C'est vrai, oui. On ne nous a livré le lit que trois jours plus tard. On a dormi par terre plusieurs nuits de suite, ajouté-je en hochant la tête.

Ce sont de bons souvenirs malgré tout, mais qui n'ont pas lieu de renaître. Ashton se rapproche de moi mais ne tente aucun geste. Il s'appuie sur le dossier du canapé.

– Comment tu vas ?

Ces quelques mots ont un peu apaisé ma nervosité à l'idée de lui parler, mais pas l'angoisse constante de savoir Jake sur les routes pour interroger un gangster.

– Bien, réponds-je avec un haussement d'épaules. J'ai hâte de retourner au travail.

Je dis ça comme on pourrait dire « j'espère qu'il fera beau demain ». C'est devenu une sorte de formalité insensée. Je n'ai pas hâte de retrouver le travail, en vérité. Je ne veux qu'une vie sécurisée auprès de l'homme qui occupe chacune de mes pensées.

Ashton, lui, sourit. Il semble satisfait par cette banalité.

– Moi aussi, j'ai hâte que tout ça cesse.

C'est plutôt gentil de sa part. Peut-être qu'on va réussir à mettre notre rupture de côté et rester en bons termes ? Encore faut-il que je lui annonce que je refuse de reprendre les choses avec lui !

– J'ai préparé du café, tu en veux ?

– Oui, avec plaisir.

Je le quitte un instant. Bien. Comment j'annonce ça ? Je sors deux tasses sur un plateau, du sucre et de la crème tout en récitant des formulations.

– Ashton, j'ai bien réfléchi. J'ai décidé d'aller de l'avant, tu avais raison. On ne s'apportait plus rien de bon tous les deux. Ce serait une erreur de poursuivre. Sans compter que je suis très attirée par Jake et que ça n'a rien à voir dans cette discussion, Skye…

Je reprends ma respiration en fermant les yeux. Autant ne pas partir dans une tirade. Aller au plus simple, au plus clair et au plus rapide. Je pose la cafetière chaude sur le plateau et passe dans le salon. Je veux poser mon plateau sur la table basse quand un bruit de verre brisé se fait entendre, suivi par la chute d'Ashton. Tout va si vite que je reste pétrifiée un quart de seconde.

– Ashton ?

Il roule sur le dos, les yeux ronds. Une tache de sang surgit sur son épaule droite. Le café bouillant et les tasses m'échappent des mains et se brisent sur le sol. Je me rue à ses côtés, un vent de panique me fouettant le visage.

– Ashton !

Je fais pression sur son épaule, éberluée. Le bruit du verre me revient en tête. Je lève les yeux vers la fenêtre : une balle a fait un trou dans le vitrage, cerclé de fissures, pour atteindre mon ex-petit ami. Mon cœur s'emporte violemment. D'une main tremblante, je sors mon portable pour composer le 911 et donner mon adresse. Puis je me souviens que Naïm est dans le couloir et je l'appelle. Il n'a pas dû entendre le bruit, c'était ténu même pour moi, mais sa présence va me rassurer le temps que les secours arrivent. Il déboule à l'intérieur et comprend ce qui vient de se passer en un rien de temps. Il ferme les rideaux et passe des coups de fil en revenant vers nous.

Les yeux braqués sur moi, en sueur et désorienté, Ashton s'agrippe à mes poignets.

– Reste avec moi, je t'interdis de mourir ! exigé-je, une boule dans l'estomac.

***

JAKE

Au bout de plusieurs heures de route, je me gare à nouveau devant la grange. Joe est déjà là, avec deux gardes du corps, toujours aussi fringant dans l'un de ses costumes noirs et chemise de soie pourpre, un médaillon en or autour du cou, les cheveux coupés ras et une cicatrice à l'arcade qui exalte son charisme.

– Hé, Jake ! me salue-t-il en prenant ma main.

Il m'attire à lui pour une accolade comme on l'a toujours fait depuis qu'on se connaît. Joe Kicks est quelqu'un de serein, même dans un contexte pareil. Rien d'étonnant, il a déjà vécu plusieurs vies avant celle-ci, dont une à enchaîner les combats de rue. Je suis persuadé qu'il changera encore de trajectoire un jour ou l'autre.

On entre dans la grange et je n'ai que les images de Skye, nue sous ma chemise, déambulant à l'intérieur, qui me viennent en tête. Le prisonnier, lui, est attaché sur une chaise dehors.

– On te l'a mis au frais, m'indique Joe d'un ton complice.

– Parfait. Restez à l'intérieur.

– Compte sur nous.

Ils ferment la baie vitrée derrière moi et tirent les rideaux, ne laissant qu'une lumière extérieure tamisée retomber sur la terrasse. L'homme, dos tourné, souffle des volutes de buée. Il fait froid, ça devrait le motiver à parler plus vite pour en finir. Je laisse tomber mon sac au sol avec un soupir. Pas besoin de voir son visage pour deviner de qui il s'agit. La pointe du poignard tatoué qui dépasse de son col les identifie très bien, lui et son crime : le violeur russe contre lequel je me suis déjà battu, dans les toilettes du restaurant Bolkonsky, à Moscou. Il a donc traversé l'Atlantique pour débarquer ici ?

Étrange, car il a tout de même été arrêté à l'aéroport moscovite après nous avoir tiré dessus. Qu'il ait été relâché, c'est une chose, mais qu'il puisse prendre l'avion comme n'importe qui ensuite, et entrer sur le territoire américain, ça m'étonne. Ce n'est pas possible, ses soutiens doivent être très puissants !

– Vous êtes bien loin de chez vous, dis-je pour commencer notre entretien.

L'homme tente de regarder derrière lui sans parvenir à trouver le bon angle. Je croise les bras et décide de rester hors de son champ visuel pour le moment.

– Faire tout ce chemin pour fouiller la maison d'un artiste, c'est étrange, non ? Vous vous êtes perdus en route ?

Il laisse échapper un rire éraillé tout en forçant ses liens, en vain. J'admire le service de sécurité de Joe qui a réussi à maîtriser ce type. Il est pourtant massif.

– C'est plutôt votre directrice que je voulais retrouver, monsieur Stewart, finit-il par rétorquer avec son accent russe à couper au couteau.

Bon, il me reconnaît à la voix. Et il ment, ils ne veulent pas Skye, du moins pas seulement. Ils ont déposé une enveloppe pleine de photos d'elle et de ses collègues à l'Oxford Bridge en milieu de journée, parce qu'ils savaient qu'elle se trouvait dans cet hôtel. Ils ne seraient donc pas allés jusqu'à la grange pour elle. Ils veulent lui faire peur, oui, jusqu'à nous tirer dessus sur le tarmac de l'aéroport de Moscou. Mais pas que. Ils cherchent quelque chose. C'est peut-être pour cela qu'ils ont retourné son appartement d'ailleurs, fouillé son bureau et même volé l'unité centrale de Ryan, et qu'ils se sont retrouvés ici, à la grange, espérant tomber sur les affaires oubliées de Skye.

– Pourquoi mettre toute cette pression sur les épaules de la directrice administrative et financière de Carter Corp. ? C'est bien inutile.

Un soubresaut secoue ses épaules, il a l'air de sourire avec satisfaction. Je le contourne pour lui faire face.

– À moins que vous ne craigniez qu'elle découvre d'autres détournements ?

Il serre les dents mais ne dit rien. *Touché*.

– Vous cherchez quoi ?

– Vous auriez dû partir plus loin et ne pas revenir, dit-il avec un mince sourire. Vous ne savez pas ce que vous déclenchez.

Il semble bien sûr de lui. Je m'efforce de ne rien lui montrer. Si quoi que ce soit était arrivé à Skye, Carrie m'aurait déjà contacté.

– Pourquoi fouiller les affaires de Mme Elliott et de M. Carter ?

Il se contente de sourire.

– Pourquoi avoir exécuté Piotr Ozerov ?

Le nom que j'énonce au détour des questions sur le même sujet le saisit. Il ne s'y attendait pas. Bien. Ça le déstabilise, ce n'est pas plus mal.

– *Etot nesposobnyy*.

« Cet incapable » ? L'assistant d'Aleksei a peut-être merdé quelque part, comme on le soupçonnait, et ils s'en sont débarrassés.

– Qui dirige ces opérations ? Aleksei Votiakov ?

L'homme se contente de cracher par terre.

– Si vous coopérez, on coopérera en retour, lui proposé-je.

Il se met à sourire.

– Livrez-moi Skye Elliott, et je vous répondrai.

Mon cœur et mon cerveau se mettent d'accord pour bouillir d'un coup.

– Donnez-moi une heure avec elle, et je vous dirai tout, ajoute-t-il.

Mon pouls s'emballe à toute vitesse. Je garde le silence.

Putain, contrôle-toi !

– Allez, monsieur Stewart. Des vies sont en jeu, après tout. Ce n'est qu'une femelle, une heure avec elle contre la vie de plusieurs, c'est un bon deal !

– Qui dirige ces opérations ? répété-je, la voix grondante.

Si je n'étais pas si amoureux d'elle, je saurais comment conserver mon calme et réagir, mais là, je me sens partir en vrille. Et il le voit très bien.

– Je veux l'entendre crier, ajoute-t-il d'un ton si féroce qu'il me fait perdre le contrôle.

Je lui colle mon poing dans la gueule, sans mesurer ni ma force, ni l'impact. La tête du gangster décolle sur le côté et un silence s'abat sur nous. Son souffle a été coupé, tout comme le mien. Lorsqu'il le reprend, c'est pour cracher du sang sur les planches en bois. Il sourit, mais je peux tout de même lire dans ses yeux un flash de peur qui le traverse. Il sait à présent que je peux aussi faire mal.

– On va reprendre. Que cherchez-vous ?

Mon ton est plus posé, mais c'est foutu. Il s'est déjà immiscé dans la brèche.

***

Je n'en tirerai rien. J'ai besoin d'une pause. J'agite ma main endolorie. J'ai dérapé cinq ou six fois de plus. Dès qu'il menaçait Skye, en fait. J'ai zéro contrôle sur ça. Il connaît ma faiblesse et il l'utilise. Je ne peux rien faire.

J'ouvre la baie vitrée pour revenir dans la pièce principale de la grange. Joe et ses deux hommes ont mis de la musique et boivent un verre dans le coin cuisine.

– Je vais fumer une cigarette, on fait une pause, dis-je en traversant la pièce pour sortir du côté de la porte d'entrée.

Je me dépêche de l'allumer, ça va me calmer les nerfs. D'un autre côté, je suis content que ce type-là en particulier soit ici et non pas à New York, traquant Skye. J'espère qu'elle est en sécurité et que tout va bien. J'aimerais revenir en arrière, retrouver les jours qu'on a passés ici, à se balader dehors, à cuisiner, à écouter de la musique et à faire l'amour. Mais ces brutes auraient fini par débarquer et on se serait retrouvés bien seuls face à eux. La fuite de Skye était peut-être une bonne chose, finalement.

– Ça va ?

Joe me rejoint, deux verres de son fameux Glenlivet 64 à la main.

– C'est ce type qui t'inquiète comme ça ? demande-t-il en me tendant un whisky.

Je le refuse d'un geste de la main. Je dérape déjà, autant ne pas en rajouter avec l'alcool.

– Si seulement, grommelé-je.

Mon ami hausse les sourcils, intrigué.

– Une femme, et pas n'importe laquelle, ajouté-je.

Il ouvre des yeux ronds. Puis un large sourire se dessine sur ses lèvres.

– Jake amoureux ? Ça, je ne l'ai pas vu venir, s'amuse-t-il.

– Et moi donc.

– Alors, dis-moi tout ! exige-t-il. Je veux savoir qui est celle qui a réussi à faire craquer Jake Stewart !

Comment résumer Skye Elliott ? Il y aurait tant de choses à dire.

– Une intello maladroite, avec un cœur énorme, très drôle, maligne et déterminée, une femme de pouvoir et d'ambition, qui déteste la nature, sexy comme aucune autre, qui ne jure que par la pizza new-yorkaise…

Joe hoche la tête, se mordant l'intérieur des joues.

– Woa. T'es putain de mordu, affirme-t-il ensuite en laissant éclater un rire complice.

– Ce n'est rien de le dire.

La cigarette et l'évocation de Skye font retomber ma pression.

– Et qu'est-ce que tu fous là ? enchaîne Joe.

– Comment ça ? m'étonné-je.

– Tu n'as rien de mieux à faire ? Cette fille n'est pas plus importante que ça ? Personne d'autre ne pouvait s'en charger ?

Mon cœur se serre. Je voudrais répondre « oui » à tout.

– Il faudra bien que tu te ranges un jour, me conseille Joe. Ce que tu pourrais vivre avec elle est mille fois plus important que ce que tu fais là.

Je regarde mon ami, hébété par son raisonnement inattendu. Je n'ai pas le temps de lui répondre, l'un de ses agents de sécurité nous rejoint, paniqué.

– Patron, le type est en train de faire un malaise !

Je me précipite sur la terrasse, de l'autre côté de la grange. Le gangster a déjà la tête renversée, les yeux grands ouverts, de la mousse plein la bouche et une odeur d'amande s'en échappant. Je force l'ouverture de ses mâchoires et découvre une capsule cassée entre ses dents. Elle était probablement cachée à l'intérieur d'une fausse molaire et je l'ai fait sortir à force de le frapper.

– Il est mort, il n'y a rien à faire.

– Comment ? s'inquiète Joe.

– Du cyanure. Il avait un protocole d'urgence.

Mon ami s'alarme, mais je le rassure tout de suite.

– Rentre à la grange, je m'en occupe. Tu ne seras pas impliqué.

Je sors mon portable pour contacter Carrie. C'est le Bureau qui prendra la suite.

***

SKYE

La blessure était sérieuse. Ils ont terminé l'intervention chirurgicale, Ashton est en réanimation. Rien n'est encore sûr. J'ai écouté la femme médecin m'exposer tout ça comme si j'avais la tête sous l'eau. Gabriel se tient auprès de moi, plus solide que jamais. J'ai encore du sang sur mes vêtements et j'ai passé vingt bonnes minutes à me frotter les mains aux toilettes pour faire disparaître les taches rouges.

Comment les choses ont-elles pu tourner ainsi ? Pourquoi en est-on arrivés là ? Je voudrais que Jake soit là. Est-ce qu'il va bien ?

– Skye, ça va ?

Je lève les yeux sur mon ami, il me frotte le dos. On est assis dans la salle d'attente depuis des heures. La police m'a posé des questions auxquelles je n'avais aucune réponse claire à donner. Impossible de leur raconter toute cette histoire de Russes à mes trousses, ce serait bien trop abracadabrantesque ! Je leur ai juste décrit ce qui s'était passé.

– Skye ?

– Oui, oui. Pardon, je suis juste… je ne sais pas.

Le corps d'Ashton se raccrochant à moi. Ça me retourne le cœur et l'estomac.

– Il est 1 heure du matin, allons chez moi, me propose Gabriel. Repose-toi un peu. On ne peut rien faire de plus ici.

– Mais si jamais il se réveille…

– Ils nous contacteront, m'assure-t-il en se levant. Allez, viens. J'ai appelé Ryan tout à l'heure pour le tenir au courant, Naïm va nous accompagner.

J'accepte de le suivre, engourdie. L'air frais de l'extérieur me réveille. Mes muscles se sont tendus à répétition, jusqu'à en devenir douloureux, et ma gorge s'est asséchée. Gabriel a raison, j'ai besoin de repos. On prend sa voiture, Naïm à l'arrière, stoïque. Et contrarié. Et aux aguets. Il a l'air de culpabiliser, lui aussi. Mais il n'aurait rien pu faire. C'est à moi d'endosser la faute. C'est moi qui étais visée et c'est Ashton qui a pris.

Les larmes me montent à nouveau aux yeux quand on entre dans l'immeuble de Gabriel. Il a un appartement sur deux étages avec une pièce à vivre toute en hauteur. C'est très impressionnant chez lui. Très moderne, très lumineux et très classe le jour. Et un vrai « baisodrome » la nuit, comme le qualifie Lisa quand elle en parle. Naïm propose d'en faire le tour et ferme l'intégralité des rideaux et des stores. Si jamais on nous a suivis, qu'on ne sache pas où nous trouver depuis l'extérieur. Puis Gabriel m'ouvre sa chambre d'amis et me procure tout le nécessaire pour prendre une douche. Il redescend ensuite pour préparer quelque chose de chaud à manger pour nous réconforter.

Je retire mes vêtements avec soulagement. Je n'en pouvais plus, de ces taches de sang. Je laisse l'eau brûlante couler sur moi un long moment. Il est encore vivant, mais que vais-je faire s'il meurt ? Je ne suis pas sûre d'y survivre. Je sors de la douche, à moitié apaisée. J'attache mes cheveux encore humides, j'enfile le bas de jogging en resserrant le cordon au maximum et le sweat de Harvard que Gabriel a déposés sur mon lit, puis je descends le rejoindre.

– Comment tu te sens ? s'enquiert-il en me servant un gros mug de soupe.

– Mieux, réponds-je en prenant place sur l'un des tabourets attenants à son îlot central.

Et c'est vrai, j'ai l'impression de sortir d'une zone floue. La chaleur de la soupe me revigore les entrailles.

– Ashton est solide, aucun organe vital n'a été touché, tente de me rassurer Gabriel.

– Mais il a perdu beaucoup de sang…

– Il va s'en sortir, me coupe-t-il, déterminé.

Je ne sais pas s'il tente de me convaincre moi ou lui-même. Mais il a raison. Après toute mon angoisse pessimiste, il faut faire preuve d'un peu d'espoir.

– Oui, il va s'en sortir.

Je termine mon mug, rassasiée.

– Je ne suis pas sûre de pouvoir dormir tout de suite.

– Moi non plus, confirme Gabriel. Tu veux faire une partie d'échecs ? Comme au bon vieux temps ? Ça nous occupera l'esprit.

– Bonne idée, approuvé-je avec un sourire.

On s'installe dans le salon, sur son imposant canapé d'angle en cuir blanc. Je m'enroule dans un plaid alors que Gabriel prend place face à moi tout en disposant les pièces sur l'échiquier. On a beaucoup joué, tous les deux, pendant nos études. Ça nous aidait à focaliser nos pensées au milieu du fourmillement des cours et des devoirs. Il me laisse les blancs et donc l'avantage du premier mouvement. On déplace quelques pièces assez vite avant de ralentir pour se creuser un peu plus les méninges.

– Est-ce que je peux te demander ce que faisait Ashton chez toi ? m'interroge Gabriel au bout d'un moment.

– J'allais lui confirmer notre rupture, réponds-je en avançant un cavalier. J'ai tourné la page sur notre histoire.

– Jake ? me demande Gabriel en avançant son roi.

Mon cœur m'envoie une impulsion profonde et douce. Il me manque, alors qu'il s'est absenté depuis quelques heures seulement. Mais tout ce qui vient de se passer a drastiquement étiré le temps, comme si plusieurs jours venaient de passer d'un coup. J'ai hésité plusieurs fois à l'appeler mais il ne pourrait de toute façon rien changer à la situation et je ne veux pas le distraire de sa mission. Il prend suffisamment de risques comme ça pour faire demi-tour maintenant. Joe Kicks aussi a besoin de Jake dans cette histoire.

Quoi qu'il en soit, je ne veux plus cacher ce que je ressens pour lui alors je bouge ma tour en répondant :

– Jake est rassurant, mystérieux et drôle, parfois, ajouté-je avec un sourire touché.

Gabriel partage un air amusé.

– Un pince-sans-rire, non ? relève-t-il en fauchant l'un de mes pions avec son fou.

J'aurais tant d'exemples à citer ! Le restaurant et son débit sur le hareng qui me fait encore rire toute seule, sa silhouette rigide et pourtant présente sur la patinoire, sa leçon de ricochets sur le lac avec son air dépité… Et ce ne sont que les moments où j'ai ri de plaisir. Mais il y a tous ceux durant lesquels il m'a écoutée avec sérieux ou encore ceux où il m'a aimée. Sa danse au coin du feu, ses baisers comme si à chaque fois c'étaient les derniers, et lui, assis sur un lit, m'ouvrant le livre de son histoire… Cet homme a tant de visages et chacun d'eux me touche.

Je joue un pion en me mordant la lèvre.

– Il est plus qu'un pince-sans-rire, affirmé-je, l'esprit baignant dans une marmite où chaque bulle éclate d'un « Jake » doucereux.

Gabriel ne fait aucun commentaire mais son sourire en coin parle pour lui. Il avance sa reine tout en disant :

– Et toi ?

– Je ne veux que lui.

– L'inverse m'aurait étonné, tu pétilles littéralement quand tu penses à lui. Et au passage…

Il abat mon roi de son fou.

– Échec et mat.

Je soupire en me laissant tomber sur le canapé. Je n'étais pas concentrée du tout sur la partie ! Et une vague de culpabilité me balaie à nouveau.

– Non mais écoute-moi ! Je suis là à espérer une histoire sérieuse avec Jake alors que mon ex est à l'hôpital. Qu'est-ce que ça fait de moi ? La dernière des garces…

– Déjà, je t'interdis de parler de cette manière de mon amie, intervient Gabriel, l'index levé. Ensuite, ça fait de toi une femme qui avance et recherche ce qu'il y a de mieux pour elle. Ashton a fait ses propres choix dans cette histoire. Tu n'as pas à te sentir coupable, juste à suivre ce que tu ressens.

CHAPITRE 15

JAKE

J'ai dormi trois ou quatre heures avant de reprendre la route. Le FBI s'est chargé du corps et j'ai pu rentrer à New York. Au moment où je compose le numéro de Skye pour savoir où elle se trouve, Ryan m'appelle. Je me range sur le côté pour décrocher.

– Jake, où en êtes-vous ? J'ai attendu des nouvelles, mais rien.

Étant donné le fiasco, je ne me suis pas jeté sur mon téléphone pour lui raconter ce qui s'est passé. Le *big boss* a dû ronger son frein, il a attendu 10 heures du matin pour me contacter. Il a l'air passablement tendu, d'ailleurs.

– Je n'ai rien pu en tirer, à part des menaces prononcées sur Skye.

J'entends Ryan soupirer.

– Ils en ont mis une à exécution hier soir.

Moi qui étais parvenu à me calmer, je sens tous mes muscles se tendre à nouveau.

– Comment ça ?

Et je me retiens de hurler. La fatigue aura raison de moi, c'est certain.

– Ashton Darrow a été touché par balle hier soir, dans le salon de Skye. Il est encore à l'hôpital, on attend toujours des nouvelles concernant son pronostic.

Mon cœur s'emporte. Ma première pensée, stupide et instinctive, se demande d'abord pourquoi Skye s'est réfugiée chez elle, puis pourquoi – bon sang ! – Ashton se trouvait chez elle ? Est-ce qu'il lui manque tant que cela pour qu'elle passe son temps à le voir alors que je venais à peine de partir ? Mais je balaie tout très vite. « Touché par balle. » Un tireur a ciblé Skye et Ashton a pris à sa place ? Une seconde… Ryan n'a rien dit au sujet de Petite Bombe.

Une pierre me tombe dans l'estomac.

– Et Skye ?

Je serre les dents. S'il lui est arrivé quoi que ce soit, qu'est-ce que je fais ?

– Elle va bien, elle est chez Gabriel.

Oh non, elle est au baisodrome.

J'ai presque envie d'en rire nerveusement tant les ascenseurs émotionnels sont forts !

– Naïm est avec eux, mais je préférerais que vous y alliez dès maintenant. Je vous envoie l'adresse.

– Je pars tout de suite, réponds-je en rouvrant ma portière.

– Jake ?

– Monsieur ?

J'entends à nouveau un soupir mais plus contenu. Empli de colère.

– Je déteste qu'on s'en prenne à mes employés de cette manière. L'un de mes meilleurs avocats est entre la vie et la mort, et ma DAF est menacée de mort. Tout doit cesser, vite.

Il parle vraiment en sa faveur, j'ai envie de le croire à cet instant.

– On est d'accord, monsieur Carter.

Et on raccroche, sur la même longueur d'onde. Je me rends à l'adresse qu'il m'indique et j'appelle aussitôt Skye. Elle ne laisse pas sonner longtemps avant de répondre.

– Jake !

Sa voix m'emplit de frissons.

– Skye, tout va bien ?

– Oui, je suis si contente de t'entendre.

Et moi donc. Après cette longue nuit éprouvante, la retrouver, c'est voir le soleil à nouveau.

– Je suis en bas de chez Gabriel, Ryan m'a raconté ce qui s'est passé. Où veux-tu qu'on se retrouve ?

Je préfère lui laisser le choix. Elle vient de voir un homme auquel elle tient – peu importe leur situation aujourd'hui – se faire tirer dessus chez elle. Tout ce qui compte, c'est qu'elle ait un point de chute en dehors de toute cette histoire.

– Il y a un café, juste en face de l'immeuble. Attends-moi là, j'en ai pour cinq minutes.

– Je le vois, à tout de suite.

– J'arrive.

Je traverse la route et m'installe dans le beau café moderne. Je choisis une banquette, contre le mur, à l'écart des baies. Comme promis, Skye finit par apparaître quelques minutes plus tard, talonnée par un Naïm en mode « surveillance maximum ». Il prend un café au comptoir et la laisse s'approcher seule. Je me relève pour l'accueillir, soulagé et heureux. Et surpris. Elle a une petite mine, des yeux fatigués et une tenue inhabituelle : un slim en simili cuir, un top rouge échancré et un perfecto.

– Sans commentaire, dit-elle en remarquant mon expression perplexe. Il s'agit des fringues abandonnées par les conquêtes de Gabriel.

Ma jalousie passagère s'évanouit dès qu'elle fonce dans mes bras. Je la serre contre moi. Après toutes les menaces épouvantables que m'a servies le prisonnier cette nuit, je suis rassuré de la savoir saine et sauve avec moi. Et pourtant, alors que je me détends, je la sens tressaillir et s'agripper à moi, puis renifler.

– Hé, Petite Bombe, tu es en sécurité à présent, tenté-je en frottant son dos.

Elle sort de mon enclave en hochant la tête et en passant ses mains sur ses joues.

– Oui, je sais. C’était une longue nuit, ajoute-t-elle en esquissant un sourire.

– La mienne aussi, réponds-je en l’entraînant avec moi sur la banquette.

Un serveur vient déposer sa commande avant de s’éloigner.

– Raconte-moi.

Elle me fait le récit détaillé des événements, encore bouleversée par ce qu’elle vient de traverser. Mais au bout de ses mots, elle se détend un peu, gardant tout de même son portable sur la table, au cas où l’hôpital appellerait. La question sur la présence d’Ashton chez elle aussi tard me brûle les lèvres. Après tout, elle n’avait encore rien décidé. À ma connaissance.

– Tu ne me demandes pas ce qu’Ashton faisait là ?

Décidément, j’ai toujours l’impression qu’elle capte la moitié de mes pensées. Que répondre à cela ? Ce n’est pas comme si je lui avais demandé l’exclusivité, nous ne sommes même pas un couple. C’est ce que je souhaite avec elle, mais rien n’a été formulé. Et je dois dire que cette nuit m’a suffisamment bousculé pour avoir besoin, aujourd’hui, d’agir avec d’autant plus de prudence.

– Si bien sûr, mais je ne suis pas certain d’avoir le droit d’exiger des explications.

Elle plonge dans son cappuccino et dans ses réflexions avant de me répondre, le regard fuyant.

– Je voulais lui confirmer que c’était terminé entre nous. Je n’en ai pas eu le temps, mais c’est irrévocable pour ma part.

Un flux de sang me monte au cerveau. Est-ce que c’est le moment de lui prendre la main et de lui demander si un « nous » est donc possible ? Mais est-ce que c’est le bon moment, alors que son ex est encore en soins intensifs ? Je me fais l’impression d’être un charognard tournant autour d’elle. Au moment où j’ouvre la bouche, son portable vibre sur la table. Elle se jette dessus et fronce ses sourcils.

– Un message de Colin, m’indique-t-elle. Il dit qu’il a du nouveau.

– Fais-le venir ici, c’est plus prudent.

Elle approuve et tape une réponse avant de me demander ce qui s’est passé de mon côté. Ne pouvant que rester évasif, je lui donne la même version qu’à Ryan. On discute de quelques théories, elle se détend un peu plus et parvient même à plaisanter avec tendresse sur l’appartement démesuré de son ami Gabriel. Ça me fait grogner – je n’ai pas oublié le rentre-dedans qu’il lui a fait au bar de l’Oxford Bridge pour ma part – mais elle me rassure en m’affirmant à nouveau qu’il n’y a rien entre eux.

Je pense encore à « nous ». Mais comment passer à cette étape alors qu’elle ne sait pas encore tout de moi ? Elle a encaissé mon passé, elle pourrait encaisser le fait que je travaille pour le FBI depuis le départ. Je peux griller ma couverture sans griller celle de Carrie.

Quand je vois Colin nous rejoindre, son ordinateur sous le bras, je me dis que ça attendra au moins qu'on sache où on va et si Ashton va s'en sortir. Il retire son blouson à emblème, les chaînes de son jean noir troué s'entrechoquant lorsqu'il prend place en face de nous.

– Elliott, Stewart, nous salue-t-il.

Comme à son habitude, il commence par les noms de famille. Il allume son portable, l'expression plutôt sérieuse.

– On pense tous à Ashton à la tour, dit-il avec un regard pour Skye. Il va s'en remettre, c'est l'évidence même.

Elle lui sourit, touchée.

– Qu'est-ce que tu as pour nous ? demande-t-elle ensuite.

– J'ai trouvé quelque chose sur Piotr Ozerov, annonce-t-il.

Le nom rallume tous les signaux en moi. Je lève la main pour l'interrompre.

– Ça ne vous dérange pas si j'appelle Carrie ? Elle devrait entendre ça.

Le temps que je passe l'appel vidéo, Colin interroge Skye d'un regard intense.

– C'est qui, Carrie ?

– Une amie détective, répond-elle, tendue.

– J'ajouterais « hackeuse de talent », s'amuse Carrie en rejoignant la discussion.

Je pose mon portable sur la table et, le visage un peu fatigué, elle nous fait un signe de la main pour nous saluer.

– Skye, dit-elle avec gentillesse.

– Carrie, réplique Petite Bombe avec embarras.

– Et je te présente Colin Spencer, le génie informatique de Carter Corp., dis-je enfin en désignant mon voisin d'en face.

Ce dernier a l'air figé et peu emballé. En même temps, j'ai l'impression d'avoir mis deux mastodontes du hacking sur un ring.

– Colin nous disait qu'il avait du nouveau sur Piotr Ozerov, relancé-je vite.

– Ah cool ! se réjouit Carrie.

– Je disais donc que j'ai trouvé quelque chose, reprend Colin en tapotant son clavier. J'ai recherché ses traces dans tous les versements qui ont été faits depuis Carter Corp. Moscou, mais je n'ai jamais trouvé son empreinte. Ce n'est pas lui qui a détourné l'argent même si c'est lui qui est incriminé concernant les demandes de versement.

– Donc on l'a piégé, conclut Skye.

– Selon toute vraisemblance, oui.

Elle pousse un soupir.

– Tu avais raison de douter, Jake. C'était une scène de crime et non pas un suicide.

– Est-ce que tu as trouvé qui est le coupable ? intervient Carrie.

– L'analyse des données est encore en cours, répond Colin. Mais ce n'est pas tout ce que j'ai trouvé. Vous vous souvenez de la société Informatika Inc. qui a encaissé l'argent pour l'achat de serveurs ? J'ai enfin découvert l'arnaque.

Colin jubile en faisant son annonce.

– C'est une société écran pour Dragunov Concern.

Si Skye plisse les yeux sans savoir de quoi son collègue peut bien parler, Carrie et moi, on tique aussitôt.

– Quoi ? Répète ? demande même ma partenaire.

– Dragunov Concern. Une entreprise russe tentaculaire, spécialisée dans l'armement en tout genre. C'est là que l'argent détourné est allé.

Skye se laisse tomber contre le dossier de la banquette, stupéfaite. J'entends Carrie pianoter à son tour sur son clavier. Je sais que j'ai déjà entendu ce nom quelque part, mais je ne me souviens plus où. Colin poursuit :

– Mes recherches m'ont confirmé que cette société n'était pas seulement gérée par un ponte véreux du gouvernement, mais aussi par la Bratva. La mafia russe.

Merde. Colin est en train de tout dévoiler…

***

SKYE

Jake jure dans un souffle. Colin a donc visé juste ? On a affaire à la mafia russe ? Tous mes muscles se raidissent d'angoisse. Ça va trop loin. Carter Corp. a versé de l'argent à une entreprise mafieuse d'armement… ? Et, pire encore : un doute s'insinue en moi. Ryan est-il complice ?

– Carrie, est-ce que tu as fouillé du côté de Ryan Carter ? interroge Jake.

Je partage un regard avec Colin. Il a envie de protester, mais je dois avouer que j'aimerais avoir des preuves qui blanchiraient pour de bon le P.-D.G. de mon côté.

– Il a été agressé dans son bureau, déclare seulement Colin, comme si ça pouvait tout expliquer.

– Vrai, répond Carrie. Dans tous les cas, pour avoir eu accès au dossier médical, je peux confirmer ce point, l'agression était réelle. J'ai aussi hacké les caméras de surveillance du dernier étage de Carter Corp., les deux agresseurs ont l'air de l'avoir vraiment surpris, et il s'est défendu, jusqu'à l'intervention d'Aleksei. Il a suffi qu'il apparaisse sur le pas de la porte du bureau pour qu'ils fuient, l'unité centrale sous le bras.

Colin a un mouvement de menton appréciateur. Entre hackers, ils doivent se comprendre et estimer les prouesses de l'autre. Je suis soulagée qu'il ait joué le jeu en entendant le nom de Carrie tout à l'heure. Je ne sais pas s'il a découvert des choses sur elle, mais ce n'est pas en sa présence, ni en celle de Jake, qu'il pourra me dire quoi que ce soit.

– Donc, Ryan n'est pas impliqué ? demande Colin.

– On peut le mettre de côté. Pour l'instant, approuve Carrie. Un autre employé peut-être.

– Oui, mais qui ? relève mon ami, avec perplexité. À chaque embauche, Ryan me demande de fouiller le dossier du candidat. En toute illégalité, certes, mais c'est parfois utile.

Je blêmis.

– Quoi ? Tu fouilles les données personnelles des futurs employés ?

Colin hausse les épaules.

– Je ne fais que suivre les ordres. Et du coup, je peux vous confirmer que personne n'a le profil à ma connaissance. En tout cas, dans la filiale américaine, j'ignore si Ryan demande la même chose à mes homologues dans les filiales installées à l'étranger.

– Si c'est le cas, ça signifie peut-être que la personne qui agit a été débauchée après son recrutement à Carter Corp., suppose Carrie.

– Ou qu'elle est aussi maligne que nous, ajoute Colin avec un sourire en coin.

Carrie a un rire du même acabit. *L'autosatisfaction des hackers !* Je regarde Jake qui s'en amuse au moins autant que moi. On a les mêmes amis.

– On peut considérer Aleksei, alors, dis-je en reprenant la main dans la discussion. Il a pu orchestrer l'agression dans le bureau de Ryan. Je ne vois pas pourquoi deux hommes armés fuiraient sans fouiller plus les affaires du P.-D.G. de Carter Corp., seulement parce qu'un autre homme débarque.

– Sauf qu'Aleksei est devenu l'ombre de Ryan, il est toujours dans ses pas, précise Colin.

J'ai envie de hausser les épaules, l'air de dire « oui, on sait, depuis le temps ». Mais Jake, lui, a une autre interprétation de ce fait.

– Ce qui signifie que Ryan est constamment surveillé par la Bratva. Ou du moins, par un employé qui trempe dans leurs affaires.

Un frisson glacial me fait me redresser. J'attrape mon portable en même temps que Colin.

– On doit le prévenir de se méfier de lui, dit mon ami en l'appelant.

Il laisse sonner un moment, mais personne ne semble décrocher.

– Je tente Gabriel, il sait peut-être où il est.

À mon tour d'appeler mon ami parti tôt au boulot, comme chaque matin. Aucune réponse. Colin ferme son ordinateur.

– Je vais retourner à la tour et fureter, je te tiens au courant.

– Bonne idée, oui. Sois prudent.

– Colin, on reste en contact, convie Carrie. J'aurai peut-être deux ou trois choses à te proposer.

– J'imagine que tu trouveras mon numéro, s'amuse Colin en se levant.

– C'est déjà fait, assure-t-elle.

Il secoue la tête avec un sourire, pose son casque sur ses oreilles et nous adresse un signe de la main en tournant les talons. Carrie raccroche avec un

« À plus, Skye et Jake », nous laissant tous les deux dubitatifs.

– Tu veux faire un tour ou on reste ici ? me propose alors Jake.

– Reprenons un café, le temps d'avoir des nouvelles de Colin.

Il se lève pour passer la commande. Je suis si soulagée qu'il soit là. Il paraît fatigué lui aussi, sa nuit a dû être courte et intense, mais il est auprès de moi, sain et sauf. C'est tout ce qui compte. Lorsqu'il revient à notre table, il s'assied à mes côtés et je veux prendre son bras contre moi, mais j'hésite. Tout semble suspendu avec lui. Comme si un dernier obstacle, invisible et immense, se dressait devant nous.

***

Au bout d'une petite heure, d'un cappuccino et d'un débat sur les textes de Joe Kicks, Colin me contacte.

– Ryan et Gabriel étaient en réunion, ils vont bien, me dit-il dès que je décroche.

Il parle vite et paraît essoufflé.

– Skye, tu devrais me rejoindre à Carter Corp. J'ai reçu des nouvelles, mais je ne peux que te les donner de vive voix. C'est important, viens.

Et il raccroche. Je fixe Jake, éberluée.

– Quoi ? s'intrigue-t-il.

– Tout va bien du côté de Ryan, mais on doit se rendre à la tour.

Jake pousse un soupir. Il retient un « c'est trop dangereux, hors de question », ça se sent à la crispation de ses mâchoires.

– Bon. On va passer par les entrées de service. Viens.

On part tous les deux en voiture et Jake entre par le garage et son accès privilégié, plus discret que l'accès commun. On se gare parmi la collection de bolides de Ryan. Ça me laisse sans voix quelques secondes. C'est vraiment un endroit que personne ne voit jamais. À part Jake qui joue au chauffeur en temps normal.

Une fois devant sa porte, je toque. Il ouvre deux ou trois secondes plus tard.

– Skye, super !

Il m'attrape le bras et m'entraîne à l'intérieur avant de stopper Jake d'un geste de la main.

– Hé ! Désolé mais c'est confidentiel, ça concerne ses codes d'accès à ses accréditations, tout ça, personne d'autre ne peut être au courant, j'en ai pour deux minutes.

Il ne laisse même pas le temps à Jake de protester, il claque la porte de son bureau et m'entraîne jusqu'à celle de la salle des serveurs tout en attrapant au vol son ordinateur portable sur son bureau. Il pose son pouce sur une petite plaque qui reconnaît son empreinte et déverrouille l'accès.

– Comment ça, mes codes d'accès ? m'alarmé-je. Ils ont changé ? On ne m'a pas prévenue ! Ne me dis pas que tu les as donnés à Aleksei ?!

Ce serait catastrophique ! Ils permettent d'avoir accès à tous les comptes de Carter Corp. et de piocher dedans sans passer par tout le protocole que les détourneurs d'argent ont faussé mais se sont coltiné. Colin laisse la porte hermétique de la salle se refermer derrière nous. Je frissonne, la température est maintenue basse pour ne pas provoquer de surchauffe. C'est aussi un endroit ultra-sécurisé qui ne s'ouvre que pour certaines personnes, comme Colin.

– Non, rien de tout ça. Et bien sûr que non, je n'ai jamais donné ces codes à Aleksei, Ryan me l'a formellement interdit. Tu me fais confiance ?

Je fronce les sourcils, inquiète. Je hoche tout de même la tête.

– OK. Donne-moi ta veste.

Je m'exécute et il la fouille méticuleusement, n'y trouvant rien de plus que le ticket de mon premier café.

– D'autres poches ? demande-t-il en me balayant du regard.

Ce n'est pas dans le mini-top et le slim simili cuir qu'elles se cacheraient.

– Non.

– Ton sac ?

Je le pose devant lui, sur une petite table d'appoint. Je ne comprends toujours pas, mais ça a l'air important.

– Fouille, si tu veux.

Il plonge à l'intérieur, observe chaque objet et finit par saisir mon portable pour le brancher à son ordinateur.

– Je peux savoir ce qui te prend ? m'impatienté-je en enfilant ma veste.

– Ryan s'est absenté avec un service de sécurité gros comme une armée.

– Quel est le rapport avec ce que tu fais ?

Il garde le silence un court instant avant de se détendre.

– Tu n'es pas sur écoute.

– Quoi ? Tu crois que la Bratva aurait trafiqué ce portable ? C'est Jake qui me l'a donné, il est intraçable. J'en doute fort. Il s'en serait aperçu.

Colin se mord la lèvre, embarrassé. Il pousse un soupir et pivote face à moi.

– Jake Stewart, peut-être. Mais Jack Baumann aurait pu implanter un système pour t'écouter.

OK. Est-ce que c'est un nouveau nom d'infiltré à Carter Corp. ? Un mafieux à la solde de la Bratva ? Pourquoi Colin guette-t-il mes réactions sans en dire plus ? Il veut m'achever ou quoi ? Pourquoi avoir maintenu Jake en dehors d'une discussion pareille ?

– J'ai cherché qui était Carrie Dartieu, et une chose en entraînant une autre, qui était Jake Stewart. Et ce que j'ai découvert est plutôt inattendu.

Il jette un regard à travers la porte transparente de la pièce, comme s'il craignait que Jake déboule. Moi, ma gorge se noue si fort que mon souffle se coupe.

– Et ? murmuré-je.

– Ils sont tous les deux des agents du FBI. Carrie Dartieu, de son vrai nom Carrie Kang, est spécialisée dans les trafics d'armes et de drogues, Jake est l'homme de terrain, celui qui s'infiltre. Son vrai nom est Jack Baumann.

C'est comme si les mots de Colin jouaient au ping-pong dans ma tête : ils se répercutent dans tous les sens et me laissent hébétée. Tout me semble soudain si vrai et si ridicule que je me mets à rire alors que des larmes roulent sur mes joues sans que je puisse les contrôler.

– Tu racontes n'importe quoi.

C'est forcément ça. Parce que sinon… sinon, ça veut dire que je suis amoureuse d'un mensonge.

– Si tu enquêtes sur tous les employés quand ils sont embauchés, pourquoi tu n'as rien remarqué ? ajouté-je, le cœur battant.

– Parce que j'ai cherché « Jake Stewart » et que j'ai trouvé « Jake Stewart » ! répond Colin en ouvrant des fichiers sur son ordinateur. Regarde, le FBI a fabriqué tout un personnage avec un passé et une histoire.

Il fait défiler des documents sous mes yeux mais je ne parviens à me focaliser sur aucun d'eux. Je ne pense qu'à la discussion qu'on a eue tous les deux dans la chambre d'hôtel, quand il me dévoilait enfin son passé. Tout ça serait faux ? Qui peut être aussi cruel pour mentir à ce point ?

– Skye, Jake a infiltré Carter Corp. depuis un an et demi pour enquêter sur l'entreprise. Il devait attendre de tomber sur quelque chose.

Oui, sur moi. Moi et l'affaire que j'ai déterrée. Il a seulement pris mon train en marche. Il m'a accompagnée en Russie, m'a suivie et observée, a attendu que je sorte les preuves, que je sois un témoin malgré moi. Il n'est à mes côtés que pour une seule raison : je suis sa mission.

– Il se sert de moi.

Je l'avais craint à la grange, lorsque je l'avais surpris en train de discuter avec Carrie. Et quand je lui avais demandé des comptes, il m'avait à nouveau menti. Je me mets à haleter, la rage me faisant bouillir de l'intérieur.

– Skye ? s'enquiert Colin.

Je m'éloigne sans un mot. Je ressasse les fausses paroles de cet inconnu qui m'a touchée en plein cœur. Il n'y a pas pire trahison. Je pousse la porte transparente de la salle des serveurs, traverse le bureau de Colin et m'élance dans le couloir. Je serre les dents pour ne pas pleurer. Ma colère d'abord ! Le chagrin immanquable, ensuite. Jake devait faire les cent pas puisqu'il s'est un peu éloigné. Il revient vers moi en me voyant débarquer.

– Skye ? Tout va bien ?

Je fonce sur lui et le bouscule brutalement contre le mur. Je l'ai laissé m'approcher et s'immiscer dans mon cœur comme la dernière des idiotes.

– Sale menteur ! rugis-je d'une voix écorchée.

***

JAKE

Skye est furieuse, les yeux rouges de larmes et les lèvres tremblantes de rage.

– De quoi tu parles ?

– À ton avis, *Jack* ?!

Merde !

Elle sait, voilà ce qu'il y a. J'ai manqué l'occasion de lui confier la vérité plusieurs fois, par crainte d'un rejet. Je n'envisageais pas qu'elle l'apprendrait de son côté, même si Colin peut déterrer n'importe quoi… Comment rattraper ça ? Mon cœur s'emballe alors qu'elle semble attendre une explication. Les mots se bousculent dans ma tête, j'aurais aimé avoir un discours de défense tout prêt, mais ce n'est pas le cas. À la place, je suis obnubilé par la colère dans ses yeux obsidienne. La colère et la blessure.

Putain, je viens de la blesser d'une manière irréversible.

– Skye, je sais que ça va te paraître facile, mais je prévoyais de te le dire…

Même si c'est la vérité, je ne le croirais pas un seul instant si j'étais elle. D'ailleurs, elle lève les yeux au ciel en tournant sur elle-même.

– Tu n'as rien de mieux à me dire ? Ça t'a plu ? Tu es content ? Tu as eu tout ce que tu voulais ?

Chacune de ses questions est une lance aiguisée plantée dans mon cœur. Rien ne pourra plus jamais bien aller maintenant !

– Revenez à l'intérieur, motive soudain Colin. Ne restez pas dans le couloir.

Skye se rue dans le bureau, je la suis. Colin met son casque et se pose dans un coin, déterminé à ne pas se trouver sur notre passage. Ou plutôt, sur celui de Skye.

– OK, tu sais. Il ne te manquait que cette information sur moi, soutiens-je alors.

– Oh bah formidable ! Donc Jack Baumann est aussi le fils d'un militaire ? Qui a fait l'armée ? Et qui a osé me raconter toutes ces salades à son sujet ? fulmine-t-elle.

Je sens la colère monter à mon tour. Contre moi-même. J'étais enfin parvenu à me confier sur mon passé à quelqu'un, et ça va devenir un odieux mensonge à ses yeux. Alors que jamais je n'avais été aussi sincère avec personne.

– Je ne t'ai dit que la vérité, lui assuré-je avec froideur. Je n'ai rien inventé. C'est juste un pseudonyme.

– Alors pourquoi Colin m'a-t-il montré des faux documents sur toi, hein ? Avec une fausse histoire !

– J'ai créé un personnage mais à toi, *toi* ! Je n'ai toujours dit que la vérité ! insisté-je.

Pour la première fois depuis le début de cette discussion, elle recule. Elle se tourne vers Colin qui fait semblant de ne rien suivre, mais qui rouvre aussitôt son ordinateur pour brandir ses pièces à conviction.

– Jake Stewart, deux parents dans l'armée, fils unique, militaire à son tour puis garde du corps de célébrités avant d'avoir sauvé la vie de Ryan Carter lors d'une soirée à l'ambassade russe, lit-il avant de lever les yeux vers Skye.

Elle ne peut qu'entendre les différences entre la version de ma couverture et ce que je lui ai confié.

Crois-moi, Petite Bombe ! Crois-moi !

Ses paupières vibrent d'incertitude, elle croise et décroise les bras, déglutit, ne semble plus savoir à quel saint se vouer.

– Tu crois vraiment que j'aurais pu affabuler sur ce que j'ai vécu en Afghanistan ou encore sur la mort de ma sœur ? Qu'est-ce que j'aurais bien pu gagner en faisant ça ?

Sa fureur semble se dégonfler un peu, mais sa blessure, pas du tout.

– Et coucher avec moi ? demande-t-elle d'une voix tremblante. C'était prévu dans ta mission ? Ça fait partie de l'entraînement d'un agent confirmé, non ?

– Non, bien sûr que non, réfuté-je, résolu à rattraper toute cette histoire.

– Arrête, soupire-t-elle dans un sanglot. Tu t'es intéressé à moi seulement parce que j'ai découvert cette histoire de détournement de fonds. Tout ce que tu as pu faire ensuite, c'était pour t'assurer de mener à bien ta mission, rien de plus.

Ou comment m'arracher le cœur en quelques paroles.

– C'était le plan au départ, oui, finis-je par dire.

Elle me tourne le dos pour enfouir son visage dans ses mains en murmurant un « je le savais ».

– Je devais te garder à l'œil, c'est tout. Suivre ta piste, rien de plus, précisé-je. Mais comment je pouvais savoir que je tomberais sur toi ? J'ai tout fait pour ne pas m'attacher à toi et te garder à distance, mais c'était peine perdue. Tu as renversé mon monde à partir du moment où je suis monté dans cet ascenseur avec toi et où tu as pris ma carte…

Je reprends mon souffle. Ça remonte à cet instant précis, ce moment où j'ai compris qu'elle serait sur ma route, quoi qu'il arrive. Ce n'est pas pour la perdre aussi bêtement aujourd'hui. Pas question.

– J'ai passé la nuit à interroger une vermine et je n'en ai rien tiré parce qu'il connaissait ma faiblesse pour toi. J'ai passé la nuit à entendre les pires menaces proférées sur toi et à craindre pour ta vie ! Je suis complètement et irrémédiablement compromis dans cette affaire et pourtant, tout ce qui m'intéresse, c'est de te savoir en sécurité.

La silhouette de Skye, d'abord immobile, finit par se retourner. Elle m'observe avec des yeux brillants, muette. Je n'ai pas abattu toute sa méfiance, mais j'espère qu'elle va me croire, au moins sur ce point.

– Finissons de régler cette affaire et laisse-moi te prouver que tu n'es pas juste une mission et combien tu comptes pour moi.

Jamais je n'ai espéré avec tant d'impatience une réponse que celle-ci. C'est comme si ma vie entière était en jeu, pendue à ses lèvres. Mais si elle ne veut plus de moi, si elle a perdu toute confiance en moi, je ne pourrai rien faire d'autre qu'accepter.

Au moment où sa tête acquiesce, j'ai un haut-le-cœur tant mes nerfs sont galvanisés. Elle sape vite mon soulagement en déclarant :

– Finissons de régler cette affaire, oui.

Elle ne commente pas la suite. Je ne sais pas si c'est une fin ou un début. Mon portable vibre dans ma poche, m'empêchant de m'en assurer.

– C'est Ryan, indiqué-je en décrochant, le cœur lourd.

J'essaie de me concentrer sur la voix du P.-D.G. mais le silence de Skye me hante.

– Jake, Aleksei a disparu. Je me suis absenté un moment et à mon retour, il n'était plus là et ses affaires non plus.

Oui, à présent qu'il détient l'ordinateur de Ryan et qu'il a bien fini de fouiller les données de Skye, il a juste pris la fuite.

– Vous devez le retrouver.

Je jette un coup d'œil sur elle, elle s'est réfugiée auprès de Colin et discute avec lui. Ai-je un autre choix, après tout ? Il lui faut du temps pour avaler ce que je lui ai dit et m'accepter à nouveau, ou bien pour passer à autre chose.

– Jake ? répète Ryan, inquiet.

– Oui, je vais m'en charger. Il est devenu notre suspect numéro un.

– À l'évidence, oui.

– Et Skye ?

– Je vais maintenir une sécurité rapprochée pour elle, le temps de votre absence.

– Bien. Je vous tiendrai au courant.

– Merci, Jake.

Et il raccroche. Je me rapproche de Skye et Colin, elle a à nouveau l'air bouleversée, mais cette fois, elle sourit. Avant même que je ne pose la question, elle me dit, le regard fuyant :

– Ashton s'est réveillé, il va mieux. Gabriel est déjà sur place.

– Bien, je t'y emmène alors.

C'est la meilleure chose à faire. Elle sera en sécurité auprès de ses proches. Je vais aussi rappeler Naïm que j'ai congédié au café tout à l'heure, il la retrouvera à l'hôpital. Skye remercie Colin alors que je m'écarte d'eux. Je reprends mon rôle de garde du corps. On marche d'ailleurs tous les deux sur un même rythme mais en gardant nos distances. On monte en voiture sans un mot, sans un regard. C'est une torture à chaque seconde ! Au point que j'ai l'impression de respirer à nouveau lorsque je vois l'hôpital se profiler au loin.

Je m'arrête près de l'entrée et aperçois Gabriel qui doit guetter son arrivée.

– Merci de m'avoir déposée, dit-elle d'une voix enrayée.

Une seule poignée de mots et pourtant, ils me font chaud au cœur. Un peu plus et je partais sans plus entendre le son de sa voix.

– Je vais m'absenter quelques jours, lui annoncé-je alors. Naïm prendra le relais, il ne va pas tarder.

– Où tu vas ? s'étonne-t-elle.

– Aleksei a disparu, je vais tenter de le rattraper, où qu'il soit.

Elle opine de la tête.

– Sois prudent, souffle-t-elle en ouvrant la portière.

Elle n'aurait rien dit, j'en serais resté là. Je ne veux pas l'acculer ni la pousser à quoi que ce soit, mais j'ai besoin d'une lueur d'espoir avant de m'élancer contre la Bratva.

– Skye, la retiens-je alors.

Avec un pied dehors, elle me jette un regard interrogatif.

– Accorde-moi une chance.

Son expression demeure fermée, elle est absorbée par tout un tas d'informations et de préoccupations à digérer. Néanmoins, elle me concède une réponse.

– Je te promets d'y réfléchir.

CHAPITRE 16

SKYE

Une dizaine de jours sont passés. Je ne sors de l'appartement de Gabriel que pour aller au café d'en face. C'est une retraite forcée, le temps que les membres de la Bratva qui nous ont attaqués soient arrêtés. Naïm est devenu notre ange gardien et j'ai encore le numéro d'urgence de Carrie dans mon téléphone. Cela dit, en dix jours, il ne s'est plus rien passé. Ryan m'a même autorisé quelques heures de télétravail pour m'assurer que tout roulait dans mon service.

Je sors du lit, enfile un jean et un pull moutarde, joue avec le pendentif d'ambre qui ne quitte plus mon cou, et vérifie mes messages. Aucune nouvelle de Jake – j'ai pris le parti de garder ce prénom puisque c'est sous cette identité que je connais pour le moment. Je sais que la balle est dans mon camp et qu'il est en mission quelque part. J'ignore ce que j'attends réellement en vérifiant aussi souvent mon portable. Je sais juste que j'ai enfilé l'ambre un matin et qu'elle me donne l'impression qu'il est là, auprès de moi.

Cela dit, j'ai pris un café avec Carrie qui a insisté comme une malade pour me parler. Elle m'a raconté sa version des faits : elle n'avait jamais vu Jake agir de cette manière, le soin qu'il a pris à tout préparer lors de notre isolement chez Joe Kicks, le changement qu'il vivait à mon contact, selon elle. Ça fait des années qu'elle travaille avec lui, et jamais il n'avait montré autant de facettes de lui-même. Colin m'a aussi montré tous les documents qu'il a déterrés, attestant que Jake m'a bien raconté des parts de sa vie réelle. Il ne m'a jamais baladée sur son personnage.

Il était sous couverture – il l'est encore officiellement, je n'ai rien révélé de mon côté – mais il m'a permis de me glisser dessous avec lui, en partie du moins.

Je descends l'escalier et trouve Ashton à moitié allongé sur le long canapé d'angle, un plaid sur les jambes, le journal entre les mains. Il a trouvé refuge ici, lui aussi. Gabriel s'est proposé quand les médecins ont dit qu'il aurait besoin d'assistance quelques jours, avant de se remettre de sa blessure à l'épaule. Il a donc le bras en écharpe et pour ordre de se reposer.

– Salut, dis-je avec un signe de la main. Tu as bien dormi ?

– Comme si un camion m'avait roulé dessus, affirme-t-il avec un sourire.

Tout s'est apaisé entre nous, je ne saurais dire comment ni pourquoi. Il n'est là que depuis hier, c'est le premier matin que nous sommes seuls. Gabriel est déjà parti à la tour. La veille, c'était comme si on avait voyagé dans le temps et qu'on se retrouvait étudiants, tous les trois.

– Tu veux du café ? Je vais en préparer.

– Avec plaisir, merci.

On n'a pas encore discuté de ce qui s'est passé plusieurs jours auparavant. Nous sommes enfin seuls, c'est l'occasion. Gabriel nous a laissé des croissants sur le comptoir – je le taquine avec ça, mais il n'a plus qu'à ouvrir un gîte ! Je prépare un plateau avec le tout et rejoins Ashton pour m'installer près de lui. Il replie le journal d'une main, grimace en se redressant et retrouve une position assise. On se sert en silence, dans un mélange de gêne et de confort. Quand j'arrive au bout de mon croissant, je décide enfin de le rompre.

– Ashton, on n'en a pas encore parlé, mais je dois te demander pardon. C'était moi qui étais visée et tu t'es retrouvé pris dans cette histoire… Je n'aurais jamais dû te demander de venir chez moi. J'ai…

– Skye, s'il te plaît, arrête, m'interrompt-il. Je préfère mille fois cette situation.

Je le fixe, perplexe.

– Tu veux dire que tu préfères t'être pris une balle ? marmonné-je.

– Je préfère ne pas t'avoir vue dans une mare de sang, précise-t-il. Je vais survivre, je vais bien. Je méritais une punition.

Il plaisante mais ça m'interpelle.

– Qu'est-ce que tu racontes ?

– J'ai joué au con avec toi, je t'ai perdue, annonce-t-il avec un demi-sourire apaisé.

Je me mordille la lèvre tout en hochant la tête.

– Cette rupture devait arriver, tu as eu le courage de l'engager, dis-je de mon côté.

Je me suis voilé la face. J'étais prête à poursuivre une vie insensée par habitude.

– Peut-être, approuve-t-il. Mais j'ai eu peur. Me retrouver seul, dans un autre appartement, sans toi… j'ai paniqué. C'était idiot.

Ça, c'est une confession imprévisible de la part de l'avocat sûr de lui que je connais. Elle me fait pourtant sourire, avec tendresse.

– J'ai eu les mêmes peurs et puis je suis tombée sur…

Je ravale mon « Jake ». Autant pour lui que pour moi. Je ne sais plus où j'en suis avec Jake. Ashton, lui, cligne des yeux, amusé.

– Sur un garde du corps séduisant ? formule-t-il avec humour.

Je m'empourpre en dodelinant de la tête. Il ne semble pas jaloux mais compréhensif. Il ignore juste que Jake n'est pas Jake.

– Moi aussi, j'espère rencontrer quelqu'un qui ranimera la flamme.

– Et je te le souhaite, appuyé-je. Mais je ne sais pas où aller avec Jake.

– Ça ne t'empêche pas de ne penser qu'à lui *tout le temps*.

OK, bon, je ne suis pas discrète apparemment.

– Je n'ai pas oublié ce dîner d'anniversaire dans le restaurant près de ta planque, évoque Ashton d'un ton entendu. Vos échanges de regards et tous les sous-entendus qui vont avec, tu ne vas pas les nier. Bon, toi, je te connais. Mais lui, dans la catégorie « homme amoureux », il s'est imposé.

« Tu as renversé mon monde », « tu es ma faiblesse », « laisse-moi une chance »… j'évite de songer à ses paroles, mais Ashton les déterre et me les renvoie à la figure. J'aime le Jake que j'ai côtoyé, c'est son mensonge qui me retient. Peut-être qu'en lui faisant face, tout se débloquerait ? Mais suis-je prête à vivre avec un homme capable de changer de nom, de partir à l'autre bout du monde, de tuer quelqu'un et de revenir comme si de rien n'était ? Le garde du corps était plus rassurant que l'agent du FBI.

– Il y a toute la nouvelle saison de *Suits* en streaming, ça te dit qu'on se fasse un marathon ? me propose Ashton avec un clin d'œil.

***

Gabriel rentre vers 18 heures et nous trouve avachis devant la série. Il se joint à nous, déterminé à commander le repas du soir et à ne pas bouger. On profite d'une pause pour boire un verre de vin en attendant nos plats. C'est agréable de ne plus être sur le qui-vive, mais je dois avouer qu'à certains moments, Jake me manque. Sa disparition me laisse un vide désarmant. Est-il en sécurité ? Va-t-il me recontacter ?

– Je pense lever le pied.

L'affirmation d'Ashton me sort de mes pensées.

– J'ai passé trop de temps au travail, en perdant de vue l'essentiel. Cette blessure, c'est comme un *reboot*. Elle arrive à un moment clé.

Ça me fait plaisir pour lui et ça me remplit d'effroi à la fois. Je ne sais plus vraiment où j'en suis, même avec mon travail. Je l'aime toujours autant : mes chiffres, mes tâches, mes décisions, mes collègues… Mais j'ai envie de plus pour moi. Plus de voyages, plus de découvertes, plus de moments *off*.

– Tu as des idées ? relance Gabriel.

– Mon directeur m'a parlé d'un poste d'adjoint à la direction du département juridique, dans la filiale de Londres. C'est l'occasion d'un nouveau départ.

Autant ça me rend heureuse pour lui, autant ça me fait quelque chose de l'imaginer loin de nous. Pourtant, Gabriel et moi, on se réjouit et on trinque à sa réussite. Les trois petits coups à la porte me font bondir sur mes pieds. Je me dévoue pour aller chercher nos sushis. J'ouvre la porte et m'apprête à échanger deux mots avec Naïm quand la silhouette menue de Carrie apparaît devant moi, avec son sourire communicatif et sa chevelure violette.

– Salut Skye !

C'est elle qui a pris le véritable relais de notre protection. Si j'ai conservé un *a priori* sur elle jusque-là, j'ai baissé les armes. Après tout, elle a poussé Jake à dire la vérité et à présent, elle me la distribue sans embarras.

– Carrie, tout va bien ?

Le problème avec ses visites impromptues, c'est que je crains qu'un jour elle ne vienne m'annoncer une mauvaise nouvelle au sujet de Jake.

– Oui, je viens juste te chercher pour que tu témoignes auprès de collègues du Bureau, on est en train de boucler la paperasse.

– Maintenant ? m'étonné-je.

– Oui ! soutient-elle avec un haussement d'épaules.

– Hé ! intervient Gabriel avec ses grands sabots de Tombeur.

J'avais déjà l'impression qu'elle lui avait tapé dans l'œil la première fois qu'elle avait débarqué ici, mais jamais encore il n'avait tenté quoi que ce soit.

– Ça vous dit de prendre un verre avec nous ?

– Désolée, Roméo. Je ne suis pas intéressée, réplique-t-elle avec un sourire.

Je ne pense pas avoir déjà vu quelqu'un remballer aussi vite Gabriel sur son terrain favori ! Il n'en prend pas ombrage, acquiesce avec un « OK ! » et fait demi-tour.

– On y va ? poursuit-elle.

– J'arrive.

Je raconte en quelques mots ce que je vais faire à mes deux colocs, les encourage à commencer sans moi – mes sushis m'attendront au frais – et attrape sac et manteau. Naïm se glisse dans notre sillage et nous partons tous les trois en voiture. Carrie me raconte ses anecdotes de bureau avec Jake et ça me fait rire. Tout ce qu'elle me dit sur lui trouve un écho en moi. « Oui, il a déjà fait cette tête en ma présence », « Je me souviens aussi de ce ton-là », « En effet, il est friand de nature et de balade en forêt, je confirme ! ». Je sens l'amitié sincère transparaître dans les paroles de Carrie. Elle tente à tout prix de m'en brosser un portrait loyal et franc. J'ai bien envie de lui dire que c'est inutile, mais ça me plaît d'entendre parler de lui.

On arrive devant un hôtel familier.

– L'Oxford Bridge ?

– On y a pris nos habitudes avec le Bureau, répond Carrie qui convie Naïm à nous attendre au bar.

Elle ajoute qu'elle le rejoindra pour lui tenir compagnie le temps que dure mon entretien. Je n'ose pas témoigner de ma crainte : elle ne sera pas là avec moi ? Qui sont ses collègues du FBI qui ont besoin de me parler dans une chambre d'hôtel ? On grimpe les étages et je finis par reconnaître le couloir de nos deux chambres, à Jake et moi. Ils poussent le vice un peu loin, au FBI. J'arrête Carrie à quelques mètres du point d'arrivée.

– Pourquoi est-ce qu'ils veulent me voir ?

– Ne t'en fais pas, c'est juste pour confirmer quelques faits, réplique-t-elle en balayant l'air de la main.

– Pourquoi ici ? Ils auraient pu venir à l'appartement de Gabriel.

– Ah ça, tu le leur demanderas toi-même.

Elle avance jusqu'à la porte et l'ouvre sans entrer. Elle ne fait que m'y inviter. Je n'ai aucune raison de redouter quoi que ce soit et pourtant, je me méfie. Je passe le pas de la porte, indécise, quand mon regard croise celui, ambré, de Jake.

***

JAKE

Mon cœur bondit. Elle est venue. Je craignais qu'elle refuse. Les épaules de Skye s'affaissent et ses yeux s'arrondissent de surprise. Elle ignorait ce qu'elle allait trouver derrière cette porte ? J'avais pourtant demandé à carrie de la prévenir, je voulais être sûr qu'elle veuille me revoir sans m'imposer à elle. Au demi-sourire de mon amie, je comprends la manipulation. Je pose mes mains sur ma taille avec impatience, prêt à gueuler, anxieux à l'idée que Skye me rejette mille fois plus, mais non.

En quelques pas, elle est là et elle se blottit contre moi. Je l'enlace, apaisé. Je retrouve tout, son parfum sucré, la chaleur de son corps, sa présence indispensable.

– Tu m'as manqué, balbutie-t-elle.

– À moi aussi.

J'ai espéré durant dix jours qu'elle me pardonne. Je n'ai toujours pas de réponse précise, mais c'est un bon début. Elle ne me relâche même pas, elle demeure contre moi. On se reconnecte enfin. Mes angoisses s'évaporent à son contact. J'ai envie de chercher ses lèvres et de les reconquérir, mais Carrie s'éclaircit la voix, un large sourire aux lèvres.

– Je vais vous laisser seuls, mais avant, nous avons deux ou trois choses à nous dire. Et au passage, j'en étais sûre, je le savais, pour vous deux. Non, je n'ai pas prévenu Skye parce que c'était inutile. Eh oui, je sais, je ne devais pas lui parler de toi, mais je l'ai fait. Et je n'ai dit que la vérité.

Skye a un mouvement de recul, aussi surprise que moi.

– Comment tu pouvais en être aussi sûre ? J'ignorais moi-même ce que je devais faire sur le coup, marmonne Skye.

Carrie pousse un gros soupir en penchant la tête sur le côté.

– S'il te plaît, Skye. Ça se voit comme le nez au milieu de la figure que vous crevez d'amour l'un pour l'autre. Je vous fais gagner du temps.

Cette fois-ci, Skye me relâche, une rougeur sans pareille sur les pommettes.

– Carrie, on n'a pas déjà parlé de ton art de foncer dans le tas ? répliqué-je, nerveux.

– C'est ce qui fait le charme de mon côté Cupidon, non ? On peut passer à la suite ou vous voulez encore nier votre « truc » ? demande-t-elle en mimant les guillemets.

OK. Bon, passons, je ne veux pas braquer Skye. Je me frotte le visage et entame le débrief qu'on a programmé en présence de la DAF de Carter Corp., notre témoin et complice de l'affaire – si toutefois elle acceptait d'être parmi nous.

– Je suis parti en Russie pour retrouver Aleksei, mais il ne s'est pas présenté à la tour de Moscou, il a disparu des radars.

– Que pense-t-il trouver dans l'ordinateur de Ryan ? interroge Skye.

– On espérait que tu nous le dirais, avance Carrie.

Skye grimace, elle n'a aucune réponse.

– Pourquoi détournait-il l'argent ? Vous ne suspectez plus Ryan ? Aleksei est bien le coupable, alors ?

Bien trop de questions restent en suspens. Je sors mon portable pour lui montrer une photo tirée d'une caméra de surveillance.

– Elle a été prise à l'aéroport, le jour où Aleksei est arrivé à New York. C'est la sécurité intérieure qui nous l'a fournie. Tu vois l'homme avec qui il discute au détour d'un passage ?

Skye se penche sur mon écran.

– Il nous tourne le dos.

– Mais tu vois le tatouage sur la nuque ? Une lame de poignard qui dépasse ?

– Oui, et ?

– C'était un membre de la Bratva, celui qui s'est introduit dans la grange de Joe Kicks pour fouiller. Il devait espérer nous y trouver ou trouver des affaires qu'on aurait pu laisser. On sait maintenant qu'Aleksei est lié à eux, d'une manière ou d'une autre.

– Mais pourquoi détourner autant d'argent ?

– On a abandonné la théorie d'un laboratoire de recherche sur le nucléaire, annonce Carrie. L'assistant d'Aleksei a peut-être bien été piégé : soit on faisait pression sur lui pour endosser la responsabilité d'Aleksei et signer les papiers pour lui, soit il faisait partie de la Bratva et ils s'en sont débarrassés quand…

Elle marque une pause en jetant un regard sur Skye qui se raidit. Elle comprend tout de suite ce que Carrie insinue.

– Quand j'ai découvert le pot aux roses ? complète-t-elle.

– Oui, c'est toi qui as tout déclenché, mais tu ne pouvais rien prévoir.

Skye croise les bras, préoccupée. Elle acquiesce pourtant.

– Où est Aleksei à présent ? demande-t-elle.

– Il doit se terrer quelque part en Russie, dis-je sans avoir plus de précisions. La bonne nouvelle, c'est que nous avons pu arrêter les agresseurs de Ryan et ceux qui se sont introduits chez Joe. Ils étaient américains, membres de la branche new-yorkaise de la Bratva, donc on a pu agir sur eux.

– On a même parlementé avec leur grand chef et passé des accords en échange d'arrangements qu'on ne peut pas dévoiler, ajoute Carrie. Il nous a confirmé que seuls Aleksei et le tatoué au poignard étaient venus de Russie pour coordonner leurs actions. Mais ils ignorent où Aleksei peut se cacher à présent. Tout ça pour te dire, Skye, que tu es à nouveau en sécurité sur le sol américain.

Elle affiche un sourire mitigé.

– Et tant mieux, mais ça ne change rien au fait que de l'argent a été détourné par un employé de Carter Corp. pour payer une entreprise spécialisée dans les armes, résume-t-elle. Est-ce qu'il faisait du lobbying pour le gouvernement russe ?

J'échange un regard avec Carrie.

– On ne sait pas encore, dit-elle. Le FBI s'occupe des affaires intérieures, on était là pour Ryan Carter et la filiale américaine, mais Aleksei est russe, tout comme Informatika Inc. et Dragunov Concern. On va devoir céder le dossier.

Skye avance d'un pas, interloquée.

– Mais Jake est venu à Moscou avec moi !

– Pour t'observer et te protéger. Et parce que c'est Carter Corp. qui était dans le viseur, nuance

Carrie. Après, ce que Jake a fait en plus, comme le resto ou le patin à glace, ça ne relève pas du FBI, on décline toute responsabilité !

Sa remarque légère parvient à faire sourire Skye qui secoue la tête.

– Et voilà ! On a fait le tour des annonces, conclut Carrie. On va pouvoir lever le pied sur la surveillance, mais on continuera de garder Carter à l'œil.

Skye ouvre la bouche pour protester.

– Ce n'est qu'une mesure de sécurité, coupe Carrie. Après tout, il s'est fait agresser dans son bureau et son entreprise est impliquée dans un détournement massif d'argent.

Elle se dirige vers la porte de la chambre et marque un arrêt avant de sortir.

– Une dernière chose. Mon binôme ici présent a insisté pour que tu sois au courant de toute l'avancée de l'affaire, mais ce n'est pas une raison pour propager la nouvelle autour de toi, prévient-elle avec bienveillance.

Skye hoche la tête et Carrie disparaît derrière le battant. On va pouvoir enfin discuter. Ou pas… Skye revient vers moi, attrape ma nuque et se hisse sur la pointe des pieds pour m'embrasser. OK. Ses intentions sont très claires ! Je la ramène contre moi d'un coup pour participer. Ça va être brûlant. Et rapide. Mais intense. C'est certain.

– Tu es sûre que tu ne veux pas parler d'abord ? soufflé-je entre deux baisers.

Elle se contente de retirer pull et jean en guise de réponse.

– Après, finit-elle par dire avant de se plaquer sur moi.

Elle me pousse sur le lit et s'assied à califourchon sur mes genoux. S'il y a bien une chose, là, maintenant, qui me botte, c'est de la voir prendre les choses en main et de me livrer tout entier à ses caresses et à son désir.

***

C'est ce qui s'appelle une chevauchée fantastique !

Essoufflé et en sueur, allongé sur le dos, le corps encore humide et haletant de Skye sur le mien, je profite de ces secondes hors du temps qui suivent toujours un orgasme extraordinaire. Je devrais me lever et me débarrasser du préservatif, mais je préfère caresser le dos de ma fougueuse amante. Ma queue palpite encore contre elle, je n'entends plus mon cœur qui m'assourdissait pourtant tout à l'heure, et la vague de chaleur vibrante a fini de s'étendre sur chacun de mes membres.

On reste blottis l'un contre l'autre de longues minutes avant qu'elle roule sur le côté. Je me lève, passe dans la salle de bains et reviens pour m'allonger en face d'elle. Je passe ma main sur sa joue et dans ses cheveux, si heureux de pouvoir à nouveau me noyer dans ses yeux noirs.

– Ça va, Petite Bombe ?

Elle se rapproche de moi pour enlacer ma taille.

– Comment je dois t'appeler ? me demande-t-elle sans plus de colère à ce sujet.

– Jake, c'est la personne que je suis depuis si longtemps, avec tout le passé de Jack inclus.

Elle acquiesce avec un petit sourire tout en caressant ma joue.

– Et maintenant ?

– On pourrait voyager, changer d'air, proposé-je.

– Pour aller où ? Los Angeles ?

– Pourquoi pas. Ou les grandes forêts canadiennes ?

Elle grimace.

– Avec des arbres et des phasmes partout ?

– Et des feux de bois et du sirop d'érable, rattrapé-je avec un sourire.

– Tu sais parler aux femmes, s'amuse-t-elle.

Je l'embrasse sans pouvoir résister à ses lèvres.

– Et Ryan ? enchaîne-t-elle.

Ou comment me refroidir d'un coup.

– Comment ça ?

– Tu vas lui dire la vérité ? Sur qui tu es ?

Elle paraît soudain si sérieuse !

– Je ne sais pas si je vais lui dire la vérité, mais quoi qu'il en soit, je vais quitter le FBI et entamer un nouveau chapitre de ma vie.

Mon annonce la surprend au point où elle se redresse.

– Mais il pourrait encore avoir besoin de toi, tu ne devrais pas le protéger ?

Adorable. Elle craint vraiment pour la vie de son patron.

– Ryan Carter n'a plus autant besoin de moi, surtout maintenant que la menace est écartée.

Elle se mordille la lèvre d'un air coupable.

– Je ne veux pas que tu sacrifies ta carrière pour moi, finit-elle par ajouter.

– Je ne sacrifie rien. J'en ai assez de jouer des rôles, je ne veux plus qu'être l'homme à tes côtés.

Je m'assieds à mon tour pour encadrer son visage de mes mains.

– Je t'aime, Skye. Avant toi, je n'avais jamais imaginé une vie paisible, je n'avais même jamais eu de projets ou d'envie pour le futur.

Émue, elle attrape mes poignets et ses pouces dessinent des cercles sur le dos de mes mains, doux et pleins de tendresse.

– Merci d'avoir explosé dans ma vie, Petite Bombe.

Elle laisse échapper un rire amusé et touché.

– Merci d'avoir allumé la mèche de la mienne, répond-elle. Je ne savais pas ce que c'était avant toi.

Je dépose un baiser sur ses lèvres, avec l'impression de flotter bêtement sur un nuage.

– Je t'aime, Jake.

J'enroule mes bras autour de sa taille pour l'embrasser avec plus de passion. C'est la plus réelle des déclarations que nous pouvions partager. Tout reste à construire et à faire grandir, mais nous posons ensemble les bases d'un futur plein d'espoir.

Je n'en avais jamais espéré autant de mon côté ! Le temps mort, entre deux missions, m'a toujours paru effrayant de vide, et là, Skye emplit tout, jusqu'au moindre interstice, la moindre faille, *tout*.

– Je vais passer à l'appartement pour rassurer Gabriel et Ashton, me dit-elle en se détachant un peu de moi. Je ne veux pas qu'ils s'inquiètent et j'en profiterai pour prendre quelques affaires au passage.

Je hoche la tête, impatient de la voir revenir.

– Je vais commander à dîner, lui dis-je en la regardant s'habiller.

Ses yeux pétillent de hâte.

– Je reviens vite !

Elle se penche sur moi pour m'embrasser, je la retiens deux fois pour réclamer d'autres baisers avant de la laisser partir. La porte qui se referme derrière elle me provoque un creux dans le cœur, comme à chaque fois qu'elle disparaît.

***

SKYE

Je descends l'escalier de l'hôtel, trop excitée pour attendre l'ascenseur. Il m'aime aussi, il me veut dans sa vie autant que je le veux. J'en ai des vertiges de bonheur, je ne pensais même pas que c'était possible ! J'aimerais me téléporter jusqu'à l'appartement de Gabriel, leur dire que tout roule, fourrer quelques culottes dans un sac et revenir ici, directement dans le lit de Jake. Lorsque j'arrive dans le hall de l'hôtel, j'aperçois Carrie qui discute avec Naïm. Pas la peine de les déranger, ils peuvent souffler eux aussi. Je m'échappe, attrape un taxi et profite des lumières de la ville. Tout reste à construire, tout est inspirant. J'ai envie de tellement de choses avec lui, on a encore tant à se dire et à partager. Je crois même que je vais l'emmener à Portland pour lui faire découvrir la *streetfood* de qualité !

Une fois arrivée, je demande au taxi de m'attendre, j'en ai pour une minute. Je grimpe dans l'ascenseur à la dernière seconde et débarque à l'étage en fredonnant.

– Gabriel, Ashton, c'est moi ! lancé-je en ouvrant la porte.

Ils sont tous les deux plantés dans le salon, raides comme des piquets. Gabriel a même la commissure des lèvres rouge de sang.

– Skye, attention !

Vlan ! La porte claque derrière moi, me faisant sursauter. Je pivote et tombe nez à nez avec Aleksei, un revolver dans la main. Je recule. Ce type, qui n'affiche toujours qu'une bonhomie à toute épreuve, semble à cet instant fatigué, nerveux et fébrile.

– Bonsoir, Skye Elliott.

Je déglutis. Toute mon insouciance s'envole.

– C'est toi que je viens chercher.

– Pourquoi ? soufflé-je.

– Parce que tu as démonté tout mon système ! s'exclame-t-il avec son fort accent russe. Ça ne suffisait pas de te faire peur, il a en plus fallu que tu t'allies au FBI et putain, on n'y réchappe pas comme ça. J'ai mis du temps à passer sous leur radar.

Il reprend contenance et se met à sourire.

– Allez, viens. Si je voulais te tuer, je l'aurais déjà fait, mais tu peux encore me servir. Si tu ne veux pas que tes deux amis crèvent, tu vas obéir bien gentiment.

La peur au ventre, je reste muette, plantée entre eux. Incapable de bouger.

– Pas question, s'interpose Gabriel.

En deux pas, Aleksei s'avance jusqu'à lui et en un geste ample, il abat la crosse de son arme sur sa tempe, l'envoyant au sol, sonné. Je plaque mes mains sur ma bouche en ravalant un cri.

– Espèce de salopard ! lance Ashton, la main crispée sur son bras en écharpe.

– T'en veux encore, toi ? menace Aleksei. Tu n'as pas compris que tu n'es qu'un dommage collatéral ? C'est bien toi que je visais pour la torturer, *elle* !

Effarée par les paroles de mon homologue, je recule. Jusqu'où est-il prêt à aller ? Il me dépasse pour se concentrer sur Ashton qui ne décolère pas.

– Alors finis le travail ! provoque Ashton, furieux.

– Non mais vous êtes tous décérébrés ! s'exclame Aleksei, incrédule.

Il finit par me tourner le dos. D'une main tremblante, je sors mon portable. Je n'ai qu'une idée en tête : le numéro fourni par Carrie. Je n'ai qu'à le faire sonner une fois. Je cherche le contact dans ma liste, le souffle coupé, écoutant d'une oreille la somme des menaces proférées par le criminel recherché. Dès que je le trouve, j'appuie sur « appel ». Normalement, pas besoin de dire quoi que ce soit.

– Skye ! prévient la voix d'Ashton.

Je lève les yeux, Aleksei m'a aperçue et fonce sur moi, un bras tendu dans ma direction. Je laisse tomber mon portable. J'ai répété dix fois la prise avec Jake. Je peux la refaire ! Ni une ni deux, il m'agrippe au col de sa main droite. Alors, je l'écarte du bras gauche et envoie mon poing droit dans sa gorge. Il me relâche et titube en arrière, la respiration interrompue. Je pourrais enchaîner avec une clé pour l'immobiliser, mais il tire en l'air.

Le coup de feu me saisit. Il vise ensuite Gabriel à terre, alors qu'Ashton s'agenouille auprès de notre ami. Aleksei tousse et se met à rugir.

– Tu retentes une connerie de ce genre et je les abats sur-le-champ !

Je lève les mains, un haut-le-cœur me retournant l'estomac.

– Approche !

Je me force à faire quelques pas vers lui. Il lève le bras et je m'effondre au sol.

***

Une nausée tord mon estomac et me réveille brutalement. J'ai l'impression de flotter dans du coton et d'en avoir en plus plein la bouche. La douleur qui me transperce la tête me file même des vertiges. Des flashs me traversent l'esprit, je ne sais plus s'ils sont réels ou non. Une chose est sûre, j'ai été droguée. Je me souviens de l'aiguille plantée dans mon bras et du vide immense qui a suivi. J'ignore combien de temps j'ai passé inconsciente, mais je dirais plusieurs heures, à en croire l'engourdissement de mes bras et de mes jambes… entravés.

Je suis attachée ? À une chaise, oui. Où est-ce que je suis ? Mon environnement est inconnu. J'ai des images d'avion et de secousses, de semi-conscience et d'impuissance, de froid et de paroles incompréhensibles. On dirait un hangar, avec des piles de caisses tout autour de moi. Et des hommes qui en bougent certaines pour les charger dans des camions. La lumière des néons blancs au-dessus de moi me fait mal aux yeux.

– Ah ! De retour parmi nous juste à temps !

Aleksei surgit devant moi et s'approche pour tapoter mes joues. J'ai le cœur au bord des lèvres. La fatigue et les effets de la drogue – même se dissipant – m'empêchent de sombrer dans la panique.

– Ne t’en fais pas, tu as de la compagnie, ajoute-t-il avec un mouvement de menton sur le côté.

Je me force à tourner la tête, mais elle pèse bien une tonne à cet instant. Une silhouette est allongée sur le sol, un peu plus loin. Les mains et les pieds ligotés. Elle me tourne le dos, mais je reconnais la chevelure violette : Carrie. Que s’est-il passé pour que Carrie soit là, elle aussi ?

Qu’est-il arrivé à Ashton et Gabriel ? Et Jake dans tout ça ?

– Elle a eu plus de chance que son binôme, explique Aleksei. Malheureusement, ton *assistant*, Jake Stewart, a eu son compte.

Je déglutis péniblement.

– Ou plutôt, Jack Baumann a eu son compte.

CHAPITRE 17

SKYE

Impossible ! Je refuse d'y croire ! Carrie est prisonnière, oui. Et ce traître d'Aleksei connaît l'identité de Jake. Mais il ment. On ne tue pas Jake comme ça, au détour d'un kidnapping. Je serre les dents. Pas question de craquer. Ce fou a bien caché son jeu durant des jours – des mois même, depuis qu'il a débuté les détournements d'argent de Carter Corp. Il n'y a plus de doutes possibles sur son implication dans l'affaire dont il est à la tête. Il a même loué l'aide de la Bratva pour parvenir à ses fins !

Il menace et blesse mes amis depuis un moment déjà, je n'entrerai pas dans son jeu !

– Pourquoi faites-vous tout ça ? demandé-je d'une voix lente, la gorge sèche. Qu'est-ce que vous y gagnez ? Pourquoi vous faire engager par Carter ?

Je tuerais pour un verre d'eau tant ma bouche est desséchée. D'autres questions affluent dans le bazar le plus complet : pourquoi m'a-t-il gardée en vie ? Est-ce qu'on est des otages, Carrie et moi ? Les autres savent-ils où nous sommes ? *Et la plus importante...* Jake est-il encore en vie ?

– L'argent, bien sûr, répond-il en haussant les épaules. Et surtout le plaisir de le tirer de l'une des multinationales américaines les plus prolifiques !

– Et tout ça, relancé-je en désignant l'agitation autour de nous. C'est pour quoi ? À quoi sert véritablement tout cet argent, hein ?

Aleksei s'éloigne de quelques pas et revient avec une sorte de chariot à roulettes sur lequel est posé un ordinateur. Il traîne d'une autre main une chaise pliante qui racle le sol. Le bruit agressif fait vibrer chaque cellule de mon cerveau et m'arrache des grimaces tant c'est insupportable. Il se plante devant moi, s'assied et croise paisiblement les jambes.

– L'argent permet tout, Skye. L'achat d'armes, de mercenaires, de pantins comme Piotr Ozerov. Un petit opportuniste à la botte du gouvernement, prêt à tout pour quelques millions de roubles, mais pas assez doué pour masquer toutes ses traces.

Donc il l'a tué. Son propre allié.

– Pourquoi des armes ? Vous partez en guerre ?

Il se contente d'un sourire amusé. Et un peu cruel.

– On ne va pas utiliser les armes nous-mêmes, on va les revendre dans les zones instables, là où l'Amérique a ses intérêts, là où Ryan Carter puise ses ressources. Je suis là pour déstabiliser le marché américain et faire payer les multinationales de l'oncle Sam qui se croient au-dessus des autres.

Ces ridicules bouffeurs de hot-dogs, ces *rednecks* décérébrés et amateurs d'armes souffriront des conséquences ! Ils se révolteront, abattront leur Capitole et crèveront la gueule ouverte sans savoir qu'ils ont eux-mêmes financé leur propre perte ! Car c'est ainsi que ça marche, après tout, non ?

Quelle folie ! Je garde le silence, pas sûre de comprendre son raisonnement après une telle tirade anti-américaine.

– Ce pays laisse déjà ses propres enfants mourir aux portes des hôpitaux parce qu'ils n'ont pas d'assurance ! Je ne fais qu'aider votre gouvernement à achever le travail.

Aleksei reprend son souffle, allume l'ordinateur et poursuit d'un ton plus posé.

– Je savais que les détournements avaient une limite. J'ai cherché une autre solution et j'ai pensé à m'en prendre à la famille de Ryan. J'aurais pu enlever Jenny Blake et demander une rançon. Faire comprendre à Ryan Carter qu'il ne sera jamais à l'abri… Et puis, tu as débarqué à Moscou pour enquêter sur mes affaires. Toi, la DAF de confiance, celle de la filiale originelle.

– Et comment pensiez-vous m'utiliser, au juste ?

– En utilisant tes accréditations. Tu as toutes les entrées au cœur de la maison mère.

Je laisse échapper un rire parce que vraiment, il se met le doigt dans l'œil !

– J'ai fouillé ton appartement, ton bureau, et j'ai même envoyé des hommes fouiller votre refuge dans le Nord, mais rien. J'ai volé l'ordinateur de Ryan, aucun résultat. J'ai tenté de te faire peur en m'en prenant à Ashton, en envoyant des photos de tes amis pris avec mon portable, pour te pousser dans tes retranchements, pour te forcer à faire une connerie, que tu t'isoles et que tu sois à ma merci… mais cet idiot de *bodyguard* te gardait de trop près. Quelque part, ça ne m'étonne pas. Le génie des chiffres de Carter n'a pas simplement noté ses codes sur un papier ! Ils sont dans sa tête !

Il ouvre des programmes sur l'ordinateur. C'est donc pour cela que je suis là : entrer mes codes d'accès. Il a l'air de vouloir disparaître avec ses complices et les armes achetées sur les deniers de Carter Corp., mais aussi de viser un dernier coup d'éclat. Si je lui cédais mes accréditations, il pourrait se servir dans les comptes et faire des transferts d'argent dramatiques. Carter Corp. ne s'en relèverait peut-être jamais. Pas par manque d'argent, mais sa réputation serait ruinée et on se servirait de ces sommes pour tuer, stimuler les conflits et exploiter des gens dans le besoin.

Et ça, il n'en est pas question.

– Et vous croyez vraiment que je vais vous donner mes codes, comme ça ?

Mon rire redouble.

– C'est ridicule. Et c'est bien mal me connaître.

Aleksei se lève, se penche vers moi et m'assène une gifle qui me fait détourner la tête. Des ondes cuisantes se déploient dans mon crâne. La peur m'envahit. Je sors de mon état apathique pour entrer dans un état de panique avancé.

– Tu vas parler, assure-t-il.

Je ne pense qu'à Jake. Impossible de croire Aleksei, mais la question me brûle quand même les lèvres et me permet de repousser l'interrogatoire violent qu'il envisage.

– Où est Jake ?

– Son cadavre est resté à New York.

Je déglutis. Je veux tout ravaler, mais je n'y arrive pas. Alors je me mets à m'agiter, espérant rompre par miracle les liens qui me retiennent. Des larmes roulent sur mes joues sans que je puisse les écraser. Il me confirme que je suis bel et bien loin, à l'étranger, en Russie, sûrement. Qui viendra jusque-là pour nous ? Jake le pourrait… Jake le ferait, c'est certain.

Je serre les dents pour ne pas laisser échapper un sanglot.

– Allons, allons, tempère Aleksei. Les codes. Parle. Rends-toi service, je te tuerai plus vite et sans douleur, tu pourras rejoindre ton garde du corps bien plus vite que…

Des coups de feu retentissent soudain quelque part dans le hangar. Le travail de ses sbires cesse. Aleksei se redresse. Il demeure immobile une seconde avant de s'éloigner en hurlant des mots que je ne peux pas comprendre.

Le souffle court, je regarde sur le côté : j'aimerais que ce bazar réveille Carrie, mais elle ne bouge toujours pas. J'espère qu'elle n'est qu'inconsciente !

***

JAKE

Ma diversion fonctionne : tirer des coups de feu en dehors de l'immense hangar grand ouvert pour attirer Aleksei et ses hommes à l'extérieur, et me permettre d'approcher discrètement les deux prisonnières en longeant des entassements de caisses dans l'ombre, la nuit tombée m'aidant à passer inaperçu. Les hommes de main sont occupés à charger des camions et semblent bien trop pressés pour prêter attention aux alentours. Ils veulent fuir, et vite. L'endroit est isolé au milieu de nulle part, ils se pensent à l'abri.

Votiakov nous a surpris, Carrie et moi, à l'hôtel Oxford Bridge. Il a réussi à me neutraliser et à s'emparer de ma coéquipière, me confirmant qu'il n'a pas débarqué de Russie seul. Il a dû engager tous ces hommes pour lui venir en aide. La moitié sont tatoués. Je suis seul, c'est une mission sans réussite possible au premier abord. Je n'ai pas du tout l'autorisation du Bureau pour intervenir, mais je ne pouvais pas attendre à New York sans savoir ce qu'il advenait d'elles. Heureusement pour moi, Carrie a toujours eu un micro GPS dans sa montre connectée. Aleksei n'a pas jugé bon de la lui retirer, il n'a pas dû faire attention, dans la précipitation. J'ai pu tracer sa position jusque-là.

Je me découvre un peu et fais un signe à Skye. Elle ne m'aperçoit pas dans l'immédiat. Je dois avancer encore, à l'abri d'un tas de caisses, pour retenter ma chance. Cette fois-ci, elle me capte. Elle ouvre la bouche, je pose mon index sur la mienne. Je la vois se mordre la langue, soufflée et contente de me voir, à en croire son mince sourire. Je me retiens moi-même de courir vers elle pour la détacher. Chaque chose en son temps. J'esquisse un « je reviens pour toi » du bout des lèvres et elle acquiesce.

Je m'approche alors de Carrie et m'accroupis près d'elle. Elle est groggy.

– Carrie, tu m'entends ?

Elle grogne et presse ses paupières avant de les entrouvrir.

– Jake ?

– Chut, doucement.

Elle me regarde avant de sonder l'espace autour d'elle en grimaçant.

– Ça va aller ?

– J'ai mal partout… on nous a droguées pour le voyage.

– Je vais avoir besoin de toi.

Je sors un couteau et coupe les liens. Elle va recouvrer l'usage de ses muscles.

– Et Skye ? murmure-t-elle.

– Elle est réveillée, Aleksei va revenir l'interroger. Elle lui tiendra tête mais je ne peux pas la lâcher. Je vais me faire prendre et tu en profiteras.

Je planque deux flingues sous son ventre, Carrie me fait un clin d'œil. Elle n'a pas bougé ses poignets, simulant leur attache comme si de rien n'était.

– Compte sur moi, chuchote-t-elle.

Des bruits de pas et de voix se dirigent vers nous et je brandis ostensiblement mon couteau, comme si j'espérais m'en servir contre une armée de fusils d'assaut.

– Agent Baumann ! s'exclame Aleksei en pointant son revolver vers moi.

Je lève les mains et me place entre lui et Carrie pour la couvrir.

– Votiakov, salué-je à mon tour.

– Vous ne mourez donc jamais ?

– Non, pas si facilement, répliqué-je.

Je scrute les alentours avec une moue dubitative. Le tout est de maintenir son attention sur moi.

– Donc vous pliez bagage ?

– Oui, mais pas sans les codes d'accès de Skye.

Il s'avance devant elle sans me lâcher des yeux.

– Le petit génie des chiffres de Carter va me les donner d'elle-même.

L'un de ses complices détache les mains de Skye mais elle reste harnachée à la chaise. Aleksei rapproche le chariot roulant d'elle en le poussant du pied.

– J'attends.

– Il faudra me passer sur le corps, rétorque-t-elle avec un aplomb admirable.

Je souris avec le plus de discrétion possible. Elle a vraiment un courage fou pour le provoquer de la sorte ! Et la patience d'Aleksei s'amenuise. Il arme son flingue et tire sur le sol, à quelques centimètres de mes pieds. Il a visiblement compris que nous sommes chacun le point faible de l'autre, elle et moi.

– Arrêtez ! s'alarme aussitôt Skye.

Une sueur froide dégouline dans ma nuque.

– La prochaine balle se logera dans sa tête, prévient Aleksei.

Les doigts tremblants, elle entre un à un les chiffres de ses codes. Putain, par ma faute elle va permettre à des gangsters assoiffés de sang de prendre la main sur les comptes de la société ! Elle ne s'en remettra jamais.

Carrie, allez !

Lorsqu'elle appuie sur « Entrée », un message d'erreur s'affiche. Moi seul discerne le regard insoumis qu'elle jette sur son homologue pendant une fraction de seconde. Elle bluffe comme une reine !

– Tu veux jouer à ça ? s'agace Aleksei.

– J'ai commis une erreur, prétexte-t-elle.

– Tu ne fais *pas* d'erreur !

Il pousse un soupir et revient vers moi. Je vais peut-être y passer… j'espère qu'elle ne s'en voudra pas, elle aura résisté comme rarement on peut se le permettre.

– Le sort du *bodyguard* ne t'importe pas assez ? Essayons Carrie !

Il se tourne pour changer de cible, mais reste figé.

– Où est-ce qu'elle est, cette pute ?

Brave Carrie !

Les lumières blanches du hangar s'éteignent, nous plongeant tous dans le noir. Seuls les phares des camions ou les lampadaires à l'extérieur, au loin, émettent des lueurs éparses.

– Skye ! À terre ! lancé-je alors que des coups de feu retentissent.

***

SKYE

Je me jette sur le côté, tombant avec la chaise, et couvre ma tête de mes bras. Les détonations redoublent de toutes parts. Des cris et des bruits de course résonnent dans le hangar. Je me recroqueville sur moi-même. J'ai confiance en Jake, et même en Carrie qui m'a l'air bien *badass*, mais ils ne sont que deux contre une vingtaine. Je demeure prostrée un bon moment, frissonnant dès que des balles ripent dans mon coin.

Au bout de quelques minutes, je tente un regard sur les événements : on est dans la pénombre, seuls les camions ont leurs phares allumés. Les gangsters se ruent dedans et je comprends pourquoi. Des lumières bleues et rouges balaient l'espace extérieur. Des sirènes ! La police ?

Une armée d'uniformes surgit à l'intérieur du hangar alors que les néons blancs se rallument. Je me redresse sur mes coudes tandis que les coups de feu cessent peu à peu. Je me trouve dans un recoin, un peu à l'abri et hors de vue. Je cherche

Jake des yeux, un creux au ventre. Il y a plusieurs corps au sol, gémissant ou silencieux.

– Skye, m'appelle sa voix derrière moi.

Le soulagement me submerge avant même que je ne le voie. Il rompt les liens à mes chevilles et aux genoux, puis il m'aide à me relever. Je vacille encore un peu, effrayée, engourdie par les entraves et affaiblie par les drogues. Alors, Jake me prend contre lui.

– Et Carrie ? demandé-je à voix basse.

– Elle va bien, répond-il en me frottant le dos.

Je porte un simple manteau et la température est glaciale. Ajoutée au choc, elle finit par me faire trembler comme une feuille. Jake s'en aperçoit et baisse la fermeture Éclair de son manteau noir pour me le donner. Il n'a pas le temps d'aller plus loin, l'ombre d'Aleksei surgit derrière lui, titubant, un bras en sang, l'autre encore armé.

– Jake ! m'écrié-je en le désignant.

Tout va si vite que je peine à suivre ses mouvements. Il me pousse en arrière tout en tirant un revolver de son holster, pivote et tire sans hésiter un instant. Aleksei, les yeux ronds, demeure immobile quelques secondes avant de chuter sur ses genoux et de glisser sur le côté. Je retiens un cri, le souffle coupé. Jake me reprend contre lui, figé. J'enroule mes bras dans son dos, sous son manteau, et tente de calmer mon pouls.

– C'est terminé, cette fois, dit-il en abaissant son bras.

On reste enlacés jusqu'à ce qu'on vienne nous chercher. Ce sont bien des agents des forces d'élite russes qui débarquent, accompagnés des premiers secours. Ils s'occupent en priorité d'Aleksei avant que je reçoive une couverture sur les épaules. Carrie finit par nous rejoindre après avoir accordé un signe de la main au commandant de la mission. Plusieurs complices d'Aleksei sont agenouillés, les mains derrière la tête.

– Hé, intervient Carrie, encore tourneboulée mais plus résistante que moi. Ça va, vous deux ?

– On tient le coup, et toi ? répond Jake qui ne m'a pas lâchée.

– Ça va, j'aurai mérité mes prochaines quarante-huit heures de sommeil.

– Tu sais comment les autorités sont arrivées là ? interroge-t-il, dubitatif.

– Figure-toi qu'ils agissent en coordination avec le FBI, dit Carrie, aussi perplexe que lui. Le FBI qui ignore que nous sommes là, aux dernières nouvelles.

C'est là que ça me frappe. J'avais oublié mon action.

– Quand Aleksei est venu chez Gabriel, j'ai eu le temps d'appeler votre numéro d'urgence. Ça explique peut-être l'intervention.

Carrie hoche la tête sans masquer son admiration.

– Bien joué. Ça nous a vraiment sauvé les fesses, marmonne-t-elle. Je ne sais pas ce qu'on aurait fait à deux.

Je m'étonne :

– Vous n'aviez aucun plan ?

Jake dodeline de la tête, Carrie grimace. Par la Grande Trésorerie ! Ils n'avaient aucune idée de la façon de se sortir de là !

Un médecin s'approche d'eux et leur donne des infos alors qu'Aleksei est évacué sur une civière.

– Il est encore vivant, traduit Carrie. On va pouvoir l'interroger quand il sera sur pied.

Jake soupire de soulagement.

– Il pourra livrer jusqu'au dernier de ses complices.

– Yep ! se réjouit Carrie en tendant son poing vers lui.

Ils partagent un check complice qui me rend le sourire. Leur façon de dédramatiser la situation m'aide à l'encaisser.

– Cette mission dépasse Belgrade ou pas ? s'amuse Jake.

– Rien ne pourra dépasser Belgrade en termes de mission bordélique, réplique Carrie.

Jake me garde contre lui et m'embrasse, soulagé.

– Hé, hé, les amoureux, on arrête là, nous stoppe Carrie. On va à l'hôpital. Skye et moi, on a des tests à passer.

– Oui, allons-y, se décide Jake en glissant son bras dans mon dos.

On sort du hangar pour rejoindre une ambulance. Sur le chemin, Jake me murmure à l'oreille quelques paroles qui me font me blottir un peu plus contre lui.

– Tu as été courageuse comme personne tout à l'heure. Je t'admire, Petite Bombe.

***

JAKE

On a passé quelques heures dans une chambre d'hôpital à Moscou. Carrie et Skye ont subi une poignée d'examens et ont pu se reposer. J'en ai profité pour contacter Ryan et lui rapporter ce que je pouvais lui dire : Aleksei a été arrêté, il ne devrait pas bénéficier des mêmes passe-droits que les membres de la Bratva qui nous avaient attaqués à l'aéroport et qui avaient été relâchés. Je ne peux pas lui dire que c'est grâce au FBI qui a mis son grain de sel dans l'histoire, mais de toute façon, Ryan n'a pas rebondi sur l'annonce, il l'a juste approuvée d'un son grave. Il réserve sa totale réaction et je comprends qu'il veut nous avoir en face de lui pour cela lorsqu'il dit nous attendre à la tour. Il ajoute, avec sa bienveillance naturelle, qu'un jet de la compagnie avec tout le confort possible nous attend pour nous ramener à New York.

On se retrouve donc à l'aéroport, Carrie, Skye et moi, sur le même tarmac des départs privés. J'appréhende un peu la réaction de Skye, mais elle paraît plus tranquille que je ne l'aurais cru. Le jet est plus grand que le précédent. Le « Carter Corporation » en lettres anthracite sur la paroi de l'avion a un effet protecteur sur tout le monde. Carrie se réfugie sur un siège du fond, déterminée à dormir jusqu'à New York. Skye et moi prenons donc place à l'avant, sur deux fauteuils côte à côte.

– Ça va ? m'enquiers-je, de plus en plus surpris par la sérénité de ma compagne.

– Après tout ce que j'ai vécu, je crois que je n'aurai plus jamais peur en avion, affirme-t-elle en s'emparant tout de même de mon bras.

Je remonte l'accoudoir entre nous pour la ramener contre moi.

– Peut-être que tu n'as plus besoin de moi finalement, plaisanté-je.

Elle agrippe ma nuque pour m'embrasser.

– Je n'ai jamais eu autant besoin de toi et je pense que c'est pareil pour toi. Je n'ai pas l'intention de te lâcher.

Touché, je ramène une mèche de ses cheveux derrière son oreille. Peut-être que j'ai peur, oui. Qu'un jour, elle se rende compte qu'elle a tourné la page sur toute cette histoire de détournement d'argent à laquelle elle m'associe.

– Ni moi non plus, affirmé-je en déposant un baiser sur ses lèvres à mon tour.

Une hôtesse passe entre nous pour s'assurer que nos ceintures sont bien attachées. Le décollage ne va plus tarder, l'appareil se dirige vers la piste de décollage. Les doigts de Skye se crispent légèrement lorsque le nez de l'avion se dresse. Elle ne semble vraiment plus habitée par cette phobie incontrôlable.

Mais elle a été malmenée par des gangsters, des craintes surgiront tôt ou tard, et je serai là pour elle. Une fois l'appareil stable, elle se redresse et garde ma main dans la sienne. L'hôtesse nous sert un café chaud et referme le rideau pour nous isoler.

Je parviens enfin à me détendre complètement. Quelque part, j'étais sûr de moi. Ça ne m'a pas empêché d'avoir une peur bleue lorsque j'ai compris que Skye avait disparu, mais j'étais certain de tout faire pour la retrouver.

– Tu sais que j'ai réussi une de tes prises sur Aleksei ? me dit Skye avec une bonne dose de fierté. Bon, il était armé, donc ça s'est arrêté là, mais je l'ai quand même repoussé.

– Je n'ai jamais douté de toi.

Son sourire redouble, les mains plaquées autour de sa tasse.

– Tu m'apprendras d'autres gestes défensifs ?

– Bien sûr.

Je me tourne face à elle.

– Mais je me disais qu'on pourrait prendre une pause avec tout ça et partir quelques jours, tous les deux.

– Tu veux dire : prendre de vraies vacances ? s'amuse-t-elle.

– Exactement. Je pensais à un endroit où on mange bien.

Elle ouvre de grands yeux.

– Oui ! Où on peut se balader et que l'un de nous connaît bien.

Oh, on a la même idée en tête ?

– Une ville dont le nom commence par un P, avancé-je à mon tour.

Elle s'illumine. Bordel, je l'aime tellement !

– Portland !

… Ah non, on ne pensait pas du tout à la même chose.

– Portland ? relevé-je avec doute.

– Oui, ma ville d'origine, la *streetfood*, qui commence par un P, énumère-t-elle, perplexe.

– OK. En vérité, je pensais à Paris.

– Oh, dit-elle, les pommettes rosies.

– La première ville à laquelle tu penses quand on parle de bien manger, c'est Portland ?

– Ne juge pas, tu n'y as jamais posé les pieds ! me prévient-elle, tout sourire.

Je capitule.

– On peut aller à Portland, aussi.

Elle se mordille la lèvre, embêtée.

– Oh non, allons à Paris, dit-elle à voix basse.

– Allons à Paris, approuvé-je. Tu m'apprendras à faire du gratin dauphinois.

– Promis.

– On passera aussi à la grange de Joe dès que possible, pour y récupérer tes affaires. Il insiste pour te rencontrer et nous inviter à dîner.

Cette fois-ci, Skye me dévisage, entre incrédulité et enthousiasme.

– Joe Kicks ? Il m'invite à dîner ?

C'est tout ce qu'elle retient ?

– Il *nous* invite à dîner, corrigé-je.

– Oh, oui, oui, tu seras là, toi aussi. Bien sûr.

Elle s'amuse avec moi et ma jalousie.

– Je vais peut-être nous décommander, c'est mieux.

– Non ! s'alarme-t-elle.

– Je n'ai pas très envie que ton charme l'envahisse et qu'il me mette dehors.

– Arrête ! rit-elle en posant sa tasse.

Elle s'installe sur mes genoux et plonge ses yeux d'obsidienne dans les miens.

– Tu es à moi, Jake.

J'installe mes mains sur ses reins, réfrénant mon envie d'elle autant que possible. Je me permets pourtant un baiser et une confirmation :

– Je t'appartiens.

***

SKYE

Quand nous arrivons à New York, une limousine nous attend, Jake et moi, avec un chauffeur de Carter Corp. Carrie nous fausse compagnie en nous assurant que le FBI va devoir recueillir nos débriefs sous peu. Si j'ai hâte de la revoir, je traîne les pieds à l'idée de me rendre à la tour. Je me sens épuisée et nerveuse, mais Ryan insiste. Alors que mes seules envies consistent en prendre un bain chaud et m'allonger dans un vrai lit. Manger un bon plat, câliner Jake sous une couette confortable. Rien qui n'a de lien avec un entretien dans un bureau au dernier étage de la corporation !

On passe à nouveau par le garage privé de Ryan et par un ascenseur dans lequel on ne croise personne. Et tant mieux. J'aime beaucoup mes collègues et Lisa me manque énormément, mais la fatigue morale de raconter rien que des bribes de ce que je viens de vivre m'abat d'avance. Lorsqu'on arrive à l'étage de Ryan Carter, le secrétariat le prévient aussitôt et nous permet d'entrer.

Le P.-D.G. nous accueille dans son coin salon et nous offre du café. On prend place sur une banquette, tendus. J'ai l'impression de passer dans le bureau du proviseur. Et puis finalement, je me rends compte que c'est Ryan qui semble… fautif. Sans vraiment comprendre pourquoi. Il s'installe en face de nous et soupire.

– Je suis soulagé que toute cette histoire soit enfin terminée. Ou plutôt, que la menace soit écartée. Je suis désolé Skye, que vous vous soyez retrouvée dans une telle situation. Vous avez bel et bien déterré le lièvre, mais je pensais m'en occuper ensuite. Je ne m'attendais pas à une telle ténacité.

Je fronce les sourcils. Ça me saute au visage à l'instant.

– Vous saviez.

Ryan acquiesce.

– Je savais qu'il se passait quelque chose d'anormal depuis la tentative d'attentat sur ma vie.

Il tourne la tête vers mon voisin. Il doit parler de cette tentative d'assassinat que Jake a déjouée.

– Orchestrée par le FBI, d'ailleurs. Pour placer l'un de ses agents auprès de moi.

D'abord soufflé autant que moi, Jake finit par sourire en secouant la tête. Je ne sens aucune animosité entre eux deux. Ils ont travaillé ensemble durant plus d'une année, ils se sont toujours respectés malgré tout. Ryan a fini par comprendre et Jake ne s'en étonne qu'à moitié, mais moi, ça me choque.

– Comment ça, « orchestrée » ? relevé-je.

– Il fallait que M. Carter m'accepte auprès de lui, prétexte Jake.

– Cette soudaine mise sous surveillance m'a interpellé, il devait se tramer quelque chose qui m'échappait. J'ai laissé les choses suivre leur cours en ouvrant l'œil. Et c'est vous, Skye, qui avez tout découvert.

J'en suis contente, vraiment. Mais je me dis que la prochaine fois, j'y réfléchirai deux minutes tout de même. Et puis, j'ai une autre question en suspens.

– Donc vous avez aussi menti à Colin pour qu'il ne découvre rien sur Jake ?

– J'ai de nombreux contacts moi aussi. J'ai seulement fait en sorte qu'il sache ce qu'il devait savoir sur Jake Stewart, mais rien sur Jack Baumann.

Jusqu'à ce que Colin fouille encore plus loin pour dénicher la vérité.

– Skye, je voulais vous renouveler toute ma confiance et ma reconnaissance. Carter Corp. aurait pu être traînée dans la boue et financer des actes terribles. Mais grâce à vous, la fuite n'ira pas plus loin. On a arrêté les actions de Votiakov à temps.

Ses paroles me réchauffent le cœur.

– Vous n'avez jamais eu confiance en cet homme, me rends-je compte tout en parlant.

– Bien sûr que non. Je l'ai gardé auprès de moi pour le surveiller et je vous ai éloignée pour vous protéger.

– Ça aurait pu vous porter préjudice, vous savez ? grogne Jake.

– J'en prends conscience depuis un moment, Jake, réplique Ryan, un air malin sur le visage.

– Oui, depuis un an et demi, soupire mon compagnon.

Il semble dépité comme jamais ! Ryan s'est bien joué de lui alors qu'il faisait la même chose de son côté. Ça me rassure de voir Jake enfin lâcher l'idée que Ryan puisse être coupable de quoi que ce soit dans cette affaire.

– J'ai bien envie de vous garder parmi nous, Jake, annonce Ryan en croisant les mains. Vous êtes loyal et juste, on peut se reposer sur vous.

Jake passe une main dans ses cheveux, embêté.

– Je ne sais pas quoi vous répondre pour le moment. Je vais lever le pied avec le FBI déjà. J'ai d'autres priorités en tête à présent, ajoute-t-il en me regardant.

Je lui accorde le même sourire en retour, touchée au plus profond de moi. On a tous les deux besoin de ralentir et de s'octroyer du temps ensemble.

– Oui, je vous l'accorde, commente Ryan avec un demi-sourire.

Je reporte mon attention sur lui, incertaine.

– Quoi donc ? m'étonné-je.

– Vous devez tous les deux prendre du repos. Donc Skye, interdiction de revenir demain au boulot. Vous prenez autant de jours qu'il vous conviendra. Et Jake, j'espère que vous réfléchirez à ma proposition, ma porte vous sera toujours ouverte.

On acquiesce tous les deux en se levant. Je ne vais certainement pas essayer de discuter, je les veux, ces jours ! Alors qu'on approche du double battant, Ryan me lance un dernier avertissement.

– Skye, de *vraies* vacances ! Ne vous avisez pas de débarquer ici pour voir si tout va bien !

Je m'empresse de hocher la tête, confuse. Évidemment qu'il a su que j'étais passée.

On se retrouve, Jake et moi, devant l'ascenseur.

– Tu viens chez moi ? me propose-t-il.

J'accepte d'un mouvement de tête, excitée par ce temps qui n'appartient qu'à nous.

– Je vais partir à Washington deux ou trois jours pour m'entretenir avec le Bureau et négocier ma démission.

– Tu es sûr que ton boulot de protecteur ne va pas te manquer ?

– Il y a d'autres déclinaisons possibles, répond-il avec sérénité. Comme faire traverser la rue aux enfants.

Son sourire en coin me fait rire !

– Tu ne fais pas peur aux enfants ?

– Non, j'adore les enfants, et les enfants m'adorent. En général.

– Jake, le gendre idéal, professé-je, amusée.

– Ne me présente pas comme ça à tes parents si on va à Portland, plaisante-t-il. Ils n'y croiraient jamais.

Il veut plus avec moi, tellement plus que ce que j'ai jamais eu avant. Je prends sa main alors qu'on entre dans la cage.

– Pendant que tu seras à Washington, j'en profiterai pour faire venir quelqu'un chez moi et réparer la fenêtre. Mais on devrait peut-être repousser un peu Paris, non ?

Personne avec nous, alors je minaude et me tiens très près de lui. Il ne recule pas, bien au contraire. Ses mains retrouvent leur place sur mes hanches.

– On pourrait peut-être dénicher un chalet quelque part, au milieu de la nature, rien que nous deux ? proposé-je en me hissant jusqu'à ses lèvres.

Il fond aussitôt sur elles pour un baiser.

– À vos ordres, madame la directrice.

ÉPILOGUE

SKYE

Je suis sûre que le réveil a sonné mais je fais tout pour l'ignorer. La soirée a été longue au Starlite en compagnie de Lisa, Matt et Gabriel. Avec Jake, on a préparé nos valises avant de sortir hier, mais si on veut éviter le trafic, il ne faut pas s'attarder non plus pour se rendre à l'aéroport. Je roule sur le lit et me blottis en cuillère contre le torse chaud de Jake qui referme ses bras sur moi.

– Tu es réveillée ?

– Presque.

Il niche son nez dans mes cheveux et son souffle régulier sur ma nuque me fait frissonner. Il a démissionné du FBI il y a deux mois. Au départ, ça n'a pas été simple. Ne plus revoir Carrie et ne plus partir en mission l'a déboussolé. Heureusement, le Bureau offre un programme de réinsertion à ses agents qui l'a beaucoup aidé. Au-delà du soutien psychologique, il lui a fourni une nouvelle identité : Jake Stewart, l'homme qu'il a appris à devenir à mes côtés. C'est ainsi qu'il a présenté les choses et qu'il a un peu plus volé mon cœur pour toujours. On a discuté un long moment de la proposition de Ryan, mais il l'a déclinée. Sans oublier de me rappeler que je suis une grande part de sa nouvelle vie, Jake a trouvé un nouveau souffle et une envie… d'autre chose.

– Tu te souviens quand tu as mis ta combinaison licorne ? grogne-t-il de sa voix la plus rauque.

Oh bon sang, s'il veut me réveiller, il démarre bien ! Bien sûr que je m'en souviens. On était exactement dans la même position que maintenant, et il avait ouvert la fermeture Éclair avec une lenteur si intense que mon souffle s'était coupé. Puis il avait glissé ses mains sur ma peau, les avait plongées entre mes jambes et m'avait caressée tout en mordillant mon cou et mon oreille. Rien que d'y penser, j'ai des chatouilles dans le bas-ventre.

– Oh oui…

– Ça te dit de recommencer ?

Je déglutis avant de hocher la tête.

– Oui, soupiré-je, impatiente.

Ses mains soulèvent mon débardeur et s'enroulent sur mes seins et ma taille. Il se plaque contre moi et tout son désir se fait sentir. Cette fois, je peux peut-être participer. Je gigote pour glisser à mon tour mes mains dans son boxer, derrière moi, et caresser sa queue déjà durcie. Il grogne deux fois plus quand je commence mon va-et-vient et qu'il envoie ses doigts s'occuper de mon clitoris. Il a vraiment l'art et la manière de le stimuler. Nos lèvres se trouvent vite et on sourit tous les deux en s'embrassant. Ce n'est pas la première fois qu'on fait l'amour le matin, mais là, comme on sait qu'on a un avion à prendre, tout devient urgent et le plaisir est décuplé quand on jouit rapidement. Essoufflés, on se fait face pour plus de baisers et de caresses.

– Bonjour, Petite Bombe.

– Bonjour, mon amour.

Il n'a pas d'autres surnoms pour moi.

Lorsque la seconde sonnerie retentit, c'est le signal qu'on vient de perdre le temps dédié au petit déjeuner. Alors je me force à sortir de sous la couette. Ce qui est toujours un exploit avec un Jake aussi câlin et chaud comme la braise !

– On a juste le temps d'une douche, dis-je en me pressant dans la salle de bains.

Il me rejoint et me provoque avec son regard d'ambre enflammé et des phrases du genre « Il y a d'autres vols dans la journée ». Mais je parviens, non sans fierté, à lui résister. On s'habille et on attrape nos valises dans le salon.

Mon appartement a changé d'aspect. J'ai changé les meubles, laissé des espaces asymétriques dans mes rangements et des étagères vides pour que Jake puisse déposer des choses à lui – des livres et des disques surtout. On danse encore souvent sur du Aretha Franklin tard le soir. Et de temps en temps, il me lit des passages de ses livres préférés et j'adore ça ! Sans compter l'album dédicacé à mon nom par

Joe Kicks, encadré et accroché au mur, vénéré par mes soins.

On descend avec nos bagages jusqu'à la voiture et par chance, on arrive à l'aéroport sans retard. Après le dépôt de nos valises, et avoir passé la sécurité, on traîne dans la zone commerciale en attendant l'embarquement.

– Tu crois qu'il y aura des galets pour faire des ricochets près du lac ?

– Sûrement, oui. Tu vas pouvoir te surpasser, s'amuse-t-il.

On a choisi un chalet perdu au Canada comme lieu de villégiature, au milieu des fameuses forêts à perte de vue qui le font tant rêver.

– Avec des montagnes et des arbres partout, *partout*, grogné-je pour le taquiner.

– *Et* un feu de cheminée et du sirop d'érable.

J'échappe un rire alors qu'on s'arrête devant notre porte d'embarquement. Jake me prend dans ses bras pour m'embrasser.

– Et un tapis ? Il y aura un tapis devant le feu de cheminée ? demandé-je, pressée d'y être.

– C'est un peu la base, non ?

– Il y a peut-être de quoi porter plainte contre le Canada si ce n'est pas le cas, plaisanté-je.

– Tu oublies quand même le principal.

– Ah ?

Il fond sur mes lèvres.

– Il y aura aussi toi et moi près de ce feu, beaucoup trop occupés pour penser au tapis.

C'est vrai, oui. Lui et moi, c'est tout ce qui compte.

CHAPITRE BONUS PAR CLAIRE ZAMORA

JAKE

Village d'Aziz Abad, province de Kandahar, sud de l'Afghanistan

La mission est difficile : nous devons nous rendre à 1 400 mètres d'altitude, dans un village perdu au milieu du désert, pour récupérer la cible.

Dans la nuit noire, nous sommes aux aguets, prêts à lancer l'opération. De jour, impossible de s'infiltrer dans un village comme celui-ci sans se faire repérer, les paysans se lèvent très tôt. Plus haut, dans les montagnes, deux équipes de quatre snipers couvrent la zone. Ils ont une vue dégagée sur le village en contrebas. Tout est calme. En apparence. Le silence et la désolation de ces lieux arides ne nous bernent plus. Partout, dans chaque recoin, des groupes d'insurgés se cachent, prêts à l'offensive. Derrière les murs, dans les maisons en ruines, camouflés dans des tas de gravats ou encore dans des tranchées. Ils observent, ils écoutent, ils attendent. Patiemment. Malgré toute notre technologie, ils ont cet avantage : ils jouent sur leur terrain. Le désert est leur berceau.

Nous préparons cette intervention depuis des jours déjà. Nos équipes de surveillance nous ont confirmé la position exacte de la cible. Elle se trouve actuellement à l'est, dans l'une des plus riches maisons afghanes du village. Elle détient des informations utiles pour le gouvernement et nous avons ordre de la récupérer vivante.

– Baumann, essai radio !

La voix du chef m'extrait de mes pensées.

– Correct !

La communication est bonne, l'équipe est prête. Pourtant, j'ai un mauvais pressentiment…

Je serre mon AK-47 pour repousser mes états d'âme. Faire taire mon intuition. Seuls la rigueur, l'entraînement, la logique et la précision comptent. Dans mon métier, les sentiments tuent. L'armure ne se porte pas qu'à l'extérieur, elle se blinde à l'intérieur.

Nous allons descendre à pied et attaquer par l'ouest. Après trois blocs, nous longerons le côté nord de la mosquée, il y a un fin corridor encadré de ruines qui nous permettra d'utiliser un angle mort. Nous serons en surveillance avec Stenson. Tandis que la section bleue sera en couverture, face au sud.

Une partie de l'équipe d'assaut s'introduira dans la baraque pour aller au contact.

– GO ! GO ! GO !

Le sergent nous fait signe, c'est parti. Notre troupe se déplace furtivement, nos rangers foulant la pente de cailloux. La poussière remonte jusqu'à nos visages. Nous glissons tout droit. Toujours pas de mouvement dans les rues. Les habitants semblent tous endormis. Mais il n'en est rien. L'odeur du désespoir étouffe l'air. Celle, plus sournoise, du traquenard, compresse mon cœur. Chacun de nos pas, je le sens, nous précipite en enfer.

Notre équipe se divise en plusieurs groupes, armes chargées, dos courbés, solidement ancrés sur nos jambes.

– En avant !

Nous empruntons l'itinéraire prévu. Toujours pas de mouvements. Nous prenons nos positions. Presque trop facilement. Stenson se tient à l'angle, sur ma droite. La porte principale est bien en vue. La porte de derrière est sécurisée par la section bleue. Nouvelle confirmation. Aucune activité à l'extérieur. Je transmets l'information.

– Chef, visuel.

Le groupe d'intervention se met en mouvement, cinq d'entre eux s'engouffrent à l'intérieur tandis que deux binômes restent en appui aux ouvertures. Je jette un coup d'œil à Stenson qui semble nerveux. Il transpire à grosses gouttes. C'est sa première mission en Afghanistan. Un funeste baptême.

J'espère juste qu'il ne va pas péter les plombs. Rapidement, des cris et des tirs se font entendre. La radio grésille. À l'extérieur, le calme plat. Sombre contradiction.

– Quatre hommes à terre ! La cible se déplace vers la porte principale !

– Bien reçu, prêts pour l'interception !

Nous tenons nos positions avec Stenson. Une lame glacée remonte le long de mon échine. Je ne sais pas ce qu'il s'est passé à l'intérieur, mais ce n'est pas normal. L'équipe d'assaut restée en repli s'introduit… Mon cœur tambourine, quelque chose ne va pas.

Détonation d'une bombe, éclats de poussière, puis le silence.

Nous nous regardons avec Stenson.

– Bordel Baumann, ils ont fait sauter une IED !

Une bombe artisanale… Tout mon corps se crispe. Mais le pire se déroule maintenant. Une petite ombre se dessine dans l'encadrement de la porte. Trop petite pour être celle d'un homme.

Une petite fille nous apparaît, fantomatique, sonnée. Ses cheveux et ses vêtements sont couverts de poussière, son visage est pâle de terreur, des larmes tracent des sillons sur sa peau. Elle doit avoir cinq ans, tout au plus. Derrière elle, notre cible. Salement touché. Il boite et du sang perle sur son cou. Acculé, il braque une arme dans le dos de la petite et la force à relever la tête. J'esquisse une grimace de dégoût.

Comment est-ce possible ?!

L'homme hurle. La petite fille ferme les yeux. Ma vue se trouble, un bourdonnement gronde dans mes oreilles. Dans le vague, la voix paniquée de Stenson me percute en même temps que celle des snipers. Mon coéquipier hurle.

– Qu'est-ce qu'on fait Baumann ? Qu'est-ce qu'on fait ?! Baumann !

Je titube, K.-O. Stenson devient dingue. Il gesticule dangereusement, l'arme au poing. J'ai dix-neuf ans putain ! Comment suis-je censé savoir ce que l'on doit faire ? Tout va trop vite. Rien de tout cela n'était prévu.

Je n'ai pas le temps de communiquer avec les tireurs qu'une détonation se fait entendre. La scène semble se jouer au ralenti. Comme si je flottais au-dessus de mon corps. Je vois Stenson presser la détente, et la balle fendre l'air. J'entends le bruit de la chair qui se déchire. Sous l'impact, la tête de la petite fille part en arrière. L'homme qui la retenait tente de s'enfuir mais il tombe à son tour. J'écarquille les yeux, incrédule. Je me retourne vers Stenson.

– Mais putain ! T'es devenu fou !!!

Les yeux vides de mon coéquipier me retournent les tripes. Je l'entends marmonner dans sa barbe.

– Je n'avais pas le choix, on n'avait pas le choix… Tu comprends pas ?! Ces salauds les ont butés !

– C'est une civile ! Une gosse, putain de merde !

Sans réfléchir, je me défais de mon arme et me précipite vers le petit corps meurtri au sol.

Dans mes oreilles, la voix des tireurs résonne.

– Baumann ! On dégage !

– Négatif !

Hors de question que je la laisse ici ! Je suis un soldat, je me suis juré de servir mon pays. Mais Dieu m'en soit témoin, je ne compte pas perdre mon humanité.

Agenouillé à ses côtés, je pose deux doigts sur sa carotide. Son pouls est faible mais il est bien là. Lorsque ses yeux s'entrouvrent et se posent sur les miens, je ressens un élan de compassion indescriptible. Il y a tant de lumière, tant de douceur, dans le regard de cette enfant, qu'il me semble voir un ange.

Un voile invisible se lève. Tout à coup, je suis ridicule, insignifiant, dans mon accoutrement sinistre, face à ce petit corps fragile et pétri d'innocence mais empli de sagesse. La sagesse de l'amour.

Elle m'offre ici un langage universel qui ne nécessite aucune traduction. Tous les deux, nous ne parlons pas la même langue, des milliers de kilomètres séparent nos deux continents mais… tous les deux, nous savons.

Comme j'aimerais pouvoir te rassurer. Te dire que tout ira bien.

Je connais bien l'expression de la mort. Ici, elle est omniprésente. Je ne me leurre pas, je sais que je suis venu en Afghanistan justement pour me confronter à *elle*. Tes yeux se voilent, la vie te quitte. Dans mes bras, ton corps se vide de sa substance. Ton âme s'envole déjà. Et, étrangement, il y a un peu de soulagement à penser que tu seras bien mieux là-haut…

Pardonne-nous.

L'injustice me cisaille le cœur. Ma carapace explose en mille morceaux. La déflagration est violente. Elle met à mal toutes mes certitudes. Ton peuple, je l'ai tant haï. Je suis tombé dans le jugement facile, dans le manichéisme zélé qui dévore nos sociétés occidentales. J'ai cru que moi et les miens détenions la solution. Que nous pouvions venir et tout remettre dans l'ordre. « Rectifier », comme on dit dans le milieu.

Mais rien n'est simple dans ton pays. Rien n'est simple dans le monde. Rien n'est simple dans le fait d'être humains.

En quoi pourrais-tu être responsable de quoi que ce soit dans ce merdier ? Toi, dont je ne connais pas le prénom. Qu'est-ce que tu pourrais comprendre des enjeux géopolitiques et économiques qui ravagent nos peuples ? Qu'est-ce que je peux moi-même y comprendre ? Où sont-ils, ceux qui décident de faire la guerre ? Qui sont-ils, pour ôter ta vie ?

Lorsque je te regarde, l'évidence me foudroie : rien ne justifie un tel crime. La guerre n'a jamais été une réponse. Il y a d'autres moyens.

Pardonne-leur.

Autour de nous, une rafale de balles inonde l'espace. Des insurgés viennent de sortir de leur cachette, il va nous falloir des renforts. Les gars des hélicos seront là dans dix minutes. Mais c'est toi, ma priorité. Te sauvegarder de cette folie dévastatrice. Ils ne souilleront pas davantage ton corps. Je t'emporte avec moi, à la recherche d'une cache. Je trouve un tas de gravats, derrière une des maisons. Les directives fusent dans mes oreilles mais elles sont comme des parasites qui n'ont plus d'emprise sur moi.

Je caresse tes cheveux et te berce, j'oublie où nous sommes. Je redresse un peu ta tête lorsque tu hoquettes pour que tu puisses cracher le sang qui encombre ta gorge. Tes petites mains se resserrent sur mon bras. Tu as peur. Le manque d'air te terrifie. Tu cherches ton souffle, un dernier souffle. Je tente de te calmer, de respirer avec toi. Mais il est trop tard.

Une larme perle sur ma joue lorsque, dans une dernière expiration, tu fermes les yeux pour toujours.

Pardonne-moi...

Je remercie Émilie pour son temps passé sur ses traductions d'experte.

DANS LA SÉRIE *IS IT LOVE?*

Gabriel, Angel Arekin, Hugo New Romance®, 2019 et Hugo Poche, 2020

Matt, Eva de Kerlan, Hugo New Romance®, 2019 et Hugo Poche, 2020

Ryan, Eva de Kerlan, Hugo New Romance®, 2019 et Hugo Poche, 2020

Colin, Estelle Every, Hugo New Romance®, 2020 et Hugo Poche, 2021

Adam, Tamara Balliana, Hugo New Romance®, 2020 et Hugo Poche, 2021

Daryl, Cali Keys, Hugo New Romance®, 2021 et Hugo Poche, 2022

Jake, Liv Stone, Hugo New Romance®, 2022 et Hugo Poche, 2023

Composition et mise en pages
Nord Compo à Villeneuve-d'Ascq